Margot S. Baumann
Spiegelinsel

AF178660

Das Buch

Bei der Wohnungsauflösung ihrer Großmutter entdeckt Tessa ein Album mit faszinierenden Fotoaufnahmen aus dem 19. Jahrhundert. Wer war die unbekannte Fotografin, die auf der Isle of Wight gelebt hat? Um mehr über die Künstlerin zu erfahren, beschließt Tessa, ihren Sommerurlaub auf der Insel zu verbringen.

Leider schmettert der attraktive Museumskurator Tessas Bitte, eine Ausstellung über die Pionierin der Fotografie abzuhalten, direkt ab. Zuerst findet Tessa ihn daher auch reichlich arrogant, aber dann überrascht Raiden sie mit seiner Hilfsbereitschaft.

Sie ahnt nicht, dass dieser charmante Insulaner ihr ein Geheimnis aus der Vergangenheit verschweigt, das die Gegenwart für sie zu einer echten Gefahr werden lässt ...

Die Autorin

Margot S. Baumanns Laufbahn als Geschichtenerzählerin begann in der zweiten Klasse, als sie ihrer damaligen Lehrerin erklärte, ihre Eltern hätten sie Landstreichern abgekauft.

Heute schreibt die 1964 geborene Autorin Romane über Liebe, Verrat, Geheimnisse und Sehnsuchtsorte. Für ihre Werke erhielt sie nationale und internationale Preise. Sie mag raue Küsten, schroffe Felswände, Musik, Hunde, das Leben im Allgemeinen, ihre Familie und träumt von einem Cottage am Meer.

Margot S. Baumann ist Mitglied des Berner Schriftstellerinnen und Schriftsteller Vereins und des Montségur Autorenforums. Sie lebt und arbeitet im Kanton Bern (Schweiz). Mehr Infos zur Autorin auf www.margotsbaumann.com.

MARGOT S. BAUMANN

Spiegelinsel

ROMAN

Deutsche Erstveröffentlichung bei
Tinte & Feder, Amazon Media EU S.à r.l.
38, avenue John F. Kennedy, L-1855 Luxembourg
Oktober 2020
Copyright © der deutschsprachigen Ausgabe 2020
By Margot S. Baumann

Umschlaggestaltung: bürosüd⁰ München, www.buerosued.de
Umschlagmotiv: © Ildiko Neer/ArcAngel © Jon Ritchie/Shutterstock
© OksanaGoskova/Shutterstock © Taiga/Shutterstock
© mamita/Shutterstock © Yuriy Kulik/Shutterstock
1. Lektorat: Karla Schmidt
2. Lektorat: Bernadette Lindebacher
Korrektorat: Manuela Tiller/DRSVS
Gedruckt durch:
Amazon Distribution GmbH, Amazonstraße 1, 04347 Leipzig /
Canon Deutschland Business Services GmbH, Ferdinand-Jühlke-Straße 7,
99095 Erfurt /
CPI books GmbH, Birkstraße 10, 25917 Leck

ISBN: 978-2-49670-351-1

www.tinte-feder.de

Für meine Schwester Irene,
die weiß, wie man richtig
atmet.

*»I longed to arrest all beauty that came before me, and at
length the longing has been satisfied.«*
*»Ich sehnte mich danach, all das Schöne einzufangen, dem
ich begegnete; ein Verlangen, das sich schließlich erfüllte.«*

Julia Margaret Cameron (1815–1879)

Prolog

Liebste, es fehlt uns nicht an Geduld, und mit Geduld schaffen wir alles!

Margaret wischte sich eine Träne von der Wange und ließ den Brief sinken. Sie warf einen Blick durchs Fenster des kleinen Salons der Nuwara Lodge, benannt nach der Plantage in Ceylon, die Jonathan früher geleitet hatte. Die Aussicht über die Freshwater Bay der Isle of Wight entzückte sie immer wieder. Der Wind trieb dicke flauschige Wolken übers Meer. In Southampton würde es am Nachmittag bestimmt regnen.

Sie wandte sich ab, setzte sich an den Schreibtisch und strich Jonathans Brief glatt. Er hatte ihr aus Paris geschrieben, wo er seinen Geschäften als leitender Mitarbeiter der East India Company nachging. Sein Mitgefühl und das Beileid, das er ihr aussprach, wärmten ihr Herz, konnten jedoch den Schmerz nicht lindern.

Eine Fehlgeburt – bereits die dritte!

Margaret hatte so darauf gehofft, dass es dieses Mal gut gehen würde. Gehofft und gebetet. Aber beides hatte nicht geholfen.

Nachdem sie Jonathan die traurige Nachricht durch eine telegrafische Depesche mitgeteilt hatte, hatte er umgehend geantwortet und versprochen, sich sofort auf den Heimweg zu machen. Sie erwartete ihn in den kommenden Tagen zurück und wappnete sich bereits jetzt für seine stets unausgesprochene Frage nach dem Warum.

Ihre Augen füllten sich erneut mit Tränen. Nicht nur aus Trauer um das dritte verlorene Menschlein, sondern weil sie sich so nutzlos fühlte. Wer brauchte schon eine Ehefrau, die keine Kinder gebären konnte? Sie war jetzt fünfundzwanzig Jahre alt und immer noch nicht Mutter. Geduld? Ja, die hatte sie zu Anfang ihrer Ehe gehabt, aber langsam erschöpfte sie sich. Jonathan war zwanzig Jahre älter als sie und hatte aus Ceylon eine Tropenkrankheit nach England mitgebracht. Obwohl niemand es laut aussprach, sahen doch alle, wie er immer mehr verfiel. Die Ärzte konnten das in Schüben ausbrechende Fieber nicht heilen und die Medikamente brachten nur kurzfristige Erleichterung. Was würde sie tun, wenn er plötzlich starb? Was sollte sie dann mit ihrem Leben anfangen?

Meine Liebste, gräme Dich nicht allzu sehr, Gott wird unsere Gebete erhören und uns bald ein Kind schenken. Ich glaube fest daran! Und denke immer daran: Du bringst mein Herz zum Lächeln.

Ich bringe Dir übrigens aus Paris etwas mit, das, so hoffe ich, Dich ein wenig von dem erneuten Schmerz ablenkt und Dir bestimmt Freude bereiten wird – sei gespannt.

Dein Dich über alles liebender Gatte Jonathan

1

Heute

»Tessa, hilf mir bitte mal. Ich kriege diese verflixte Schachtel nicht zu!«

Tessas Großmutter Sally mühte sich verzweifelt, den Deckel des überquellenden Pappkartons mit Klebeband zu fixieren, und murmelte dabei ärgerlich vor sich hin.

»Du musst einfach weniger reinstopfen, Granny«, rief Tessa lachend. »Nimm eine neue Schachtel. Wir haben genug davon.«

Sally nickte und zog zwei dicke Wollschals aus dem Umzugskarton, klebte ihn zu und richtete sich dann mit einem Stöhnen auf. Sie ließ ihren Blick über das Chaos im Wohnzimmer schweifen und seufzte.

»So ein bisschen Nostalgie packt mich jetzt doch, Tessa«, sagte sie und strich sich mit dem Handrücken über die Stirn. »Immerhin habe ich hier gewohnt, seit dein Großvater tot ist. Zehn Jahre! Es ist, als würde die zweitletzte Tür in meinem Leben zuschlagen.«

»Und welche ist die letzte?«

»Natürlich die Klappe des Krematoriums!«

Tessa schnaubte. »Nun hör aber mal auf! Du weißt, es bringt Unglück, so etwas zu sagen.«

Sally lachte.

»Du wirst bestimmt noch hundert Jahre leben, Granny. Vor allem jetzt, wenn du endlich eine funktionierende Heizung bekommst und im Winter nicht mehr mit blauen Lippen herumsitzen musst.«

Zu Tessas Erleichterung hatte Sally Cooper sich endlich entschlossen, die Dreizimmerwohnung in Southampton am Südzipfel Englands aufzugeben und in eine Seniorensiedlung zu ziehen. Tessa war extra aus London angereist, um ihr beim Ausmisten und dem Umzug zu helfen. Sie war schließlich ihre einzige Enkelin.

»Ich bin übrigens immer noch dafür, dass du zu Mum und Dad ziehst«, fügte sie hinzu. »Magst du es dir nicht doch noch einmal überlegen?«

Sally schüttelte den Kopf. »Ich will deinen Eltern nicht zur Last fallen. Jede Generation muss ihr eigenes Leben führen. Du kennst meine Einstellung dazu, also lass das Thema endlich ruhen.«

Tessa seufzte. Ihre Großmutter konnte stur wie ein Esel sein und änderte nur selten ihre Meinung. »Na schön, Granny. Wie wär's mit einer Tasse Tee? Solange wir die Teebeutel und den Wasserkocher noch nicht eingepackt haben, sollten wir das ausnutzen.«

»Gute Idee, Liebes. Ich könnte wirklich eine Pause gebrauchen.«

Trotz ihrer eigentlich fabelhaften Gesundheit wirkte Sally plötzlich erschöpft.

»Kommt sofort!«, rief Tessa und stellte den halb vollen Karton auf den Boden.

Es lag vermutlich nicht nur an der körperlichen Anstrengung, sondern ebenso an dieser emotionalen Berg- und Talfahrt. Der Umzug bedeutete für Sally eine große Umstellung, und bestimmt fiel ihr der Abschied schwer – auch ohne makabre Krematoriumssprüche.

»Setz dich schon mal aufs Sofa, Granny, und leg die Füße hoch. In weiser Voraussicht habe ich heute Morgen eine Packung von unseren Lieblingskeksen gekauft. Wir müssen schließlich die verbrauchten Kalorien wieder auffüllen.«

»O Mann, sieh dir mal meine Frisur an!« Tessa lachte.

Das Foto zeigte sie am Strand von St Ives. Sie musste da etwa zehn Jahre alt gewesen sein. Ihre Familie hatte in ihrer Kindheit oft den Sommerurlaub in Cornwall verbracht.

Beim Teetrinken hatte Tessa neben dem Sofa einen Karton mit alten Fotos entdeckt, und nun besahen sie gemeinsam die Bilder aus der Vergangenheit.

Sally schmunzelte. »Du warst ja früher kaum dazu zu bewegen, zum Friseur zu gehen. Deine Mutter hat dir deshalb die Haare selbst geschnitten.«

»Und zu der Zeit offenbar geschielt«, antwortete Tessa kichernd. »Oder wie erklärst du dir diese Stirnfransen?« Sie band ihre langen braunen Locken zu einem Pferdeschwanz und legte den Schnappschuss in die Schachtel zurück.

»Oh, sieh mal, ein Hochzeitsbild meiner Eltern.« Tessa zog ein weiteres Foto hervor. Es zeigte Ellen und James Cooper am Tag ihrer Vermählung vor der Kirche. »Mum sieht aus wie ein Sahnebaiser.«

Tatsächlich wirkte Tessas Mutter in dem voluminösen Kleid mit den unzähligen Volants wie ein in Tüll gewandetes Dessert.

»Wenn man im sechsten Monat heiratet, hat man eben keine Wespentaille.«

An Sallys leicht gereiztem Ton erkannte Tessa, dass sie ihrer Schwiegertochter offenbar immer noch nicht vergeben hatte, die von kirchlicher Seite geforderte Reihenfolge einer Familiengründung nicht eingehalten zu haben. Manchmal war Sally eben ausgesprochen traditionell.

»Aber ich bin auch sehr glücklich darüber, so eine wunderbare Enkelin bekommen zu haben«, fügte Sally in versöhnlichem Ton hinzu und legte Tessa die Hand auf den Arm.

»Da bin ich aber froh, Granny«, sagte Tessa mit einem Augenzwinkern. Sie verstaute das Hochzeitsfoto wieder in der Schachtel. »Du solltest diese losen Fotos in ein Album kleben.« Sie wies mit dem Kopf auf die Fotoalben im Bücherregal. »Sonst verknittern sie noch ganz. Und sag jetzt nicht, dass dir die Zeit dafür fehlt. Bald hast du keinen Garten mehr.«

Sally nickte. »Ja, das sollte ich wohl mal in Angriff nehmen. Ich könnte dir das Fotoalbum später schenken, dann hast du eine hübsche Erinnerung an deine Großeltern.«

»Die habe ich doch aber auch ohne Fotos«, erwiderte Tessa warm und drückte ihrer Großmutter spontan einen Kuss auf die faltige Wange.

Sally Cooper roch immer ein wenig nach Lavendel und Maiglöckchen. Diese zwei Düfte würde Tessa immer mit ihrer Granny in Verbindung bringen.

»Wir sollten wieder«, sagte Sally. »Sonst kommen wir nie an ein Ende.«

Tessa klopfte sich auf die Schenkel und stand auf. »Du hast recht. Ich klebe mal den Karton mit den Fotos zu und beschrifte ihn ordentlich, sodass du ihn nach dem Umzug gleich findest, okay?«

»Tu das, Liebes.«

Sie griff nach dem Karton. Durch die Jahre war das Material jedoch brüchig geworden, und als sie ihn aufhob, riss er auf einer Seite und etliche Fotos klatschten auf den Fußboden.

»*Holy Crap!*«, rief Tessa und verzog sogleich den Mund, als sie den missbilligenden Blick ihrer Großmutter bemerkte. Sally Cooper duldete keine Flüche in ihrem Haus. Schon gar keine religiösen.

»Entschuldige«, sagte Tessa und ging in die Hocke, um die Fotos aufzuheben. Dabei entdeckte sie darunter ein in braunen Stoff gebundenes längliches Buch. Sie griff danach und hielt es in die Höhe. »Das war ebenfalls im Karton. Gehört das nicht ins Bücherregal?«

Sally starrte das Ding erstaunt an. Auf einer Seite hing eine Kordel herab. Das Buch knisterte leicht, als Tessa es auf den Couchtisch legte.

»Das habe ich seit einer Ewigkeit nicht mehr gesehen«, sagte Sally verblüfft. »Fast hätte ich vergessen, dass ich es überhaupt noch habe.«

»Was ist es denn?«, fragte Tessa. »Sieht ein wenig wie diese Poesiealben aus, die früher in Mode waren … nur größer.«

Sally griff nach dem Buch, hielt es einen Moment auf den Knien und strich mit ihren Händen sanft darüber, als würde sie eine schnurrende Katze streicheln.

»Das, Liebes …«, erklärte sie mit bewegter Stimme, »ist das Vermächtnis der ›Verrückten mit dem Kasten‹.« Sie bemerkte Tessas fragenden Blick. »Wir können es uns zusammen anschauen, wenn wir alles eingepackt haben, einverstanden? Und dann erzähle ich dir auch, weshalb man sie ›die Verrückte‹ genannt hat.«

2

Raiden Palmer stand mit verschränkten Armen vor der Holzskulptur und betrachtete sie skeptisch.

»Das hier nenne ich ›Tanzende Beine‹«, sagte Bill Fernsby.

Auch bei genauerem Hinsehen konnte Raiden beim besten Willen in dem Gewirr aus zusammengeschustertem Schwemmholz kein Kunstwerk erkennen. Schon gar keine »Tanzenden Beine«. Mit viel Fantasie hätte man es vielleicht noch als »Irrer Seeigel« betiteln können.

Bei dem Vergleich verbiss er sich ein Lachen. Die Sache war ernst: Künstler reagierten empfindlich, wenn man sich über ihre Werke lustig machte. Und der Urheber dieser Scheußlichkeit wartete an seiner Seite gespannt auf ein Urteil.

Raiden räusperte sich. »Nun ja«, begann er zögerlich und bedachte Bill mit einem gequälten Blick. »Interessant, durchaus, aber ...«

»Nicht wahr?«, unterbrach ihn Bill und warf sich in die Brust. »Ich wusste von Anfang an, dass es super wird! Du stellst es also aus, ja? Ich meine, es würde sich dort doch fantastisch machen.« Sein Blick bekam etwas Schwärmerisches. »Bill Fernsby im Kunst- und Heimatmuseum im Carisbrooke Castle auf der Isle of Wight. Klasse.«

Raiden seufzte innerlich. Er arbeitete als Kurator des Museums. Prinzessin Beatrice, Königin Victorias jüngste Tochter, hatte es 1898 zur geistigen Bildung der Bevölkerung eröffnet. Es war das einzige in Großbritannien, das von einem Mitglied des britischen Königshauses gegründet worden war, und besaß über dreißigtausend Ausstellungsstücke. Ein Großteil davon befasste sich mit der Geschichte und Kultur der Insel. Und in einem Teil der normannischen Burg wurden Ortsansässige vorgestellt, die auf der ganzen Welt etwas Bemerkenswertes oder Besonderes geleistet hatten. In dieser Ausstellung befanden sich unerschrockene Schmuggler neben der mutigen Küstenwache, naive Maler gegenüber wackeren Hebammen, unbekannte Dichterinnen Seite an Seite mit berühmten Schriftstellern und weitere ›versteckte Helden‹, die die Kultur und das Erbe der Insel verkörperten und sich für das eingesetzt hatten, woran sie glaubten. Oft gegen die etablierten Dogmen und Methoden ihrer Zeit. Die Sammlung illustrierte mehr als tausend Jahre Inselgeschichte. Und in diese Heldenriege hoffte Bill mit seinem Konstrukt aufgenommen zu werden.

Durch die Jahrhunderte war die Sammlung stetig gewachsen und platzte aus allen Nähten. Also hatte Raiden von der gemeinnützigen Stiftung im fernen London, die das Museum leitete, die Auflage erhalten, wirklich nur noch ganz besondere Stücke aufzunehmen. Und Bills Seeigel gehörte definitiv nicht dazu.

»Bill, hör mir zu, es tut mir leid, aber ich kann deine Skulptur nicht ausstellen. Wie gesagt, sie ist außergewöhnlich, doch leider auch außergewöhnlich groß. Sie passt einfach nicht in die Galerie.« Vielleicht kam er ja mit dieser Notlüge davon.

Aber Bill ließ sich nicht so leicht abspeisen. »Ich kann sie problemlos kleiner machen.« Er trat einen Schritt vor und startete mit lautem Brummen eine imaginäre Kettensäge, mit der er so tat, als würde er Schnitte an dem Seeigel vornehmen.

Raidens Mundwinkel zuckten. Er beugte sich vor und täuschte einen Hustenanfall vor.

Bill war zwar ein feiner Kerl und produzierte den besten Blauschimmelkäse auf den Britischen Inseln, jedoch war er entschieden kein Bildhauer. Raiden tat es leid, ihn seiner Illusion, dass er der neue Michelangelo sei, zu berauben. Jeder brauchte schließlich ein Hobby. Doch manchmal musste man die Wahrheit einfach aussprechen, auch wenn sie noch so schmerzhaft war. Bei dem Gedanken huschte kurz Ambers Gesicht durch Raidens Kopf. Er schob das Gedankenbild energisch beiseite.

»Bill, nein, auch wenn es kleiner ist, das Ding passt einfach nicht ins Museum. Tut mir leid.«

Bill schnaubte beleidigt. »Manche erkennen Kunst nicht mal, wenn sie ihnen vor der Nase hockt«, erwiderte er bissig, drehte sich um und stapfte davon.

Raiden seufzte. Zwar würde sich Bill bestimmt wieder beruhigen. Er würde ihm bei seiner nächsten Käsebestellung aber sicher einen saftigen ›Bonus‹ draufschlagen. Das Kuratoren-Leben war eben kein Zuckerschlecken.

Aber jetzt musste er sich unbedingt um das Ritterturnier in der nächsten Woche kümmern. Der Texter, der einen möglichst reißerischen Werbetext für die Website hätte verfassen sollen, war krank. Also musste Raiden selbst ran. Er war nur eher der Zahlentyp, was für einen Kurator in der heutigen Zeit unabdingbar war. Hauptsächlich, weil es an allen Ecken und Enden zu sparen galt. Deshalb überließ er die Werbetexte normalerweise lieber den Profis. Oder sollte er Nancy dafür einspannen? Seine Assistentin träumte doch schon jahrelang von einer Karriere als Schriftstellerin und sprach immer wieder von dem ultimativen Roman, der in ihr schlummerte und der irgendwann ans Tageslicht kommen würde.

Raiden warf dem »Seeigel« einen letzten amüsierten Blick zu und marschierte Richtung Büro.

Es lag gleich gegenüber des Burgeingangs im renovierten Torhaus und war bei der Hitze angenehm kühl. Die dicken Steinmauern des Carisbrooke Castle fungierten im Sommer als natürliche Klimaanlage. Ein Gottesgeschenk! Leider waren sie im Winter praktisch nicht warm zu kriegen. Alles hatte eben zwei Seiten.

Nancy kam ihm mit wehenden Haaren, weit aufgerissenen Augen und wild mit den Armen herumfuchtelnd über den Burghof entgegen. Welche Katastrophe hatte sich nun wieder ereignet?

»Hast du in all den Jahren denn nichts gelernt, Junge?« Nathan Palmer schüttelte genervt den Kopf. »Die Ladys mögen es nicht, wenn man so herumzappelt.«

Raiden schluckte eine spitze Bemerkung hinunter. Die Predigten seines Großvaters über *die Ladys* konnte er nicht mehr hören. Doch was Raiden in seinem dreißigjährigen Leben mittlerweile auch gelernt hatte, war, dass es keinen Zweck hatte, mit Nathan zu streiten. Also schwieg er einfach und nickte.

Es war später Abend. Die Sonne stand schon tief und warf lange Schatten in den Apfelhain. Nathan hatte den Anruf einer besorgten Nachbarin erhalten, dass in ihrem Apfelbaum ein Schwarm Bienen hing. Und da Nathan Palmer auf der ganzen Insel als Bienenflüsterer bekannt war, hatte sie ihn zu Hilfe gerufen.

»Kommt, meine Schönen!«, schmeichelte er.

Obwohl Raiden wusste, dass es in einem Bienenschwarm durchaus auch männliche Exemplare gab, sprach Nathan immer nur von *den Ladys*. Wenn es um Honigbienen ging, blendete er die männliche Population einfach aus.

»Ich bringe euch gleich in Sicherheit, keine Angst«, murmelte Nathan und sprühte die Schwarmtraube, die am knorrigen Ast eines Apfelbaums kaum einen Meter über dem Boden hing, kräftig mit Wasser aus einem Zerstäuber ein.

»Wieso einsprühen?«, wandte er sich in schulmeisterlichem Ton an seinen Enkel.

Raiden rollte verhalten mit den Augen. »So zieht sich der Schwarm enger zusammen und die Bienen fliegen nicht so schnell auf.«

Als Lohn für die korrekte Antwort erhielt er ein zustimmendes Grunzen.

Sein Großvater hielt die Schwarmkiste unter das Bienenvolk. »Schütteln!«, befahl er.

Raiden schüttelte am Ast, bis die Bienentraube in die Kiste fiel. Mit einem kleinen Besen fegte Nathan die restlichen Bienen, die noch am Ast hingen, in das Gefäß.

»So«, kommentierte er. »Jetzt habt ihr's schön gemütlich.«

Raiden bezweifelte zwar, dass sich *die Ladys* darüber freuten, in eine Kiste gesperrt zu werden und über Nacht im Keller zu hocken. Aber was blieb ihnen anderes übrig? Wo ihre Königin hinging, oder besser fiel, dorthin folgten sie ihr. Zugegeben, Nathans Honig war der beste auf der Isle of Wight, aber oft ging Raiden das Getue um *die Ladys* auf die Nerven. Manchmal dachte er, sein Großvater sei mehr an der Gesellschaft von Insekten als an der von Menschen interessiert. Vielleicht lebten Raidens Eltern daher auf der Hauptinsel.

Raiden hatte fast alle seine Schulferien bei seinem Großvater verbracht, und seine Liebe für die Insel war von Jahr zu Jahr gewachsen. Also war er nach dem Studium hierhergekommen, hatte sich jedoch eine eigene Bleibe gesucht. Er mochte Nathan zwar sehr, konnte sich aber nicht vorstellen, mit ihm zusammen unter einem Dach zu leben. Sie würden sich ständig streiten. Und Nathan hatte auch nie die Hoffnung geäußert, mit seinem

Enkel eine Männer-WG zu gründen. Die Palmers brauchten ihren Freiraum, das war schon immer so gewesen.

»Hast du Hunger?«, fragte Nathan.

»Bärenhunger!«

Nathan warf einen spöttischen Blick auf Raidens Schutzkleidung, die aus Imkerhut, Handschuhen und langen Ärmeln bestand. »Na dann komm, du Held!«, sagte er.

Er selbst trug nie Schutzkleidung, und tatsächlich waren Bienen ein friedliches Volk und griffen Menschen höchstens zur Verteidigung an. Aber Raiden waren beim Einfangen eines Schwarms einmal mehrere Bienen in die Haare geflogen und hatten sich wie Kamikaze-Piloten auf seine Kopfhaut gestürzt. Seit diesem schmerzhaften Vorfall hielt er es für klüger, Schutzkleidung zu tragen.

»Ich habe vom Mittagessen noch Knoblauchwurst übrig, und Megan hat mir am Sonntag eine Flasche selbst gemachten Cider gebracht«, sagte Nathan und schlug den Weg zu seinem Haus ein.

»Kann's kaum erwarten.« Raiden zog den Hut vom Kopf und schloss die Schwarmkiste, nicht ohne sich zu vergewissern, dass er mit dem Deckel keine Nachzügler zerquetschte.

3

Tessa warf ihrer Großmutter einen besorgten Blick zu. Sally schnaufte angestrengt und ihre Haut glänzte vor Schweiß. Offenbar hatte sie sich beim Kistenpacken nach der Teepause überanstrengt. Und sosehr Tessa auch darauf brannte, mehr über »die Verrückte mit dem Kasten« zu erfahren, ihre Großmutter brauchte jetzt erst mal eine professionelle Atemtherapie.

»Granny, setz dich doch bitte einen Moment hin.«

»Aber wir müssen noch …«, warf Sally ein.

»Wir müssen gar nichts!«, unterbrach Tessa sie und wies mit dem Zeigefinger bestimmt auf die vier Wohnzimmerstühle, die wie Zinnsoldaten an der Wand standen, bereit für den Abtransport.

Sally seufzte, setzte sich jedoch brav hin.

»Wir atmen jetzt zusammen«, sagte Tessa.

»Aber nur kurz«, brummelte Sally.

Tessa sah sie streng an. »Du legst jetzt eine Hand leicht auf deine Brust, die andere auf den Unterbauch.« Sie zog sich einen Stuhl heran und setzte sich Sally gegenüber. »So.« Sie demonstrierte, was sie meinte, und ihre Großmutter folgte ihrem Beispiel. »Jetzt werde dir bewusst, wie sich deine Hände anfühlen. Sind sie warm? Kalt? Liegen sie fest auf dem Körper? Oder eher leicht? Du kannst auch die Augen dazu schließen.«

Sally schloss folgsam die Augen und wollte etwas sagen, doch Tessa bremste sie: »Du musst es nur fühlen, nicht kommentieren.«

Sally nickte.

»Und jetzt«, fuhr Tessa mit ruhiger Stimme fort, »spüre, wie dein Atem deinen Körper bewegt.« Sie erklärte: »Beim Einatmen wölben sich Bauch und Brust nach außen, beim Ausatmen sinken sie ein. Folge bewusst dieser Bewegung.«

Erneut nickte Sally, und Tessa bemerkte, wie sie langsam wieder etwas Farbe bekam.

»Atme ganz normal. Lass den Atem kommen, gehen und warte, bis er von selbst wiederkehrt. Korrigiere ihn nicht, dein Körper soll entscheiden, was gut für ihn ist.«

Tessa spürte, wie auch sie ruhiger wurde. Es war immer wieder ein Phänomen, wie man durch richtiges Atmen Körper und Geist beeinflussen konnte.

»Nun begleite in Gedanken die Bewegung deines Atems, die er in deinem Bauch und deiner Brust erzeugt. Sei achtsam und spüre, wie sich dein Körper weiter entspannt. Wie du gelassen wirst, in dir ruhst.«

Eine Weile atmeten sie so gemeinsam, bis Tessa die Stille durchbrach: »Wie fühlst du dich jetzt?«

Sally öffnete die Augen und lächelte. »Ganz großartig. Am liebsten würde ich gleich ein Nickerchen halten.«

Tessa lachte und stand auf. »Das glaube ich dir sofort. Nur haben wir Bett und Sofa schon auseinandergebaut. Aber vielleicht lässt dich ja dein Nachbar ein Stündchen auf seiner Couch dösen.«

Ihre Großmutter verzog den Mund.

Mr Carfax war ein alter Griesgram, mit dem sich die fröhliche Sally Cooper noch nie verstanden hatte. Er war bestimmt froh, dass sie auszog – und umgekehrt ebenfalls.

Sally stand auf und drückte Tessas Arm. »Danke, Liebes. Ich finde, du hast einen ganz wunderbaren Beruf. Schade nur, dass du so weit weg wohnst, sonst könntest du im Seniorenheim Kurse für richtiges Atmen abhalten. Ich bin sicher, Southampton benötigt dringend eine talentierte Atemtherapeutin.«

Tessa schmunzelte, sagte aber nichts. Anderthalb Stunden Zugfahrt waren für ihre Großmutter, die nie aus Southampton herausgekommen war, eine Weltreise.

»Du wolltest mir doch noch erzählen, wer die Fotos in dem Album gemacht hat«, sagte Tessa.

»Stimmt! Schon wieder vergessen.« Sally schüttelte betrübt den Kopf. »Also gut. Hol das Album und ich erzähle dir von Margaret Sophie Clarke.«

Tessa rückte zwei Stühle nebeneinander und holte das Fotoalbum wieder aus der Kiste. Sie setzte sich neben Sally und schlug die erste Seite auf. Das erste Bild zeigte eine junge Frau mit langen, offenen Haaren und melancholischem Gesichtsausdruck.

»Margaret lebte im neunzehnten Jahrhundert auf der Isle of Wight und fertigte Fotoporträts der Bewohner an«, erklärte Sally. »Wir sind sogar über sieben Ecken herum mit ihr verwandt. Ich glaube, sie war die Schwester deines Ururgroßvaters. So genau weiß ich es nicht mehr. Sie war eine der ersten Frauen, die zu der Zeit fotografiert haben. Leider wurde sie nur ausgelacht.«

Sally betrachtete betrübt einige der Fotos. Viele der Porträtierten trugen wallende Gewänder wie griechische Göttinnen, mit Blumen geschmückte Flechtfrisuren oder kunstvoll geschlungene Kopftücher. Leider waren die meisten Bilder recht verschwommen, als hätten dieser Margaret beim Fotografieren die Hände gezittert.

»Wieso ausgelacht?«, fragte Tessa. »Die Fotos sind doch recht hübsch?«

Sally zuckte mit den Schultern. »Ich kann mir vorstellen, dass man Frauen zu der Zeit wenig zutraute. Und weil Margarets Fotos etwas verwackelt sind, hat man sie ausgelacht. Heute würde man vermutlich von Mobbing sprechen.«

Tessa nickte. »Verstehe. Und weshalb ›die Verrückte mit dem Kasten‹?«

Sally seufzte. »Nun ja, die Fotoapparate waren zu der Zeit nicht gerade handlich. Heute knipst ihr ja mit euren Handys. Aber damals … stell dir vor, wie das ausgesehen haben muss, wenn eine Frau in bodenlangen Röcken und mit einer dieser großen hölzernen Kameras über die Insel marschierte. Auf die altmodischen Insulaner muss sie wirklich wie eine Verrückte gewirkt haben.«

Tessa wusch sich im Bad die Hände und sah sich nach einem Handtuch um. Sie waren mit dem Einpacken endlich fertig und hatten alles verstaut, leider eben auch die Handtücher. So trocknete sie die Hände einfach an ihren Jeans ab und schaute in den Spiegel.

Ihr spukten ständig Margarets Fotografien im Kopf herum. Obwohl die Aufnahmen zugegeben alles andere als scharf und auf jeden Fall gestellt waren, ging von den Bildern eine seltsame Faszination aus. Als hätte die Fotografin dem Betrachter damit etwas mitteilen wollen. Als hätte sie ihr, Tessa, damit etwas mitteilen wollen.

Sie schüttelte irritiert den Kopf. Jetzt fing sie auch noch an zu spinnen! Offenbar lag ein Hang zum Verrücktsein in der Familie.

Trotzdem nahm sie sich vor, ihre Großmutter zu bitten, ihr das alte Fotoalbum zu leihen, um die Bilder nochmals in aller Ruhe betrachten zu können. Und sie nahm sich ebenfalls vor, ein wenig über Margaret Sophie Clarke herauszufinden.

Vielleicht spuckte das Internet ja einige Informationen über die Fotografin aus.

»Ich habe einen Bärenhunger, Liebes«, tönte es vom Wohnzimmer her. »Lass uns etwas essen gehen.«

»Sofort, Granny!« Tessa lief in den Flur und griff nach ihrer Jacke. »Worauf hast du Lust?«

Den Möbelwagen hatten sie auf fünfzehn Uhr bestellt, jetzt war es kurz vor eins, ihnen blieb genügend Zeit für den Lunch.

»Es ist so tolles Wetter, wollen wir ins Gatehouse gehen? Mitten in der Woche ergattern wir bestimmt noch einen Platz auf der Terrasse«, schlug Sally vor.

»Ja, ich liebe die gegrillten Garnelen dort!«

»Also abgemacht.«

Vor dem Haus blieb Sally einen Moment stehen und sah an der Fassade des im viktorianischen Stil erbauten Gebäudes mit den hübschen Erkern hoch. Ihre Lippen zitterten, doch bevor Tessa etwas sagen konnte, straffte ihre Großmutter die Schultern und hakte sich bei ihr ein.

»Abmarsch, mein Magen knurrt!«

Das Restaurant Gatehouse 1833 lag am Rande des Mayflower-Parks direkt am River Test, der bei Southampton in den Solent, einen Seitenarm des Ärmelkanals, mündete. Linkerhand erstreckten sich die Anlagen der Fährgesellschaft, die Großbritannien mit der Isle of Wight verband. Das imposante, ganz in Weiß gehaltene Torhaus mit der markanten Kuppel stand schon seit 1833 am Royal Pier und war während des Zweiten Weltkriegs mehrmals Bränden und Angriffen ausgesetzt gewesen. Inzwischen stand es unter Denkmalschutz.

In ihrer Jugend, so hatte Sally berichtet, diente der Pavillon als Tanzort und wurde in den Sechzigerjahren sogar zu einem Ballsaal umgebaut. Doch die Zeiten, in denen sich Jungverliebte hier zum Tanztee trafen, waren lange vorbei. Jetzt beherbergte das Torhaus ein vorzügliches Restaurant mit lokaler Küche.

Vor dem Gebäude parkten nur wenige Autos, und sie bekamen tatsächlich einen Tisch auf der Terrasse mit Blick auf den Fluss und die vorbeiziehenden Schiffe.

Nachdem der Kellner die Getränke serviert hatte und sie aufs Essen warteten, fasste Tessa sich ein Herz.

»Granny, würdest du mir das Fotoalbum von Margaret eine Weile überlassen?«

Sally hob die Augenbrauen. »Was willst du denn damit?«

Tessas Blick folgte der Fähre, die Richtung Insel steuerte. »Weiß nicht«, erwiderte sie. »Nochmals ansehen und vielleicht ein bisschen recherchieren, was aus unserer Vorfahrin geworden ist.« Sie zuckte mit den Schultern. »Ist doch spannend, eine Künstlerin in der Familie zu haben.«

Sally nippte an ihrem Wasser. »Natürlich, Liebes. Nimm's ruhig mit. Was soll ich auch noch damit? Irgendwann erbst du meinen Plunder ja sowieso.«

»Ich würde deinen Plunder doch eher als ›Dinge mit Charakter‹ bezeichnen.«

Sally lachte. »Du bist süß.«

Die Meeresfrüchte wurden serviert und sie ließen sie sich schmecken.

»Sag mal, Schatz«, begann Sally. »Ich will ja nicht zu neugierig erscheinen, aber gibt es in deinem Leben außer deiner Arbeit noch … ich meine, du weißt schon?!«

Obwohl Tessa vermutete, worauf ihre Großmutter hinauswollte, erwiderte sie unschuldig: »Keine Ahnung, was du meinst, Granny.«

Sally räusperte sich. »Nun ja, bitte versteh mich nicht falsch. Doch du bist jetzt auch schon siebenundzwanzig und …« Sie brach ab und tupfte sich mit der Serviette den Mund ab. »Ich weiß, heutzutage sieht man das anders als zu meiner Zeit. Und normalerweise finde ich das ja auch gut, aber ich hätte wirklich gern ein paar Urenkel, solange ich mich noch an ihre Namen erinnern kann.«

Tessa verschluckte sich. »Ein paar?«, krächzte sie und hustete verhalten.

Sally lachte. »Also zwei wären schon ganz nett.«

Tessa suchte in ihrer Handtasche nach einem Taschentuch und schnäuzte sich die Nase.

»Ich merk's mir«, erwiderte sie belustigt. »Und sobald ich für dieses Projekt den passenden Partner gefunden habe, gebe ich dir Bescheid.«

»Projekt?« Sally schnaubte. »Wie sich das schon anhört. Im Ernst: Gibt es keinen Mann in deinem Leben?«

Tessa dachte an Roger, mit dem sie ein paar Monate liiert gewesen war. Bis zu dem Tag, als sie bemerkt hatte, dass sie jeweils erleichtert durchatmete, wenn er die Wohnung verließ.

»Leider nein, liebste Granny. Ich warte immer noch auf Mr Right.«

Roger kannte nur die Arbeit und hatte wenig Verständnis dafür gezeigt, dass Tessa am Wochenende auch gern mal nichts tat, auf dem Sofa herumlümmelte und durch die Fernsehkanäle zappte. Er liebte seinen Beruf als Versicherungsmakler und war ständig auf Achse. Selbst wenn er frei hatte, hielt er es keine Minute ohne Beschäftigung aus und hetzte von einer sportlichen Aktivität zur nächsten. Sein Tatendrang, der sie am Anfang so fasziniert hatte, wurde ihr, je länger ihre Beziehung dauerte, immer lästiger.

An einem Sonntag vor drei Monaten, als Tessa um zehn Uhr morgens noch im Pyjama herumlief, war Roger der Kragen geplatzt und es war zu einem Riesenkrach gekommen. Daraufhin hatte er ihre Wohnung mit zwei Koffern und diversen Trainingsgeräten verlassen. Tessa vermisste ihn keine Minute lang. Sie freute sich nur, dass sie nicht weiter über seine herumliegenden Hanteln stolperte. Zugegeben, der Sex mit ihm hatte ihr gefallen, aber das Körperliche wog all die anderen Mankos nicht auf.

Sally spielte mit der Serviette. »Manchmal muss man sich eben auch mit Mr Nützlich zufriedengeben.«

Tessa kicherte und runzelte dann die Stirn. »Du beziehst das jetzt aber nicht auf Opa, oder?«

Sally sah sie schockiert an. »Meine Güte, auf keinen Fall! Wir haben uns sehr geliebt und er war der Einzige für mich.« Sie hob die Schultern. »Doch manchmal hat man auch … na ja, wie soll ich das sagen? Gewisse romantische Vorstellungen, die der Realität leider nicht entsprechen.«

Tessa hatte ihrer Großmutter nie etwas von Roger erzählt und fragte sich jetzt, wieso nicht. Vielleicht hatte sie schon von Anfang an gespürt, dass es mit ihnen nicht klappen würde.

»Du denkst also, deine Enkelin hat zu hohe Ansprüche und sollte nicht auf den Prinzen warten, sondern sich lieber den Stalljungen schnappen?«

Sally lachte. »Du übertreibst! Aber ja, in diese Richtung gehen meine Überlegungen.«

»Fein, Granny, ich verspreche dir, der nächste Mann, der mir über den Weg läuft, wird lediglich auf seine Nützlichkeit hin geprüft. Zufrieden?«

»Du machst dich über mich lustig«, erwiderte ihre Großmutter schmollend.

»Mitnichten!«, rief Tessa grinsend. »Dessert?«

4

Nuwara Lodge, Freshwater, März 1860

Margaret beäugte skeptisch den hölzernen Kasten auf drei Beinen. Sie hatte angenommen, dass ihr Jonathan Schmuck, Spitze oder wenigstens einen hübschen Stoff aus Paris mitbringen würde, und war jetzt enttäuscht. Was war dieses seltsame Ding überhaupt? Etwas für die Küche?

Jonathan stand mit verschränkten Armen davor und sah sie Beifall heischend an. »Nun, Liebes, was hältst du davon?«

Sie schämte sich, dass sie nicht wusste, wozu der Kasten diente, also legte sie lediglich den Kopf schief und lächelte stumm.

»Ist sie nicht großartig?«, rief Jonathan enthusiastisch. »Ich habe sie am Quai de l'Horloge bei der Familie Chevalier erstanden. Eigentlich wollte ich mir dort lediglich eine neue Brille besorgen, doch die Optikerfamilie ist führend in der Herstellung von fotografischen Apparaten. Et voilà, das ist ihre neuste Kreation!«

Margaret sah ihren Ehemann überrascht an. »Eine Camera obscura?«

Sie hatte 1851 als sechzehnjähriges Mädchen mit ihren Eltern zusammen die Weltausstellung in London besucht, unter anderem auch den berühmten Kristallpalast, den Königin

Victoria selbst eröffnet hatte, und dort eine Camera obscura gesehen. Das war aber eine monströse Maschine gewesen, die recht seltsame Bilder hervorbrachte, auf denen man kaum etwas erkennen konnte. Und diese Maschine sollte jetzt in diesem kleinen Holzkasten Platz gefunden haben?

»Was sagst du, Liebes?«

»Ich ...«, stammelte Margaret und räusperte sich dann. »Ich finde sie interessant.«

Er runzelte die Stirn. »Interessant? Ein bisschen mehr Begeisterung hätte ich mir schon erhofft.«

Jonathan wirkte enttäuscht, und sie beeilte sich zu sagen: »Ich bin nur überwältigt, verzeih.«

Er nickte besänftigt. »Natürlich, Liebes, natürlich. Das ist verständlich. Komm, ich zeige dir, wie sie funktioniert.«

Er marschierte zu dem Holzkasten und öffnete den hinteren Teil, der wie eine Schublade aussah.

»Es ist zwar ein bisschen kompliziert, und ich hoffe, ich habe nichts von dem vergessen, was man mir beigebracht hat, aber du bist ja ein helles Köpfchen und wirst den Dreh bald heraushaben.«

Er winkte sie auffordernd zu sich, und Margaret ging mit klopfendem Herzen auf das hölzerne Ding zu.

Grundgütiger, was hatte sich Jonathan bloß dabei gedacht? Sie bedauerte es zutiefst, dass er ihr nicht einfach nur Schmuck gekauft hatte.

5

»Ich habe hier eine Reihe hübscher Aquarelle, die bestens in …«

Terence Bradshaw, einer der Stiftungsräte des Museums, unterbrach Raiden: »Mr Palmer, wie oft sollen wir es noch wiederholen, dass im Moment keine Objekte mehr aufgenommen werden? Ich habe Ihnen bereits letzten Monat mitgeteilt, dass wir das Museum nicht zu einer Rumpelkammer machen wollen.«

Raiden atmete tief durch. Ja, das wusste er alles. Doch diese Aquarellserie von Leonora Bates nahm nun beim besten Willen nicht viel Platz weg. Die Malerin hatte in den Fünfzigerjahren eine Weile in Yarmouth gewohnt und war dort auch gestorben. Sie hatte sich auf historische Häuser und Cottages entlang der Bay spezialisiert. Und Raiden fand, ihre Bilder passten wunderbar an die hintere Wand der Eingangshalle.

»Natürlich, Mr Bradshaw, aber ein Museum lebt auch davon, dass seine Besucher neue Objekte entdecken können. Wer will schon immer die gleichen …«

»Das ist ja schön und gut«, unterbrach ihn Bradshaw erneut, und Raiden presste ärgerlich die Lippen aufeinander. Er hasste es, wenn man ihn nicht ausreden ließ.

»Aber Anordnung ist Anordnung«, fuhr Bradshaw gereizt fort. »Der Stiftungsrat wird dem Museum in zwei Monaten einen Besuch abstatten und dann entscheiden, was raus- und was eventuell neu reinkommt. Die Aquarelle laufen uns ja nicht weg, nicht wahr? Bis dahin halten Sie sich bitte an den Beschluss. Ich hoffe, ich habe mich klar ausgedrückt?«

»Klar und eindeutig«, murmelte Raiden missmutig.

»Mr Palmer?«

»Ja, Sie haben sich klar ausgedrückt«, antwortete er und unterdrückte einen ärgerlichen Seufzer. »Ich werde also mit den Erben von Leonora Bates reden und hoffe, sie vermachen die Aquarelle unterdessen nicht einem anderen Museum.«

Diese kleine Spitze konnte er sich nicht verkneifen. Er hielt es für einen großen Fehler, Leonoras Bilder nicht sofort auszustellen. Gerade die Jahre nach dem Zweiten Weltkrieg, in denen sich die Insel so stark gewandelt hatte, waren im Museum noch nicht ausreichend dokumentiert. Doch er wusste auch, wann er verloren hatte. Also machte er gute Miene zum bösen Spiel und versuchte, professionell zu bleiben.

»Gut, dann sehen wir uns in zwei Monaten«, schloss Bradshaw das Telefonat ab.

Raiden bejahte, obwohl der Stiftungsrat bereits aufgelegt hatte. »Unfreundlicher Kerl«, zischte er und knallte den Telefonhörer auf die Gabel.

Er stierte eine Weile vor sich hin, erhob sich dann und öffnete die Tür zum Vorzimmer. »Leonoras Aquarelle wurden abgelehnt«, informierte er Nancy.

Seine Assistentin sah ihn bestürzt an. »Alle?«

Er nickte.

»Ach herrje, wie schade. Sie sind doch so hübsch!«

Er zuckte hilflos mit den Schultern. »Was kann man von Stiftungsräten, die im fernen London in ihren klimatisierten Büros hocken, schon erwarten? Die meisten sind Laien und sehen nur die Zahlen und nicht den Wert, den gewisse Dinge für unsere Insel haben.«

Obwohl Raiden auf der Hauptinsel geboren worden war, lebte er schon so lange auf der Isle of Wight, dass er sich als Einheimischer betrachtete.

Um Nancys Mundwinkel spielte ein amüsiertes Lächeln. Vielleicht war ihr gerade dasselbe durch den Kopf gegangen.

»Bitte ruf doch Leonoras Erben an und frage nach, ob sie mit der Weitergabe der Aquarelle noch zwei Monate warten können. Wenn der Stiftungsrat Ende September hier antanzt, versuche ich mein Glück nochmals.«

»Hoffentlich klappt es dann auch.«

Raiden nickte und zog sich in sein Büro zurück. Er betrachtete die Pläne des Umbaus der ehemaligen Schlosswäscherei. Sie war für die Öffentlichkeit gesperrt, da der hintere Teil mit den Jahren baufällig geworden war. Sie würde sich wunderbar für eine Erweiterung des Museums eignen. Ihm fehlte noch der Kostenvoranschlag des Zimmermanns, aber wenn der Stiftungsrat Ende September auftauchte, hätte er alles beisammen und konnte seinen Vorgesetzten die Pläne präsentieren. Hoffentlich würden sie einsehen, dass eine Museumsvergrößerung unabdingbar war. Und während er die Skizzen betrachtete, fand er in Gedanken einen noch schöneren Platz für Leonoras Aquarelle.

»Wie geht's deinen Eltern?« Nathan sah Raiden fragend an.

»Wenn du sie ab und zu anrufen würdest, müsstest du das nicht fragen.«

»Umgekehrt wird auch ein Schuh daraus«, knurrte sein Großvater. »*Sie* rufen *mich* nie an!«

Raiden schüttelte entnervt den Kopf.

Die letzten Sonnenstrahlen wärmten die Veranda von Nathans Haus und sie genossen ein Glas von Megans wirklich vorzüglichem Cider.

»Es geht ihnen bestens«, sagte Raiden. »Du kennst ja Dad, er werkelt ständig am Haus herum. Und Mum engagiert sich in der Freiwilligenarbeit für die Kirche. Für die beiden hat der Tag stets zu wenig Stunden.«

Nathan nickte, ohne etwas zu erwidern, und kniff die Augen gegen die tief stehende Sonne zusammen.

Nathans Anwesen lag etwas erhöht in der Southdown Road, die zur Gemeinde Freshwater gehörte. Es war ein typisches Inselhaus mit weiß gestrichenen Backsteinmauern und hübschen Dachgauben. Das Reetdach war jedoch vor ein paar Jahren durch rote Ziegel ersetzt worden, was zwar weniger authentisch wirkte, aber auch Arbeit und Kosten einsparte. Hinter dem Gebäude erstreckte sich ein riesiges Gelände, bedeckt mit Büschen und knorrigem Wald. Zwischen dem Dickicht wuchsen Farne, die den Perlhühnern als Rückzugsort dienten. Das Anwesen hatte Nathan erworben, weil es mehr Platz für seine Ladys bot, aber im Grunde war das Grundstück viel zu groß für ihn. Doch auch beim Kauf hatte er sich von seiner Familie nicht dreinreden lassen.

Raiden wusste nicht, weshalb sein Vater von der Insel weggezogen war. Womöglich war es ihm hier zu einsam gewesen, oder er mochte den Trubel einer Großstadt lieber. Vielleicht hatte es aber auch andere Gründe. Sein Dad und Nathan waren sich in vielen Dingen ähnlich. Sie sprachen nicht gern über Gefühle. Je mehr man sie in dieser Richtung bedrängte, desto wortkarger wurden sie. Möglicherweise war das so ein Palmer-Ding, das sich von Generation zu Generation vererbte. Amber hatte ihm ja auch manchmal vorgeworfen, dass …

Raiden schüttelte den Kopf, um die Erinnerung an seine Ex-Freundin zu vertreiben, und verscheuchte eine Biene, die es auf sein Glas Cider abgesehen hatte. Das Summen ihrer Artgenossen lag in der Luft und wurde von der Brandung des nahen Meeres unterstrichen.

Nathans Haus war eines der letzten am Ortsausgang. Dahinter erstreckte sich entlang der Straße Richtung Compton nur noch Küstenvegetation. Wenn die Blumen blühten, war es ein richtiges Schlaraffenland für die Bienen.

»Dann will ich mal auf deine nächste Honigausbeute trinken«, sagte Raiden und hob sein Glas. »Und ich werde hoffentlich der Erste sein, der davon kosten darf.«

6

Margaret Sophie Clarke, 1835–1902, war eine britische Fotografin, die auf der Isle of Wight lebte. Sie fotografierte vorwiegend junge Mädchen, die sie mythisch inszenierte. In Fachkreisen galt sie als wenig begabt und wurde zeitlebens für ihre verschwommenen Bilder verspottet.

»Wenig begabt? Verspottet? Überaus freundlich«, murmelte Tessa.

Diese paar Zeilen waren das Ausführlichste, was sie über ihre Vorfahrin im Internet gefunden hatte. Margaret wurde zwar noch an anderer Stelle erwähnt, vorwiegend mit ihrem Ehemann Jonathan zusammen, der offenbar ein hohes Tier bei der East India Company gewesen war, aber wirklich Informatives gab das Internet über sie nicht her.

Eine jähe Sympathie für ihre Vorfahrin ergriff Tessa. Zugegeben, Margarets Fotos waren vielleicht nicht mit den gestochen scharfen Porträts einer Annie Leibovitz zu vergleichen, trotzdem musste man sie deswegen nicht so herablassend titulieren. Immerhin, so hatte Tessa recherchiert, war sie eine der ersten Frauen gewesen, die sich im neunzehnten Jahrhundert überhaupt mit Fotografie befasst hatte. Eine Leistung, die sie aus heutiger Sicht als noch herausragender empfand, denn damals waren Frauen oft nur für die »drei K« verantwortlich: Kinder, Küche, Kirche.

Tessa googelte noch ein bisschen länger, fand aber nichts mehr, das sie weiterbrachte. Schließlich klappte sie ihr Notebook zu und lehnte sich zurück. Durch das offene Fenster drang das Brummen des Londoner Feierabendverkehrs in ihre winzige Zweizimmerwohnung. Das Reihen-Einfamilienhaus in der Highworth Road im Stadtbezirk Barnet war in drei Wohnungen unterteilt. Tessa hatte das Erdgeschoss, über ihr lebten Josh und Abirran, die beide als Altenpfleger arbeiteten, und zuoberst Gwilym, ein mehr oder minder erfolgreicher Schauspieler. Obwohl Tessas halber Lohn für die Miete draufging, war es ihr wichtig, eine eigene Wohnung zu haben. Es kam für sie nicht infrage, in ihrem Alter noch bei ihren Eltern in Kensington zu wohnen, auch wenn sie dort erheblich mehr Platz und Annehmlichkeiten gehabt hätte.

Sie stand auf und trat in den schmalen Hausflur hinaus. Er führte in gerader Linie von der Haustür in den winzigen Garten, den sie sich mit den anderen Bewohnern teilte. Gwilym benutzte ihn nie, und Josh und Abirran nur, wenn sie eine ihrer Partys veranstalteten. Und da diese Partys immer seltener wurden, je länger die zwei hier wohnten, hatte Tessa das kleine Stück Natur meist für sich allein. Sie setzte sich auf einen der wackligen Metallstühle neben dem Sommerflieder, schloss die Augen und genoss die letzten Sonnenstrahlen.

Es konnte doch nicht sein, dass Margaret heute nahezu vergessen war. Das erschien ihr nicht fair. Sie musste das ändern! Ob Gwilym ihr dabei helfen konnte? Er trieb sich in Künstlerkreisen herum; vielleicht kannte er jemanden, der Margaret und ihre Fotos aus der Versenkung holen könnte. Zwar gab das alte Fotoalbum nicht viel her, und für eine Ausstellung waren es sicher zu wenige Bilder. Doch möglicherweise existierten noch weitere. Aber wo? Vermutlich auf der Isle of Wight, wo Margaret gelebt hatte.

Tessa nickte. Dieser Gedanke erschien ihr logisch. Sally sagte immer, dass in ihrer Familie ein Hamstergen existierte, weil niemand etwas wegwerfen konnte. Tessa wehrte sich zwar dagegen, doch auch sie hortete sinnloses Zeug. Und Tessas Muskelkater zeugte davon, dass Sally in den zehn Jahren, die sie in der Wohnung gelebt hatte, ebenfalls Opfer dieses Hamstergens geworden war. Siebenundzwanzig Kisten voller Gerümpel hatte sie für Sally entsorgt. Von zerbrochenen Teetassen über zerfetzte Stofftiere aus Tessas Kindheit bis hin zu Büchern, von denen nur noch der Einband übrig geblieben war. Wenn Margaret das Hamstergen ebenfalls besessen hatte, existierten ganz sicher irgendwo noch weitere Fotos von ihr.

Tessa atmete tief durch. Sie sah sich bereits mit einer Schere ein rotes Samtband zerschneiden, das die Fotoausstellung von Margaret Sophie Clarke im Victoria and Albert Museum eröffnete. Vielleicht kam sogar ein Mitglied der Königsfamilie zu diesem denkwürdigen Anlass. Das wäre ein Spaß!

»Nun gibt es Menschen von so schlaffem Geist, dass sie im Traum ausschwatzen, was sie tun.«

Tessa zuckte erschrocken zusammen. In der Gartentür stand Gwilym, eine Hand gegen den Abendhimmel ausgestreckt, die andere tragisch an die Stirn gelegt.

»Othello, dritter Akt, dritte Szene«, verkündete er.

Sie lachte. »Spinner! Ich habe weder einen schlaffen Geist noch schwatze ich.«

»Aber du murmelst vor dich hin, das ist praktisch dasselbe. Kannst du mir zwei Eier borgen?«

»Borgen?«

»Sagen wir schenken. Ich sterbe vor Hunger!«

Sie stand auf. »Wie kann man so viel essen und dabei dünn wie ein Spargel bleiben?«

Gwilym betrachtete das T-Shirt, das an seinem schmächtigen Körper baumelte wie eine Fahne bei Windstille, und zuckte mit den Schultern. »Gute Gene?«

Sie knurrte. In ihrer Familie gab es zwar das Hamstergen, aber ein Schlankheitsgen hatten die Coopers leider nicht zu bieten. Sie waren zwar alle nur ›gut genährt‹. Trotzdem hätte sie lieber in eine Kleidergröße weniger gepasst.

»Na, dann komm mal mit, du tragischer Held«, sagte sie zu Gwilym und ging ihm voraus in ihre Wohnung. »Speisen wir den armen Künstler, bevor ihn noch ein Ventilator in den Orbit bläst.«

»Die sind echt klasse!«

Tessa hatte Gwilym in Ermangelung von frischen Eiern zu gebackenen Bohnen auf Toast eingeladen. Sie saßen am Küchentisch und er blätterte in Margarets Album.

Sie freute sich über sein begeistertes Urteil. »Findest du?«

Er nickte mehrmals. »Wirklich außergewöhnlich.«

Er wies auf eine junge Schönheit mit Kulleraugen und bloßen Schultern. Sie trug ein helles Tuch über ihren Locken und erinnerte an ein Heiligenbild.

»Schau dir diese Perspektive an«, fuhr er fort. »Das Licht fällt von rechts auf ihr Gesicht, in den Augen spiegeln sich jedoch Glanzpunkte, als würden links von ihr Kerzen oder ein Spiegel stehen. Das macht den Blick lebendig. Obwohl das Modell eine gewisse Traurigkeit …« Er hielt inne und schüttelte den Kopf. »Nein, das ist das falsche Wort. Melancholie. Ja, das trifft es besser. Das Modell strahlt Melancholie aus, jedoch fühlt man beim Betrachten gleichzeitig auch Hoffnung.« Gwilym warf Tessa einen kurzen Blick zu. »Der Fotograf hat also nicht einfach bloß geknipst, sondern er zeigt die wirkliche Person. Quasi deren Seele. Das ist die Kunst am Fotografieren. Wer hat die Aufnahmen gemacht?«

Sie starrte ihn mit offenem Mund an. »Wieso weißt du so viel übers Fotografieren?«

Er zuckte mit den Schultern. »Hab mal einen Kurs besucht. Fotografie hat einiges mit der Schauspielerei gemeinsam.« Er blätterte weiter. »Also? Wer ist der Künstler? Kann man seine Bilder in einem Museum bewundern?«

Sie wunderte sich nicht das erste Mal über Gwilym. Er schien eine Menge versteckter Talente zu besitzen.

»Leider nein«, gab sie zur Antwort und betrachtete das Porträt eines etwa zehnjährigen Mädchens, das einen Kornblumenkranz trug. »Die Fotos hat eine Vorfahrin meiner Familie gemacht. Margaret Sophie Clarke. Sie ist seinerzeit deswegen offenbar nur verspottet worden.«

»Wieso?«

»Man hat ihr die verschwommenen Bilder als Dilettantismus ausgelegt. Ich halte sie eher für gewollt so inszeniert.«

»Ja, heutzutage würde man das auf alle Fälle so interpretieren.« Er wiegte den Kopf hin und her. »Aber auch wenn es nicht gewollt gewesen wäre, sind die Fotos wirklich sehr speziell. Speziell und wunderschön.«

Tessa lächelte. »Finde ich auch. Leider gibt es wahrscheinlich nur noch dieses eine Album. Meine Großmutter meinte, das seien die einzigen noch vorhandenen Aufnahmen in unserer Familie.«

»Schade, wenn es mehr gäbe, könnte man durchaus eine Retrospektive organisieren. Ich kenne einen Galeristen, der immer wieder solche Events veranstaltet. Er hat zwar nur eine kleine Galerie, ist in der Szene aber recht angesehen.«

Tessa richtete sich auf und lächelte breit. »Darauf habe ich gehofft, dass du jemanden aus der Branche kennst!« Sie warf einen Blick auf den Landschaftskalender über der Spüle. »In zwei Wochen fängt mein Sommerurlaub an. Eigentlich hatte ich nichts Großes vor und wollte lediglich zu meiner

Großmutter nach Southampton fahren, um zu sehen, wie sie sich im Seniorenheim eingelebt hat. Aber ... ich weiß nicht. Die Sache mit Margaret lässt mir einfach keine Ruhe. Ich muss mehr über sie erfahren. Immerhin ist sie ein Teil meiner Familie und wurde schlecht behandelt. Frauen müssen zusammenhalten, auch über die Jahrhunderte hinweg. Weißt du, was?«

Gwilym schüttelte den Kopf.

»Ich besuche Granny, und anschließend setze ich zur Isle of Wight über und suche nach Spuren von Margaret!«

7

Tessa stand an der Reling der Fähre, die von Southampton nach East Cowes auf der Isle of Wight übersetzte, und ließ sich die frische Seeluft um die Nase wehen. Die Sonne strahlte von einem wolkenlosen Himmel. Sie hielt das für ein gutes Zeichen für ihre Mission.

Zuvor hatte sie eine Woche mit Sally in Southampton verbracht. Zum Glück war sie ganz begeistert von der Altersresidenz. Sie hatte zwar nur ein Zimmer, aber seit ihrem Umzug war sie mit ihren neuen Bekannten ständig auf Achse und sagte, sie würde in dem kleinen Raum im Grunde sowieso nur übernachten. Tessa war froh, dass Sally hier glücklich war. Schrecklich, wenn es anders gewesen wäre. Tessa hatte sich also ohne schlechtes Gewissen von ihr verabschiedet und versprochen, regelmäßig über ihre Fortschritte bei der Spurensuche zu berichten. Hoffentlich würde es auch welche geben!

Sie sog tief die nach Tang und Salz duftende Seeluft ein. Ein paar Möwen hatten die Abfahrt der Fähre mit lautem Gekreisch begleitet, sich aber kurze Zeit später wieder aus dem Staub gemacht. Jetzt war nur noch das Rauschen der Wellen und leise Musik aus den Lautsprechern an Deck zu hören.

Der Wind frischte auf und Tessa schlang sich die Strickjacke enger um den Körper. Vom Anlegeplatz in East Cowes würde sie mit einem Bus direkt nach Newport, dem Hauptort der Insel, fahren. Die ganze Reise dauerte nur etwas mehr als eine Stunde. Und in Newport erwartete sie ein Zimmer in einem Bed and Breakfast.

Sie war reichlich verblüfft gewesen, als sie vor zwei Wochen versucht hatte, online eine Unterkunft zu finden. Der ganze August war komplett ausgebucht gewesen, und weil sie keinen Wagen hatte, konnte sie auch nicht in der Pampa wohnen. Sie wusste zwar, dass die Isle of Wight im Sommer Touristengebiet war, aber sie hatte nicht mit der ›Cowes Week‹ gerechnet, der Segelregatta, die hier seit 1826 stattfand. Acht Tage lang wetteiferten bis zu tausend Boote entlang der Küste um die Spitzenplätze.

So wäre ihr Vorhaben fast gescheitert, bevor es überhaupt begonnen hatte. Aber Gwilym hatte ihr wieder den entscheidenden Tipp geben können: Er kannte ein Ehepaar in Newport, das eine Pension betrieb, und ein Gast hatte kurzfristig abgesagt. Einer der Regattasegler war erkrankt.

Als sie in ihrer übergroßen Handtasche nach der Sonnenbrille suchte, strichen ihre Fingerspitzen über Sallys altes Fotoalbum. Nein, das stimmte nicht, jetzt gehörte es ja ihr, weil Granny es ihr geschenkt hatte. Tessa trug es immer bei sich. Es war ihr zu wertvoll, um es im Rollkoffer zu verstauen.

Die Lautsprecher verkündeten, dass sie in wenigen Augenblicken in den Hafen von East Cowes einfahren würden. Sie atmete tief durch und marschierte, den Griff des Koffers in der einen, die Handtasche in der anderen Hand, voller Erwartungen zur Gangway.

Die Fahrt im Bus bis nach Newport genoss Tessa in vollen Zügen. Wenn die Sträucher und Büsche entlang der Hauptstraße einmal wichen, erhaschte sie immer wieder einen Blick auf das glitzernde Wasser des River Medina. Der Fluss lief von Süden nach

Norden, teilte die Insel in zwei fast gleich große Hälften und mündete bei Cowes in den Solent. Da der Fluss den Gezeiten unterworfen war, diente er früher als wichtigste Handelsverbindung zum Meer, bis ihm Eisenbahn und Landstraße den Rang abliefen. Dörfer aus roten Backsteinhäusern mit weiß gestrichenen Tür- und Fensterrahmen sowie reetgedeckte Cottages mit liebevoll gepflegten Vorgärten säumten die Straße. Ab und zu sah sie sogar eine Palme oder andere exotische Gewächse. Das milde Klima verdankte die Insel dem Golfstrom, und Tessa bewunderte die mediterrane Flora.

Die Ankunft in Newport war ein Erlebnis für sich. Die Stadt empfing sie mit hochsommerlichen Temperaturen.

Obwohl Gwilym ihr erklärt hatte, dass es auf der Insel im Juli kaum über fünfundzwanzig Grad warm wurde, fühlte es sich heute an, als hätte das Thermometer die Dreißiggradmarke schon überschritten.

Tessa knotete ihre Strickjacke um die Hüften und orientierte sich an ihrer Handy-App. Die Pension Seagull lag mitten im Ort nahe der High Street und damit auch den Sehenswürdigkeiten und öffentlichen Verkehrsmitteln. Auch das Museum der Inselgeschichte und die Touristeninformation waren gleich um die Ecke.

Vom Busbahnhof aus marschierte Tessa also in nördliche Richtung zur High Street. Sie passierte Kitsch- und Ramschläden, die Souvenirs an die Touristen verkauften, blieb ab und zu vor einem Antiquitätenladen stehen und erfreute sich sonst an dem bunten Treiben der Inselhauptstadt.

Die meisten Häuser waren sorgfältig restauriert, andere kauerten wie hässliche Schwestern zwischen ihnen und zeugten von der Zeit, als man hier noch mit Kohlen geheizt hatte. Die Mischung aus Alt und Neu versprühte einen unverwechselbaren Charme, und Tessa fühlte sich gleich wie zu Hause. Von Londons Mief war hier nichts zu spüren. Es roch nach einem Gemisch aus Fish and Chips, Meeresbrise und Blüten. Irgendwo kreischten Möwen. Das Meer war also nicht weit. Überhaupt war hier nichts weit entfernt, denn die Insel maß lediglich fünfunddreißig Kilometer in der Länge und zwanzig in der Breite. Für eine Londonerin nur Katzensprünge.

Als Tessa das Seagull erreichte, musste sie schmunzeln. Die Pension wirkte wie eine Puppenstube: weiß gekalkte Backsteinfassade, dunkel gebeizte Balken und ein rotes Ziegeldach. Vor den Fenstern hingen Blumenkästen mit üppig blühenden Geranien. Ein hinreißender Anblick!

Sie zückte ihr Handy, fotografierte die Fassade und schickte das Bild sowie nochmals ein dickes Dankeschön an Gwilym. Postwendend kam ein lachender Smiley zurück. *Drück mir die Daumen, ich hab nachher ein Vorsprechen,* schrieb er außerdem. Tessa versprach ihm, die Daumen samt Zehen zur Verfügung zu stellen.

Die Rezeption des Seagull war gleich hinter der Eingangstür. Tessa stellte sich an die kleine Holztheke und warf einen Blick auf das altmodische Schlüsselbrett, an dem ein einsamer Schlüssel hing. Ihrer? An einem Balken, der vom Fußboden bis zur Decke reichte, klebten Postkarten aus aller Herren Länder. Offensichtlich hatten sich die Gäste hier derart wohlgefühlt, dass sie sich mit einem Gruß aus ihrer Heimat dafür bedankten. Ein gutes Zeichen.

Tessa betätigte die Thekenklingel, die einen melodiösen Ton von sich gab, und kramte in der Handtasche nach ihrem Pass.

Eine kleine Tür hinter der Theke, die sie zuvor nicht bemerkt hatte, öffnete sich, und eine zierliche Frau in den Vierzigern mit flammend rotem Haar und einer weißen Schürze tauchte auf.

»Ms Cooper?«, fragte sie und wischte sich dabei mit dem Handrücken über die Stirn. Zurück blieb ein Streifen Mehl.

Erst jetzt bemerkte Tessa, dass die Hände der Frau voller Teig waren.

»Die bin ich.«

»Herzlich willkommen im Seagull und auf unserer wunderschönen Insel. Ich bin Bridget Griffin. Aber sagen Sie einfach Bridget zu mir. Wir Insulaner sind weniger förmlich als die Londoner.«

Sie zwinkerte schelmisch, und Tessa schmunzelte. Die Inhaberin der Pension war ihr sofort sympathisch.

Bridget wies mit dem Kopf auf den einsamen Schlüssel. »Nehmen Sie sich den doch bitte gleich selbst«, sagte sie und hob ihre teigverkrusteten Hände in die Höhe. »Ich kann grad nicht. Und die Formalitäten wickeln wir später ab. Ich muss wieder in die Küche zu meinem Teig. Ihr Zimmer ist im ersten Stock nach hinten raus. Die Nummer zehn. Schön ruhig. Frühstück gibt's von sieben Uhr bis neun. Am Sonntag von acht bis zehn. Sollten Sie irgendwelche Wünsche oder Fragen haben, wählen Sie einfach die Eins auf dem Zimmerapparat, und ich oder mein Mann kümmern uns darum.« Sie schenkte Tessa ein strahlendes Lächeln und verschwand wieder durch die kleine Tür.

Tessa schnappte sich den Schlüssel vom Brett und trug ihren Rollkoffer die Holztreppe in den ersten Stock hinauf. Ein schmaler Gang, ausgelegt mit einem weinroten Teppich, erwartete sie. Links und rechts gingen identische Türen ab. Zuhinterst erspähte sie die mit der Nummer zehn.

Die Tür knarrte, als sie sie öffnete. Ein lichtdurchflutetes Zimmer mit einem romantischen weißen Metallbett erwartete sie. Eine lilafarbene Tagesdecke und eine Unmenge Zierkissen lagen darauf. Gegenüber befand sich ein ebenfalls weißer Schminktisch inklusive Hocker, darüber ein antiker Spiegel. Die Wände waren mit einer schimmernden Blümchentapete bezogen. Ob der erkrankte Segler sich hier wohlgefühlt hätte?

»Mir gefällt es jedenfalls«, sagte sie und stellte ihre Handtasche auf den Schminktisch.

Sie trat ans Fenster und sah auf einen Hinterhof. Obwohl er nicht sehr groß war, standen dort ein paar Tischchen mit Bistrostühlen. Eine Unmenge blühender Pflanzen in Töpfen und Kisten reihten sich an einer Backsteinmauer. Offensichtlich liebten Bridget Griffin und ihr Mann Blumen. Ob man im Hinterhof auch frühstücken konnte? Tessa stellte es sich entzückend vor, ihren ersten Grüntee des Tages an einem der Tischchen zu trinken.

Sie drehte sich um und betrachtete das Eisenbett, um sich dann der Länge nach darauf fallen zu lassen. Weich und bequem! Sie seufzte behaglich, starrte einen Moment an die stuckverzierte Decke und rappelte sich wieder hoch. Obwohl ein Schläfchen lockte, wollte sie heute noch mit ihrer Suche nach Margarets Fotos beginnen. Eine Woche war nicht lang und vermutlich würde es schwierig werden, überhaupt etwas zu finden. Also keine Zeit verlieren!

Sie packte rasch ihren Koffer aus, verstaute den Kulturbeutel in dem kleinen Bad und trat wieder in den Flur hinaus.

8

Raiden unterdrückte ein genervtes Schnauben. Er musste sich beeilen. In einer halben Stunde begann die Telefonkonferenz mit seinen Vorgesetzten wegen des geplanten Umbaus und er war spät dran. Vor ihm stand ein Riese von einem Mann in einem rot-schwarz karierten Holzfällerhemd. Ein wilder Grizzly-Bart zierte sein Gesicht. Er ließ sich von Felicity, einer der Angestellten im Touristenbüro, den Weg zum Robin Hill Country Park erklären. Und das bereits zum dritten Mal.

Die Touristen waren wichtig für die Insel, auch diejenigen, die offenbar keinen Orientierungssinn besaßen. Um sich abzulenken, sah Raiden sich um. Es war Montagmittag und nur noch wenige Menschen befanden sich im Tourismusbüro: ein älteres Paar, das sich Prospekte der Sehenswürdigkeiten der Insel anschaute, und ein Rucksacktourist, der die Plakate hinter der Kasse studierte. Das sommerliche Wetter hatte die Touristen offenbar schon früh aus ihren Betten gelockt. An den üblichen Anreisetagen am Wochenende standen die Besucher hier normalerweise Schlange.

Das Tourismusbüro befand sich im ehemaligen Rathaus und bot, nebst den Auskünften zu Aktivitäten und Sehenswürdigkeiten, auch eine ganze Palette von Produkten der Insel an. Raiden erspähte ein paar Gläser Honig auf einem

Tischchen neben der Eingangstür, die sein Großvater produziert hatte.

Endlich hatte der Holzfäller-Hüne die Route begriffen und Raiden trat einen Schritt vor. In dem Moment ging die Toilettentür rechts von ihm auf und eine hübsche Brünette trat heraus. Als sie ihn erblickte, runzelte sie die Stirn.

»Entschuldigen Sie, aber ich war vor Ihnen dran«, sagte sie und presste sich dabei eine übergroße Handtasche wie ein Schild vor die Brust.

»Wie bitte?«

»Ich war vor Ihnen dran«, wiederholte sie. »Sie haben sich vorgedrängelt.«

»Das habe ich nicht!«

»Doch, haben Sie! Ich stand hinter dem Holzfäller. Und weil das so lange ging, bin ich kurz auf die Toilette verschwunden. Und jetzt stehen Sie hier.«

Raiden hörte ein amüsiertes Schnauben und warf Felicity einen ärgerlichen Blick zu. Diese senkte schnell den Kopf und tat plötzlich unheimlich beschäftigt.

»Hören Sie, werte Dame«, entgegnete er. »Das tut mir ja leid, aber hinter dem Mann befand sich kein Schild, auf dem zu lesen gewesen wäre, dass der Platz besetzt ist.«

»Oh, ein Komiker!«, erwiderte die Brünette spöttelnd.

Er vermeinte, einen Londoner Akzent herauszuhören. Typisch Hauptstädter! Immer in Eile und dann auch noch so unhöflich.

Er warf Felicity einen Hilfe suchenden Blick zu.

»Die Dame hat recht, Raiden«, sagte sie mit einem Schmunzeln. »Sie war vor dir da.«

Die Touristin warf ihm einen triumphierenden Blick zu.

Er sah auf die Uhr. Verdammt, er hatte keine Zeit mehr, um den Gentleman zu spielen.

Er räusperte sich. »Offensichtlich bin ich im Unrecht, das tut mir leid. Und normalerweise würde ich Ihnen natürlich den Vortritt lassen. Aber ich bin wirklich in Eile und es geht auch ganz schnell, ich muss nur etwas abgeben.«

Die Brünette musterte ihn einen Moment und nickte dann. »Na gut. Ausnahmsweise.«

Er atmete erleichtert auf und zog ein paar Plakate für das Ritterturnier aus seiner Aktentasche. »Könntet ihr die bitte aufhängen, Felicity? Die Presseabteilung hätte die euch eigentlich direkt liefern sollen, aber …« Er zuckte die Achseln. »Das Turnier ist jedenfalls schon am Wochenende. Es eilt also.«

Felicity griff nach den Plakatrollen. »Sicher. Habt ihr auch Flyer?«

»Nein, dieses Jahr nicht. Wir müssen sparen.« Er seufzte. »Du kennst das ja.«

»Wem sagst du das?« Sie rollte eines der Plakate aus und studierte den Text. »Sieht toll aus.« Sie hob den Kopf und ließ ihren Blick durch den Raum gleiten. »Ich hänge sie am besten am Eingang auf. Dort bemerkt man sie gleich beim Hereinkommen. Und eines hinten an der Wand bei der Kasse. Ist das okay?«

»Super, vielen Dank.« Er trat zur Seite und verbeugte sich vor der Touristin wie ein Schauspieler am Ende eines Theaterstücks. »Bitte schön, Madame. Ihr Auftritt.«

Ihre Augen wurden schmal. Offensichtlich hatte sie sofort kapiert, dass er sich nun gerade über sie lustig machte. Mit einem Schmunzeln wandte er sich um und verließ das Besucherzentrum.

* * *

Tessa sah diesem Raiden kopfschüttelnd nach. Immerhin hatte er sich entschuldigt, auch wenn sie nicht sicher war, ob er es ernst gemeint hatte. War sie zu unhöflich gewesen? Doch der fragende Holzfäller hatte ewig gebraucht, deshalb war sie immer ungeduldiger geworden, und als sich dieser Raiden dann vorgedrängelt hatte, war ihr der Geduldsfaden gerissen.

Der Mann war nicht unattraktiv. Sie schätzte ihn auf knapp eins neunzig. Er hatte dunkelblonde, kurz geschnittene Haare, blaue, helle Augen, die etwas stechend wirkten, und er trug einen Fünftagebart. Im Grunde wirkte er recht sympathisch, wenn nur sein überheblicher Gesichtsausdruck und die spöttischen Worte nicht gewesen wären. Darauf reagierte sie empfindlich. Roger war ihr oft auf dieselbe Art begegnet, wenn sie etwas gesagt oder getan hatte, was er lächerlich fand. Dann kam sie sich wie ein dummes Kind vor und hatte häufig überreagiert.

Ein Räuspern unterbrach ihre Gedanken. Die Angestellte hinter dem Tresen sah sie erwartungsvoll an. »Womit kann ich Ihnen helfen?«

Sie trug ein rotes T-Shirt mit einem Namensschild: Felicity T.

»Ich suche eine Frau namens Margaret Sophie Clarke«, sagte Tessa. »Sie lebte im neunzehnten Jahrhundert auf der Insel und fotografierte. Sie ist eine entfernte Verwandte von mir und ich würde gern wissen, ob hier eventuell noch Fotos von ihr existieren.«

Die Angestellte nickte. »Dann schauen wir doch mal nach. Margaret Sophie Clarke, sagen Sie?«

»Genau. Geboren 1835, gestorben 1902.«

Felicity tippte konzentriert auf der Tastatur ihres Computers herum, dann schüttelte sie den Kopf.

»Tut mir leid, aber in unseren Unterlagen ist niemand mit diesem Namen aufgeführt. War sie denn berühmt?«

Tessa zuckte mit den Schultern. »Ich glaube schon, doch sicher bin ich mir nicht.« Sie griff in ihre Handtasche und holte das Fotoalbum heraus. »Wie gesagt, sie war Fotografin. Eine Pionierfotografin!«

Sie zeigte der Angestellten ein paar Bilder.

»Hübsch«, meinte diese. »Aber wie gesagt, in unserer Datenbank ist sie nicht aufgeführt.«

Tessa atmete tief durch. »Einen Versuch war's wert. An wen könnte ich mich denn noch wenden?«

Felicitys Lippen kräuselten sich zu einem Schmunzeln. »Ich würde Ihnen raten, es mal im Museum von Carisbrooke Castle zu versuchen. Dort gibt es eine eigene Abteilung, die sich auf Bewohner unserer Insel spezialisiert hat, die etwas Außergewöhnliches geleistet haben. Maler, Schriftsteller, Architekten, die ganze Palette. Vielleicht ist auch diese Fotografin darunter, wer weiß.« Sie griff nach einem Flyer, auf dessen Vorderseite die Ansicht eines Schlosses prangte. »Hier. Es ist nicht weit entfernt. Eine knappe halbe Stunde zu Fuß. Die Besichtigung des Schlosses und des darin befindlichen Museums lohnt sich auf alle Fälle.«

Sie reichte Tessa den Prospekt. Wieder kräuselten sich ihre Lippen, was Tessa ein wenig befremdete. Nahm die Angestellte sie auf den Arm? Aber warum sollte sie? Vielleicht hatte sie nur gerade an etwas Lustiges gedacht.

»Fein, danke für den Tipp. Dann versuche ich es mal dort.«

Tessa verstaute den Prospekt und das Album in ihrer Tasche, trat auf die High Street hinaus und suchte auf ihrem Handy den kürzesten Weg zum Carisbrooke Castle. Irgendwo musste sie schließlich mit der Suche anfangen.

Da es bereits kurz vor Mittag war und Tessas Magen knurrte, legte sie einen Stopp bei einer Bäckerei ein, die über den Ladentisch Hot Cross Buns verkaufte. Diese »Heißwecken« hatten früher das Ende der Fastenzeit eingeläutet und waren mit einem Kreuz verziert. Heutzutage konnte man sie jedoch auch außerhalb der Osterzeit kaufen. Tessa wählte einen mit Rosinen und einen mit Schokostückchen, dazu ein stilles

Wasser. Das Gebäck war noch warm. Genüsslich biss sie in die Köstlichkeit und folgte der High Street bis zur Carisbrooke Road. Dort fand sie auch gleich einen Wegweiser zum Schloss. Links und rechts der Route standen hübsche Reihenhäuser, die für England so typisch waren: weiß gestrichene Erker, schmiedeeiserne Balkongeländer und die unvermeidliche farbige Haustür. An mehreren Gebäuden hingen Bed-and-Breakfast-Schilder, die meisten davon jedoch mit dem Vermerk »No vacancy« – ausgebucht.

Tessa bog in die Castle Hill Street ein. Jetzt ging es richtig bergan. Sie kam ins Schwitzen und schon nach wenigen Hundert Metern hatte sie die Wasserflasche geleert. An einer Ausweichstelle blieb sie stehen, wischte sich den Schweiß von der Stirn und genoss den Ausblick über Newport mit seinem markanten viereckigen Kirchturm. Kurz darauf erreichte sie die ersten Mauerausläufer des Schlossgeländes.

Sie blieb schnaufend stehen und bewunderte die imposante Anlage. Früher musste sie immense Ausmaße gehabt haben. Sie zog den Flyer aus der Handtasche und informierte sich über die Geschichte von Carisbrooke Castle. Es war ein normannisches Schloss und stammte aus dem zwölften Jahrhundert. Einst war es das Gefängnis von Charles I. und seiner Tochter Elisabeth gewesen. Charles aus dem Hause Stuart war von 1625 bis 1649 König von England, Schottland und Irland gewesen. Tessa erinnerte sich vage an ihren Geschichtsunterricht bei Mr Woods und was er darüber erzählt hatte. In dem Flyer stand, dass Charles während des englischen Bürgerkriegs von Oliver Cromwell an diesem Ort gefangen gehalten und 1649 in London hingerichtet wurde. Bei einem Fluchtversuch war der König zwischen den Gitterstäben des Zellenfensters stecken geblieben. Hatte er vielleicht infolge seiner Haft ein paar Kilos zugelegt?

»Völlerei hat sich eben noch nie ausgezahlt«, murmelte Tessa. »Also merk es dir, wenn du das nächste Mal an einer Bäckerei vorbeikommst.«

Weiter stand in dem Prospekt, dass man dem König und seiner Tochter, weil sie sich während der Haft gelangweilt hätten, eine Bowlingbahn angelegt habe. Trotz dieser Annehmlichkeit war Elisabeth jedoch während ihrer Haftzeit mit nur fünfzehn Jahren verstorben und in einem Marmorgrab in der St Thomas Church beigesetzt worden. Schon traurig, ein Kind, das Jahre in Haft verbringt und dort sogar stirbt, dachte Tessa. Egal, wie viel Luxus diese Haft vielleicht geboten hatte. Sie mochte sich nicht vorstellen, wie schlimm das gewesen sein musste, und war froh, in der heutigen Zeit zu leben … und keine Prinzessin zu sein.

Sie bezahlte an der Schlosskasse die knapp zehn Pfund Eintritt und folgte den anderen Besuchern durch das Tor eines imposanten Bergfrieds.

»Ich will jetzt die Esel sehen!«, erklang neben ihr die nörgelnde Stimme eines etwa fünf Jahre alten Jungen.

»Ja, gleich, Trevor. Mummy muss nur noch schnell irgendwo verschwinden.«

»Nein, jetzt!«, beharrte der Kleine und schob trotzig die Unterlippe vor.

»Sofort, Spätzchen«, erwiderte seine Mutter und sah sich panisch nach dem Wegweiser zu den Toiletten um. Endlich hatte sie ihn erspäht und zog den sich sträubenden Jungen kurzerhand mit sich zu den Waschräumen. Das hatte zur Folge, dass der Kleine zu schreien anfing und sich zu Boden warf.

Einen Moment überlegte Tessa, ob sie der gestressten Mutter anbieten sollte, kurz auf ihren Sohn aufzupassen, doch in diesem Augenblick spurtete ein Mann, offenbar der Vater der Heulboje, über den Vorplatz. Er hob den Kleinen vom Boden auf und warf ihn sich wie einen Sack Mehl über die Schulter. »Zu den Eseln, junger Mann! Alles klar.«

Seine Frau stieß erleichtert die Luft aus und rannte regelrecht zu den Toiletten.

Der Vater rollte, als er an Tessa vorbeiging, entnervt mit den Augen.

Ob Tessa irgendwann auch so einen Quälgeist haben würde? Oder sogar zwei? Wenn es nach Sally ging, sollte sie sich ja ernsthaft auf die Suche nach einem Erzeuger für ihre zukünftigen Kinder machen. Doch es erschien ihr unrealistisch, dass sie diesen gerade auf einer alten normannischen Burg finden würde. Und der brüllende Trevor ließ ihren Wunsch nach einem ebensolchen Exemplar auch nicht stärker werden.

Sie orientierte sich am Lageplan des Schlosses, der auf der Rückseite des Flyers abgedruckt war. Rechts von ihr befand sich der Garten, den Prinzessin Beatrice hatte anlegen lassen, dahinter das Eselzentrum, was immer das bedeuten mochte. Aber wollte sie gleich wieder auf Trevor treffen? Eher nicht. Direkt vor ihr lag die Große Halle mit dem angrenzenden Museum.

»Versteckte Helden«, murmelte sie.

Offenbar war das der Name dieser Ausstellung, von der Felicity gesprochen hatte. Eine Hommage an die Insulaner, die in ihrem Leben irgendetwas Außergewöhnliches geleistet hatten.

Tessa straffte die Schultern. »Dann sehen wir mal nach, liebe Margaret, ob du auch eine dieser versteckten Heldinnen gewesen bist.«

9

»Sind alle Zelte rechtzeitig da?« Raiden stand mit Nancy in der Großen Halle und sah sich zum gefühlt tausendsten Mal die Unterlagen für das Turnier durch.

»Ja doch!«, erwiderte sie spitz. »Ich mache den Job ja auch nicht erst seit einer Woche.«

Raiden hob verblüfft den Kopf. Diesen Ton kannte er von seiner Assistentin gar nicht. Offenbar ging er ihr mit seinen Fragen langsam auf die Nerven. Aber dieses Jahr wollte auch wirklich gar nichts klappen! Dass die Plakate für das Turnier nicht rechtzeitig ausgeliefert worden waren, hatte eine richtige Pechsträhne eingeläutet. Die Aushänge waren wichtig, sie brachten die Laufkundschaft aufs Schloss. Und diese Besuchergruppe ließ, noch mehr als die Stammgäste, reichlich Devisen im ehrwürdigen Gemäuer zurück.

Nach der Sache mit dem Plakat und der frustrierenden Telefonkonferenz, die wieder keine Entscheidung gebracht hatte, trudelten dann auch noch zwei Absagen ein: Justin Ash, der normalerweise den Stand mit den Pfeilen und Speerspitzen betrieb, hatte sich den Arm gebrochen. Daher fielen seine Workshops, wie man einen authentischen Pfeil schnitzte und die passende Spitze anfertigte, ins Wasser. Meist wurden die Vorführungen von den jungen männlichen Besuchern und ihren Vätern regelrecht überrannt. Und Viola Brickfield, die Schneiderin, bei der man ein echtes Burgfräulein-Kostüm nähen konnte, lag mit Scharlach im Bett. Immerhin hatten aber die Brillenmacherin, der Sattler, die Korbflechterin und der Münzmacher zugesagt sowie auch die Schauspieler, die in authentischen Kostümen die Berufe des Mittelalters vorführten.

Dennoch, irgendwie steckte dieses Jahr der Wurm drin. Bei seinem Glück würde es am Wochenende bestimmt wie aus Kübeln gießen. Dann mussten die Ritterspiele abgesagt werden, denn auf nassem Terrain war es für Ross und Reiter zu gefährlich. Und bei miesem Wetter kamen sowieso kaum Besucher aufs Schloss.

Raiden atmete tief durch. Es brachte nichts, sich schon im Vorfeld verrückt zu machen. Aber Fortuna könnte ihm wenigstens am Turniertag wieder mal ein Lächeln schenken.

Nancys Handy summte. »Holly?«, meldete sie sich. »Was ist denn, ich …« Sie brach ab und lauschte.

Holly, eine der Aufseherinnen im Museum, schützte die ausgestellten Stücke vor klebrigen Kinderhänden und Langfingern.

Nancy hielt eine Hand über das Handy und wandte sich an Raiden. »Sagt dir der Name Margaret Sophie Clarke etwas?«

Er dachte einen Moment nach und schüttelte dann den Kopf. »Nein, wer soll das sein? Die Vertretung für Viola?«

Nancy grinste. »Eher nicht. Sie sei seit über hundert Jahren tot. Angeblich eine Fotografin von der Insel. Bei Holly steht eine Frau und erkundigt sich nach dieser Person.«

Er zuckte mit den Schultern. »Ich habe jetzt keine Zeit für so was. Holly soll die Angaben aufnehmen. Wir melden uns dann bei Gelegenheit.«

Nancy nickte und instruierte ihre Kollegin. Danach hielt sie Raiden die Rechnung für die Lieferung der verschiedenfarbigen Deko-Wimpel unter die Nase. »Schon wieder teurer geworden, Eure Königliche Hoheit.«

Als Antwort schüttelte er nur seufzend den Kopf.

»Der Kurator wird sich bei Ihnen melden, wenn Sie mir Ihre Telefonnummer dalassen.«

»Und wann?«

Die Angestellte in der adretten Uniform zuckte mit den Schultern. »Bei Gelegenheit.«

»Ich bin aber nur eine Woche auf der Insel«, gab Tessa genervt zurück. Sie kam einfach nicht weiter. Es war zum Haare raufen! »Können Sie nicht schnell in Ihrer Datenbank nachsehen ...« Sie las das Namensschild der Angestellten. »Holly? Womöglich finden Sie Margarets Namen ja. Das würde mir schon sehr helfen.«

Irgendwie waren auf dieser Insel alle Leute mit Namensschildern versehen. Möglicherweise bestand ja ein entsprechendes Gesetz, das dies im öffentlichen Dienst anordnete. Immerhin war die Isle of Wight seit den Siebzigerjahren eine eigene Grafschaft und konnte auf kommunaler Ebene tun, was sie wollte.

»Tut mir leid, aber ich kann hier nicht weg«, erwiderte Holly.

»Dann geben Sie mir bitte die Nummer dieses Kurators und ich rufe ihn selbst an«, schlug Tessa vor.

Holly schüttelte den Kopf. »Dazu bin ich nicht befugt.«

Tessa stieß frustriert die Luft aus. »Verstehe«, sagte sie dann, obwohl sie es nicht verstand, aber sie wollte sich auch nicht mit Holly streiten. Die konnte ja nichts dafür, dass dieser Herr keinen Kontakt zum einfachen Fußvolk wünschte.

Holly sah auf ihre Uhr. »In zehn Minuten fängt die Vorführung mit unseren Eseln an. Sie werden wie früher mithilfe eines großen Rades das Wasser aus dem Brunnen ...«

»Danke, aber ich möchte Trevor ungern erneut begegnen«, unterbrach sie Tessa. »Zudem tun mir eingesperrte Tiere leid.«

Holly riss verblüfft die Augen auf.

Tessa drehte sich um. Das war jetzt wirklich unhöflich von ihr gewesen. Doch es ärgerte sie, dass sie mit Margarets Spurensuche nicht vorankam. Es war zwar ihr erster Tag auf der Insel, aber trotzdem. Wenn das so weiterging, würde sie in einer Woche genauso schlau abreisen, wie sie angekommen war.

Als sie das riesige Eingangstor der Großen Halle erreichte, wurde ihr bewusst, dass sie Holly ihre Nummer gar nicht gegeben hatte. Also kehrte sie um und kritzelte ihren Namen und ihre Handynummer auf die Eintrittskarte und überreichte sie ihr. Mit zusammengepressten Lippen nahm Holly den Zettel entgegen und nickte ihr kurz zu. Hoffentlich schmiss sie die Nummer nicht gleich wieder weg, sobald sich Tessa umdrehte. Sie hätte wirklich höflicher zu Holly sein sollen. Ob sie sich bei ihr entschuldigen sollte?

Die Entscheidung wurde ihr durch eine japanische Touristengruppe abgenommen, die Holly mit Fragen bombardierte.

Tessa seufzte. Am besten kehrte sie ins Seagull zurück und fragte Bridget um Rat. Offensichtlich war die Pensionsinhaberin auf der Insel aufgewachsen und würde bestimmt wissen, wo sie suchen oder nachfragen konnte.

Tessas Stimmung hellte sich auf. Ja, das hätte sie gleich am Anfang tun sollen und nicht sinnlos in Newport herumirren. Und vielleicht rief dieser Kurator sie ja tatsächlich noch vor ihrer Abreise an. Wie sagte Sally so schön? Wunder geschehen immer wieder.

Der Schlosshof war nahezu leer. Offenbar waren alle Besucher zum »Donkey Centre« gepilgert, um der Esel-Show beizuwohnen.

Tessa überquerte den Hof und überlegte einen Moment, sich auch den Rest des Schlosses anzusehen. Schließlich hatte sie für alles bezahlt. Es gab noch die Kapelle, den Aussichtsturm, von dem aus man laut Flyer den besten Blick über Newport genoss, und den Garten. Und das Museum hatte sie auch nur ganz kurz in Augenschein genommen. Doch irgendwie war ihr die Lust an Historie gerade vergangen. Und das Schläfchen, das sie vorhin so tatendurstig ausgeschlagen hatte, gewann immer mehr an Attraktivität.

Sie marschierte aufs Torhaus zu, um die Schlossanlage zu verlassen, als ihr Handy piepste.

»Tessa, Spatz, hier spricht deine Großmutter durch Archibalds Handy. Ein Mitbewohner. Wie läuft es mit Margaret? Hast du schon etwas herausgefunden? Mit freundlichen Grüßen, Sally Cooper.«

»Willkommen im einundzwanzigsten Jahrhundert, Granny«, murmelte Tessa schmunzelnd.

* * *

Raiden marschierte über den Schlosshof. Er hätte schreien können! Eben hatte er einen Anruf von Tamzin erhalten. Die Schaustellerin, die seit Jahren als Kräuterfrau verschiedene Mixturen aus dem Mittelalter auf dem Erlebnismarkt der Ritterspiele anbot, war unterwegs zu ihrer Tochter nach Glasgow. Diese lag in den Wehen und hatte Tamzin gebeten, die restlichen Kinder zu betreuen, bis sie aus dem Krankenhaus zurückkam. Die schlechten Nachrichten rissen einfach nicht ab!

Irgendwo krähte ein Kind. Er wandte den Kopf und prallte unvermittelt in eine Person. Ein Handy flog an ihm vorbei und fiel scheppernd auf den Schlosshof.

»*Holy Crap!*«, fluchte jemand.

Instinktiv hatte er nach dem Arm dieser Person gegriffen, damit sie nicht stürzte. Es war die Brünette aus dem Tourismusbüro!

»Sie?«, riefen beide gleichzeitig.

Raiden starrte sie einen Moment fassungslos an und ließ sie dann los. »Tut mir leid, ich habe Sie nicht gesehen.«

»Ebenso«, rief die Frau entgeistert und hob schnell ihre fallen gelassene Handtasche auf.

Er bückte sich nach ihrem Handy. »Scheint noch ganz zu sein«, sagte er und hielt es ihr hin.

»Zum Glück! Ich war gerade dabei, eine SMS zu schreiben, und habe nicht auf den Weg geachtet.« Sie tippte hektisch auf dem Gerät herum. »Gott sei Dank, alles okay.«

Sie hob den Kopf und musterte ihn.

»Raiden Palmer«, stellte er sich vor. »Nochmals, es tut mir leid. Ich war in Eile.«

»Tessa Cooper. Ich genauso.«

Ihre Lippen kräuselten sich zu einem Lächeln. Erst jetzt bemerkte er, wie ausgesprochen hübsch sie tatsächlich war, und bevor er sich groß Gedanken machen konnte, sagte er: »Offensichtlich kreuzen sich unsere Wege ständig. Das muss etwas bedeuten, finden Sie nicht? Zudem bin ich Ihnen noch eine Entschuldigung wegen des Vordrängelns schuldig. Darf ich Sie auf einen Kaffee einladen?«

Im ersten Moment sah es danach aus, als wolle sie ablehnen, also fügte er hinzu: »Bitte, Sie bekommen sonst einen ganz falschen Eindruck von uns Inselbewohnern. Im Grunde sind wir nämlich ziemlich nett.«

10

Nuwara Lodge, Freshwater, April 1861

Liebster Jonathan!

Ich schreibe Dir in höchster Eile, weil ich so aufgeregt bin und es nicht erwarten kann, Dich von den neusten Entwicklungen zu unterrichten.

Endlich habe ich es geschafft, das nasse Kollodiumverfahren zu perfektionieren. Es ist mir jetzt möglich, jedes Negativ zu kopieren und beliebig zu vervielfältigen. Welch ein Entzücken! Lass uns Frederick Scott Archer für seine wunderbare Erfindung ein Kränzchen winden. Und vielleicht ebenso Deiner dummen Ehefrau, die so lange gebraucht hat, um dieses Verfahren zu erlernen, es nun aber perfekt beherrscht.

Denk Dir nur, Jonathan, ich habe jetzt sogar ein eigenes Atelier. Da staunst Du, nicht? In der Lodge ist es doch ziemlich beengt, also habe ich mich in unserem Freundeskreis nach einem leeren Raum umgehört, und kürzlich hat mich Anthony Thorneycroft diesbezüglich angesprochen. Du erinnerst Dich an ihn? Der sympathische Schriftsteller, den man uns auf Lady Latymers Teegesellschaft vorgestellt hat.

Er besitzt auf seinem Anwesen eine Orangerie, die früher als Gewächshaus gedient hat. Doch er benutzt sie nicht mehr. Also stellt er sie mir – unentgeltlich sogar – zur Verfügung. Ist das nicht entzückend? So viel Licht, Jonathan, so viel wunderbares Licht!

Ich werde das Glashaus zusätzlich mit einer Vielzahl verschiedener Spiegel ausstatten, damit ich wirklich jedes Quäntchen Tageslicht ausnutzen kann.

Ein Spiegelkabinett! Was sage ich: eine ganze Spiegelinsel! Ich kann es kaum abwarten, Dir alles zu zeigen. Also beeile Dich bitte mit Deiner Rückkehr.

Unterdessen werde ich mich weiterhin mit der Entwicklung der Fotografien befassen. Wie Du ja weißt, muss man sie sofort bearbeiten, und darin bin ich leider noch etwas ungeschickt und habe schon viele hübsche Porträts durch meine Langsamkeit verdorben. Ich bin dennoch guter Dinge, dass ich es früher oder später erlernen werde. Verzeih bitte, dass Dir bis dahin eine Menge Rechnungen für Material und Chemikalien ins Haus flattern. Jedoch darfst Du mich deswegen nicht rügen, denn Du warst es ja selbst, der mich auf dieses wundervolle

Steckenpferd gebracht hat, und dafür bin ich Dir endlos dankbar.

Es grüßt Dich in tiefer Verbundenheit, Liebe und sehnlichster Erwartung
Deine Gattin Margaret

11

Tessa setzte sich im Hof der schlosseigenen Teestube auf einen der Holzstühle, derweil Mr Palmer die Getränke holte. Er war nicht davon abzubringen gewesen, sie einzuladen. Wenn Männer galant sein wollten, sollte man sie lassen.

Sie platzierte ihre Handtasche auf dem Stuhl neben sich und hielt das Gesicht in die Sonne. Als ein Schatten vorbeizog, öffnete sie die Augen. Eine Taube hatte sich am Nebentisch niedergelassen und beäugte sie aufmerksam.

»Sorry, aber hier gibt's nichts für dich.« Als hätte der Vogel ihre Worte verstanden, flatterte er nach kurzer Zeit wieder davon. Irgendwo hinter der Mauer, die den Innenhof umgab, schrie ein Esel und Applaus erklang. Möglicherweise war die Teestube so schlecht besucht, weil gerade die Esel-Show stattfand.

Tessa linste zur Kasse. Mr Palmer stand mit einem Getränketablett bei der Kassiererin und unterhielt sich mit ihr, während er sein Portemonnaie zückte. Die junge Frau redete wie ein Wasserfall auf ihn ein und unterstützte ihre Worte mit ausladenden Gesten. Obwohl Tessa nicht verstand, was die beiden sagten, musste die Frau entweder furchtbar böse auf ihn sein oder sie versuchte, ihm etwas zu erklären. So oder so erschien ihr die Situation seltsam. Hatte der Vordrängler ihr etwa einen unsittlichen Antrag gemacht?

»Ich sollte ihn nicht mehr so nennen«, murmelte Tessa und verbiss sich ein Lachen. Immerhin lud der Mann sie gerade zu einem Kaffee ein. Und, wie sich herausstellte, als er das Tablett auf den Tisch stellte, ebenfalls zu einem Stück Kuchen.

»Diesen Lemon Curd Cake müssen Sie einfach probieren«, sagte er und setzte sich ihr gegenüber. »Eine Spezialität unserer …«, er räusperte sich, »des Schlosscafés.«

Tessa mochte Zitronenkuchen eigentlich nicht besonders, wollte aber nicht unhöflich erscheinen und nickte. Auf dem Cappuccino schwamm ein Herz aus Schokoladenpulver. Er sah köstlich aus und schmeckte fantastisch. Sie probierte den Lemon Curd Cake, der ihr wider Erwarten ebenfalls zusagte.

Mr Palmer lehnte sich im Stuhl zurück und streckte seine langen Beine aus. »Sind Sie wegen der Cowes Week auf der Insel?«, fragte er.

Seine hellen Augen musterten sie aufmerksam. Sein steter Blick brachte sie ganz durcheinander. Er hatte etwas Hypnotisches, als würde er ihr bis in die Seele sehen können.

Sie schluckte den Bissen hinunter. »Nein, nicht wirklich. Ich hab's nicht so mit dem Segeln.« Sie überlegte, ob sie Margaret erwähnen sollte. Doch da sie den Mann nicht kannte, erschien ihr das zu aufdringlich. Möglicherweise hielt er sie dann für etwas seltsam. Und ihre Mission war im Grunde ja auch etwas seltsam.

»Und gefällt Ihnen die Insel?«

»Bis jetzt schon«, erwiderte sie. »Ich bin zwar erst seit ein paar Stunden hier, aber ja, ganz hübsch.«

Raiden Palmer lachte. Ein tiefes Lachen, das ihr einen wohligen Schauer bescherte. Sein bis jetzt so überheblicher Ausdruck war wie weggewischt. Und er wirkte jünger und um einiges attraktiver. Sie senkte den Kopf und widmete sich intensiver ihrem Kuchenstück.

»Ganz hübsch? Das dürfen Sie in Gegenwart unseres Tourismusdirektors aber nicht erwähnen.« Er nippte an seinem Kaffee. »Wohnen Sie in Newport?«

Der Mann war ja neugieriger als ihre Großmutter. Wollte er sie aus irgendeinem Grund aushorchen? Doch in seinem Blick lag lediglich Interesse, also nickte sie wieder.

»Im Seagull.«

»Ah, bei Bridget und Jason. Gute Wahl! Grüßen Sie sie von mir.«

»Mach ich.«

Was Raiden Palmer wohl arbeitete? Er schien hier alle zu kennen und hatte im Tourismusbüro Plakate abgegeben. Möglicherweise war er ebenfalls in der Tourismusbranche; deshalb auch die vielen Fragen. Quasi berufliches Interesse. Schade eigentlich. Es wäre schmeichelhafter gewesen, wenn er sich für sie als Person interessiert hätte.

Aber sie war nicht hier, um irgendwelche Insulaner kennenzulernen, außer natürlich diejenigen, die ihr bei der Suche nach Margaret weiterhalfen. Ansonsten sollten sie ortsansässige, attraktive Männer nicht interessieren.

»Und was tun *Sie* so den ganzen Tag?«, fragte sie.

In diesem Moment klingelte ein Handy. Der Refrain von »Bad Romance« von Lady Gaga. Tessa unterdrückte ein Lachen. Sie hätte ihm einen männlicheren Klingelton zugetraut. Etwas wie »We Are the Champions« oder so.

»Entschuldigen Sie bitte.« Palmer griff in seine Hosentasche. »Ja?«, meldete er sich und zog die Stirn in Falten. »Verstehe. Okay, ich komme.« Er wandte sich an Tessa. »Tut mir leid, ich muss los.« Er klang tatsächlich enttäuscht.

»Kein Problem.«

Er stand auf. »Dann wünsche ich Ihnen noch einen schönen Urlaub.«

»Danke, werde ich sicher haben.«

Einen Moment schien es, als wolle er noch etwas hinzufügen. Vielleicht bat er sie um ihre Handynummer. Sollte sie sie ihm geben? Warum eigentlich nicht? Doch dann nickte er ihr nur kurz zu und verschwand im Innern des Cafés.

Sie sah ihm nach, zuckte mit den Schultern und aß den Zitronenkuchen auf. Besser so, sie musste sich auf andere Dinge konzentrieren.

* * *

Raiden stieß frustriert die Luft aus. »Und was ist jetzt wieder schiefgegangen? Hat sich etwa die königliche Familie für einen Blitzbesuch angemeldet?«

Im Büro herrschte ein riesiges Durcheinander. Plakatrollen lagen herum. Jemand hatte die Schilder, mit denen sie die Marktstände beschrifteten, einfach in der Mitte des Raums auf einen Haufen geworfen, und aus einem aufgeplatzten Karton quollen die farbigen Wimpel.

Nancy grinste. »Mal den Teufel bloß nicht an die Wand! Mit den Zelten gibt es leider doch ein Problem. Es kommen zwei zu wenig. Irgend so ein Idiot hat sie doppelt vermietet.«

Raiden drückte mit Daumen und Zeigefinger seine Nasenwurzel. »Okay, das ist unerfreulich, aber auch kein Weltuntergang. Viola und Justin fallen eh aus. Dann müssen sich die Brillenmacherin und die Korbflechterin halt ein Zelt teilen.«

»Na, das wird ihnen aber nicht gefallen.«

»Geht halt nicht anders. Rufst du die beiden gleich an?«

Nancy nickte. »Klar, Boss!«

Raiden ging in sein Büro und schaltete den Computer ein. Während die Startseite lud, sah er zum Fenster hinaus. Eben war die Eselvorführung zu Ende und die Besucher strömten zu den Toiletten und ins Schlosscafé.

Ob diese Tessa Cooper immer noch dort war? Er hätte sich gern weiter mit ihr unterhalten. Etwas an ihr hatte ihn an Amber erinnert. Die langen braunen Haare, die Form ihrer Augen und die sinnlichen Lippen. Sie legte ebenfalls den Kopf schief, wenn sie zuhörte, und auch ihre spöttische Art glich der von Amber. Vielleicht hätte er sie nach ihrer Nummer fragen sollen. Er hätte ihr ein paar schöne Stellen auf der Insel zeigen können. Doch die Gelegenheit war verstrichen, weil er gezögert hatte. Offensichtlich hatte er in den vergangenen Jahren verlernt, wie man eine Frau um ihre Nummer bat. War bestimmt besser so. Sie war vielleicht verheiratet, hatte vier Kinder und einen muskelbepackten, eifersüchtigen Ehemann. Hatte sie einen Ehering getragen? Er dachte scharf nach, konnte sich aber nicht erinnern. Ob er sich bei Bridget danach erkundigen sollte? Doch mit welcher Begründung?

»Lass den Mist, Palmer!«, murmelte er vor sich hin. »Du hast schon genug Probleme am Hals.«

Er schob alle Gedanken an seine Jugendfreundin und die verführerische Touristin beiseite und konzentrierte sich wieder auf das Ritterturnier.

* * *

Als Tessa ins Seagull zurückkam, stand Bridget mit einem Mann am Tresen, der augenscheinlich Teilnehmer der Segelregatta war. Er trug halblange Shorts, ein gestreiftes Poloshirt und Segelschuhe. Seine Haut war tief gebräunt. In der einen Hand hielt er eine Kappe mit einem stilisierten Anker darauf, in der anderen ein Mobiltelefon.

»Natürlich, Mr Trevino, wir regeln das gleich heute noch.«

Der Mann nickte erleichtert und marschierte zur Treppe.

Bridget seufzte kurz und lächelte, als sie Tessa entdeckte. »Ms Cooper, na, schon den ersten Ausflug gemacht?«

»Hallo, Bridget. Sagen Sie doch Tessa zu mir. Und ja, ich war auf dem Schloss. Sehr eindrücklich, wirklich.«

»Ein toller Kasten, nicht? Wie kann ich Ihnen helfen?«

Tessa trat an die Theke und zog Margarets Fotoalbum aus der Tasche. »Ich bin eigentlich nicht nur zum Vergnügen auf der Insel«, begann sie. »In meiner Familie gab es eine Fotografin, die hier Ende des neunzehnten Jahrhunderts gelebt und wunderschöne Porträts gemacht hat.«

Sie schlug das Album auf und drehte es so, dass Bridget die Fotografien sehen konnte.

Bridget zog eine Brille unter dem Tresen hervor und begutachtete die Porträts. »Wirklich schön. Sind die alle aus der Zeit?«

»Ja. Wir haben leider nur noch diese paar Bilder, deshalb bin ich auf die Insel gekommen. Um nachzuforschen, ob hier womöglich weitere existieren. Die Suche gestaltet sich leider sehr schwierig.« Sie seufzte. »Ich war schon im Tourismusbüro und eben auf dem Schloss, um nachzufragen, ob Margaret in die Sammlung der ›Hidden Heroes‹ aufgenommen wurde. Aber Fehlanzeige. Niemand kennt ihren Namen.«

»Hat Ihre Verwandte denn in Newport gewohnt?«

Tessa zuckte mit den Schultern. »Keine Ahnung. Leider ist sehr wenig über Margaret Sophie Clarke bekannt. Sie lebte von 1835 bis 1902. Vermutlich wurde sie auf der Insel auch beigesetzt. Aber selbst das ist nicht gewiss. Ihr Mann hieß Jonathan und arbeitete für die East India Company. Es könnte durchaus sein, dass die beiden irgendwann wieder nach Ceylon zurückgekehrt sind. Sie haben dort auf einer Plantage gewohnt, bevor sie nach England gezogen sind.«

»Wie spannend.« Bridget blätterte das Fotoalbum vorsichtig durch. »Bezaubernde Porträts. Etwas verschwommen zwar, aber das macht ihren Reiz aus, nicht?«

Tessa strahlte. »Ja, ganz meine Meinung. Zu jener Zeit war sie sicher eine Pionierin auf ihrem Gebiet.« Sie atmete tief durch.

»Vielleicht wäre sie sogar eine Kandidatin für die Ausstellung der ›Hidden Heroes‹? Was meinen Sie? Dafür müsste ich aber vermutlich mehr Fotografien vorweisen können.«

»Ja, möglich«, sagte Bridget. »Aber da wenden Sie sich am besten direkt an den Schlosskurator. Er entscheidet, was in diese Sammlung kommt und was nicht.«

»Das hat man mir bereits mitgeteilt«, erwiderte Tessa. »Und man hat mir ebenfalls versprochen, dass er mich anruft.«

Bridget musterte sie einen Moment nachdenklich. Tessa fragte sich, ob ihr eventuell noch Krümel des Zitronenkuchens an der Wange klebten.

»Sie haben ihn nicht kennengelernt?«

Tessa schüttelte den Kopf und wischte sich vorsichtshalber mit dem Handrücken über die Backe.

Bridgets Lippen kräuselten sich. »Sie würden ihm gefallen«, sagte sie dann. »Ihre Art erinnert mich an …« Sie hielt inne und räusperte sich.

»Erinnert Sie an wen?«

Bridget winkte ab. »Nicht so wichtig. Aber wenn er von Ihrem Anliegen hört, wird er sich sicher dafür einsetzen.«

»Das wäre wirklich toll«, sagte Tessa. »Und in der Zwischenzeit möchte ich versuchen, Spuren von Margaret ausfindig zu machen. Ich könnte mir vorstellen, dass sich vielleicht in ihrem ehemaligen Haus noch weitere Fotos befinden.«

»Gut möglich. Vor allem, wenn sie wie meine Mutter gewesen ist«, sagte Bridget lachend. »Die kann nämlich nichts wegwerfen.«

Tessa lachte ebenfalls. »Vielleicht sind wir ja um sieben Ecken herum verwandt. In meiner Familie ist es genauso. Sie sollten mal unsere Dachböden sehen.«

»Also«, begann Bridget. »Ich an Ihrer Stelle würde mich im Rathaus erkundigen. Wenn Ihre Verwandte hier gelebt hat, muss sie doch im Register stehen. Möglicherweise hat man das schon alles digitalisiert, dann geht die Suche schnell.«

Das Rathaus mit seinem Einwohnermeldeamt, natürlich! Tessa hätte selbst darauf kommen können.

Bridget sah auf ihre Uhr. »Die haben aber jetzt bereits geschlossen. Versuchen Sie morgen Ihr Glück.«

»Wunderbar, danke, Bridget. Sie haben mir sehr geholfen.«

Tessa verstaute das Fotoalbum wieder in ihrer Tasche. Als sie schon gehen wollte, fiel ihr noch etwas ein. »Wo kann man hier denn gemütlich essen?«

»Allein?«

»Ja, leider.«

»Sind Sie mobil?«

Tessa schüttelte den Kopf.

»Dann empfehle ich Ihnen das Thompson's. Es liegt gleich die Straße runter. Das Essen ist wirklich gut, die Preise angemessen. Soll ich für Sie einen Tisch reservieren? Sagen wir für acht Uhr?«

»Das wäre großartig, herzlichen Dank.«

»Aber gerne.« Bridget griff nach dem Telefonhörer. »Und Sie halten mich auf dem Laufenden, wie es mit der Suche nach der Fotografin vorangeht. Das ist aufregend!«

Tessa hob den Daumen und ging die Treppe hinauf in ihr Zimmer, um sich endlich ein Nickerchen zu gönnen.

12

Am Dienstagmorgen erwachte Raiden mit Kopfschmerzen. Ein untrügliches Zeichen dafür, dass sich das ungewöhnlich heiße Wetter verabschiedet hatte. Er schaute zum Küchenfenster hinaus, und tatsächlich dräuten dunkle Wolken am Horizont. Die Wetter-App auf seinem Handy zeigte für das Wochenende, wenn das Ritterturnier stattfand, jedoch wieder Sonnenschein an. Gott sei Dank!

Er schaltete die Kaffeemaschine ein, während seine Gedanken zu der hübschen Touristin von gestern zurückschweiften. Sie ging ihm einfach nicht aus dem Kopf, und er bereute es, sie nicht nach ihrer Telefonnummer gefragt zu haben. Gestern wäre ihm eine Abfuhr höchst peinlich gewesen. Aber heute dachte er anders darüber. Er hätte nicht zögern sollen! Sollte er auf dem Weg zur Arbeit einen kleinen Umweg machen, um am Seagull vorbeizuschlendern? Vielleicht hatte er Glück und begegnete ihr. Aber ob sie so früh schon auf den Beinen war? Die Küchenuhr zeigte halb sieben. Sicher schlief sie noch, sie hatte ja Urlaub.

Und unter welchem Vorwand konnte er bei Bridget vorbeischauen, ohne wie ein neugieriger Stalker zu wirken? Bridget durchschaute jeden. Für eine Pensionsbetreiberin war das nicht das schlechteste Talent, aber es war blöd für ihn. Nein, ohne triftigen Grund konnte er nicht einfach so bei ihr auftauchen.

Als etwas Pelziges um Raidens Beine strich, zuckte er zusammen und schubste es reflexartig weg. Earl Grey! Der Kater fauchte beleidigt und sprang aufs Fensterbrett.

»Himmel, du hast aber auch ein Talent, dich unbemerkt anzuschleichen!«

Der grau gestreifte Kater sah ihn aus seinen gelben Augen gekränkt an.

»Ist ja gut, entschuldige.« Raiden lachte und versuchte, Earl Grey zu streicheln, doch der duckte sich weg.

»Na, dann eben nicht.« Raiden schüttelte amüsiert den Kopf.

Der Kater war so kapriziös wie eine alternde Diva und zugleich unbestechlich wie Eliot Ness. Nachdem Raiden ihn gefüttert hatte, würde er ihn nicht mehr beachten. Wenn er Glück hatte, heute Abend vielleicht wieder, aber vorher auf keinen Fall.

Raiden fragte sich nicht zum ersten Mal, wieso er den alten Streuner letztes Jahr überhaupt aufgenommen hatte. Er hatte eines Tages maunzend vor der Tür gehockt und um Asyl gebeten. Raiden hatte es sich nett vorgestellt, ein Haustier zu haben, doch der Kater kam und ging, wie er lustig war, ließ sich meist gar nicht streicheln und strafte seinen Fütterer größtenteils mit Ignoranz. Aber Raiden hing seltsamerweise an dem alten Haudegen. Offensichtlich hatte er schon so manchen Kampf ausgefochten, wie seine Narben auf Nase und Ohren bezeugten. Und es war recht angenehm, abends etwas Gesellschaft zu haben. Auch wenn die lediglich darin bestand, dem Kater beim Schlafen vor dem Kamin zuzusehen. Ein Schmusekätzchen war er wahrhaftig nicht.

»Du hast eben Charakter, nicht wahr?«, sagte Raiden, während er eine Dose Katzenfutter öffnete. Er stellte das Schälchen auf den Boden und füllte frisches Wasser in das andere. »Lass es dir schmecken!«

Ohne Eile, als wolle er ihm damit verdeutlichen, dass er aus reiner Güte das Fressen akzeptierte, sprang der Kater auf den Küchenboden und widmete sich geräuschvoll seinem Frühstück.

»Immer wieder gern«, murmelte Raiden grinsend, stürzte seinen Kaffee hinunter und machte sich auf den Weg ins Schloss.

Nancy saß an ihrem Schreibtisch, als er eine Viertelstunde später das Büro betrat. Sie hatte das Radio angestellt und sang lauthals irgendeine Schnulze mit. Sie winkte ihm zur Begrüßung zu, ohne ihre Performance zu unterbrechen. Erst als die letzten Töne des schmalzigen Liebeslieds verklungen waren, drosselte sie die Lautstärke des Apparats.

»Hat das mit der Doppelbelegung des Zeltes geklappt?«, fragte er.

»Yep! Die zwei waren zwar ein wenig eingeschnappt, haben es dann aber akzeptiert.«

»Gut«, erwiderte er. »Unser Glück, dass sich nicht der Schmied und der Metzger ein Zelt teilen müssen. Die würden glatt ihr Werkzeug aneinander ausprobieren.«

Nancy kicherte. »Hier!« Sie hielt ihm eine Eintrittskarte für das Schloss entgegen. »Bitte zurückrufen. Holly hat das gestern gebracht. Diese Touristin, die eine Fotografin aus dem neunzehnten Jahrhundert sucht.«

Raiden seufzte. Auch das noch! Seine Kopfschmerzen wurden sofort stärker. Dafür hatte er jetzt weiß Gott keine Zeit. Natürlich half er bei solchen Anfragen üblicherweise gern weiter, aber im Moment wusste er nicht, wo ihm der Kopf stand. »Hast du zufällig ein Aspirin?«

»Gestern zu viel getrunken, was?«, fragte Nancy spöttisch und kramte in der Schreibtischschublade herum. Sie zog ein Tütchen Schmerzmittel hervor und riss es auf.

»Wohl kaum«, knurrte er und griff danach.

»Und die Anfrage nicht vergessen.« Sie hielt ihm wieder die Eintrittskarte unter die Nase.

»Na gut.« Er schnappte sich das Ticket. »Aber das muss warten bis …«

Er riss die Augen auf. Das war jetzt nicht wahr, oder? Ein breites Grinsen legte sich auf sein Gesicht.

»Boss? Alles in Ordnung?«

»Wie?«

»Alles in Ordnung? Du siehst gerade etwas … belämmert aus.«

Er lachte. Nancy hatte noch nie ein Blatt vor den Mund genommen. Aber dieser Zufall war auch einfach zu köstlich! Neben der Handynummer prangte auf der Eintrittskarte ein Name: Tessa Cooper. Also wenn das kein Zeichen war!

»Alles bestens, danke, Nancy.« Raiden sah auf die Uhr. Für einen Anruf war es noch zu früh, aber in der Kaffeepause um halb zehn würde er Tessa Cooper kontaktieren.

Er legte das aufgerissene Tütchen auf Nancys Schreibtisch und drehte sich um.

»Wie jetzt?«, fragte sie konsterniert. »Ich dachte, du hast Kopfschmerzen.«

Er warf ihr über die Schulter einen amüsierten Blick zu. »Die haben sich auf wunderbare Weise gerade verflüchtigt.«

* * *

Das Frühstück im Seagull ließ keine Wünsche offen. Tessa schenkte sich noch eine Tasse des leckeren Grüntees ein. Sie hatte tief und fest geschlafen, und jetzt war es beinahe neun

Uhr. Doch Bridget hatte ihr versichert, sie solle sich ruhig Zeit mit dem Essen lassen. Die Frühstückszeiten gälten eher als Richtlinien und wären nicht in Stein gemeißelt. Die meisten anderen Tische in dem kleinen Frühstückszimmer waren schon wieder abgeräumt. Offensichtlich waren diese Segler alle Frühaufsteher. Der Himmel hatte sich mit grauen Wolken überzogen, aber die Teilnehmer der Cowes Week mussten vermutlich auch bei schlechtem Wetter trainieren. Oder was auch immer es auf einem Segelboot zu tun gab.

Sie stand auf und holte sich ein zweites Brötchen, ein Stück Butter und ein weiteres Schälchen Honig vom Buffet. Solch köstlichen Honig hatte sie noch nie gegessen. Er war cremig, würzig und schmeckte nach Blumen, Sommer und viel freier Zeit. Sie musste Bridget unbedingt nach dem Hersteller fragen. Vielleicht war er von hier und sie konnte für Granny, ihre Eltern und für sich selbst je ein Glas kaufen.

Nach dem Frühstück wollte Tessa gleich ins Rathaus, um nach Margaret zu fragen. Sie erhoffte sich viel von diesem Besuch. Und wenn sie dort auch kein Glück hatte? War ihre Suche dann schon vorbei? Nein, halt, dieser Kurator sollte sie ja noch zurückrufen. Sie hatte keine Ahnung, was ein Museumskurator den ganzen Tag machte, aber der Name klang recht wichtig. Sie stellte sich einen älteren weißhaarigen Mann mit Tweedanzug und Nickelbrille vor, der über staubigen Dokumenten brütete und dabei Pfeife rauchte. Der hatte bestimmt keine Zeit für sie. Vielleicht hatte diese Holly sie bloß abwimmeln wollen.

Tessa trank einen letzten Schluck Tee und wollte gerade aufstehen, als ihr Handy klingelte. Die Nummer war ihr nicht bekannt.

»Tessa Cooper.«

»Guten Morgen, Ms Cooper, hier spricht Raiden Palmer. Offenbar funktioniert Ihr Gerät tadellos, das freut mich natürlich.«

Raiden Palmer? Der attraktive Vordrängler! Tessa musste lächeln. Sie hatte es gestern bedauert, dass er sie nicht nach ihrer Nummer gefragt hatte, und jetzt … Aber wie zum Teufel kam er an ihre Nummer?

»Hallo? Ms Cooper? Sind Sie noch dran?«

»Ja, bin ich«, erwiderte sie gedehnt. »Ich bin nur verwirrt, dass Sie meine Telefonnummer kennen.«

Er lachte.

Fand er das etwa lustig? Sie wollte gerade etwas Scharfes erwidern, als er sagte: »Die steht auf dieser Eintrittskarte in meiner Hand. Ich soll Sie zurückrufen, wurde mir aufgetragen. Und da der hiesige Kurator stets tut, was ihm seine Assistentin aufträgt, sprechen wir gerade miteinander. Also, wie kann ich Ihnen helfen?«

13

Der kleine Hinterhof des Seagull lag noch im Schatten, doch es war bereits so warm, dass Tessa ihre Strickjacke auszog und über die Lehne des Metallstuhls hängte. Eine weitere Tasse Grüntee hatte sie sich mit nach draußen genommen und genoss den wunderbaren Morgen.

Raiden Palmer war also der Kurator des Schlosses. Sie schmunzelte. Der Mann hatte ja nun wirklich nichts mit ihrem Fantasiegebilde eines tattrigen Professors gemeinsam.

Er hatte ihr vorgeschlagen, sie in der Pension zu treffen, weil er dringend aufs Postamt musste und das für ihn auf dem Weg lag. Es erstaunte sie zwar, dass der Chef des Museums Postangelegenheiten selbst erledigte und nicht seine Assistentin losschickte. Oder hatte er den Postgang nur erfunden, um sie zu treffen? Die Vorstellung gefiel Tessa eindeutig besser.

Der Hinterhof war lang und schmal und ging direkt auf die Cowes Lane hinaus. Palmer musste nicht einmal durch die Pension gehen. Tessa hoffte, dass er das wusste. Bridget war zwar eine reizende Person, doch auch extrem neugierig. Tessa war ihr amüsiertes Lächeln, als sie von dem Kurator gesprochen hatte, noch gut in Erinnerung. Womöglich spann sie sich da etwas zusammen. Urlaubsflirt und so. Aber Tessa war nicht der Typ dafür. Das endete bloß mit Liebeskummer und Tränen, weil so eine Liebelei endlich war, genau wie ein Urlaub. Also nein, sie hatte nicht vor, mit Raiden Palmer etwas anzufangen. Sie durfte ihn natürlich attraktiv finden, das tat keinem weh, mehr aber auch nicht.

Raiden. Seltsamer Name. Woher der wohl stammte? Keltisch? Sie griff nach ihrem Handy und googelte die Herkunft. Er kam aus dem Japanischen und bedeutete Donnergott. Sie lachte laut auf.

»So guter Laune?«

Tessa schaute auf. »Mr Palmer, Sie schleichen sich ja an wie eine Katze.« Sie wies mit dem Kinn auf den Stuhl ihr gegenüber und er setzte sich.

»Muss in der Familie liegen«, erwiderte er.

Sie sah ihn fragend an, doch er winkte ab. »Kleiner Insider.«

Anscheinend war er tatsächlich durch die enge Gasse gekommen. Fein, das nahm Bridget den Wind aus den Segeln, wenn sie auftauchte. So könnten sie ihr »Date« als zufällige Begegnung tarnen.

»Und darf man erfahren, was Sie so belustigt?«, fragte Palmer.

Tessa zögerte. Die Wahrheit konnte sie ihm unmöglich mitteilen. Wie sah das denn aus? So als würde sie sich für ihn interessieren.

»Eine witzige SMS«, schwindelte sie. »Von … einer Freundin.«

In diesem Augenblick trat Bridget in den Innenhof und hob verblüfft die Augenbrauen.

»Raiden, du hier?« Sie warf Tessa einen belustigten Blick zu. »Das ging aber schnell.«

»Wie meinst du das?«, fragte er verwirrt.

»Ach nichts. Darf ich dir etwas bringen?«

Palmer sah abwechselnd Bridget und Tessa an. Tessa nahm hastig die Karte vom Tisch und studierte sie intensiv. Sie hatte nicht vor, seine Frage zu beantworten. Als niemand etwas sagte, bestellte er schließlich einen Espresso.

Als Bridget im Haus verschwand, wandte er sich an Tessa. »Wissen Sie, was sie damit meint?«

Sie errötete. Himmel, das war ihr seit ihrer Schulzeit nicht mehr passiert! Dieser Mann brachte sie gehörig durcheinander.

»Keine Ahnung«, sagte sie schnell. Besser, sie wechselte jetzt rasch das Thema, sonst fing sie noch an zu stammeln. Sie räusperte sich. »Mr Palmer …«, begann sie.

»Sagen Sie doch Raiden zu mir.«

»Na gut. Also, Raiden, ich …«

Bridget kam mit dem Espresso zurück und Tessa verstummte. Obwohl sie ihr von Margaret erzählt hatte, wollte sie dieses Gespräch hier lieber ohne Publikum führen. Doch Bridget hatte offenbar nicht vor, sich die Show entgehen zu lassen. Nachdem sie den Kaffee serviert hatte, fing sie an, mit den Fingern die verblühten Geranien abzuknipsen. Und da es sehr viele Geranien in dem kleinen Hof gab, würde sie dafür wohl eine Weile brauchen.

Tessa atmete tief durch. Natürlich hatte sie ihr versprochen, später zu erzählen, was der Kurator zu Margarets Fotos gemeint hatte, aber im Moment störten sie Bridgets gespitzte Ohren.

»Ich wollte eben aufbrechen«, sagte Tessa und stand auf. »Möchten Sie mich auf einen kleinen Spaziergang begleiten?«

Raiden schaute zu ihr hoch, als hätte er nicht verstanden, was sie gesagt hatte. Dann sprang er aber auf wie ein Schachtelteufel, stürzte den Espresso hinunter und legte ein paar Münzen auf das Tischchen.

»Es wäre mir ein Vergnügen.«

Als sie durch den Hof Richtung Cowes Lane gingen, warf Tessa Bridget einen schnellen Blick zu. Die Wirtin nickte lachend und hob die Daumen.

* * *

»Wussten Sie, dass man im Jahr 1926 in Newport eine römische Villa mit Bodenheizung, Sauna, Massageraum und Küche aus der Zeit von etwa 280 nach Christus ausgegraben hat?«, fragte Raiden.

Geht's noch dümmer!, schoss es ihm durch den Kopf.

»Nein, wusste ich nicht«, erwiderte Tessa. Ihre Mundwinkel zuckten.

Nur mit Mühe unterdrückte Raiden ein Stöhnen. Sie musste ihn zweifellos für einen Volltrottel halten. Damit er nicht noch weitere Albernheiten von sich gab, schwieg er lieber.

»Wollen wir uns einen Moment setzen?«, fragte sie.

Sie waren bei ihrem Spaziergang am Church Litten Park angekommen. Der ehemalige Friedhof der St Thomas Church befand sich mitten in Newport und hatte während der Pestepidemie im sechzehnten Jahrhundert als Begräbnisstätte gedient. Ob das die Besucher überhaupt wussten, wenn sie sonntags hier ihre Picknickdecken ausbreiteten?

Sie passierten das antike Steintor und steuerten auf eine schmiedeeiserne Bank unter einer mächtigen Eiche zu.

Wochentags war die Anlage kaum frequentiert. Außer ein paar Müttern mit ihren Kinderwagen und einem einzelnen Mann, der eine übergewichtige Bulldogge ausführte, herrschte wohltuende Ruhe.

»Hier?« Tessa sah Raiden fragend an.

Er nickte stumm. Was war nur los mit ihm? Seit wann hatte er denn Mühe damit, eine Konversation zu führen? Wurde er etwa krank?

Eine Weile sagten sie nichts. Sie sahen einer Mutter zu, die versuchte, ihrem Sohn das Dreiradfahren beizubringen. Der Stöpsel kreischte vor Vergnügen, als er endlich ein paar Meter weit allein fuhr.

Raiden lächelte. Er mochte Kinder. Aber das Schweigen zwischen Tessa und ihm wurde langsam peinlich. Sag was!, befahl er sich, irgendwas halt!

»Das Wort ›Litten‹ stammt übrigens aus dem Angelsächsischen und bedeutet Friedhof.«

»Soso«, erwiderte sie. »Sie könnten ja glatt als Reiseführer arbeiten.«

Sie machte sich über ihn lustig, das mochte er gar nicht.

»Aber das ist wohl berufsbedingt, nicht?«, fügte sie mit einem Augenzwinkern hinzu.

Er lachte erleichtert. »Ja, natürlich. Als Kurator schnappt man eine Menge auf.«

»Wie wär's, wenn wir uns duzen?«, fragte sie. »Dieses Siezen ist doch recht anstrengend.«

»Gern.« Er atmete auf. Vielleicht ging es ab jetzt ein wenig einfacher.

»Also, Raiden«, begann sie. Sie öffnete ihre Handtasche – ein Riesending, als müsste sie darin die Utensilien für einen Campingurlaub verstauen. Sie zog ein mit braunem Stoff bezogenes, längliches Buch heraus, an dem eine Kordel baumelte.

»Das ist das Fotoalbum von Margaret Sophie Clarke. Sie lebte im neunzehnten Jahrhundert auf dieser Insel und war Fotografin.«

»Okay.« Er streckte die Hand aus, um sich die Bilder anzusehen.

Doch Tessa hielt das Album an ihre Brust gedrückt, als müsse sie es vor ihm schützen.

»Es ist so«, fuhr sie fort. »Margaret war eine Vorfahrin von mir.« Sie lachte verlegen. »Ich finde ihre Fotografien hinreißend. Und eigentlich bin ich nur auf die Insel gekommen, um nachzuforschen, ob es hier eventuell noch weitere Fotos von ihr gibt. Ich habe nämlich vor, in London eine kleine Ausstellung zu organisieren. Aber als ich von diesen ›Hidden Heroes‹ gehört habe, ging mir sofort der Gedanke durch den Kopf, ob es nicht besser wäre, wenn man sie dort aufnimmt. Immerhin war sie zu der Zeit quasi eine Heldin.«

Himmel nein, dachte Raiden. Nicht das schon wieder! Es gab immer wieder Leute, die Personen aus ihrer Verwandtschaft in die Sammlung aufnehmen lassen wollten und partout nicht verstanden, dass schon ein bisschen mehr dazugehörte, um bei den »Hidden Heroes« zu landen, als ein vorzügliches Mango-Zwiebel-Chutney zubereiten zu können. Oder eben ein paar Bilder zu knipsen. Nur wie brachte er das Tessa jetzt schonend bei? Bevor er eine höfliche Erwiderung gefunden hatte, fuhr sie fort.

»Das passiert dir bestimmt öfter, dass sich Nachfahren bei dir melden, weil sie möchten, dass jemand aus ihrer Familie in diese Sammlung aufgenommen wird, nicht wahr? Wie gesagt, bis vor Kurzem wusste ich noch gar nichts davon, aber je länger ich darüber nachdenke, desto sympathischer wird mir der Gedanke, dass Margaret dort einen Platz findet.«

»Hör zu, Tessa, ich …«

»Bitte«, unterbrach sie ihn. »Ich weiß, vielleicht verrenne ich mich da in etwas. Es existieren ja auch nicht so viele Fotos. Mit der Suche nach weiteren habe ich bis jetzt leider wenig Erfolg. Aber wenn du mir jetzt sagst, es bestünde eine Möglichkeit, dass Margaret in eure Sammlung passt, suche ich natürlich weiter.«

»Okay.«

Dass es so wenige Fotos gab, erleichterte ihn. Zwar hatte er sie noch gar nicht gesehen, und aus persönlicher Sicht wollte er Tessa liebend gern einen Gefallen erweisen, aber wenn dieses Album wirklich alles war, was sie vorweisen konnte, musste er so oder so ablehnen. Und nicht nur, weil er von Mr Bradshaw einen Aufnahmestopp erhalten hatte.

»Margaret war wirklich begabt«, fuhr Tessa leidenschaftlich fort. »Ich denke, sie hat es verdient, dass man ihre Kunst nicht vergisst. Und nicht nur, weil man sich zu jener Zeit lustig über sie gemacht hat.«

In Tessas Augen spiegelte sich der Sonnenschein, der durch das Eichenblätterdach fiel. Ihre Farbe glich dunkler Schokolade mit einem helleren Rand darum. Außergewöhnlich ... und sehr hübsch.

Er räusperte sich. Es tat ihm leid, dass er sie gleich enttäuschen musste, und beinahe hoffte er, dass es sich bei den Fotos lediglich um hobbymäßige Knipsereien handelte. Das würde ihm einen weiteren Grund liefern, abzulehnen. Doch selbst wenn sie sich wider Erwarten als künstlerisch wertvoll erweisen sollten, mit einem Dutzend Fotos würde er nichts anfangen können. Bradshaw hatte die wunderschönen Aquarelle zurückgewiesen, da könnte Raiden mit ein paar Fotos noch weniger punkten.

»Darf ich sie jetzt mal sehen?« Er streckte die Hand aus.

»Ja, natürlich, sorry. Ich rede und rede ...« Sie reichte ihm das Album mit einem schiefen Lächeln.

Er schlug es auf. Es war eines dieser alten Fotoalben mit Pergamin-Schutzseiten. Die Fotos waren auf Karton aufgezogen und steckten in unterschiedlich großen Fächern. Man konnte sie daher leicht herausziehen und wechseln. Sie zeigten vorwiegend Porträts von jungen Mädchen und Frauen, teils mit Schmuck im Haar oder kostümiert in dramatisch gestellten Posen. Offenbar an griechische Göttersagen und religiöse Motive angelehnt. Die Fotos waren jedoch alle verschwommen, als wären sie durch eine beschlagene Linse fotografiert worden, und reichlich kitschig. Beinahe hätte er erleichtert geseufzt, hielt sich aber zurück. Tessa hätte ihm diese Reaktion bestimmt übel genommen.

»Und? Was sagst du dazu?« Ihrer Stimme war die Hoffnung anzuhören.

Er hasste diese Momente, wenn er jemandem eine abschlägige Antwort erteilen musste. Das hier war jedoch nicht mit seinem Gespräch mit Bill zu vergleichen, dessen irren Seeigel er abgelehnt hatte. Er mochte Tessa. Aber auch wenn die Fotos gut gewesen wären, er hatte seine Vorschriften, die er nicht in den Wind schlagen konnte. Vielleicht sollte er die einfach vorschieben und gar nicht auf die Qualität der Fotos eingehen. Das war zwar ein bisschen feige, aber immer noch besser, als Tessas Begeisterung in Grund und Boden zu stampfen.

»Nun«, begann er und wiegte den Kopf hin und her. »Sie sind ... außergewöhnlich.«

»Ja, nicht wahr?« Sie strahlte ihn an. »Das finde ich auch. Und es wäre doch schön, wenn ich, als ein Teil ihrer Familie, Margaret endlich zu der Wertschätzung verhelfen kann, die sie verdient.«

Raiden sackte das Herz in die Hose. Wie sollte er Tessa beibringen, dass er ablehnen musste? Sie würde ihn dafür hassen, doch belügen konnte er sie auch nicht.

»Tessa«, er räusperte sich. »Es gibt leider im Moment keine Möglichkeit, weitere Exponate in die ›Hidden Heroes‹ aufzunehmen. Die Sammlung ist voll und ich habe strikte Anweisung, keine neuen Ausstellungsstücke aufzunehmen. Vielleicht zu einem späteren Zeitpunkt. Obwohl, mit diesen wenigen Fotos wird auch das schwierig werden. Vor allem, weil sie ... nun ja, so sind, wie sie sind. Es tut mir wirklich leid, dir nicht helfen zu können.« Er hob entschuldigend die Schultern.

Tessas vorher noch so glückliches Lächeln zerbröselte.

»Was heißt denn ›so sind, wie sie sind‹? Gefallen sie dir nicht?«

Er atmete tief durch. »Nun ja, entschuldige, wenn ich das jetzt so offen sage, aber sie sind doch eher dilettantisch.« Noch bevor er das letzte Wort ausgesprochen hatte, wusste er, dass er zu weit gegangen war. »Entschuldige, das hätte ich nicht sagen sollen. Tut mir leid.«

Tessa starrte ihn entsetzt an. »Dilettantisch? Das ist also dein Urteil? Wirklich sehr freundlich.«

Ihr Tonfall war so eisig, dass ihn fröstelte.

»Nein, das wollte ich so nicht sagen. Sie sind hübsch, aber es sind wirklich zu wenige. Und meine Vorschriften … es tut mir wirklich sehr leid.«

»Fein, dann ist ja alles gesagt.« Sie schnappte sich das Fotoalbum und stand auf.

Er erhob sich ebenfalls. »Tessa, ich …«

Sie hob die Hand. »Schon okay. Ich hab's kapiert.«

Sie wandte sich um und ging mit schnellen Schritten durch den Torbogen.

»Tessa!«, rief er ihr nach, doch sie schüttelte nur den Kopf. »Verdammt!«

Er stieß frustriert die Luft aus. Sosehr er seinen Job auch mochte, im Moment hasste er ihn geradezu.

14

Nuwara Lodge, Freshwater, Mai 1861

Jonathan betrachtete die Papierrolle skeptisch. »Und das soll eine Fotografie sein?«

Margaret kicherte. »Natürlich, Liebster, ich muss sie nur noch auf Karton kleben. Die entwickelten Bilder drehen sich nach dem Trocknen leider zu diesen winzigen Röllchen zusammen. In dem Zustand muss man sie sehr behutsam behandeln, sonst gehen sie kaputt.«

Sie öffnete eine Schublade und zog zwei Porträts von ihrem Dienstmädchen Gwen hervor und legte sie auf den Wohnzimmertisch. Sie hatte Gwen als Myrrha, die griechische Geliebte des Sardanapalus aus dem gleichnamigen Theaterstück von Lord Byron, eingekleidet. Jonathan und sie hatten es einmal in London gesehen. Margaret fand, dass ihr die Kostümierung recht gut gelungen war, obwohl sie dafür einen wunderschönen Brokatvorhang aus dem Salon hatte opfern müssen.

Jonathan besah sich die Fotos. »Die sind hübsch«, meinte er, nahm die Brille ab, putzte sie mit seinem Taschentuch und setzte sie wieder auf. Er stutzte. »Ach, die Bilder sind ja tatsächlich so verschwommen!« Er lachte kurz. »Ich dachte zuerst, meine Augengläser wären verschmutzt.«

Margaret unterdrückte ein enttäuschtes Schnauben. Seine Kritik traf sie an einem empfindlichen Punkt. Bis jetzt schaffte sie es nämlich nicht, die Schärfe einigermaßen hinzubekommen. Das hing vor allem damit zusammen, dass die Porträtierten nicht lange genug in derselben Position verharrten. Vielleicht berechnete Margaret aber auch die Abstände zum Motiv beziehungsweise dem Hintergrund falsch. Obwohl sie immer behauptete, dass das Verschwommene gewollt sei, handelte es sich um pures Unvermögen. Sie musste noch besser werden!

»Ein Ausdruck meines künstlerischen Schaffens«, erklärte sie und bemerkte selbst, wie hohl das klang.

Jonathan warf ihr einen schnellen Blick zu. »Ganz prächtig, meine Liebe, wirklich ganz prächtig.«

Sie wandte sich ab, da ihr die Tränen in die Augen schossen. Ihr Ehemann wollte nur nett sein, ein Kompliment war das jedoch nicht.

Er sah erschöpft aus und hatte erneut Gewicht verloren. Seine Haut wirkte käsig. Die Beinkleider schlotterten an ihm, und an der Weste würde Gwen abermals die Knöpfe versetzen müssen.

Margaret atmete tief durch. Anstatt sich über diese dummen Fotografien zu ärgern, sollte sie sich besser um ihren kranken Gatten kümmern. Wie egoistisch sie auf dieser Insel doch geworden war! In Ceylon hatte sie keine solchen Regungen verspürt. Sie sollte sich zusammenreißen und mehr an ihre Pflichten als Ehefrau denken.

»Lassen wir jetzt diese Bilder, Liebster. Komm, gehen wir in den Wintergarten und genießen den Sonnenuntergang bei einer schönen Tasse Tee.«

»Bist du sicher, Margaret? Ich sehe mir deine anderen Bilder gern noch an.«

Trotz seiner lieben Worte wirkte er jedoch erleichtert, ihrem neuen Steckenpferd zu entkommen. Er wischte sich verstohlen über die Augen und ihr Herz krampfte sich zusammen, als sie registrierte, wie müde er aussah.

»Ganz sicher.«

Sie hakte sich bei ihm ein. Gemeinsam verließen sie das Wohnzimmer Richtung Veranda.

Wenn es Jonathan morgen besser ging, wollte sie ihm das Glashaus zeigen. Ihr eigenes Atelier hatte Formen angenommen. Er würde sich bestimmt für sie freuen.

15

Newports neues Rathaus war ein schmuckloser Betonbau in Grau und Türkis. Tessa sah an dem Gebäude hoch und schüttelte den Kopf. Wie konnte man die hübsche Altstadt nur mit einem solch hässlichen Ungetüm verschandeln? Und auch noch Türkis? War der Architekt etwa farbenblind?

Der kurze Spaziergang zum Isle of Wight Council hatte ihren Ärger auf Raiden nicht schrumpfen lassen. Was für ein eingebildeter Fatzke! Er hielt Margarets Fotos also für dilettantisch? Der Mann hatte doch keine Ahnung von Kunst! Und sie hatte den Kerl auch noch sympathisch gefunden.

Sie wusste nur zu gut, dass sie sich gern mal zu schnell und zu heftig über etwas aufregte. Roger hatte ihr zum Geburtstag einmal ein Blechschild geschenkt, auf dem stand »Lass mich, ich muss mich da jetzt reinsteigern!«. Er hatte das witzig gefunden, sie hätte es ihm am liebsten an den Kopf geworfen. Aber es traf zu: Wenn sie sich über etwas ärgerte, ging sie meist ab wie eine Rakete. Doch so schnell sie wütend wurde, so rasch verpuffte ihr Ärger normalerweise auch wieder. Wie jetzt … Sie fragte sich, ob sie Palmer womöglich unrecht tat. Bei seinem Urteil über Margarets Fotos hatte sie sich jedoch persönlich angegriffen gefühlt. Verrückt, doch die Beleidigung ihrer Arbeit hatte Tessa tief getroffen.

Sie dachte nochmals über Palmers Worte nach. Ob das stimmte, dass die Ausstellung komplett war und er keine Exponate mehr aufnehmen durfte? Oder war das lediglich eine Notlüge gewesen? Und ja, sie wusste, dass die wenigen Fotos für eine Ausstellung nicht ausreichten. Gwilym hatte ja dasselbe gesagt. Trotzdem, etwas mehr Feingefühl hätte sie von Raiden erwartet. Offenbar mochte er sie doch, das merkte sie an seinen Blicken. Hätte er da nicht eine Ausnahme machen können?

Tessa atmete tief durch. Es war irrational. Margaret war doch schon so lange tot und sie hatte sie gar nicht gekannt, und doch fühlte sie sich ihr verbunden. So als wäre sie eine Freundin. Das war wirklich bizarr.

Tessa hatte eigentlich vorgehabt, Raiden zu bitten, ihr bei der Suche nach weiteren Fotos von Margaret zu helfen. Doch auf seine Reaktion hin hatte sie nur noch rotgesehen. Zu dumm, jetzt hatte sie es sich mit ihm verscherzt und würde auf seine Hilfe verzichten müssen. Nun denn, dann ging die Suche nach Margarets Spuren eben ohne den Kurator weiter. Tessa blieben ja noch ein paar Tage. Und wenn ihr das Glück hold war, konnte sie ihm in Kürze zusätzliche Fotos vorlegen. Dann musste er sich etwas anderes einfallen lassen, um Margarets Fotos abzulehnen.

Sie straffte die Schultern und betrat entschlossen das Rathaus.

»Margaret Sophie Clarke sagen Sie?«

»Genau. Geboren 1835, gestorben 1902. Sie lebte auf der Insel. Aber ab wann und wie lange ist mir leider nicht bekannt. Es kann sein, dass sie und ihr Mann, Jonathan Clarke, später wieder nach Sri Lanka, dem früheren Ceylon, gezogen sind … oder sonst wohin.«

Der ältere Herr mit der karierten Weste und der eckigen Hornbrille sah sie amüsiert an.

»Sehr viele Informationen sind das ja nicht, junge Dame. Und leider haben wir mit der Digitalisierung der Daten hinten, also dem vergangenen Jahr, angefangen. Was heißt, dass ich runter ins Archiv steigen und in den staubigen Akten wühlen muss.«

»Tut mir wirklich leid.«

»Oder aber«, der Angestellte vom Einwohneramt beugte sich vor, »ich schicke unseren Praktikanten.« Er zwinkerte ihr verschwörerisch zu. »Simon!«, rief er über die Schulter. »Ich habe einen Auftrag für dich.«

Tessa hörte ein Poltern, und gleich darauf stolperte ein junger Bursche in die Schalterhalle. Er trug einen altmodischen hellblauen Kittel, der ihm mindestens zwei Nummern zu groß war. Auf seiner mit Pickeln übersäten Wange prangte ein Schmutzfleck.

»Mr Napier, Sir?«

»Simon, diese Dame sucht eine Verwandte, die hier auf unserer schönen Insel gelebt hat. Leider aber in den Tagen der handschriftlichen Registratur. Kannst du bitte mal ins Archiv runtergehen und nach dieser …« Er sah Tessa fragend an.

»Margaret Sophie Clarke«, sagte sie schnell.

»Ebendieser suchen?«

»Jetzt?« Simon sah nicht begeistert aus.

Mr Napier stutzte. »Ist das ein Problem?«

»Jetzt ist doch aber Teepause!«

»Verstehe.« Mr Napier wandte sich an Tessa. »Tja, an unserer Teepause gibt's nichts zu rütteln. Die ist quasi heilig. Kommen Sie doch in einer Stunde wieder. Bis dahin hat Simon die Archivakten unter dem Buchstaben C bestimmt durchgesehen … und auch seinen Tee getrunken. Nicht wahr?«

Der Praktikant strahlte. »Natürlich, Sir!«

Tessa erwartete beinahe, dass er gleich vor seinem Chef salutierte. »Also in einer Stunde«, sagte sie schmunzelnd und verließ das Gebäude.

* * *

»Welche Laus ist dir denn über die Leber gekrochen?«, fragte Nick Hooke, als Raiden seine Aktentasche auf den Postschalter knallte.

»Wie?« Raiden fuhr sich über die Stirn.

Nick wies grinsend auf den elektronischen Quittungsblock. »Bitte einmal unterschreiben, der Herr, auch wenn die Laune heute nicht die beste ist.«

»Was du immer zu wissen glaubst. Es ist alles in bester Ordnung!«, blaffte Raiden und kritzelte seine Unterschrift auf das Display.

»Natürlich. Grüß die hübsche Nancy von mir.«

Raiden nickte, schnappte sich das Paket und die Aktentasche und verließ eilig die Poststelle. Er hätte sich die Sendung auch schicken lassen können, hatte es aber für eine gute Idee gehalten, den Postgang und das Treffen mit Tessa zu verbinden. Falsch gedacht!

Er hatte sich gegenüber Tessa wie ein Idiot aufgeführt und sie mit seiner Wortwahl verletzt. Es war nicht immer von Vorteil, die Wahrheit auszusprechen. Vor allem nicht, wenn man das Gegenüber attraktiv und sympathisch fand. Er hätte sich ohrfeigen können.

Natürlich konnte er sich in Tessas Lage versetzen. Ihre Verwandte hatte gern fotografiert, hatte auf der Insel gelebt und wäre unter anderen Umständen vermutlich bei den »Hidden Heroes« gelandet. Aber zum jetzigen Zeitpunkt war es einfach nicht möglich. Weshalb begriff Tessa das denn nicht? Es gab nun mal Vorschriften, auch wenn die ihr nicht gefielen. Wenn sie mehr Bilder dieser Margaret vorweisen könnte, gäbe es vielleicht eine winzige Chance, eine kleine Ausstellung zu organisieren. Er könnte nochmals mit Bradshaw reden und versuchen, ihn zu überzeugen. Sie hatten auch schon in den

Museumsgängen mobile Vernissagen durchgeführt, die sich leicht wieder abbauen ließen. Aber mit den paar Fotos war das aussichtslos. Oder hatte er eventuell zu schnell den Stab über die Bilder gebrochen? Zugegeben, diese gestellten Aufnahmen waren nicht sein Ding. Und dass sie alle wie durch einen Filter fotografiert wirkten, fand er ebenfalls nicht sehr ansprechend. Aber er erinnerte sich praktisch an alle Motive. Das war doch seltsam. Vor allem dieses kleine Mädchen mit den Kulleraugen und dem Haarkranz war recht hübsch in Szene gesetzt worden. Hatte er etwa übereilt gehandelt und es war mehr an diesen Fotos, als er gedacht hatte?

»Ach Mist, blöder!«, schimpfte er, als er sein Auto aufschloss. Er musste sich beherrschen, das Paket nicht auf den Nebensitz zu schmeißen. Er hatte bestimmt zu vorschnell gehandelt, hätte sich die Fotos genauer ansehen und vielleicht sogar einen Experten hinzuziehen müssen. Möglicherweise hatte er im Moment mit diesem Ritterturnier einfach zu viel Stress und der trübte sein Urteilsvermögen. Und das alles ausgerechnet bei Tessa, die er näher kennenzulernen gehofft hatte.

Raiden seufzte tief, drehte den Zündschlüssel und machte sich auf den Weg zum Schloss.

Er hatte es sich mit der hübschen Londonerin gründlich vergeigt.

* * *

Da eine Stunde zu wenig war, um sich Newport wirklich anzusehen, war Tessa nur die kurze Strecke zur St Thomas Church geschlendert. Jetzt bestaunte sie das Alabaster-Denkmal von Prinzessin Elizabeth Stuart, der Tochter des enthaupteten Charles I., die hier beigesetzt worden war. Die Statue der Königstochter lag mit geschlossenen Augen auf der Seite. Ihre Wange berührte eine aufgeschlagene Bibel; das Matthäusevangelium mit der

Textstelle: *Kommt zu mir, ihr alle, die ihr arbeitet und schwer beladen seid, und ich werde euch Ruhe geben.*

Über der Statue befand sich ein Gitter, das Elizabeths Gefangenschaft auf Carisbrooke Castle verdeutlichen sollte. Doch die Gitterstäbe waren zerbrochen. Auf der Gedenktafel links davon las Tessa, dass dies die Flucht der Gefangenen ins Himmelreich versinnbildlichen sollte.

Tessa stand lange vor dem bildschönen Alabastergesicht und betrachtete es. Ob die unglückliche Prinzessin wirklich so ausgesehen hatte? Wahrscheinlich nicht, doch das bleiche Gesicht berührte sie. War Margaret auf dieser Insel ebenfalls unglücklich gewesen?

Tessa nahm an, dass ihre Vorfahrin vermutlich eine Menge Fotos geknipst hatte, und doch gab es in dem Album keines, das sie selbst zeigte oder ihren Gatten. Das war doch seltsam. Es musste einen Grund dafür geben. Und es *mussten* einfach noch mehr Fotos existieren. Tessa wollte sie unbedingt aufspüren!

Sie sah auf die Uhr. Die Stunde war bereits um. Eilig verließ sie die Kirche und steuerte erneut auf das Einwohnermeldeamt zu. Als sie die Schalterhalle betrat, beschleunigte sich ihr Herzschlag, als müsse sie gleich eine schwierige Prüfung ablegen.

Mr Napier hob den Kopf, als sie auf den Schalter zuging. Lag da etwa ein Schmunzeln auf seinem Gesicht?

16

Raiden starrte auf sein Handy. Sollte er Tessa anrufen? Er tippte auf das Display und eine Luftaufnahme des Schlosses erschien.

Aber was sollte er ihr sagen? Sich nochmals für seine unangemessene Wortwahl entschuldigen und sie bitten, dass er sich die Fotos nochmals ansehen durfte? Doch würde sie das Gespräch überhaupt annehmen? Oder einfach wieder auflegen?

Es klopfte und ihm entfuhr ein unfreundliches »Was?«.

Nancy stand in der Tür und musterte ihn konsterniert.

»Entschuldige«, beeilte er sich zu sagen. Er wollte es sich mit ihr nicht verscherzen, denn seine Assistentin war mit Gold nicht aufzuwiegen. »Übrigens soll ich dich von Nick grüßen.«

Eine zarte Röte färbte ihre Wangen und sie nickte.

Sieh an! Ob zwischen den beiden etwas lief? Er würde es ihr gönnen, sie hatte mit Männern bis jetzt wenig Glück gehabt.

»Ich brauche deine Unterschrift.« Sie legte zwei Briefe auf seinen Schreibtisch. »Hier und hier.« Sie tippte mit dem Finger auf die betreffenden Stellen.

Er unterschrieb schwungvoll und gab ihr die Dokumente mit einem aufmunternden Lächeln zurück. Er könnte sie fragen, was mit dem Postangestellten lief. Doch eigentlich ging ihn das als Vorgesetzten nichts an. Aber er und Nancy waren mehr als Chef und Angestellte. Manchmal fühlte es sich sogar so an, als ob sie Freunde wären. Doch bevor er den Mund öffnen konnte, fragte sie: »Konntest du dieser Touristin bei ihrer Suche helfen?«

Knock-out in der ersten Runde!

Raiden atmete tief durch. »Nicht wirklich. Sie hat mir Fotografien einer Verwandten gezeigt und darauf gehofft, dass wir sie in die ›Hidden Heroes‹ aufnehmen. Aber du kennst ja die Vorschriften aus London.« Er rieb sich den Nacken. »Sie hat die Absage schlecht aufgenommen.«

»Was hat ihre Verwandte denn auf der Insel fotografiert?«

»Hauptsächlich Porträts.«

»War sie denn berühmt?«

Er schüttelte den Kopf. »Glaub nicht. Sie …« Er hielt inne. Im Grunde wusste er rein gar nichts über Tessas Verwandte.

»Schade«, sagte Nancy, als sie mit den Unterlagen auf den Ausgang zusteuerte. »Es wäre schön, wenn mehr Frauen in diese Ausstellung kämen. Sie ist extrem männerlastig.«

Raiden runzelte die Stirn. War dem so? Darüber hatte er noch nie nachgedacht. Vielleicht hatte Nancy recht und sie sollten auf mehr Ausgewogenheit achten. Könnte er diesen Aspekt bei Bradshaw ins Feld führen und Tessas Verwandter dadurch möglicherweise noch eine Chance geben? »Danke, Nancy, guter Tipp.«

»Immer wieder gern.« Dann sah sie auf die Uhr. »Kann ich heute früher gehen? Ich … habe noch etwas vor.«

Sie errötete abermals, und Raiden vermutete, dass es allenfalls mit Nick zu tun hatte. »Klar, kein Problem.«

Sie schenkte ihm ein Lächeln und verschwand.

Raiden linste wieder auf sein Handy, atmete dann tief durch und wählte Tessas Nummer.

* * *

Der Bus mit der Nummer sieben brachte Tessa, so hatte ihr Mr Napier versichert, in etwas mehr als einer Stunde über Calbourne, Newbridge und Thorley Cross nach Freshwater, das an der gleichnamigen Bucht im Westen der Insel lag.

Sobald der Überlandbus Newport verlassen hatte, ging es über sanft geschwungene Hügel an Kornfeldern vorbei und durch kleine putzige Dörfer. Meist sah man jedoch links und rechts der Straße nur wuchernde Buchenhecken und mächtige, mit Efeu bewachsene Bäume, die sich an den Kronen berührten und einen grünen Tunnel bildeten.

Außer Tessa befanden sich nur noch eine alte Frau mit einem Kopftuch und einer vollen Einkaufstasche und ein schlaksiger Jüngling mit zerrissenen Jeans im Bus.

Tessa versuchte auf ihrem Handy die Fahrtstrecke nachzuverfolgen, doch das Schwanken des Busses tat ihrem Magen nicht gut, deshalb konzentrierte sie sich wieder auf die Landschaft. Sie hatte hier sowieso einen schlechten Empfang, also stellte sie das Gerät ab, um Akku zu sparen, lehnte sich entspannt zurück und genoss die Fahrt.

Sie war so aufgeregt gewesen, als sie vorhin wieder die Schalterhalle des Einwohnermeldeamtes betreten hatte. Top oder Flop? Doch Mr Napiers Schmunzeln hatte sie hoffen lassen.

Mit den Worten »Sie haben Glück!« hatte er sie begrüßt, und nun fuhr sie also nach Freshwater, um sich das Haus anzusehen, in dem Margaret mit ihrem Mann gewohnt hatte.

Tessa zog den Zettel, auf dem Mr Napier ihr die Adresse aufgeschrieben hatte, aus der Gesäßtasche und betrachtete ihn: Nuwara Lodge, Terrace Lane, Freshwater Bay.

Das Haus hatte einen eigenen Namen! Vielleicht stammte er aus Ceylon, wo Margaret und ihr Mann vorher gewohnt hatten. Tessa wollte später, wenn diese Achterbahnfahrt vorbei war, danach googeln. In dem Moment machte der Bus einen gefährlichen Schlenker. Die alte Frau stieß einen spitzen Schrei aus, der Jüngling schnaubte empört, und Tessa krallte sich ängstlich am Nebensitz fest.

»Da war eine Katze«, sagte der Busfahrer.

Vielleicht hätte Tessa doch besser einen Wagen mieten sollen.

In Thorley Cross stiegen die alte Frau und der junge Mann aus. Die Landschaft veränderte sich, das Gelände wurde flacher. Immer öfter sah man Gehöfte mit Pferdeweiden. Die Nähe zum Meer wurde deutlich spürbar, denn der Verkehr nahm zu und an den Straßenrändern warben Schilder für Bed-and-Breakfast-Unterkünfte mit Ausblick. Und dann plötzlich lag das Meer vor ihr. Glatt wie ein blauer Spiegel und am Horizont ein paar weiße Schönwetterwolken.

Tessa konnte es kaum erwarten, der fahrenden Schaukel zu entfliehen. Selbst wenn der Ausflug nach Freshwater keine neuen Erkenntnisse brachte, hätte er sich doch immerhin wegen der wunderbaren Landschaft gelohnt. Vielleicht blieb ihr noch genügend Zeit, sich The Needles anzusehen. Die Nadeln, wie die drei Kreideinseln an der westlichsten Spitze der Insel genannt wurden, waren über die Landesgrenzen hinaus bekannt. Vor allem Touristen zog es an den Needles Point mit seinen Wanderwegen entlang der Steilküste und dem wunderbaren Ausblick auf den Leuchtturm.

Jetzt bedauerte sie es wirklich, keinen fahrbaren Untersatz gemietet zu haben, denn in der Nähe lag auch noch die Alum Bay mit ihren farbigen Sandklippen. Bridget hatte ihr dringend empfohlen, sich die anzusehen.

Der Bus hielt mit einem Ruck und Tessa sprang auf. Sie verabschiedete sich vom Fahrer und atmete tief durch, als sie endlich wieder festen Boden unter den Füßen spürte. Es roch wunderbar nach Meer, warmem Sand und ein wenig nach Bratfett. Augenblicklich fing ihr Magen an zu knurren.

»Du hast recht«, sagte sie zu ihm. »Zuerst etwas zwischen die Zähne. Diese Lodge läuft mir nicht davon.«

* * *

Entnervt gab Raiden auf. Er landete immer nur auf Tessas Mailbox. Offenbar wollte sie mit niemandem sprechen. Oder nur mit ihm nicht?

»Dann halt nicht!«, knirschte er und legte das Handy beiseite.

Außerdem musste er sich jetzt sowieso um das Ritterturnier kümmern. Das war wichtiger als eine beleidigte Touristin. Er straffte die Schultern. Doch sosehr er auch versuchte, die Tagesabläufe der bevorstehenden Veranstaltung zu koordinieren, seine Gedanken schweiften immer wieder zu Tessa zurück.

Er hätte nicht so abwertend über die Fotos sprechen dürfen; hätte Tessa wenigstens die Möglichkeit lassen sollen, mehr über diese Margaret zu erzählen. Diese Fotos zeugten immerhin von einer Zeit, als die Isle of Wight von Prominenten nur so gewimmelt hatte. Der Astronom Sir John Herschel hatte hier gelebt, auch die Schriftsteller Thomas Carlyle, Anthony Thorneycroft und Henry Wadsworth Longfellow. Und natürlich Charles Darwin mit seiner Evolutionstheorie. Alles berühmte Männer der Epoche, denen diese Margaret vermutlich begegnet war. Schließlich war die Insel klein und das gesellschaftliche Leben Ende des neunzehnten Jahrhunderts hatte sich in homogenen Kreisen abgespielt. Hatte Tessas Verwandte diese Männer möglicherweise fotografiert? Im Album hatte er keine dieser Persönlichkeiten entdecken können, aber wenn tatsächlich noch mehr Fotos existierten, so wie Tessa hoffte, könnten auf denen möglicherweise ein paar dieser Berühmtheiten festgehalten worden sein. Das wäre eine echte Sensation!

»Verdammt!« Raiden schlug mit der Hand auf den Schreibtisch und griff erneut nach seinem Handy. Auch wenn das alles bloß Hirngespinste waren, sein Bauchgefühl sagte ihm, dass hinter der Geschichte möglicherweise mehr steckte, als vordergründig zu erkennen war. Doch als er Tessas Nummer wählte, empfing ihn wiederum die digitale Frauenstimme, die ihm sagte, dass der gewünschte Teilnehmer nicht erreichbar sei.

»Zum Kuckuck, wo steckst du nur?«, murmelte er.

* * *

Tessa hatte sich in dem einzigen Teehaus am Hafen einen Scone mit Clotted Cream und Marmelade geleistet und dazu einen Tee getrunken, und nun machte sie sich frisch gestärkt auf den Weg zur Nuwara Lodge.

Sie folgte der Gate Line in nördlicher Richtung. Nach nur fünf Minuten Fußmarsch erreichte sie die Terrace Lane, in der Margarets Haus liegen sollte. Die Gebäude sahen alle ähnlich aus: weiß getünchte Backsteinbauten mit Erkern, grauen Schieferdächern und hübschen Vorgärten, in denen Rhododendren und Buchs um die Wette wuchsen. Es gab keine Hausnummern in den Straßen, also suchte sie nach einem Schild mit dem Namen der Lodge, doch auch nach diesem wurde sie nicht fündig. Wie trug der Postbote hier denn die Briefe aus? Kannte er etwa jeden einzelnen Bewohner persönlich?

Sie sah sich nach einem Einheimischen um, den sie hätte fragen können, aber weit und breit war niemand zu sehen. Dann entdeckte sie einen blauen Briefkasten, auf den mit schwarzer Farbe »Nuwara Lodge« gepinselt war. Sie atmete auf.

Margarets Haus war ebenfalls weiß getüncht, hatte grüne Fensterrahmen und eine grüne Tür. Der Garten war gepflegt, wenn auch etwas einfallslos; lediglich ein paar Sträucher und Büsche zierten den kurz geschnittenen Rasen. Die jetzigen

Bewohner hatten entweder wenig Zeit für Gartenarbeit oder mochten keine Blumen.

Sie sah an dem Gebäude hoch. Vom ersten Stock aus musste man einen umwerfenden Blick auf die Freshwater-Bucht haben. Sicher hatte Margaret dort oben gestanden und die Aussicht genossen. Auf dem Parkplatz vor der Lodge parkte ein dunkler SUV. Vielleicht hatte sie Glück und die Besitzer waren zu Hause.

Sie straffte die Schultern, murmelte nochmals ihr Sprüchlein, welches sie den jetzigen Eigentümern vortragen wollte, ging die Eingangsstufen zur Haustür hinauf und klingelte entschlossen.

17

Raiden hielt den ausgedruckten Zeitplan des Ritterturniers in den Händen und kontrollierte zum letzten Mal die Uhrzeiten, die Abläufe und die Örtlichkeiten, an denen die verschiedenen Wettkämpfe ausgetragen werden sollten. Alles war perfekt! Als Nächstes überprüfte er den Plan des Mittelaltermarkts mit den vermieteten Zelten. Aber wieso stand da jetzt plötzlich wieder der Name von Viola Brickfield? Die Kostümnäherin lag doch mit Scharlach im Bett. »Verflixt!«

Das hatte Nancy offensichtlich vergessen zu korrigieren. Vermutlich war sie momentan von Nicks Avancen abgelenkt.

Raiden öffnete seine Schreibtischschublade und suchte nach dem Tipp-Ex. Wegen eines kleinen Fehlers würde er den Plan nicht noch mal ausdrucken, schließlich mussten sie sparen. Er wühlte in der Schublade herum, fand allerlei Krimskrams, aber keinen Korrekturroller. Wo war das Ding denn jetzt wieder hingekommen?

Er riss nach und nach jedes Fach auf und kramte darin herum, förderte ausgeleierte Gummibänder, Bleistiftstummel und sogar ein altes Farbband für eine Schreibmaschine zutage. Er sollte wirklich einmal gründlich aufräumen.

Seine Fingerspitzen stießen an einen Metallrahmen. Er musste das gerahmte Foto nicht erst hervorholen, um zu wissen, wer darauf abgebildet war: drei Personen, kurz nach dem Schulabschluss; jung, lachend, Arm in Arm um ein Lagerfeuer sitzend auf den Klippen vor den Needles.

Raiden verharrte und schluckte. Er hatte dieses Bild vollkommen vergessen. Er sollte es endlich wegwerfen. Das war Vergangenheit.

Langsam, als würde in den Tiefen der Schublade eine aggressive Klapperschlange lauern, zog er seine Hand heraus und schob die Lade wieder zu. Dann griff er nach dem Kugelschreiber und strich Violas Namen mit zusammengepressten Lippen mehrmals durch.

* * *

Tessas Zeigefinger drückte noch den Klingelknopf, als die Tür schon aufgerissen wurde. Mit einem erstickten Laut fuhr sie zurück. Der Mann, der ihr gegenüberstand, war nicht weniger erschrocken. Er sah sie aus großen Augen an.

»Heiliger Bimbam!«, stieß er entgeistert hervor. »Sie haben mich jetzt aber erschreckt!«

Der Mann trug eine helle Leinenhose und ein grünes Polohemd und hielt eine Aktentasche in der Hand. Um die Schultern hatte er einen dunkelblauen Pullover mit Zopfmuster gelegt.

»Wollen Sie zu mir?«

Er schaute zuerst auf seine Armbanduhr und dann zu Tessa. Seltsam, es kam ihr so vor, als würde er ein wenig blass werden …

Sie lächelte. »Ja, wenn Sie hier wohnen, dann will ich zu Ihnen.«

Der Mann starrte sie weiter an und schüttelte dann den Kopf. »Also … ja, das tue ich. Wieso? Möchten Sie mir den Schuppen etwa abkaufen?«

Sie lachte. »Dazu reicht mein Gehalt leider nicht aus. Nein, ich interessiere mich für das Haus, weil hier mal Margaret Sophie Clarke gewohnt hat.«

Eine Ader auf der Stirn des Mannes fing an zu pochen, und er sah sie aus seinen hellblauen Augen prüfend an. Tessa hatte fast den Eindruck, als würde er sich vor ihr fürchten. Aber das konnte kaum stimmen. Bis jetzt hatte sich noch niemand vor ihr gefürchtet.

»Aha«, meinte er schließlich gedehnt und sah wieder auf die Uhr. »Und wer soll das sein?«

»Eine Fotografin aus dem neunzehnten Jahrhundert.«

»Sagt mir nichts«, erwiderte er knapp. »Tut mir leid, ich würde ja gern noch ein wenig mit Ihnen plaudern, worüber auch immer, doch ich bin in Eile. Ein wichtiges Meeting.«

So ein Mist! Tessa versuchte, sich ihre Enttäuschung nicht anmerken zu lassen.

Der Mann musterte sie. »Kann ich Sie vielleicht irgendwo hinbringen? Ich fahre nach Newport. Wenn das auf Ihrem Weg liegt, nehme ich Sie gern ein Stück mit und Sie erzählen mir während der Fahrt, was es mit dieser Fotografin auf sich hat.«

Sie zögerte. Konnte sie sein Angebot einfach so annehmen? Sie kannte den Mann nicht, was, wenn er …

»Ich vergaß, mich vorzustellen«, sagte er, als hätte er ihr Zögern richtig gedeutet. »Oliver Taylor. Ich bin der Geschäftsführer der Cowes Week. Diesen Event kennen Sie bestimmt.« Er zog eine Visitenkarte aus seiner Aktentasche und reichte sie ihr. »Hier«, sagte er mit einem Schmunzeln. Auf der Visitenkarte war ein stilisiertes Segel zu sehen. »Nicht, dass Sie mich noch für einen irren Psychopathen halten.«

Tessa fühlte sich ertappt. »Bestimmt nicht!«, erwiderte sie hastig und verstaute die Visitenkarte in ihrer Gesäßtasche. »Also gut. Danke für das Angebot. Ich muss wirklich nach Newport zurück, das passt hervorragend.«

Taylor nickte und wies mit dem Kinn auf den SUV. »Na, dann los, Ms …?«

»Cooper. Tessa Cooper.«

»Hübscher Name«, erwiderte er und entriegelte den Wagen. »Was also ist mit dieser Dame, die angeblich in meinem Haus gewohnt hat? Spukt sie vielleicht irgendwo herum?«

Er grinste und zwinkerte Tessa zu, während er ihr höflich die Autotür öffnete, dabei streifte seine Hand zufällig ihren Arm.

Sie lachte. »Das hoffe ich nicht. Aber das müssten Sie eigentlich besser wissen, schließlich wohnte sie in *Ihrem* Haus.«

In Taylors Wagen roch es nach einem herben Aftershave und Leder. Das Auto war offenbar neu. Am Hungertuch nagte der Mann anscheinend nicht.

Er fuhr rasant vom Parkplatz und schlug die Richtung zum Hafen ein. Danach folgte er der Küstenstraße. Der Ausblick war überwältigend und Tessa atmete tief durch. Es musste fantastisch sein, auf einer Insel zu leben. Das Meer, die Luft, die Weite. Ihre Wohnung in London kam ihr auf einmal beengt und schäbig vor.

»Nun, Ms Cooper«, sagte Taylor. »Weshalb interessieren Sie sich für eine Vorbesitzerin meines Domizils?«

Tessa räusperte sich. »Margaret Sophie Clarke war die Schwester einer meiner Vorfahren. Sie lebte im neunzehnten Jahrhundert mit ihrem Mann in Ihrem Haus und war eine der ersten Frauen, die sich mit dem damals neuen Medium der Fotografie beschäftigte. Leider sind nur noch wenige Fotos von ihr erhalten.«

Sie warf einen Blick auf ihre Handtasche, beschloss dann aber, das Album nicht hervorzuholen. Taylor musste sich auf die Straße konzentrieren, er hätte es sich während der Fahrt sowieso nicht ansehen können.

»Verstehe«, sagte er in einem seltsamen Ton, setzte den Blinker und überholte riskant eine Gruppe Radfahrer.

Tessa hielt sich krampfhaft am Türgriff fest. »Ich hatte gehofft, in Margarets ehemaligem Haus noch mehr von ihren Bildern zu finden.«

Taylor warf ihr einen schnellen Blick zu. »Und da komme ich ins Spiel?«

Sie nickte. »Ich habe mir gedacht, dass der neue Besitzer beim Einzug womöglich noch Dinge der früheren Bewohner gefunden hat. Manchmal räumt man ja nicht alles komplett aus, wenn man irgendwo einzieht.«

Das klang eher wie eine hoffnungsvolle Frage als wie eine Feststellung.

Taylor schürzte die Lippen. »In der Tat. In der Dachkammer liegt allerhand Zeugs herum. Ich bin bis jetzt leider nicht dazu gekommen, es entsorgen zu lassen.«

»Wirklich?« Tessas Herz schlug plötzlich in doppelter Geschwindigkeit. Sollten sich ihre Hoffnungen wirklich erfüllen?

»Ja, aber ich glaube, dass dieser Krempel eher von der Familie stammt, von der *ich* das Haus gekauft habe. Ich habe damals nur einen kurzen Blick darauf geworfen. Hauptsächlich altes Spielzeug und kaputte Möbel.« Er zuckte mit den Schultern. »Sie sollten sich also keine zu großen Hoffnungen machen.«

»Das heißt, ich dürfte dort mal nachsehen?«

»Wenn Sie keine Angst vor Spinnen haben, klar.«

Tessa stieß einen Jubellaut aus. »Fantastisch, herzlichen Dank!«

Taylor lachte. »Ich habe noch nie eine Frau getroffen, die sich dermaßen darauf freut, im Staub und Dreck herumzuwühlen.«

»Vielleicht kennen Sie einfach bloß die falschen Frauen.«

Er warf ihr einen verblüfften Blick zu und lachte dann aus vollem Hals. »Gut möglich«, erwiderte er und schüttelte grinsend den Kopf. »Ich weiß, es sollte von der Dame ausgehen, aber wollen wir uns nicht duzen?«

»Gern. Ich bin Tessa.«

»Oliver.«

Sie nickten sich lächelnd zu.

Oliver sah nicht eigentlich gut aus, dafür waren seine Züge zu weich. Tessa mochte markante Gesichter lieber. Er wirkte aber gepflegt und war charmant. Zudem hatte er ihr gerade erlaubt, auf seinem Dachboden nach Margarets Fotos zu suchen. Er wurde ihr immer sympathischer.

»Ich habe bestimmt Glück«, sagte sie voller Enthusiasmus. »Die Coopers konnten noch nie etwas wegwerfen. Und wenn das für die Familie vor dir ebenfalls gilt, habe ich gute Chancen.« Sie kreuzte die Finger. »Das wird den Kerl lehren, sich über mich lustig zu machen«, fügte sie hinzu.

»Welcher Kerl?«

Sie hatten die Küstenstraße verlassen und fuhren jetzt über Land. Ab und zu sah Tessa eine Stelle, die ihr von der Herfahrt bekannt vorkam.

»Palmer, der Kurator des Carisbrooke Castle«, erklärte sie grimmig. »Er fand Margarets Fotos dilettantisch!« Sie schnaubte entrüstet.

Das Auto machte einen Schlenker, und Tessa zuckte erschrocken zusammen. Wieder eine Katze?

Oliver starrte auf die Straße. Seine Heiterkeit war einer grimmigen Miene gewichen, und seine Hände krallten sich regelrecht um das Steuerrad.

»Was ist?«, fragte sie. »Ist ein Tier über die Fahrbahn gelaufen?«

Er reagierte nicht und beschleunigte den Wagen, als müsste er ein Formel-1-Rennen gewinnen. Ihr wurde mulmig zumute. Gerade vorhin hatte sie sich noch so wohl in seiner Begleitung gefühlt, doch jetzt schien es, als würde sie bei einem komplett anderen Menschen im Wagen sitzen. Eine Gänsehaut überzog ihre Arme.

»Oliver?«, fragte sie erneut. »Was ist denn?«

Er wandte den Kopf und starrte sie eine Sekunde an, als hätte er sie noch nie gesehen. Tessa schluckte trocken. Dann veränderte sich etwas in seinem Gesicht und der amüsierte Ausdruck von vorhin schob sich wie ein Vorhang über die steinerne Miene.

»Wir sind bald da«, sagte er, wandte den Blick wieder auf die Straße und schenkte ihr ein Lächeln. »Morgen Nachmittag könntest du den Dachboden durchsuchen. Wäre dir das recht? Wo wohnst du? Ich könnte dich abholen.«

Es war verblüffend. Er sah jetzt ganz anders aus als vor ein paar Sekunden. Als würden sich zwei Personen denselben Körper teilen. Wie in der Novelle von Robert Louis Stevenson über Doktor Jekyll und Mr Hyde. Tessa rieb sich die Arme. Richtig gespenstisch.

»Klar, das wäre super!«, sagte sie. »Ich ...«, sie zögerte einen Moment, gab sich dann aber einen Ruck. »Ich wohne im Seagull.«

»Ah, bei Bridget! Gute Wahl.«

Tessa fiel ein Stein vom Herzen. Wenn er ihre Zimmerwirtin kannte, musste es umgekehrt ebenso sein. Sie würde sie also ein wenig über Oliver ausfragen. Das konnte nicht schaden.

»Dann hole ich dich morgen so gegen dreizehn Uhr ab und nehme dich mit zur Lodge, okay?«

Sie hatten Newport erreicht und Oliver stoppte den SUV abrupt vor Tessas Pension.

»Perfekt«, erwiderte sie und rieb sich verstohlen die Schulter, wo der Sicherheitsgurt ihr schmerzhaft ins Fleisch gedrückt hatte. Sie griff nach ihrer Handtasche und stieg aus.

Oliver zwinkerte ihr zu. »Also bis morgen. Ich freue mich.«

Sie nickte und schloss die Autotür. Er hob die Hand zum Abschied und fädelte sich rasant wieder in den Verkehr ein.

Sie sah ihm nach und schüttelte den Kopf. Ein seltsamer Mann mit einem schrecklichen Fahrstil. Egal. Hauptsache, er konnte ihr weiterhelfen.

18

»Nun komm endlich, Jonathan!«

Margaret blieb stehen und befreite ihren Rock von den gierigen Zweigen eines Stechginsterbusches. Als sie Stoff reißen hörte, verzog sie den Mund. Gwen würde den Riss flicken. Sie war geschickt mit Nadel und Faden, jedoch nicht amüsiert darüber, dass ihre Arbeitgeberin beinahe täglich ihre Röcke zerriss. Margaret musste unbedingt mit Anthony reden und ihn bitten, den Weg zum Glashaus roden zu lassen. Sonst würde sie noch ihre komplette Garderobe ruinieren.

Jonathan war stehen geblieben und hustete in die vorgehaltene Hand. Das Rasseln seiner Lungen verursachte ihr eine Gänsehaut. Schnell lief sie zu ihm zurück und strich ihm sanft über den gebeugten Rücken.

»Entschuldige, Liebster, dass ich dich so hetze. Ich bin in meiner Begeisterung wie üblich zu unmäßig. Komm, setzen wir uns dort auf den Baumstumpf und ruhen uns ein wenig aus.«

Er nickte stumm. Schweißperlen standen auf seiner Stirn, obwohl heute ein scharfer Wind über die Insel fegte.

Der Baumstumpf war mit feucht schimmerndem Moos bewachsen, also nahm Margaret ihren wollenen Schal von den Schultern und drapierte ihn auf dem Wurzelstock. Jonathan ließ sich mit einem Ächzen darauf nieder.

Von hier aus konnte man das Meer nicht sehen, roch jedoch seinen scharfen Duft nach Algen und Salz. Ab und zu kreischten Möwen, die in der nahen Bucht nisteten, ansonsten war nur das Rascheln der Zweige und Büsche im Westwind zu hören.

Anthonys Garten war eher ein Urwald als ein Ort zum Verweilen. Der Dichter gehörte nicht der Fraktion der überambitionierten Gärtner an wie viele andere Inselbewohner, die ihr Terrain mit der Inbrunst einer Säuglingsschwester hegten und pflegten. Hatte er Margaret deshalb sein überwuchertes Glashaus überlassen? Weil ihm sowieso egal war, was die Nachbarn dachten? Möglicherweise aber auch aus einem ganz anderen Grund. Sooft er glaubte, sie bemerke es nicht, musterte er sie auf eine bestimmte Weise …

Sie betrachtete Jonathan aus dem Augenwinkel. Er war in den letzten sechs Monaten um Jahre gealtert. Kürzlich hatte sie jemand, dem sie bei einer Soiree vorgestellt worden waren, sogar für Vater und Tochter gehalten. Jonathan hatte darüber gelacht und den Mann korrigiert. Dieser hatte sich daraufhin tausendmal für seinen Fauxpas entschuldigt. Jonathan hatte nur lächelnd abgewinkt. Aber Margaret hatte den Schmerz in seinen Augen gesehen.

Der Altersunterschied zwischen ihnen hatte sie bis jetzt nie gestört. Im Gegenteil, sie hatte es stets als tröstlich empfunden, einen erfahrenen Mann an ihrer Seite zu haben. Doch seit Jonathan so krank war, beschlich sie immer öfter der Gedanke, dass sie ihn möglicherweise bald verlieren würde und danach als junge Witwe kaum noch die Möglichkeit fände, einen neuen Mann kennenzulernen. Sie waren nicht übermäßig reich, trotz

Jonathans guter Position, und sie war daher keine gute Partie. Die Auswahl an ledigen Männern auf der Insel war außerdem überschaubar.

Margaret dachte an Anthony. Er war zwar ein stattlicher Kerl, weltgewandt, berühmt und überaus charmant, doch auch verheiratet. Und sie hatte nicht vor, ihren guten Ruf für eine kleine Liebelei aufs Spiel zu setzen. Am Ende würde ihr nur noch ihre Integrität bleiben ... und die Fotografie. Trotzdem schmeichelte ihr natürlich die Aufmerksamkeit, die er ihr zukommen ließ, auch wenn er das nie direkt zeigte. Aber eine Frau merkte das Interesse eines Mannes eben, da konnte er es noch so geschickt zu verbergen suchen.

Letzte Woche hatte sie sogar von ihm geträumt. Ein Traum, der sich für eine verheiratete Frau nicht schickte! Selbst jetzt wurde sie noch rot, wenn sie daran dachte. Doch je vehementer sie sich befahl, diese Traumbilder zu vergessen, desto intensiver drängten sie sich in ihre Gedanken.

Jonathan war durch seine Krankheit nicht mehr in der Lage, seinen ehelichen Pflichten nachzukommen. Sie hatte fest geglaubt, dass ihr das nichts ausmache. Nun musste sie sich langsam eingestehen, dass dem nicht so war. Sie lechzte nach mehr als ein paar hingehauchten Küssen und zittrigen Umarmungen. Musste sie sich deswegen schämen? Vermutlich. Sie sollte weniger an sich und mehr an ihren kranken Ehemann denken.

»Lass uns weitergehen, mein Herz«, sagte Jonathan. Sein Gesicht hatte wieder etwas Farbe bekommen, und er lächelte sie aufmunternd an.

Margaret sprang auf und reichte ihm den Arm.

»Es ist nicht mehr weit«, sagte sie und wies in Richtung des Dornengestrüpps, hinter dem das Glashaus lag.

»Dann mal los!«

Jonathan erhob sich, griff nach ihrem Schal und legte ihn ihr sanft um die Schultern.

Und plötzlich schwammen ihre Augen in Tränen. Schnell wandte sie sich ab. Er sollte nichts von ihren verwirrenden Gefühlen mitbekommen. Sie musste stark bleiben! Für ihn und für sich selbst. Einer Versuchung konnte man widerstehen. Man hatte letztendlich immer die Wahl.

19

Am Mittwoch schlief Tessa lang. Gestern Abend hatte sie erst mit Sally telefoniert und sie über die neuesten Ereignisse informiert, danach ihre Eltern angerufen und zuletzt versucht, im Bett noch zu lesen. Doch das neue Buch ihrer Lieblingsschriftstellerin hatte sie nicht fesseln können, was weniger daran lag, dass es nicht spannend war, sondern an der Vorfreude auf Olivers Dachboden. Daher war sie erst spät eingeschlafen.

Als sie die Vorhänge aufzog, strahlten ihr ein blauer Himmel und Sonnenschein ins Gesicht. Sie blinzelte, öffnete das Fenster und atmete tief ein. Obwohl Newport nicht am Meer lag, roch es hier doch genauso wunderbar wie an der Küste. Vielleicht nicht ganz so frisch und ein bisschen mit Abgasen vermischt, aber man merkte sofort, dass man sich auf einer Insel befand.

Sie griff nach ihrem Handy, das sie zum Aufladen auf die Kommode gelegt hatte. Raiden Palmer hatte ihr eine SMS geschrieben. Sie schnaubte abfällig. Sie hatte genug von diesem Snob und seinen abfälligen Bemerkungen. Auch wenn er ihr zu Anfang attraktiv erschienen war, mit einer solchen Einstellung mutierte auch der schönste Mann zu einem hässlichen Wicht. Sie klickte die Nachricht ungelesen weg und konzentrierte sich jetzt lieber auf Oliver und seinen Dachboden. Sie war sich sicher, dass dort Margarets verschollene Schätze nur darauf warteten, von ihr entdeckt zu werden.

Die Vernissage für Margaret in London wurde in ihrer Vorstellung immer konkreter. Gwilym könnte ihr bestimmt ein paar geeignete Adressen von Galerien nennen.

Tessa lief ins Badezimmer, duschte und kleidete sich an. Es war kurz nach neun, als sie die Treppe hinunterlief und den Frühstücksraum aufsuchte. Sie war eigentlich wieder zu spät dran, aber das Morgenbuffet war glücklicherweise noch nicht abgebaut. Auf einem Tisch am Fenster befand sich noch ein einzelnes unbenutztes Gedeck. Ihres?

Sie holte sich vom Buffet ein hart gekochtes Ei, ein Brötchen, Butter und Orangenkonfitüre. Während sie sich ein Glas frischen Orangensaft eingoss, kam Bridget aus der Küche. Sie trug eine weiße Schürze mit dem Logo ihrer Pension darauf.

»Wenn das nicht unsere Langschläferin ist«, sagte sie schmunzelnd. »Tee? Kaffee?«

»Ich habe so herrlich geschlafen!«, antwortete Tessa. »Grüntee bitte.«

»Alles klar. Möchten Sie lieber auf der Terrasse frühstücken? Ich kann Ihnen die Sachen gern …«

Tessa winkte ab. »Nur keine Umstände.«

Bridget nickte und verschwand. Kurz darauf kam sie mit einem Kännchen heißem Wasser und mehreren Beuteln Grüntee zurück.

»War es denn nett?«, fragte sie, während sie alles auf den Tisch stellte.

»Was meinen Sie?«

»Das Treffen mit Raiden.« Bridget lächelte vielsagend.

»Nett? Auf keinen Fall.«

»Ach, nicht?« Bridget schien ernsthaft verblüfft.

Tessa schüttelte den Kopf. »Er hält Margarets Fotos für dilettantisch. Darüber habe ich mich dermaßen geärgert, dass

118

ich ihn gar nicht mehr fragen wollte, ob er mir bei der Suche nach weiteren Fotos behilflich sein kann. Mit so einem Schnösel will ich nichts zu tun haben!« Sie säbelte das Brötchen wütend in zwei Hälften.

»Das tut mir leid.«

Tessa zuckte mit den Schultern, strich Butter und Marmelade aufs Brot und biss herzhaft hinein.

»Und was machen Sie jetzt?« Bridget holte ein Tablett hinter dem Buffet hervor und begann, das benutzte Geschirr von den anderen Tischen zu räumen.

Tessa zog den Teebeutel aus der Tasse. »Ich versuche, weitere Fotos aufzutreiben. Vielleicht habe ich ja Glück und finde etwas auf Olivers Dachboden. Margaret hat früher nämlich in der Nuwara Lodge in Freshwater gewohnt und …«

Bridget hielt mit dem Abräumen inne. »Oliver Taylor?« Sie starrte Tessa überrascht an.

»Genau der. Ich soll Sie übrigens von ihm grüßen.«

»Sie haben ihn kennengelernt?«

Tessa legte das Messer beiseite. Was war denn mit Bridget los? Sie wirkte plötzlich so nervös.

»Ja, gestern. Ich bin mit dem Bus nach Freshwater gefahren und habe einfach geklingelt. Wieso fragen Sie? Ist etwas mit ihm nicht in Ordnung? Er sagte mir, dass er die Cowes Week organisiert. Hat er mich da etwa angeschwindelt?«

Bridget strich sich eine Haarsträhne aus dem Gesicht. »Nein, natürlich nicht. Das stimmt schon. Ich bin nur … ein wenig überrascht. Das ist ein merkwürdiger Zufall.« Sie schüttelte den Kopf und senkte den Blick. »Wirklich seltsam.«

Tessa wartete einen Moment, ob Bridget vielleicht erklären würde, was sie damit meinte, doch sie räumte weiter das Geschirr ab, ohne noch etwas hinzuzufügen. Ab und zu warf sie ihr einen grüblerischen Blick zu.

»Möchten Sie mir vielleicht etwas über Oliver mitteilen?«, fragte Tessa schließlich. Sie hatte keine Lust, weiter Rätsel zu raten.

»Ich? Nein, da gibt's nichts zu erzählen«, erwiderte Bridget hastig.

Tessa warf ihr einen skeptischen Blick zu. Bridgets Tonfall strafte diese Aussage Lügen. »Ist er vielleicht ein Axtmörder und ich muss mich vor ihm in Acht nehmen?«

Bridget riss entsetzt die Augen auf.

»Das war bloß ein Scherz!«, sagte Tessa. »Aber etwas ist doch, sonst würden Sie nicht so seltsam reagieren.«

Bridget winkte ab. »Nein, da ist nichts«, erwiderte sie jetzt entschlossener.

»Fein, dann muss ich mir ja keine Sorgen machen, wenn ich mich heute wieder mit ihm treffe.«

Sie sah, wie Bridget trocken schluckte. Zum Kuckuck, was ging hier vor?

»Und Raiden?«, stieß Bridget schließlich hervor.

»Was soll mit ihm sein?«

»Sehen Sie sich nicht wieder?«

»Ich wüsste nicht, warum.«

»Verstehe.«

Bridget sah jedoch nicht so aus, als würde sie das ernst meinen. Sie zupfte an ihrer Schürze herum und strich sich immer wieder über die gerunzelte Stirn, als läge ihr noch etwas auf der Zunge. Möglicherweise eine Erklärung für Raidens unhöfliches Verhalten? Doch Tessa wollte nichts mehr hören. Zugegeben, sie hatte ihn eine kurze Zeit sympathisch gefunden und er war attraktiver als Oliver. Aber das Äußere täuschte oft. Und auch wenn einer hübsche blaue Augen hatte, konnte er trotzdem ein Blödmann sein.

Bridget verschwand wortlos mit dem vollen Tablett in der Küche und die Tür fiel hinter ihr zu. Tessa war sich sicher, dass sie ihr etwas über Oliver verschwieg. Nur was? Ging es um den üblichen Dorfklatsch? Oder steckte mehr dahinter? Sie hatte von *seltsam* geredet. War seltsam gleichbedeutend mit gefährlich?

Sie atmete tief durch. Wenn ihre Gedanken so durcheinanderwirbelten, fing sie automatisch an, falsch zu atmen, was das Chaos noch verstärkte. Also konzentrierte sie sich auf ihre Atmung, ließ ihr Zeit, sich zu normalisieren, und schlürfte dabei den köstlichen Grüntee.

Sie horchte auf Bridgets Schritte, doch obwohl die Tische noch nicht fertig abgeräumt waren, tauchte sie nicht wieder auf. Vielleicht scheute sie weitere Fragen über Oliver Taylor.

»Auch gut«, murmelte Tessa, beendete das Frühstück und stand auf.

Bevor Oliver sie abholte, hatte sie genügend Zeit, sich Newport genauer anzusehen.

Sie trat auf die Straße. Vor dem Seagull orientierte sie sich kurz und schlug dann den Weg zum St James Square ein. Sie wollte einen Blick auf die Denkmäler von Queen Victoria und den bei einem IRA-Attentat ums Leben gekommenen Gouverneur Lord Louis Mountbatten werfen.

Punkt dreizehn Uhr stand Tessa wieder vor der Pension im Schatten der ausladenden Markise und wartete auf Oliver. Nach der Besichtigung des Städtchens hatte sie auf einer Bank ein Sandwich gegessen, sich danach frisch gemacht und war jetzt voller Tatendrang. Würde sie etwas finden? Sie hoffte es inständig.

Gerade als sie auf die Uhr schauen wollte, rauschte Olivers SUV um die Ecke und stoppte direkt vor ihren Füßen. Olivers Fahrstil war wirklich nicht ihr Ding.

Er sprang aus dem Wagen und umrundete ihn mit einem strahlenden Lächeln. »Wie schön, dich wiederzusehen!«, rief er enthusiastisch, als hätte er sie seit Jahren nicht gesehen.

Er küsste sie auf die Wange, was ihr ein Stirnrunzeln entlockte. Sie mochte es nicht, wenn flüchtige Bekanntschaften nach so kurzer Zeit auf Tuchfühlung gingen, wollte aber auch nicht zickig erscheinen, also lächelte sie gezwungen.

»Danke nochmals, dass du mir die Möglichkeit gibst …«

»Das ist doch selbstverständlich!«, unterbrach er sie und öffnete die Beifahrertür. »Einer so schönen Frau konnte ich noch nie etwas abschlagen.«

Plötzlich bereute Tessa es, Bridget nicht mehr über ihn gelöchert zu haben. Hatte sie sie vielleicht vor diesem Charmebolzen warnen wollen? Aber das war doch kindisch. Überschwänglichkeit tat schließlich niemandem weh. Und wenn Oliver gefährlich wäre, hätte Bridget bestimmt etwas gesagt. Vor Raiden hatte sie sie ja auch nicht gewarnt. Im Gegenteil. Offenbar lag ihr viel an Raiden und daran, wie es ihm ging. Vielleicht mochte sie ihn einfach lieber als Oliver. Kurz schoss es Tessa durch den Kopf, dass Bridget und sie darin konform gingen.

Anders als Raiden war Oliver von allem ein bisschen zu viel: zu enthusiastisch, zu extrovertiert, zu charmant. Als ob er ständig eine große Show abzog und auf entsprechenden Applaus wartete.

»Also dann, Ms Marple«, sagte Oliver grinsend, als er sich ans Steuer setzte. »Auf zur Schatzsuche!«

Er fuhr so ruppig los, wie er vorgefahren war, und Tessa wurde in den Sitz gedrückt. Zum Glück lief nicht gerade ein Fußgänger über die High Street.

»Wonach suchen wir auf meinem staubigen Dachboden eigentlich? Nur nach Fotos?«

»Wir?«

»Natürlich helfe ich dir dabei. Ich lasse dich da oben doch nicht allein mit den Krabbeltieren.« Er zwinkerte ihr zu.

»Aber bist du nicht sehr beschäftigt? Die Cowes Week beginnt doch bald. Da gibt es bestimmt eine Menge zu tun.« Sie hatte nicht im Traum daran gedacht, dass Oliver bei der Suche dabei sein könnte. Wollte er sie im Auge behalten? Sie hätte im Grunde ja auch eine Schwindlerin sein können. Irgendwie war ihr der Gedanke, mit ihm auf einem engen Dachboden herumzukriechen, unangenehm. Es war nicht zu übersehen, dass er sich für sie interessierte. Wie sollte sie reagieren, wenn er ihr weitere Avancen machte?

Sie war hin- und hergerissen zwischen dem Wunsch, Margarets Spuren nachzugehen, und diese Exkursion sofort abzubrechen. Noch hatte sie die Möglichkeit dazu. Sie konnte Kopfschmerzen vorschützen und ihn bitten, sie wieder in die Pension zu bringen. Er wäre vielleicht etwas verschnupft, aber sie in Sicherheit. Auf einmal erschien es ihr dumm, dass sie sich einfach so auf einen fremden Mann einließ. Normalerweise war sie doch nicht so vertrauensselig. In London lernte man früh, sich ein gesundes Misstrauen zu bewahren, sonst wurde man unweigerlich übers Ohr gehauen, überfallen oder noch Schlimmeres. Und plötzlich warf sie alle Vorsicht über Bord. Wegen ein paar Fotos.

»Oliver, hör zu, ich …«

»Sorry, dass ich dich unterbreche. Aber es macht dir doch nichts aus, wenn meine Putzfrau heute da ist? Die kommt immer mittwochs, und es erschien mir übertrieben, ihr wegen unserer Exkursion abzusagen. Zudem werden wir vermutlich eine Menge Staub und Dreck nach unten schleppen, da ist es ganz praktisch, dass sie gleich vor Ort ist.«

Tessa atmete innerlich auf. Sie würden also nicht allein im Haus sein. Das beruhigte sie. »Klar, kein Problem.«

»Fein.« Oliver schenkte ihr erneut ein strahlendes Lächeln.

Ich mache mir wieder mal zu viele Sorgen, dachte Tessa und rutschte tiefer in den Ledersitz des teuren Wagens. Der Mann wollte nur nett sein. Und auf Gottes Erde gab es eben allerlei Persönlichkeiten. Manche mochte man, andere weniger. Sie würden ein paar Stunden auf einem Dachboden verbringen, im besten Fall mit Erfolg. Danach würde sie sich bei ihm bedanken und ihn nicht mehr wiedertreffen. So einfach war das.

20

Raiden stand an der Ecke der High Street und beäugte das Seagull, als würde es sich dabei um ein gefährliches Tier handeln. Da Tessa nicht auf seine SMS reagierte, hatte er es vorhin noch für eine gute Idee gehalten, sie einfach aufzusuchen. Jetzt jedoch hielt er es für einen saublöden Einfall. Und deshalb stand er hier an der Ecke wie bestellt und nicht abgeholt und wagte sich nicht in die Pension.

»Bei dem schönen Wetter ist sie bestimmt sowieso nicht da«, murmelte er vor sich hin.

Er sah auf die Uhr. Kurz nach halb zwei. Im Grunde durfte er gar nicht hier sein, die Arbeit machte sich schließlich nicht von allein. Und überhaupt, Tessa würde in ein paar Tagen wieder aus seinem Leben verschwinden, mitsamt diesen seltsamen Fotos. Weshalb also war es ihm so wichtig, dass sie seine Entschuldigung annahm und seine Beweggründe verstand?

»Mach dich nicht zum Idioten, Palmer!«, stieß er hervor, drehte sich entschlossen um und rannte in Bridget Griffin hinein. Ihre Einkaufstasche fiel zu Boden, eine Avocado kullerte über die Straße und wurde von einem vorbeifahrenden Auto zu Matsch verarbeitet.

»Herrgott noch mal, Raiden!«, schimpfte sie. »Keine Augen im Kopf?«

»Sorry, Bridget.« Er bückte sich und hob die Einkaufstasche auf. »Tut mir leid.«

Sie schnaubte und inspizierte ihre Einkäufe. »Noch mal gut gegangen«, sagte sie. »Die zweite Avocado und das andere Gemüse haben überlebt.«

Raiden hütete sich, sie darauf hinzuweisen, dass Avocados im Grunde Beeren waren, sonst wäre sie ihm vermutlich an die Gurgel gesprungen.

»Was treibst du dich hier eigentlich wie ein Dieb an Straßenecken herum?«

»Tue ich doch gar nicht!«, erwiderte er eine Spur zu forsch. »Ich muss … zur Touristeninformation.« Er räusperte sich und besah seine Schuhe.

»Soso.« Bridget stieß einen belustigten Laut aus. »Bist du nicht eher wegen einer hübschen Londonerin hier?«

Raiden mochte ihren feixenden Ton nicht. Doch sie hatte ja recht. Bridget konnte man nichts vormachen. »Ist sie denn da?«

Bridget schüttelte den Kopf. »Sie wollte nach Freshwater.«

»Verstehe«, sagte er und sah einer Frau nach, die mit einem Kinderwagen die Straße überquerte. »Na ja, bei dem tollen Wetter ist das kein Wunder …«

»Mit Oliver«, fügte Bridget hinzu.

Raiden lief ein kalter Schauer über den Rücken. »Taylor?«

Sie nickte.

»Woher kennt sie denn Oliver?«

»So wie ich sie verstanden habe, hat sie einfach bei der Nuwara Lodge geklingelt. Offenbar hat diese Fotografin mal dort gewohnt.«

»Shit!« Raiden fuhr sich mit den Händen durch die Haare. »Hast du …«, er brach ab und atmete tief ein. »Hast du es ihr erzählt?«

»Nein. Ich will keine Schwierigkeiten. Du kennst ja Oliver. Er würde mich bestimmt verklagen, wenn herauskäme, dass ich mir das Maul über ihn zerrissen habe. Und letztendlich hat man ja damals auch keine Beweise gefunden.«

Raiden nickte. Von allen Personen, die sich momentan auf der Insel aufhielten, musste Tessa ausgerechnet Oliver über den Weg laufen. Das Schicksal hatte definitiv einen boshaften Humor.

»Habe ich einen Fehler gemacht?«, fragte Bridget unsicher. »Hätte ich etwas sagen sollen?«

»Ist schon gut«, beschwichtigte er sie. »Tessa ist erwachsen und weiß sich bestimmt zu helfen. Und möglicherweise hättest du nur ihren Trotz herausgefordert. Sie scheint … nun ja, ein wenig impulsiv zu sein und mag es sicher nicht, wenn man ihr etwas vorschreibt.« Er dachte an ihre Reaktion im Park zurück. »Mach dir keine Sorgen.«

Bridget atmete tief durch. »Gut, das beruhigt mich jetzt. Ich habe mir nämlich deswegen schon den ganzen Morgen Vorwürfe gemacht. Vor allem, na ja, du hast es bestimmt auch gesehen, nicht? Sie sehen sich ziemlich ähnlich.«

Und das hat Oliver natürlich ebenfalls bemerkt, ging es Raiden durch den Kopf. Wie würde er darauf reagieren? Es als Laune der Natur abtun oder versuchen, Tessa zu vereinnahmen, wie er es bei Amber getan hatte?

»Raiden?«

»Wie?«

»Ich sagte, dass ich froh bin, dass du es locker siehst«, sagte Bridget. »Du kennst ihn von allen vermutlich am besten und kannst die Lage besser einschätzen.« Sie straffte die Schultern.

»Also dann. Viel Spaß noch im Touristenbüro.« Sie zwinkerte ihm grinsend zu, überquerte die Straße und verschwand in der Pension.

Raiden sah ihr nach. Ein ungutes Gefühl breitete sich in seinem Magen aus. Vielleicht sollte er besser nach Freshwater fahren. Doch aus welchem Grund? Er konnte unmöglich einfach so bei Oliver klingeln, so wie Tessa es getan hatte, und sie aus dem Haus zerren.

»Verdammt!«, stieß er hervor und lief zu seinem Wagen. Und das alles wegen dieser blöden Fotos!

* * *

Tessa trat in den engen Flur der Nuwara Lodge. Es roch nach Möbelpolitur und frisch gewaschener Wäsche.

»Ms Halfpenny, wir haben Besuch!« Oliver warf die Autoschlüssel in eine Porzellanschale, die auf einer Kommode neben dem Eingang stand. Ein paar Briefe lagen ebenfalls dort, er beachtete sie jedoch nicht weiter.

Am hinteren Teil des Ganges tauchte eine kleine Gestalt auf. »Ist etwas passiert?« Sie kam näher, wobei sie das linke Bein nachzog.

Tessa schätzte die Frau auf Anfang sechzig. Sie trug eine karierte Schürze und hatte ihre grauen Haare zu einem straffen Knoten frisiert. Sie blinzelte mehrmals, als würde sie schlecht sehen, runzelte die Stirn, als sie Tessa bemerkte, und stieß ein erschrecktes »Oh!« aus.

»Das ist Tessa Cooper«, stellte Oliver sie vor. »Sie interessiert sich für meinen Dachboden.« Er lachte leise. »Tessa, Ms Halfpenny, meine gute Perle.«

Ms Halfpenny winkte verlegen ab. Dann streckte sie die Hand aus. »Angenehm, Ms Cooper.«

»Sagen Sie doch Tessa zu mir.« Sie griff nach der ausgestreckten Hand. Sie war klein und feucht. Vermutlich hatten sie die Haushälterin gerade beim Saubermachen unterbrochen.

»Sie wollen sich den Dachboden anschauen?«, fragte Ms Halfpenny unsicher und warf Oliver einen raschen Blick zu. »Ach herrje, dort oben ist schon seit Ewigkeiten nicht mehr aufgeräumt worden. Darf ich fragen, wieso Sie der Dachboden interessiert? Sind Sie von der Baubehörde?«

Tessa schmunzelte. »Nein, das hat persönliche Gründe. Im neunzehnten Jahrhundert lebte eine Vorfahrin von mir in der Nuwara Lodge, und ich hoffe, dort oben vielleicht noch Spuren von ihr zu finden.«

Ms Halfpenny nickte langsam. »Aha, so ist das. Soweit ich weiß, haben die Mitchells ein paar Sachen hiergelassen, als sie ausgezogen sind.«

Wieder warf sie Oliver einen eigentümlichen Blick zu, als müsste sie sich bei ihm erst vergewissern, was sie erzählen durfte und was nicht.

»Wir haben jedoch einmal dort oben …«

»Genug geschwatzt, gute Frau!«, unterbrach Oliver sie und wandte sich an Tessa. »Wie ich schon sagte, uns erwartet sicher eine kleine Zeitreise.« Er klatschte in die Hände. »Wollen wir?«

Den Dachboden erreichte man über eine Holzleiter, die mit einem Haken von der Decke heruntergezogen werden musste. Die Luke, die sich dabei öffnete, war recht schmal. Der Geruch von Staub und warmem Holz schlug ihnen entgegen, als sie die knarrenden Sprossen hinaufstiegen. Oliver zwängte sich als Erster durch die Öffnung, Tessa folgte ihm.

»Leider gibt es hier oben kein elektrisches Licht«, erklärte er und sah sich in gebeugter Haltung um.

Der Boden war kaum einen Meter siebzig hoch und auch Tessa musste den Kopf einziehen.

»Immerhin gibt's aber Tageslicht.« Oliver wies mit dem Kinn auf den hinteren Teil des Bodens, wo sich ein winziges Dachfenster mit einer schmutzstarrenden Scheibe befand. »Ich versuche mal, es zu öffnen, bevor wir im Staub ersticken.«

Tessa sah sich interessiert um. Der Raum erstreckte sich über die ganze Länge des Hauses und war, wie Oliver angekündigt hatte, mit Gerümpel vollgestellt. Sie erblickte ein Schaukelpferd, dem eine Kufe fehlte und das sie aus seiner Seitenlage vorwurfsvoll anstarrte. Gebündeltes Papier stapelte sich vor ausrangierten Korbstühlen; Holzkisten voll alter Bücher waren neben verrosteten Gartengeräten aufgetürmt. Sie sah zerbrochene Bilderrahmen, Holzlatten, aus denen rostige Nägel ragten, eine gestreifte Matratze, aufgeplatzte Kissen und sogar einen Schlitten. Ein heilloses Durcheinander!

Oliver rüttelte hinter ihr am Fenster herum. »Der Rahmen ist komplett verzogen! Es geht nicht auf!«

Tessa seufzte. Das würde Stunden dauern, bis sie sich hier durchgekämpft hatten. Auf einmal war sie froh darüber, dass Oliver ihr dabei half.

»Wo fangen wir an?«, fragte er etwas zu dicht hinter ihr.

Sie drehte sich um und lachte. »Keine Ahnung. Irgendwo halt.«

Er kratzte sich am Kinn. »Okay, dann hier bei diesen alten Kisten. Die sehen doch recht antik aus, nicht?« Er tat so, als müsste er sich die Ärmel aufkrempeln, und begann damit, eine Holzkiste zu dem kleinen Stück freiem Dachboden neben der Einstiegsluke zu zerren.

* * *

Raiden schaffte es nicht, sich zu konzentrieren. Schließlich legte er entnervt den Kuli beiseite, stand auf und verließ das Büro. Er brauchte frische Luft!

130

Der Schlosshof wimmelte von Besuchern. An diesem schönen Tag drängten sich die Touristen wie eine fleischgewordene Welle durch den Einlass, um das mittelalterliche Schloss zu besichtigen.

Er ignorierte den Auflauf, steuerte eine verborgene Pforte hinter dem Torhaus an und öffnete sie mit einem altmodischen Bartschlüssel. Die schmale Steintreppe dahinter führte auf einen Vorsprung, der für das Publikum nicht zugänglich war, weil die Brüstung bröckelte.

Raiden lehnte sich mit verschränkten Armen an die Schlossmauer und genoss die Wärme der sonnenbeschienenen Steinquader. Von diesem Vorsprung aus hatte man nicht den besten Rundblick, der bot sich den Besuchern vom Wachtturm aus, doch auch von hier konnte man einen Teil von Newport, den dahinterliegenden Fluss und das hügelige Land mit seinen Steinmauern sehen. Vor allem trat einem hier niemand auf die Füße. Raiden kam immer hier herauf, wenn er nachdenken musste. Und es gab einiges zu grübeln.

Er konnte Bridget keinen Vorwurf machen, dass sie Tessa nichts über Olivers Vergangenheit erzählt hatte. Trotzdem ärgerte er sich darüber, dass sie die Londonerin nicht wenigstens gewarnt hatte. Jeder, der Amber gekannt hatte, sah die Ähnlichkeit zwischen Tessa und ihr. Und Oliver musste sie regelrecht ins Auge gesprungen sein.

»Verdammt und zugenäht!«, stieß Raiden hervor.

Wenn Tessa ihm doch nur antworten würde. Natürlich konnte er ihr seine Vermutungen über Oliver nicht gleich vor den Latz knallen. Aber er würde wenigstens einen Rat aussprechen. Dann könnte sie selbst entscheiden, was sie damit anfing.

Er zog sein Handy aus der Gesäßtasche und schrieb ihr eine weitere Kurznachricht. Dabei bemerkte er, dass sie seine andere noch nicht einmal gelesen hatte. Er seufzte. Sollte er vielleicht doch besser nach Freshwater fahren? Wenn er ein bisschen Gas gab, konnte er in einer halben Stunde dort sein. Ja – und was dann?

Er zermarterte sich das Hirn, um einen einigermaßen logischen Grund zu finden, bei Oliver zu klingeln. Doch es wollte ihm keiner einfallen. Sie hatten seit Jahren kein Wort mehr miteinander gewechselt. Er würde den Braten auf zehn Meilen gegen den Wind riechen und seinen Spott und vielleicht auch seinen Zorn über Raiden ausschütten. Doch Tessa war ihm das wert. Oder sah er bloß Gespenster? Nein. Sein Bauchgefühl sagte ihm, dass er sich nicht grundlos Sorgen machte.

Plötzlich kam ihm eine Idee. Er würde jemanden anrufen, der Oliver gut kannte.

Raiden lief die Steintreppe hinunter, stürmte in sein Büro und ignorierte Nancys gerunzelte Stirn. Hastig riss er die Schreibtischschublade auf und wühlte darin herum. Wo zum Teufel …?

»Nancy? Wo ist mein altes ledernes Telefonbüchlein?«

»Das mit den Adressen und Nummern, die ich in die Adressdatenbank übertragen habe?«

»Genau das.«

Sie lehnte sich in ihrem Stuhl zurück und spielte mit einem Bleistift. »Das habe ich weggeworfen. Wieso?«

»Echt jetzt?«

Sie nickte. »Du hast mich doch selbst darum gebeten. Kein Mensch braucht heutzutage noch ein Telefonverzeichnis aus Papier. Das waren deine Worte.«

»Und du hast natürlich nur die Nummern eingetippt, die ich markiert habe, richtig?«

»Ja, klar. Ich tue immer, was mein Boss mir befiehlt.«

Raiden presste die Lippen aufeinander. Er konnte ihr nicht vorwerfen, getan zu haben, was er selbst angeordnet hatte.

»Alles in Ordnung?«, fragte Nancy. »Du benimmst dich heute so komisch.« Sie war aufgestanden und lehnte im Türrahmen.

»Alles okay«, presste er hervor. »Eine Frage, kennst du zufällig die Handynummer von Blanche Halfpenny?«

21

Oliver wischte sich mit dem Handrücken den Schweiß von der Stirn. »Das war die letzte Kiste. Nichts.«

Tessa seufzte. »Wäre auch zu schön gewesen.«

Sie saß auf einer umgedrehten Obstkiste und ließ ihren Blick über den Dachboden schweifen. Der sah jetzt wesentlich ordentlicher aus als noch vor zwei Stunden. Doch keine Spur von Margarets Leben in diesem Haus, geschweige denn eine einzige Fotografie. Die ganze Mühe umsonst!

Oliver ließ sich schwer atmend neben ihr auf dem Boden nieder. Auf seiner rechten Wange prangte ein Schmutzfleck, er hatte Schweißflecken unter den Armen seines Polohemds. Vermutlich sah sie nicht weniger zerzaust aus.

Er schnüffelte an seiner Achsel. »Ich brauche dringend eine Dusche. Danach bringe ich dich nach Newport zurück, okay?«

Sie nickte. Sie hatte nicht daran gedacht, Kleider zum Wechseln mitzunehmen.

»Willst du auch duschen? Ich leihe dir ein T-Shirt von mir. Nur eine passende Hose habe ich nicht.« Er zwinkerte.

Im Grunde ist er doch ganz nett, dachte sie. Wie hatte sie ihn unheimlich finden können? Nicht jeder würde sich für eine Fremde so viel Mühe aufhalsen.

»Das wäre super!«, erwiderte sie lächelnd und stand auf. »Vielen Dank.«

Er winkte ab. »Wenn du noch Zeit hast, steckt Ms Halfpenny deine Kleider kurz in die Waschmaschine. Sie hat ja sonst nicht viel zu tun.«

»Nein, schon in Ordnung.«

Trotz Olivers Freundlichkeit hielt Tessa es für keine gute Idee, in ein Handtuch gewickelt auf ihre Klamotten warten zu müssen.

»Wie du willst.« Er erhob sich ebenfalls und stieg durch die Dachluke. »Tut mir leid, dass wir nichts gefunden haben.«

»Dafür musst du dich doch nicht entschuldigen. Die Chancen standen sowieso schlecht. Schließlich sind seit damals über hundertfünfzig Jahre vergangen. Es wäre vermutlich wie ein Lottosechser, wenn wir was gefunden hätten.«

Die letzten Sprossen ließ er aus und sprang von der Leiter. Er reichte ihr die Hand. »Vermutlich hast du recht.«

Er sah sie einen Moment lang mit solcher Intensität an, dass es sie fröstelte. Als ob er in ihrem Gesicht irgendetwas Bestimmtes suchte. Sie sah weg und strich sich eine Haarsträhne hinters Ohr.

»Sag mal, Tessa, würdest du mit mir segeln gehen? Unsere Küste ist atemberaubend.«

»Ein Segelausflug?«

Er nickte lebhaft. »Erst von einem Boot aus kann man die Schönheiten unserer Insel richtig genießen.«

Sie zögerte. Sie liebte das Meer zwar, wurde aber schnell seekrank. »Ich weiß nicht …«

»Komm schon, das bist du mir schuldig. So viel Staub habe ich lange nicht mehr geschluckt.«

Er sah sie treuherzig an, und sie musste dabei an einen um Futter bettelnden Welpen denken. Er hatte recht, sie war ihm etwas schuldig.

»Also gut, aber keine risikoreichen Wendemanöver. Einfach ein wenig an der Küste entlangschippern.«

Er legte sich die Hand aufs Herz. »Versprochen! Dann hole ich dich morgen um zehn Uhr ab, einverstanden?«

Sie gingen die Treppe hinunter ins Erdgeschoss und er wies auf eine Tür rechts neben ihm. »Das Bad«, erklärte er. »Handtücher findest du im Schrank.«

»Musst du eigentlich nicht arbeiten?«, fragte Tessa. Es erschien ihr seltsam, dass der Geschäftsführer der Cowes Week im Moment so viel Zeit übrig hatte. Laut den Plakaten überall in der Stadt fand die Regatta im August statt.

»Es hat auch seine Vorteile, wenn man Chef ist. Da kann man eine Menge an seine Angestellten delegieren.« Er zwinkerte ihr zu. »Vor allem, wenn solch tolles Segelwetter herrscht. Also morgen?«

Sie lachte. »Einverstanden.«

In diesem Moment klingelte es an der Haustür.

»Ms Halfpenny, können Sie bitte mal an die Tür gehen?«, rief er. Sie antwortete nicht. »Wo steckt sie jetzt schon wieder? Man hat nur Ärger mit dem Personal. Alles muss man selbst erledigen.«

Er öffnete die Tür und stieß einen verblüfften Laut aus. »Du?«

* * *

Raiden wusste, dass er sich wie ein eifersüchtiger Trottel aufführte, aber er konnte Tessa nicht mit Oliver allein lassen. Blanche Halfpenny hatte ihm bestätigt, dass die beiden gerade den Dachboden der Lodge nach alten Dokumenten durchforsteten. Er atmete auf. Wenigstens war Tessa nicht mit ihm allein. Doch als Blanche sagte, dass sie in einer halben Stunde nach Hause gehen würde, hatte sich Raiden die Autoschlüssel geschnappt und war doch noch nach Freshwater aufgebrochen.

Während der Fahrt hatte er immer wieder überlegt, umzukehren. Er würde sein Auftauchen nicht logisch erklären können. Kurz hatte er daran gedacht, Tessa aus dem Haus zu locken, indem er behauptete, er hätte eine Spur von Margaret gefunden. Aber eine Lüge hätte sie ihm nicht verziehen. Doch war es das nicht wert? Sie würde zwar vermutlich danach nie wieder mit ihm reden. Dafür wäre sie aber Olivers Fängen entkommen. Raiden musste eben improvisieren. Irgendetwas würde ihm schon einfallen.

Als er auf den Parkplatz der Lodge einbog, zog sich sein Magen zusammen. Seit der Sache mit Amber war er nie wieder hier gewesen. Eine Flut von Erinnerungen stürzte auf ihn ein und sein Herz schlug viel zu schnell gegen seine Brust. So viel zum Thema, dass er mit den Ereignissen vor zehn Jahren abgeschlossen hatte.

Einen Moment blieb er im Wagen sitzen. Sollte er wirklich klingeln? Noch konnte er einfach wieder umkehren und die Konfrontation vermeiden. Aber was, wenn Tessa etwas zustieß? Er traute Oliver seit damals nicht mehr. Und Raiden würde es sich nie verzeihen, sie nicht wenigstens gewarnt zu haben.

Entschlossen zog er den Autoschlüssel ab und stieg aus, lief die Eingangsstufen hinauf und klingelte.

* * *

Tessa starrte Raiden verblüfft an. Was wollte *der* denn hier? Und wieso wusste er, dass sie sich in der Nuwara Lodge aufhielt? Oliver schien es nicht anders zu gehen. Aus seiner Reaktion folgerte sie allerdings, dass sich die beiden kannten.

»Kann ich kurz mit Tessa sprechen?« Raidens Frage klang eher wie ein Befehl. Oliver beachtete er überhaupt nicht, tat, als wäre er Luft.

»Was willst du?«, fragte sie unwirsch. »Ich ... wir sind beschäftigt.«

Sie sah, wie sich Raidens Kiefermuskeln anspannten.

»Bitte, Tessa, nur einen Moment.«

Sie rollte mit den Augen. »Na gut, aber wirklich nur kurz. Ich wollte gerade duschen.«

Er ballte die Fäuste. »Verstehe«, presste er hervor. »Lass uns nach draußen gehen.«

»Bin gleich zurück«, sagte sie mit einem entschuldigenden Lächeln zu Oliver.

Als sie sich zu Raiden umdrehte, sah sie, wie er mehrmals hart schluckte, dabei betrachtete er Oliver mit solcher Abscheu, dass es ihr kalt den Rücken hinunterlief. Himmel, was war zwischen den beiden bloß vorgefallen?

Sie folgte Raiden ein paar Schritte bis zu seinem Wagen. Über dem Meer hatte sich eine Wolkenwand gebildet. Wind war aufgekommen und ließ die Büsche im Garten miteinander flüstern. Tessa fröstelte und verschränkte die Arme vor der Brust.

»Was ist?«, fragte sie ungeduldig. »Ich bin verschwitzt und möchte mich ungern erkälten.«

»Also du und Oliver.« Raiden lehnte sich an sein Auto und betrachtete sie aus schmalen Augen. In seinen Worten schwang Arroganz mit. Der tat ja gerade so, als müsse sie ihm Rechenschaft ablegen.

»Ich wüsste nicht, was dich das angeht«, erwiderte sie spitz. »Ich kann tun und lassen, was ich will.« Sie bemerkte, wie er die Lippen zusammenpresste. Sehr gut, dachte sie, und fügte hinzu: »Und mit wem ich will.«

»Du schließt ja leicht Freundschaften«, entgegnete er kalt.

Tessa blieb für einen Moment die Spucke weg. Was für eine Frechheit! Hielt sie der Kerl etwa für ein Flittchen? So eine Unverschämtheit! »Es ist wohl besser, wenn du jetzt gehst.« Sie wandte sich um, doch er hielt sie am Arm fest.

»Warte, Tessa, tut mir leid, das wollte ich nicht sagen. Ich ...« Er stockte und atmete tief durch. »Ich möchte nur, dass du Oliver nicht zu sehr vertraust. Er ist ... na ja, er ist nicht der, der er zu sein scheint.«

Tessa befreite ihren Arm aus seinem Griff. »Es steht dir wohl kaum zu, mir irgendwelche Ratschläge zu erteilen«, fauchte sie und rieb sich den Arm. »Zudem ist er, im Gegensatz zu dir, sehr an Margarets Arbeit interessiert und unterstützt mich. Also lass mich gefälligst in Ruhe.«

Sie lief die Eingangsstufen der Nuwara Lodge hinauf und warf die Tür hinter sich ins Schloss.

22

»Und du bist dir sicher, dass kein Sturm aufkommt?« Tessa betrachtete skeptisch die dunklen Wolken über der Küste und schloss den Reißverschluss ihrer Windjacke.

In Newport war es angenehm warm gewesen, doch jetzt fror sie. Hoffentlich wurde der Wind nicht noch stärker.

Oliver stand am Steuerrad seiner Segeljacht und grinste. »Bombensicher. Die Wolken verziehen sich bald wieder. Und das bisschen Wind ... gerade richtig, um eine perfekte Wende hinzulegen. Festhalten!«

Sie klammerte sich an die Reling, als er den Kurs änderte und sie ziemlich in Schräglage gerieten. Gischt spritzte hoch und Tessa entfuhr ein spitzer Schrei.

Nach dem halsbrecherischen Manöver segelten sie zum Glück wieder gemächlicher parallel zur Küste, und endlich konnte sie sich ein wenig entspannen.

Oliver hatte recht gehabt. Die Insel bot vom Wasser aus einen eindrucksvollen Anblick. Trotzdem sehnte sie den Moment herbei, wenn sie wieder anlegten. Sie war definitiv keine Matrosin.

Oliver hatte sie pünktlich abgeholt, und sie waren zusammen zum Cowes-Jachthafen an der Nordküste gefahren, wo sein Boot vor Anker lag. Sie kannte sich mit Segeljachten nicht aus, doch das schnittige Teil mit dem Namen *Amber II* war bestimmt nicht billig gewesen. Er prahlte damit, dass die Jacht luxuriös ausgestattet war – mit einem Schlafzimmer, einem Bad und sogar einem Wohnzimmer mit integrierter Kombüse.

»Im Solent muss man aufpassen«, erklärte er und betrachtete konzentriert ein Instrument vor sich. »Als Tidengewässer weist der Kanal extreme Strömungsverhältnisse auf. Und mit einem Tidenhub von fünf Metern braucht's für einen stressfreien Segeltörn schon etwas Übung. Wir wollen ja nicht mit jemandem kollidieren, nicht wahr?« Er zwinkerte ihr wieder zu. Etwas, was ihr langsam auf die Nerven ging.

Tessa verstand kein Wort von dem, was er sagte, wollte sich aber auch keine Blöße geben und nickte daher nur.

»Wir kommen bald in eine hübsche Bucht. Dort ankern wir und genehmigen uns das Picknick, das Ms Halfpenny vorbereitet hat. Ich hoffe sehr, dass es genießbar ist. Kochen ist nicht wirklich ihre Stärke. Du kannst übrigens auch schwimmen gehen, wenn du möchtest.«

»Ohne Badeanzug?«

Er grinste anzüglich. »Den brauchst du dort nicht.«

Tessa schluckte trocken. Die Richtung, die dieser Ausflug nahm, gefiel ihr nicht. Sie war Oliver zwar dankbar, dass er sie seinen Dachboden hatte durchsuchen lassen, aber das war auch alles. Allerdings gewann sie zunehmend den Verdacht, dass er dafür mehr als einen einmaligen Segeltörn erwartete.

Plötzlich kamen ihr Raidens Worte wieder in den Sinn.

Er ist nicht der, der er zu sein scheint.

Konnte da was dran sein? Sie hätte nachfragen sollen, was er damit gemeint hatte. Aber sie war gestern so wütend auf ihn gewesen, dass sie ihm nicht weiter zuhören wollte. Hoffentlich rächte sich das jetzt nicht.

Offenbar kannten sich die beiden von früher. Das hatte Oliver gestern nach Raidens Auftauchen kurz erwähnt. Mehr wollte er aber nicht dazu sagen. Gab es dafür einen bestimmten Grund? Einen Grund, der vielleicht eine Gefahr für sie bedeutete?

Sie warf einen prüfenden Blick zur Küste. Das Ufer lag nicht weit entfernt, im schlimmsten Fall könnte sie über Bord springen, wenn …

Sie schüttelte den Kopf. Sie machte sich zu viele Sorgen und sah Gespenster. Zwischen Raiden und Oliver war irgendetwas vorgefallen, und Raiden versuchte jetzt, Oliver bei ihr schlechtzumachen. Möglicherweise so eine alte Männerrivalität.

Vom Hörensagen lernt man Lügen, sagte Sally immer. Ihre Großmutter hatte recht, sie musste sich selbst ein Urteil über Oliver bilden. Und sie würde schon mit ihm fertigwerden, wenn er sich zu viele Freiheiten herausnahm. Ein Mann in seiner Position konnte sich so etwas sicher nicht erlauben.

»Alles in Ordnung?«, fragte Oliver. »Ist dir schlecht?«

»Nein, mir geht's gut. Ich dachte nur gerade an nächste Woche und was mich bei der Arbeit erwartet.« Die Lüge kam ihr problemlos über die Lippen.

»Aber jetzt bist du ja noch hier«, erwiderte er in einem Ton, als würde er mit einem Kleinkind sprechen. »Die Leute schätzen den Augenblick viel zu wenig. Entweder sie denken an morgen oder an gestern. Und dadurch verpassen sie das Heute.«

Tessa verdrehte innerlich die Augen. Kalendersprüche hatte er also auch drauf. Sie unterdrückte eine scharfe Erwiderung. Es brachte nichts, auf Konfrontationskurs zu gehen. Oliver redete vermutlich mit allen Frauen auf diese Art und merkte es nicht einmal. Sie hatte das bereits bemerkt, als er mit Ms Halfpenny gesprochen hatte.

Sie beschloss, seine Worte nicht auf die Goldwaage zu legen, band sich ihren Pferdeschwanz neu und meinte: »Stimmt, du hast recht. Carpe diem!«

Raiden hatte letzte Nacht kaum ein Auge zugetan. Seine Fantasie hatte ihm ständig Bilder von Tessa und Oliver in leidenschaftlicher Umarmung vorgegaukelt. Entnervt stand er schließlich um vier Uhr morgens auf und widmete sich der liegen gebliebenen E-Mail-Korrespondenz des Museums. Zum Glück konnte er sich mit dem Laptop von zu Hause aus ins Netzwerk des Schlosses einloggen.

Als er alles erledigt hatte, reservierte er online zwei Plätze im Salty's in Yarmouth. Sein Großvater hatte heute Geburtstag, und es war zur Tradition geworden, dass sie sich trafen, um ein paar Hummer zu knacken.

Als die Sonne aufging, hörte Raiden das Scheppern der Katzenklappe und darauf ein forderndes Miauen aus der Küche. Er stand schmunzelnd auf.

»Du bist ja früh unterwegs«, sagte er zum Kater, der sich bereits vor dem Futternapf aufgebaut hatte. »Heiße Nacht gehabt?«

Das Tier blinzelte träge.

»Das interpretiere ich mal als Ja.«

Er füllte Trockenfutter in eine Schale und erneuerte das Wasser in der anderen.

»Lass es dir schmecken!«, sagte er und marschierte ins Badezimmer, um zu duschen.

Während er sich einseifte, dachte er wieder an Tessa. Er hätte ihr besseren Menschenverstand zugetraut. Aber vielleicht ärgerte ihn auch nur, dass sie nichts mehr mit ihm zu tun haben wollte. War er womöglich in seiner männlichen Eitelkeit gekränkt? Er stieß einen missmutigen Laut aus.

Zugegeben, er hatte sich bei dem Gespräch mit ihr wie ein Trampel aufgeführt. Natürlich hatte sie ihm nicht zuhören wollen, nachdem er sie praktisch als leichtes Mädchen bezeichnet hatte. Er konnte sich glücklich schätzen, dass sie ihm keine geknallt hatte. Er war so ein Trottel!

Doch er hatte einfach rotgesehen, als er Olivers selbstzufriedene Visage vor sich hatte. Es war schon seltsam, dass sich im Moment gewisse Dinge zu wiederholen schienen.

Raiden seufzte und trat aus der Dusche. Nackt lief er in die Küche und schaltete die Kaffeemaschine ein. Der Kater hatte sich bereits wieder auf die Pfoten gemacht, ihm als Dank jedoch einen toten Vogel neben den Kühlschrank gelegt.

»Super!«, knurrte Raiden, als er den Kadaver mit spitzen Fingern entsorgte. »Wenigstens einer meint es gut mit mir.«

* * *

»Dort drüben können wir ankern.« Oliver wies auf eine kleine Bucht.

Laut seinen Erklärungen hatten sie vor einiger Zeit die Newton Bay und Yarmouth passiert.

Tessa nickte. Sie wäre für das Picknick lieber an Land gegangen. Die schaukelnde Jacht schien ihr zum Essen wenig geeignet, denn in ihrem Magen rumorte es schon seit einer ganzen Weile. Es war doch etwas anderes, auf dem Meer unterwegs zu sein, als im Hyde Park mit dem Tretboot herumzukurven.

»Wie du möchtest«, entgegnete sie daher lustlos und griff nach dem Picknickkorb, der neben der halbrunden, gepolsterten Sitzbank auf Deck befestigt war.

»Schieb einfach ein Polster zur Seite, dann haben wir Platz fürs Essen«, schlug Oliver vor, raffte die Segel und ließ den Anker über eine Winde ins Meer gleiten.

»Alles klar.«

Tessa förderte reichlich Leckereien aus dem Korb: kaltes Hähnchen und Roastbeef, harte Eier, Cocktailtomaten, Mixed Pickles und eine Flasche Weißwein. Ms Halfpenny hatte sich nicht lumpen lassen. Wieso also sprach Oliver so abwertend über sie?

Er öffnete den Wein und zauberte aus einem Fach unter der gegenüberliegenden Sitzbank zwei Gläser hervor.

Tessa fragte sich, die wievielte Dame auf dieser Jacht sie wohl war, die in den Genuss eines solchen Picknicks kam. Offenbar war das seine Masche. Nun ja, andere luden zum Dinner auf den Sky Garden in London ein, wenn sie eine Frau bezirzen wollten.

Doch Tessa hatte nicht vor, sich bezirzen zu lassen. Und als Oliver sich viel zu nah neben sie setzte und ihr das Glas vor die Nase hielt, musste sie wieder an Raidens Worte denken.

Auch wenn er sich komplett danebenbenommen hatte, hatte sie sich in seiner Gegenwart deutlich wohler gefühlt, und sie bedauerte es, dass sie sich nicht mehr sehen würden.

»Auf die schönste Frau der Isle of Wight!«, rief Oliver theatralisch und zwinkerte ihr wieder zu.

Sie lächelte verkrampft. »Danke, aber das ist zu viel der Ehre.«

Sie stießen an. Der Wein schmeckte gut, doch ihr lädierter Magen protestierte gegen den Alkohol und sie unterdrückte einen Rülpser.

»Greif doch zu!«, forderte Oliver sie auf und reichte ihr eine Leinenserviette. Dabei streifte seine Hand ihren Oberschenkel.

Sie presste die Lippen aufeinander. Die ganze Situation wurde immer ungemütlicher. Zwar fuhren ab und zu andere Boote an ihnen vorbei, aber in reichlich Abstand. Würde man sie hören, wenn sie um Hilfe rief?

Eine große Welle traf die Breitseite der Jacht und Tessas Wein schwappte über.

»O Mist!« Sie rückte ein Stück zur Seite und tupfte mit der Serviette die Flüssigkeit von ihren Jeans.

»Weißwein gibt keine Flecken«, erklärte Oliver und steckte sich eine Cocktailtomate in den Mund.

»Wollen wir nicht umkehren?«, fragte sie. »Die See wird immer rauer.«

Er lachte. »Keine Angst, das ist ganz normal. Es ist eben der Solent und nicht der Dorfteich. Wir sind nicht in Gefahr.«

Wir nicht, aber vielleicht ich, dachte Tessa.

»Mir ist nicht gut, Oliver. Ich würde wirklich lieber zurückfahren.« Sie stand auf und musste sich dabei an der Reling festhalten, weil der Seegang immer stärker wurde. Sie spürte bereits, wie sich der Weißwein aus ihrem Magen wieder nach oben kämpfte. Dieser Ausflug war eine komplette Schnapsidee. Wieso hatte sie nur zugesagt?

Oliver stand ebenfalls auf. »Ist es wegen Raiden?«, fragte er lauernd.

Sie warf ihm einen nervösen Blick zu. »Wie kommst du denn jetzt auf Raiden?«

»Hat er etwas über mich gesagt?«

Oliver baute sich drohend vor Tessa auf. Jetzt sah er wieder so seltsam aus, wie beim ersten Mal im Wagen. Ein komplett anderer Mensch. Ein Schauer lief ihr über den Rücken. Jetzt nur nichts Falsches sagen, schoss es ihr durch den Kopf.

»Nein, hat er nicht. Mir wird langsam übel. Können wir zurück? Bitte.«

Er sah sie noch eine Sekunde aus schmalen Augen an, stürzte dann seinen Wein hinunter und zuckte mit den Schultern. »Meinetwegen«, sagte er. »Ist sowieso nicht so toll mit jemandem, der nicht seefest ist.«

Tessa atmete auf. Vielleicht sah sie bloß Gespenster, doch Oliver Taylor machte ihr Angst. Vor allem auf so engem Raum. Im Grunde war sie ihm auf der Jacht vollkommen ausgeliefert. Diese Einsicht kam zwar reichlich spät. Aber es war ja noch mal gut gegangen.

»Doch zuerst will ich meine Belohnung!«

Er warf das Weinglas achtlos über Bord, packte sie an den Schultern und presste seinen Mund auf ihre Lippen. Bevor sie überhaupt reagieren konnte, hatte er auch schon seine Hand unter ihre Jacke geschoben und grapschte nach ihrem Busen. Tessa erstarrte. Erst als er versuchte, ihre Lippen mit seiner Zunge zu öffnen, reagierte ihr Körper. Sie stieß ihn mit beiden Händen von sich.

»Sag mal, spinnst du?!« Sie fuhr sich mit dem Handrücken angeekelt über den Mund. »Lass das gefälligst und bring mich sofort an Land!«

Sie hasste sich dafür, dass ihre Stimme bei den Worten zitterte. Sie wusste instinktiv, dass sie sich von ihm nicht in die Defensive drängen lassen durfte. Offenbar nutzte er bei Schwächeren seine Macht gern aus.

»Und wenn nicht?« Er sah sie mit geneigtem Kopf spöttisch an. »Was willst du dann tun? Über Bord springen?« Er lachte gehässig.

»Wäre möglich«, erwiderte sie scharf.

Er kam einen Schritt auf sie zu. »Nun lass mal die Zicken, Tessa. Wir können eine Menge Spaß zusammen haben.« Er wies mit dem Kopf auf die Kabine. »In London kannst du dann vor deinen Freundinnen damit prahlen, dass du es auf einer Jacht getrieben hast. Ich bin sicher, die Hühner dort werden dich darum beneiden.«

Sie starrte ihn fassungslos an. Das war doch wohl ein schlechter Scherz! Hatte sie ihm irgendwelche Signale gesendet, die ihn auf den Gedanken gebracht hatten, sie würde für ein Schäferstündchen zur Verfügung stehen? Oder ging er automatisch davon aus, dass ihn jede Frau für ein Geschenk Gottes hielt?

»Offenbar hast du meine Einwilligung zu dieser Segeltour falsch verstanden. Ich bin dir dankbar, dass ich deinen

Dachboden durchsuchen durfte und natürlich für deine Hilfe. Aber das ist auch schon alles. Wir segeln jetzt sofort zurück!« Sie verschränkte die Arme vor der Brust.

Er zog einen Mundwinkel nach oben. »Dankbar bist du mir also. Fein, dann zeig es aber gefälligst auch.«

Er packte sie wieder und versuchte sie zu küssen. Obwohl er kaum größer als sie selbst war, hatte er doch viel mehr Kraft. Irgendwann würde ihre Gegenwehr erlahmen, und was danach folgte, wollte sie sich nicht ausmalen.

»Hör sofort auf!«, keuchte sie und schubste ihn erneut von sich. »Sonst kannst du mit einer Anzeige rechnen. So etwas lasse ich mir nicht bieten!«

Er lachte schallend. »Und du meinst tatsächlich, dass man dir glauben würde? Schätzchen, wem würde die Polizei wohl eher Gehör schenken, einem dahergelaufenen Londoner Flittchen oder nicht doch eher dem Organisator der Cowes Week?!«

Verdammt, das hatte sie nicht bedacht! Oliver war ein Einheimischer und galt in den hiesigen Kreisen vermutlich sogar als Promi. Sein Wort gegen ihres. Er hatte recht, sie stände auf verlorenem Posten.

Als er wieder drohend auf sie zukam, stolperte sie zurück, bis sie die Reling im Rücken spürte. Wieder traf eine Welle die Jacht, und Oliver verlor für einen Moment das Gleichgewicht. Diesen kurzen Augenblick nutzte Tessa aus. Sie kletterte auf die Reling, dachte mit Bedauern an ihr Handy und die Geldbörse in ihrer Jackentasche und sprang über Bord.

23

Kurz nach zwölf Uhr kam Raiden in Yarmouth an. Nathan war früh mit ein paar Kumpels zum Fischen hinausgefahren und musste bald zurückkommen, und dann würden sie zusammen essen gehen. Yarmouth lag an der Mündung des Flusses Yar und war, wie Newport, schon früh besiedelt worden. Erwähnt wurde die Stadt bereits im ersten Jahrhundert nach Christi in einer Urkunde dieses englischen Königs mit dem ungewöhnlichen Namen. Raiden dachte scharf nach. Wie hieß der Kerl noch? Doch der Name fiel ihm nicht mehr ein. Egal, schließlich hatte er niemanden dabei, der sich für so etwas interessierte. Vielleicht hätte er Tessa damit beeindrucken können. Aber dieses Thema hatte sich ja zwischenzeitlich erledigt. Er schlenderte den Pier entlang, der sich rühmte, der längste Holzpier Englands zu sein. Eben legte die Fähre von Lymington an, und ein Schwarm Tagesausflügler strömte heraus. Yarmouth hatte sich auf den Tourismus eingestellt und bot seinen Besuchern eine Fülle an Pubs, Cafés, Galerien und Souvenirläden an. Viele der historischen Gebäude hatte man liebevoll restauriert und das originale Kopfsteinpflaster in Schuss gebracht. Das Beste war aber der Sonnenuntergang, den man vom Pier aus genießen konnte.

Raiden war mit Amber öfter hier gewesen. Sie hatten sich Fahrräder gemietet und waren ins nahe gelegene Naturschutzgebiet geradelt, hatten sich die beeindruckende Kirche aus dem siebzehnten Jahrhundert angesehen und danach hier bei Fish and Chips das Abendrot genossen.

Er seufzte tief, lehnte sich mit den Unterarmen auf das Geländer der Landungsbrücke und sah zu den Ruinen des Yarmouth Castle hinüber. Es hatte früher zur Überwachung der Meerenge und dem Schutz der Isle of Wight sowie der Verhinderung von Invasionen gedient. Vor allem die Franzosen waren gern und oft hier eingefallen und hatten den kleinen Ort geplündert und einmal sogar komplett niedergebrannt. Amber hatte ihm das erzählt und irgendwie war es bei Raiden hängen geblieben.

Ein Schiffshorn erklang. Er beschattete seine Augen mit der Hand. Und tatsächlich, Teds alter Kutter fuhr eben in den Hafen ein. Jemand winkte ihm vom Deck aus zu. Raiden konnte jedoch nicht erkennen, ob es sein Großvater oder einer seiner Kumpels war. Er winkte zurück und machte sich auf den Weg zur Anlegestelle.

* * *

Das Wasser war so kalt, dass Tessa im ersten Moment weder atmen noch sich bewegen konnte. Sie ging unter wie ein Stein. Erst als das Wasser die Luft aus ihren Lungen presste, begann sie zu strampeln, um wieder nach oben zu kommen. Bleib ruhig. Keine Panik. Sie konzentrierte sich und ihr gelangen ein paar kräftige Schwimmzüge. Endlich durchbrach sie die Wasseroberfläche und schnappte gierig nach Luft. Eine Welle rollte heran und sie schluckte Salzwasser. Sie hustete und spuckte es aus. Wo befand sich die Küste? Vor lauter Schreck hatte sie komplett die Orientierung verloren.

»Macht's Spaß?«

Olivers höhnischer Kommentar kam von rechts. Sie drehte den Kopf.

Er stand mit verschränkten Armen an der Reling und musterte sie mit hochgezogenen Augenbrauen.

»Sehr witzig!«, zischte sie.

Ihre Kleider hatten sich mit Wasser vollgesogen und behinderten sie beim Schwimmen. Sie strampelte die Sneakers weg, damit es einfacher ging. Schade drum, sie waren beinahe neu.

»Möchtest du wieder an Bord kommen?«, fragte Oliver. Er griff nach der Weinflasche und füllte ein neues Glas. »Ich borge dir auch meinen flauschigen Bademantel.« Er lachte gehässig.

»Lieber schwimme ich über den Atlantik, als noch einmal einen Fuß auf deine Jacht zu setzen!«

Er zuckte mit den Schultern, stürzte den Wein hinunter und drehte sich um. »Kannst du haben.«

Dann startete er den Hilfsmotor, fuhr ein Stück vorwärts und holte den Anker ein. Er warf noch einen Blick zurück und tuckerte langsam davon.

»Du Arsch!«, rief sie ihm hinterher, doch er schien sie nicht zu hören.

Mittlerweile fühlte sich das Wasser gar nicht mehr so kalt an, es konnte aber kaum mehr als fünfzehn Grad warm sein. Und es war etwas ganz anderes, im Badeanzug in einem geheizten Schwimmbad zu planschen oder voll bekleidet im Meer.

Tessa schätzte die Distanz zum Ufer auf etwa eine halbe Meile, vielleicht etwas weniger. Sie war eine gute Schwimmerin und würde das schaffen, doch der Wellengang nahm stetig zu und sie hatte das Gefühl, überhaupt nicht vom Fleck zu kommen. Zudem herrschte an dieser Stelle eine starke Strömung. Sie beschloss deshalb, lieber quer zum Ufer zu schwimmen, um Kräfte zu sparen. Irgendwo würde sie schon an Land kommen. Und dann? Ihr Handy war bestimmt futsch. Ohne Jacke wäre sie zwar besser vorangekommen, aber in deren Tasche befand sich auch ihre Geldbörse. Und auch wenn die Pfundnoten darin glitschig sein würden, bekäme sie damit immerhin ein Busticket nach Newport.

»Was für ein Vollidiot!«, schimpfte sie wütend vor sich hin und schluckte prompt eine weitere Ladung Meerwasser. Sie spuckte es hastig wieder aus.

Oliver ließ sie hier einfach zurück, als wäre sie ein Stück Treibholz. Was, wenn sie einen Krampf bekam? Er konnte nicht wissen, dass sie regelmäßig zum Schwimmen ging. Blendete er schlichtweg aus, dass ihr etwas passieren könnte? Sollte sie ihn anzeigen? Unterlassene Hilfeleistung war strafbar. Und sexuelle Belästigung auch. Und wo waren eigentlich all diese Boote, die hier vorhin gekreuzt waren?

Tessa konzentrierte sich aufs Schwimmen, immer schön ruhig und stetig. Sie achtete darauf, gleichmäßig zu atmen, spürte jedoch, wie ihre Kräfte nachließen.

Wie lange war sie jetzt eigentlich schon unterwegs? Ein Schluchzen stieg in ihr auf, doch sie unterdrückte es. Nur jetzt nicht die Nerven verlieren.

»Ahoi! Was tun Sie denn da?«

Jetzt brach das Schluchzen doch aus ihr heraus. Erleichterung durchströmte sie. Sie hielt inne und wandte den Kopf.

Ein blauer Kutter, von dem bereits die Farbe abblätterte, war hinter ihr aufgetaucht. Drei ältere Männer mit identischen roten Jacken und Basecaps musterten sie verblüfft.

»Ich bin ins Wasser gefallen!«, rief sie. »Können Sie mir helfen?«

»Hier, trinken Sie das.«

Tessas Finger zitterten und sie konnte die Tasse, die ihr einer der Männer reichte, kaum halten. Seine Züge kamen ihr irgendwie bekannt vor.

»Sie machen ja Sachen«, sagte ein anderer. Er hatte einen weißen Vollbart und legte ihr eine Wolldecke um die Schultern, die etwas muffig roch, aber wunderbar wärmte.

Die drei sahen sie auf eine merkwürdige Weise an und wechselten stumme Blicke. Vielleicht dachten sie, dass sie sich hatte umbringen wollen.

Der Bärtige räusperte sich. »Und Ihre Freunde haben wirklich nicht bemerkt, dass Sie über Bord gegangen sind?«

Tessa schüttelte den Kopf. Sie dachte an Olivers Worte zurück. Würde man ihr glauben, wenn sie die Wahrheit erzählte? Womöglich kannten ihre Retter Oliver und ergriffen automatisch Partei für ihn. Ihr graute davor, sich wegen ihrer Dummheit, ihm auf seine Jacht gefolgt zu sein, auch noch rechtfertigen zu müssen. Also hatte sie den drei etwas von einer »Vergnügungsfahrt« erzählt.

»Offenbar nicht«, sagte sie. Sie nahm einen Schluck des heißen Getränks, das vermutlich mehr Schnaps als Tee enthielt, und hustete.

»Teds Sturmbrecher«, erklärte der Bärtige und kicherte. »Der bringt Sie schnell wieder auf den Damm.«

Ein anderer, bebrillt und mit Lachfältchen um die Augen, offenbar dieser Ted, schmunzelte. »Worauf Sie einen lassen … Sie sich verlassen können.«

»Wo sind unsere Manieren, Jungs?«, sagte der Größte der drei. »Wir haben uns der Dame noch gar nicht vorgestellt. Der da«, er wies auf den bebrillten Mann, »ist Ted. Ihm gehört der Kutter. Der mit dem Nikolausbart ist Will. Und ich bin Nathan. Wir kommen gerade vom Fischen zurück und fahren Yarmouth an.«

»Tessa Cooper«, stellte sie sich vor. »Ich bin Ihnen wirklich dankbar, dass Sie mich rausgefischt haben. Es wäre doch noch ein gutes Stück bis zum Ufer gewesen.«

Nathan nickte. »Und die Strömung im Solent darf man nicht unterschätzen. Selbst für geübte Schwimmer.« Er warf den anderen einen kurzen Blick zu. »Sie kommen also aus London?«

Ihre Zähne klapperten aufeinander. Gott, war ihr kalt!

»Hört man das?«, fragte sie.

Alle drei nickten. Es sah ein wenig aus, als würden ihr drei Wackeldackel gegenüberstehen. Tessa unterdrückte ein Kichern. Dieser Tee hatte es wirklich in sich.

Die Männer warteten, ob sie noch mehr von sich preisgab, doch sie wollte sie nicht weiter anlügen, also schwieg sie einfach und nippte an ihrem Sturmbrecher.

»Ist das okay für Sie, wenn wir Sie in Yarmouth an Land bringen?« Nathan sah sie fragend an.

»Ja, natürlich. Von dort komme ich sicher problemlos nach Newport in meine Pension.«

Nathan lächelte. »Newport? Nun, das passt ja hervorragend. Ich treffe mich gleich mit meinem Enkel zum Lunch, er kann Sie danach dorthin mitnehmen.«

»Ich will aber keine Umstände machen.«

Nathan winkte ab. »Keine Sorge, der Kleine macht das sicher gern.«

24

»Und? Habt ihr den Solent leer gefischt?«

Raiden schnappte sich grinsend das Tau, das Will ihm zuwarf, und befestigte es an einem Poller.

»Fast!«, rief Will. »Wir haben eine Meerjungfrau erwischt.«

Raiden lachte und steckte die Hände in die Hosentaschen. »Passt die denn auch in meine Bratpfanne?«

Während Ted den Kutter vorsichtig längsseits manövrierte, tauchte Nathan auf, an seiner Seite eine kleinere Gestalt, die in eine Wolldecke gewickelt war.

Raiden klappte der Mund auf. Tessa!

Tessa saß zwischen Nathan und Raiden im Salty's. Sie trug ein kariertes Männerhemd, das ihr beinahe bis zu den Knien reichte, und eine verwaschene Jogginghose. Olivia, die Wirtin des Pubs, hatte ihr die Kleider und ein Paar Badeschlappen geliehen … und vermutlich auch Unterwäsche. Sie hatten sich beim Essen köstlich darüber amüsiert, dass gerade Raidens Großvater und seine Kumpels Tessa aus dem Meer gefischt hatten. Das war wirklich ein glücklicher Zufall gewesen. Eben hatten sie den Lunch beendet und genossen noch einen Kaffee zum Abschluss.

»Woher kennt ihr euch eigentlich?«, fragte Nathan und schaute interessiert von einem zum anderen.

Bevor Tessa etwas erwidern konnte, sagte Raiden: »Vom Museum. Sie hat sich die Ausstellung angesehen, als ich gerade auch da war. Wir sind ins Gespräch gekommen.«

Tessa zog die Augenbrauen hoch. Doch dann nickte sie zögernd. »Genau, die ›Hidden Heroes‹«, fügte sie hinzu.

Raiden räusperte sich. »Und mit welchen Freunden hast du diesen Bootsausflug unternommen? Ich kann sie anrufen und ihnen sagen, dass es dir gut geht. Sie machen sich bestimmt die größten Sorgen.«

Tessa sah ihn beschwörend an und schüttelte dann unmerklich den Kopf.

Was sollte das bedeuten? Hatte sie seinen Großvater etwa angeschwindelt? Doch weshalb sollte sie das tun? Ihm fuhr ein eisiger Schauer über den Rücken. Oliver! Natürlich, verdammt! Er ballte die Hände zu Fäusten. So ein verfluchter Mistkerl! Wenn er ihn in die Finger bekam, dann …

»Junge, was hat dir die Serviette denn getan?«

»Was?« Raiden sah seinen Großvater fragend an.

Nathan wies mit dem Kinn auf die Stoffserviette, die Raiden zu einer engen Rolle gedreht hatte.

»Sorry!« Er glättete das Stück Stoff. »Ich … na ja. Ich habe mir gerade vorgestellt, was Tessa alles hätte zustoßen können«, er warf ihr einen vorwurfsvollen Blick zu. »Wenn man sich mit den falschen Leuten einlässt.«

Sie wirkte schuldbewusst und senkte den Kopf.

»Na, na, nun sei mal etwas netter zu der jungen Dame. Sie hat schon genug durchgemacht«, brummte Nathan und winkte der Bedienung. »Die Rechnung, bitte.«

Als Tessa ihre durchweichte Geldbörse auf den Tisch legte, sagte er: »Nichts da! Sie sind selbstverständlich unser Gast, nicht wahr, Junge?«

»Natürlich.« Raiden zückte seine Kreditkarte.

Nathan nickte. »Übrigens nimmt mich Will gleich mit«, erklärte er. »Seine Rostlaube fährt wieder. Dann musst du keinen Umweg machen, Junge.« Er sah auf die Uhr, stand auf und streckte Tessa die Hand hin. »Wiedersehen, Ms Cooper. Und immer schön mit beiden Beinen auf Deck bleiben.« Er lächelte verschmitzt, klopfte seinem Enkel auf die Schulter und verließ den Pub.

Einen Moment blieb es still, dann zischte Raiden: »Es war Oliver! Du warst mit ihm auf seiner Segeljacht, habe ich recht?«

Sie nickte. »Ich hätte auf dich hören sollen. Aber ...«

»Herrgott noch mal!« Er schlug mit der flachen Hand auf den Tisch, sodass die leeren Kaffeetassen hüpften. »Du hättest sterben können!«

Sie hob das Kinn. »Nun mach aber mal einen Punkt! Ich bin zwar nass geworden und mein Handy ist futsch, doch ich hätte problemlos das Ufer erreicht.«

Er schüttelte ärgerlich den Kopf. Sie begriff einfach nicht, dass sie sich in Lebensgefahr befunden hatte. Wenn er sich vorstellte, wie leicht sie hätte ertrinken können, kam ihm fast der Hummer wieder hoch.

»Du weißt ja nicht, was du da redest«, zischte er, weil die Frustration über ihre Uneinsichtigkeit sein Blut zum Kochen brachte. »Die Strömung vor der Küste ist tückisch. Das haben schon viele unterschätzt und liegen jetzt auf dem Friedhof. Du hattest unheimliches Glück, dass die drei alten Haudegen vorbeigekommen sind. Hat dich Oliver etwa gestoßen?«

Sie sah ihn entgeistert an. »Nein, hat er nicht! Ich bin selbst gesprungen.«

»Und wieso?«

»Er wurde ... zudringlich.«

Raiden presste die Kiefer aufeinander, bis sie schmerzten. Natürlich, Oliver hatte die Gelegenheit sofort ergriffen. Er hatte sich nicht geändert.

157

»So ein Schwein!«, stieß Raiden hervor. »Als hätte er nicht schon genug Unheil angerichtet. Es ist, als würde sich alles wiederholen.«

»Wie meinst du das?«

Raiden strich sich über den Nacken. Er sprach nicht gern über Amber. Es war zu schmerzlich, auch nach all den Jahren. Doch Tessa hatte vermutlich ein Recht darauf, die Geschichte zu erfahren. Jetzt, da ihr beinahe dasselbe passiert war.

* * *

Tessas durchnässte Kleider lagen verstaut in einer Plastiktüte im Kofferraum von Raidens Wagen.

Sie zupfte das Holzfällerhemd zurecht. Olivia hatte ihr zwar ein Höschen, Jogginghose, Hemd und Schlappen leihen können, aber beim BH musste sie passen. Die Wirtin hatte einen enormen Busen und Tessa gerade mal eine Handvoll. Ohne Büstenhalter fühlte sie sich jedoch unsicher, also verschränkte sie die Arme vor der Brust.

Sie hatten Yarmouth vor zehn Minuten verlassen und fuhren über Land zurück nach Newport. Raiden blieb einsilbig. Um seinen Mund hatte sich ein bitterer Zug eingegraben, und sie fragte sich, welchen inneren Kampf er wohl gerade mit sich ausfocht. Im Pub hatte sie kurz das Gefühl gehabt, dass er ihr etwas erzählen wollte, doch dann war er schweigend zu seinem Wagen gegangen und sie waren losgefahren.

Ihr gingen seine Anspielungen nicht aus dem Kopf. Irgendetwas Schreckliches musste Oliver getan haben, weshalb sich Raiden gestern extra zur Nuwara Lodge aufgemacht hatte, um sie vor Taylor zu warnen. Auch wenn sie bis jetzt noch nicht wusste, worum es sich dabei handelte, hoffte sie doch darauf, dass Raiden sie bald darüber aufklären würde. Sollte sie ihn direkt darauf ansprechen? Oder ihm noch Zeit lassen? Aber womöglich machte er jetzt komplett dicht, weil sie sich gestern wie eine tollwütige Furie aufgeführt und quasi aus Trotz Olivers Einladung angenommen hatte. Vielleicht war es besser, wenn sie nicht zu viel übereinander wussten. Offensichtlich besaßen sie das Talent, aus einem Menschen jeweils das Schlechteste hervorzulocken.

Unvermittelt bog Raiden in einen kleinen Feldweg ein und stoppte abrupt. Staub wirbelte auf und ließ sich in feinen Partikeln auf der Frontscheibe nieder.

»Was …«, setzte sie an.

Raiden unterbrach sie: »Ihr Name war Amber. Immer, wenn ich auf der Insel war, verbrachten wir jede freie Stunde zusammen. Wir, das waren Amber, ich und Oliver.«

Tessa schluckte und war sich plötzlich nicht mehr sicher, ob sie die Geschichte wirklich hören wollte.

Raiden starrte mit abwesendem Gesichtsausdruck durch die Frontscheibe. Offenbar war er mit seinen Gedanken weit weg.

»Wir kannten uns, seit wir zwölf waren. Amber wohnte nicht weit von meinem Großvater auf einem Gestüt, Oliver ganz in der Nähe. Sie war eine Tiernärrin, ritt wie der Teufel und hatte vor nichts Angst. Oliver und ich haben uns beide sofort unsterblich in dieses hübsche, fröhliche Mädchen verliebt. Sie hatte damals mit Jungs aber noch nichts am Hut. Oliver und ich haben in dem Sommer auf dem Gestüt ihres Vaters als Stalljungen gearbeitet, um etwas Taschengeld zu verdienen, und sehnten jeden Tag den Moment herbei, wenn Amber ihren täglichen Ausritt begann.«

Er lachte freudlos. »Wir haben uns regelrecht um das Privileg, ihre Stute danach abreiben zu dürfen, geprügelt. Nur um vielleicht ein Lächeln von ihr zu erhaschen oder kurz ihre Finger zu berühren, wenn sie uns die Zügel in die Hand drückte.«

Tessa hatte das spontane Bedürfnis, ihre Hand auf Raidens Arm zu legen, doch seine Haltung war dermaßen starr, dass sie sich nicht traute. Offenbar kostete es ihn eine Menge Überwindung, über seine Jugendfreundin zu sprechen.

»Wir wurden älter, aber unsere Verliebtheit verflog nicht. Im Gegenteil, sie wurde immer stärker, und ich beneidete Oliver heftig, dass er das ganze Jahr über Ambers Gegenwart genießen durfte und ich nur in meinen Schulferien. Sie hat natürlich gemerkt, dass wir in sie verschossen waren. Ein Blinder hätte das bemerkt, so wie wir uns aufgeführt haben.«

Wieder lachte er und schüttelte den Kopf. »Wir haben echt peinliche Sachen angestellt, um ihre Aufmerksamkeit zu erregen. Die Details erspare ich dir lieber.«

Er warf Tessa einen schnellen Blick zu und starrte dann wieder geradeaus. »Eine Zeit lang besuchte Amber in der Nähe von Brighton ein Internat, was mich natürlich freute. Während dieser Jahre kam sie, genau wie ich, nur in den Ferien auf die Insel und Oliver war seinen Heimvorteil los. Als wir Teenager wurden, haben wir öfter mal zu dritt etwas unternommen. Sind mit den Fahrrädern irgendwohin geradelt, gingen zusammen ins Kino, schwimmen.« Er zuckte mit den Schultern. »Was man in dem Alter halt so macht. Amber hat nie einen von uns Jungs bevorzugt. Obwohl ich immer das Gefühl hatte, dass sie Oliver lieber mochte.« Er schnalzte mit der Zunge. »Na ja, er war der geborene Anführer: verwegen, mutig, ideenreich. Ich war mehr der Stille. Ein Bücherwurm und zu der Zeit eher schmächtig. Es kam, wie es kommen musste, irgendwann haben wir von Amber eine Entscheidung verlangt.«

Einen Moment lang schwieg Raiden und Tessa blickte auf ihre Hände. Sie ahnte, was jetzt kam.

»Sie entschied sich für Oliver. Ich konnte danach die Ferien nicht mehr bei Nathan verbringen. Ich wollte die beiden nicht zusammen sehen.« Er fuhr sich mit beiden Händen durch die

Haare. »Amber hat dann ein Biologiestudium in London angefangen. Und ich mein Kunststudium. Oliver blieb auf der Insel. Irgendwann lief ich ihr im Burlington House zufällig über den Weg. Als ich sie sah, war ich wie vom Blitz getroffen, befürchtete aber, dass sie mich nicht mal grüßen würde. Doch sie hat sich ehrlich gefreut, mich wiederzusehen. Wir gingen etwas trinken und haben uns danach ein paarmal wiedergetroffen. Ich hatte das Gefühl, dass sie sich im großen London nicht wohlfühlte. Sie war halt eher naturverbunden. Eines Nachts, nach einem Kinobesuch, ist es dann passiert. Wir wurden ein Liebespaar.«

Raiden blies die Backen auf. »Natürlich fühlten wir uns gegenüber Oliver schuldig. Immerhin war er unser Freund und wir hatten ihn hintergangen. Amber sagte, dass sie ihm bei ihrem nächsten Besuch auf der Insel erzählen würde, was passiert war. Ich wollte sie begleiten, doch sie lehnte ab.«

Wieder atmete Raiden tief durch, und Tessa fragte sich, was jetzt noch kam. In ihrer Brust zog sich etwas zusammen, als sie seinen schmerzerfüllten Gesichtsausdruck sah.

»Das war das letzte Mal, dass ich sie gesehen habe. Mein Großvater hat mich eine Woche später angerufen und mir erzählt, dass sie bei einer Segeltour ertrunken ist.«

Tessa stieß einen erstickten Schrei aus. »Oliver?!«

Raiden nickte. »Ja, sie ist mit ihm unterwegs gewesen – auf der *Amber I*. Es gab eine Untersuchung. Ich …« Er befeuchtete die Lippen mit der Zunge. »Ich hatte immer das Gefühl, dass Oliver an Ambers Tod schuld ist.«

»Du denkst, er hat sie umgebracht?«, flüsterte Tessa entsetzt.

Er zuckte mit den Schultern. »Nein, ich glaube nicht, dass er sie tatsächlich umgebracht hat. Das traue ich ihm irgendwie nicht zu. Aber vielleicht hat er sie von Bord gestoßen. Es war ein windiger Tag mit hohem Wellengang. Und wie gesagt, der Solent kann gefährlich sein. Selbst für Amber, die hier aufgewachsen ist. Vor allem, wenn das Wasser kalt ist.«

Tessa dachte sofort an ihr unfreiwilliges Bad zurück und die Panik, die sie gefühlt hatte, als ihre Kräfte langsam erlahmten. Hatte Amber dasselbe gefühlt? Sie schauderte.

»Sie hat mit ihm Schluss gemacht, und weil er das nicht ertrug, hat er sie ins Meer geschubst«, flüsterte Tessa.

»So stelle ich es mir vor.« Raiden nickte. »Aber Beweise habe ich natürlich keine. Die Untersuchung ergab nichts, und Ambers Tod wurde daher als tragischer Unfall zu den Akten gelegt. Ich habe Oliver danach zur Rede gestellt und wollte wissen, was auf dem Boot passiert ist. Er hat nur gelacht und gesagt, das ginge mich nichts an. Wir haben uns daraufhin geprügelt. Seitdem gehen Oliver und ich getrennte Wege. Er hat das erste Boot nach der Ermittlung übrigens sofort verkauft. Die Leute sagten, weil er es nicht mehr ertragen konnte. Später hat er sich dann diese Segeljacht zugelegt.«

Tessa schwieg betroffen. Deshalb hatte Raiden sie also vor Oliver gewarnt und gesagt, dass sich die Geschichte wiederhole. Oliver konnte sich offenbar nicht damit abfinden, zurückgewiesen zu werden. Früher nicht – und heute anscheinend noch weniger.

Es schüttelte sie. Wie er sie angesehen hatte, als sie im kalten Wasser gepaddelt war. War Oliver Taylor ein Mörder? Oder war es damals wirklich ein Unglück gewesen? Und wie krank war es, die zweite Jacht nochmals Amber zu nennen! Für Raiden musste das ein Schlag ins Gesicht gewesen sein.

Mitgefühl wallte in Tessa auf und spontan legte sie ihre Hand auf seine, die krampfhaft das Lenkrad hielt.

Er wandte den Kopf und lächelte halbherzig. »Du siehst ihr übrigens ähnlich.«

»Ich sehe Amber ähnlich?«

»Und sie hatte ebenfalls eine spitze Zunge.«

»Oh!«, war alles, was Tessa darauf erwidern konnte.

Das war ein bisschen gruselig. Hatte sich Raiden deshalb mit ihr getroffen und Oliver ihr gestattet, seinen Dachboden zu durchsuchen? Der Gedanke ernüchterte sie. Offenbar war sie für die beiden lediglich eine Art Kopie ihrer Jugendfreundin.

Sie zog ihre Hand zurück, verschlang ihre Finger im Schoß und räusperte sich. »Das tut mir alles wahnsinnig leid.«

Es hatte sich gut angefühlt, Raiden zu berühren, aber sie sollte sich keine Illusionen machen. Er hatte vielleicht Gefühle für sie entwickelt. Aber nur, weil sie ihn an Amber erinnerte. Konnte man auf eine Tote eifersüchtig sein?

Sie rief sich zur Ordnung. Offenbar hatte sie beim Sprung ins kalte Wasser nebst ihrem Handy auch ein paar Gehirnzellen eingebüßt. Sie sollte sich endlich wieder auf das konzentrieren, weshalb sie auf die Insel gekommen war. Und ihre eigene Unterwäsche anziehen.

Sie rutschte unruhig hin und her. »Könnten wir …« – weiterfahren, wollte sie sagen, doch Raiden begann gleichzeitig: »Ich müsste schnell noch mal in mein Cottage, um den Laptop zu holen. Es dauert auch nicht lange.«

25

Raidens umgebautes Cottage lag in Freshwater in der Afton Road direkt an einem Teich. Eine perfekte Idylle mit Enten, Schwänen und einer Pferdekoppel am Hang gegenüber. Wäre man eine Möwe gewesen, hätte man von hier aus das Haus seines Großvaters in ein paar Minuten erreicht, es lag genau jenseits des Hügels. Aber alle nicht gefiederten Lebewesen mussten entweder den Umweg über die Küstenstraße oder den Fußweg über die Anhöhe nehmen.‑

Raiden hatte das Cottage von einem Freund von Nathan gekauft, der im Alter lieber auf der Hauptinsel bei seiner Tochter leben wollte, und es nach seinen Wünschen umgebaut. Von außen wirkte es immer noch wie ein typisches Insel-Cottage mit den weiß getünchten Ziegelmauern und dem grauen Schieferdach. Im Innern jedoch hatte das einundzwanzigste Jahrhundert Einzug gehalten. Allerdings war es für ihn allein zu groß und lag auch nicht gerade verkehrsgünstig zu seinem Arbeitsplatz in Newport. Doch er liebte die Gegend und brachte es nicht übers Herz, sich irgendwo etwas Kleineres zu suchen. Zudem brauchte er nach dem täglichen Trubel auf dem Schloss ein bisschen Einsamkeit, um sich vom Stress zu erholen.

Er stoppte in der Einfahrt, und Tessa schaute neugierig durchs Wagenfenster.

»Möchtest du kurz mit reinkommen?«

»Gehört es dir?«, fragte sie, während sie ausstieg und sich umsah.

Er nickte.

»Cool.« Sie beschirmte ihre Augen mit der Hand und sah zum Dach hoch. »Sogar mit einer Solaranlage. Ich bin beeindruckt.«

Seltsamerweise freute er sich über dieses Kompliment.

»Die Umwelt liegt mir am Herzen. Vermutlich hat Ambers Einstellung mit den Jahren auf mich abgefärbt. Sie war eine leidenschaftliche Tierschützerin und Umweltaktivistin. Ich habe viel von ihr gelernt.«

Tessas Miene verschloss sich augenblicklich. »Verstehe«, erwiderte sie. »Nach dir.«

Er stutzte. Hatte er sie schon wieder verärgert? Er zog den Hausschlüssel aus der Hose und überlegte. Er hatte nichts gesagt, das in irgendeiner Weise beleidigend war. Seltsam.

Als er die Küche betrat, traf ihn beinahe der Schlag. Es sah aus, als hätte es geschneit. Der Boden war mit Papierfetzen übersät. Als er genauer hinsah, erkannte er, dass es sich um Toilettenpapier handelte. Er hatte es gestern gekauft und offenbar vergessen, die Packung zu verstauen.

»Earl Grey!«, zischte er ärgerlich.

Tessa neben ihm fuhr zusammen. »Nein danke«, stammelte sie.

»Bitte?«

»Keinen Tee, danke.«

Als er begriff, was sie meinte, lachte er schallend. »Sorry, das war kein Angebot, sondern der Name meines Katers. Also meiner ist er ja nicht, ich füttere die Hoheit bloß. Und das«, er wies auf das Chaos, »ist wohl seine Art mir mitzuteilen, dass er sich vernachlässigt fühlt.«

Sie stimmte in sein Lachen ein. »Earl Grey? Witziger Name.«

»Und so passend.« Er sah sich um, konnte den Kater jedoch nicht entdecken. Vermutlich hatte der sich nach seinem Ausraster vom Acker gemacht.

»Soll ich dir helfen, aufzuräumen?«

Raiden schüttelte den Kopf. »Nein danke, das mache ich heute Abend. Ich hole nur schnell meinen Laptop und dann können wir los. Du kannst es sicher kaum erwarten, dich umzuziehen.«

Sie musterte ihre Kleidung. »Gefällt dir mein Outfit etwa nicht? In London ist das der letzte Schrei.«

Raidens Verwirrung nahm zu. Jetzt machte sie wieder Witze? Sie wechselte ihre Laune schneller als Picasso seine Geliebten.

Raiden starrte einen Moment auf ihre Brüste, die sich unter dem Holzfällerhemd abzeichneten. Trug sie keinen BH?

Sie hatte seinen Blick bemerkt und schmunzelte. Himmel, war das peinlich! Sie musste ihn für einen Lüstling halten.

»Ich … hole jetzt den Laptop«, stieß er hervor.

»Tu das«, erwiderte sie zuckersüß.

* * *

Tessa wischte ein paar Fetzen Toilettenpapier von einem Küchenstuhl und setzte sich. Diese Küche war größer als ihr gesamtes Appartement. Sie schaute sehnsüchtig auf den Gasherd und die ansprechenden Arbeitsplatten aus dunklem Granit. Hier konnte man sich kochtechnisch wirklich austoben.

Irgendwo im hinteren Teil des Cottage fiel eine Tür ins Schloss. Sie hätte sich Raidens Domizil gern näher angeschaut. Vor allem interessierte sie sich für sein Schlafzimmer. Möglicherweise hingen dort Fotos von dieser Amber, und sie hätte gern gewusst, ob sie ihr wirklich ähnlich sah. In der Küche und in dem gemütlichen Wohnzimmer, das sich direkt daran anschloss, hatte sie keine Bilder entdeckt. Wenn Raiden tatsächlich so in sie verliebt gewesen war, hatte er vielleicht ein paar Schnappschüsse aufgehoben.

Als hinter ihr etwas scheppterte, fuhr sie herum. Eine grau getigerte Katze schlüpfte gerade durch die Katzentür und blieb abrupt stehen, als sie Tessa bemerkte.

»Ah, die Hoheit kehrt an den Ort des Verbrechens zurück«, sagte sie. »Earl Grey also, ein wirklich passender Name.«

Der Kater musterte sie mit seinen gelben Augen hochmütig, als müsse er entscheiden, ob er ihre Anwesenheit guthieß.

Sie lockte das Tier mit schmeichelnder Stimme, und tatsächlich ließ sich der Kater dazu herab, zuerst die Jogginghose zu beschnüffeln, bevor er ihr schnurrend auf den Schoß sprang.

»Das glaube ich jetzt nicht!«, sagte Raiden hinter ihr. Er hielt einen Laptop in der Hand. »Mit welchen Zaubertricks hast du das denn geschafft?«

Tessa lachte und streichelte Earl Greys Kopf. »Muss wohl mit meinem einnehmenden Wesen zusammenhängen.«

»Und ich Tor dachte immer, die Hand, die füttert, genießt gewisse Privilegien. Tja, so verliert man seine Illusionen.« Er grinste jungenhaft, und in Tessas Bauch breitete sich ein warmes Gefühl aus.

»Ich muss mich übrigens bei dir entschuldigen.« Er wirkte plötzlich verlegen. »Wegen Margaret. Ich hätte ihre Fotos nicht so unhöflich abtun sollen. Obwohl sie nicht ganz meinem Geschmack entsprechen, sind sie doch auch ein Zeitzeugnis. Sie haben eine beeindruckende Ausstrahlung. Wie sonst wäre es zu erklären, dass ich mich praktisch noch an alle Motive erinnern kann? Und meine Anspielung, dass du leicht Bekanntschaften schließt, war wirklich unpassend. Ich habe einfach rotgesehen, als ich dich mit Oliver zusammen sah.«

Tessa winkte ab und der Kater sprang von ihrem Schoß. Zurück blieben eine Menge Katzenhaare.

»Ich habe auch falsch reagiert«, sagte sie. »Du hast eben Vorschriften, die du einhalten musst. Und natürlich sind solche Porträts Geschmackssache ...«

»Trotzdem«, unterbrach er sie. »Das war deplatziert.«

»Schwamm drüber! Ich komme mit meinen Nachforschungen sowieso nicht weiter. Und ehrlich gesagt, sind sie mir nach dem heutigen Tag auch nicht mehr so wichtig. Es bleibt also bei den wenigen Fotos, die ich irgendwann meinen Kindern vererben werde.«

»Auf Olivers Dachboden nicht fündig geworden?«

»Nein, nur Staub und Dreck.«

»Das tut mir leid.«

Sie zuckte mit den Schultern. »Es wäre ja auch ein allzu glücklicher Zufall gewesen.«

Raiden nickte. »Wollen wir los?«

»Klar.«

Sie stand auf. Schade, das mit der Besichtigung und möglichen Fotos aus der Vergangenheit würde also nichts werden. Vielleicht besser so.

Viel zu schnell erreichten sie das Seagull, was Tessa bedauerte. Sie hatten sich während der Fahrt zwar nicht wie zwei alte Freunde unterhalten, aber doch recht zivilisiert, und sie hatte das Gefühl gehabt, dass sich die frostige Stimmung zwischen ihnen langsam auflöste.

»Danke fürs Herbringen«, sagte Tessa. »Und bitte sag deinem Großvater und seinen Freunden noch mal danke von mir. Das kann ich gar nicht wiedergutmachen. Ich würde mich gern irgendwie erkenntlich zeigen und ...«

»Lass mal, Tessa.« Raiden grinste. »Die drei werden ›die Sache mit der Meerjungfrau‹ bei jedem Erzählen mehr ausschmücken und irgendwann selbst daran glauben, dass sie eine richtige Nixe gerettet haben. Ich denke, das ist Lohn genug.«

Tessa lächelte. »Verstehe. Also nochmals danke für alles.«

Aber schade war es schon. Sie hätte die drei alten Herren eigentlich gern wiedergesehen. Und vielleicht hätte sie dann auch Raiden noch einmal treffen können.

Sie löste umständlich den Sicherheitsgurt und hielt beim Aussteigen die Jogginghose fest.

Raiden nickte ihr aufmunternd zu, als sie die Autotür schloss, und fuhr weg.

26

Nuwara Lodge, 25. August 1861

Margaret kniff die Augen zusammen, um in dem diffusen roten Licht die frisch entwickelten Porträtaufnahmen von Gwen und ihrer Cousine Abby in Augenschein zu nehmen. Die beiden hatten zu Beginn der Sitzung ständig gekichert und sich bewegt, wodurch sie mehrere belichtete Platten ruiniert hatten. Daraufhin war Margaret der Kragen geplatzt und sie hatte die Mädchen gehörig ausgeschimpft und ihnen sogar mit einem Rauswurf gedroht. Das hatte gewirkt! Danach waren die beiden dermaßen verschreckt gewesen, dass ihre Gesichter genau den Ausdruck zeigten, den Margaret sich für die Gottesmutter Maria und Maria Magdalena beim Anblick des gekreuzigten Jesus vorgestellt hatte. Das Kreuz war nur als Schatten zu erkennen. Der Gärtner hatte es aus zwei zusammengebundenen Besenstielen gebastelt. Es war ihr als guter Kompromiss erschienen.

War das Blasphemie? Sie sprach schnell ein stummes Gebet. Auch wenn ihr Glaube nach ihren Fehlgeburten nicht mehr so stark wie früher war, wollte sie es sich mit dem Herrn nicht verscherzen.

Sie stieg von der Dunkelkammer hinauf ins Glashaus und stöhnte. Dieser August war einer des heißesten, den sie je auf der Insel erlebt hatte. Wie war es möglich, dass sie die Hitze nicht mehr vertrug? Sie hatten doch so lange in Ceylon mit seinem feuchtheißen Klima gelebt. Offenbar verweichlichte sie langsam.

Sie legte die noch feuchten Aufnahmen auf den Tisch und begutachtete sie kritisch. Doch, die waren ihr gut gelungen. Ihr Blick fiel auf die durch das Silbernitrat ruinierten Tischtücher. Die Chemikalie hatte unauslöschliche Flecken hinterlassen. Ihre Hauswirtschafterin würde wieder missbilligend die Lippen aufeinanderpressen, wenn sie es bemerkte. Vielleicht sollte Margaret Jonathan darum bitten, eine eigene Spinnerei zu eröffnen.

Sie schmunzelte, als sie die Gewichte vorsichtig auf die Aufnahmen legte, damit sie sich nicht rollten. Später wollte sie sie auf Karton aufziehen, aber dazu mussten sie erst trocknen.

Margaret sah zum Fenster hinaus. Sie hatte keine Uhr im Atelier, doch nach ihrer Einschätzung war es schon später Nachmittag. Seltsam, Jonathan hatte gesagt, dass er gegen Abend wieder zu Hause sein würde. Er hatte Brighton am frühen Morgen Richtung London verlassen, um in Haywards Heath kurz einen alten Freund zu besuchen, wollte danach aber direkt auf die Insel zurückkommen. War er aufgehalten worden?

Sie widmete sich wieder ihren Abzügen. Vielleicht kam er auch erst morgen zurück. David Wescott, sein Freund aus Studientagen, hatte ihn vermutlich überredet, bei ihm zu übernachten. Sie sahen sich eher selten und schwelgten bei ihren Treffen gern in alten Erinnerungen.

Egal, nächste Woche feierte sie ihren Geburtstag, und Jonathan hatte ihr versprochen, dann mindestens vierzehn Tage mit ihr zusammen zu verbringen und die Geschäfte für eine Weile ruhen zu lassen.

Das war auch dringend nötig. Seine Krankheit zehrte ihn zunehmend aus. Irgendwann würde er die Aufgaben, die ihm sein Arbeitgeber aufbürdete, nicht mehr ausüben können.

Womöglich schneller, als es ihrem Gatten lieb war. Ihr war es hingegen recht, wenn er endlich mit der Arbeit aufhörte. Sie freute sich darauf, ihn ständig um sich zu haben und ihm jedes neue Foto sofort zeigen zu können. Er hatte es sich in letzter Zeit angewöhnt, sie überschwänglich zu loben. Und auch wenn sie wusste, dass er ihr damit nur eine Freude machen wollte, schmeichelte ihr sein Zuspruch.

»Danke, Jonathan, du Lieber. Wenn schon die anderen mich alle auslachen!«, murmelte sie vor sich hin.

Es hatte sich nichts daran geändert. Die meisten dieser sogenannten Koryphäen in Sachen Lichtbilder verhöhnten ihre Fotos nach wie vor.

Sie hatte sich in den letzten Monaten zwar intensiv mit Beleuchtung, Fokussierung und weiteren technischen Details auseinandergesetzt und konnte jetzt auch tatsächlich leidlich scharfe Fotografien erstellen. Doch aus irgendeinem Grund blieb sie lieber bei ihren unscharfen, weichgezeichneten Porträts. Vielleicht war es nur Trotz. Aber nein – das stimmte nicht. Sie mochte einfach diese weichen Formen und die sanften Silhouetten. Sie gefielen ihr viel besser als jedes noch so scharf gestochene Bild. Mochten die anderen die Wirklichkeit so genau wie möglich abbilden, das war keine Kunst. Sie fotografierte nicht einfach, sondern sie inszenierte! Und das war um Längen künstlerischer als jedes beliebig perfekte Lichtbild. Wer nahm sich denn das Recht heraus zu bestimmen, welcher Fokus legitim war und welcher nicht?

»Eingebildete Dummköpfe!«, schimpfte sie und zog den Kittel aus, den sie zum Schutz ihrer Röcke jetzt immer trug. Sie hängte ihn an den Haken hinter der Tür und trat ins Freie.

27

»Mir geht's gut, Granny, wirklich. Ich werde vermutlich nicht einmal einen Schnupfen bekommen.«

Tessa lag in ein flauschiges Frottiertuch gehüllt auf dem Bett und telefonierte mit ihrer Großmutter. Sie hatte ihr nicht die ganze Geschichte ihres unfreiwilligen Bades erzählt, sondern nur, dass sie von einem Boot gefallen war. Sally machte sich trotzdem Sorgen, und wenn Tessa ihr die ganze Geschichte erzählt hätte, wäre sie vermutlich gleich auf die nächste Fähre gesprungen und hergekommen, um Oliver zur Rechenschaft zu ziehen.

»Leider finde ich überhaupt keine Spuren von Margaret«, fuhr Tessa fort. »Ich hatte so viele Hoffnungen in diese Nuwara Lodge gesetzt. Aber Fehlanzeige! Na ja, am Sonntag fahre ich zurück, und das war's dann mit meiner Karriere als Privatdetektivin.«

»Ach Liebes, mach dir da mal keinen Kopf. Es ist ja auch schon so lange her. Jemand hätte das früher angehen sollen. Dein Großvater zum Beispiel. Aber damals hatten wir ganz andere Sorgen. Der Krieg und …« Sie brach ab und seufzte.

»Natürlich«, pflichtete ihr Tessa bei. »Egal. Immerhin haben wir ein paar Fotos. Vielleicht müssen wir die in der nächsten Zeit aber restaurieren lassen. Ich habe nämlich den

Eindruck, dass sie sich langsam auflösen. Einige haben auch so einen metallisch bläulichen Schimmer. Sieht irgendwie seltsam aus.«

»Ja, du hast recht. Ich frage mal ein bisschen rum. Rod, mein Bridgepartner, hatte früher einen Buchladen. Er kennt bestimmt jemanden, der solche Restaurierungen macht.«

Tessa sah auf die Uhr. Wenn sie sich noch ein neues Handy besorgen wollte, musste sie langsam los. Zum Glück hatte das Salzwasser ihrer Kreditkarte nicht geschadet. Das hatte sie vorhin mit Bridget an deren Lesegerät getestet. Auf ihre Frage, was denn passiert sei, hatte Tessa nur ausweichend geantwortet. Sie war sich noch nicht schlüssig, ob sie ihr die Sache mit Oliver erzählen sollte. Doch wenn Raidens Großvater und seine Kumpels tatsächlich solche Plaudertaschen waren, würde sich die Geschichte mit der Rettung der Nixe vermutlich sowieso in Windeseile auf der Insel verbreiten.

Tessa wollte sich von Sally verabschieden, als im Hintergrund ein lautes Poltern zu hören war.

»Moment, Liebes. Wenn man vom Teufel spricht. Rod, hallo, komm nur rein!«

Seit wann flötete ihre Granny denn wie eine verliebte Nachtigall?

»Warte kurz, Schatz. Rod kommt gerade.«

Tessa verbiss sich die Frage, ob im Seniorenheim Männerbesuch auf den Zimmern denn gestattet sei. Am besten, sie wusste nicht zu genau, womit sich ihre Großmutter dort die Zeit vertrieb.

Sie schüttelte ihre feuchten Haare. Es war noch warm draußen und sie würde später, ohne sie zu föhnen, einkaufen gehen können. Mit dem Fuß versuchte sie, ihren Rollkoffer zu erreichen. Das Kabel des Zimmertelefons war zu kurz, um damit im Zimmer herumgehen zu können. Wie schnell man sich doch an ein mobiles Telefon gewöhnte. Endlich hatte sie den Koffer mit der Fußspitze erreicht und hangelte ihn langsam zum Bett, während ihre Großmutter mit diesem Rod palaverte. Tessa konnte nichts verstehen, weil Sally offenbar eine Hand auf die Sprechmuschel gelegt hatte.

»Bist du noch da, Liebes?«

»Was flüstert ihr zwei denn die ganze Zeit? Und weshalb klopft dieser Rod an deine Zimmertür? Musst du mir vielleicht etwas beichten?«

Sally kicherte. »Sei nicht albern. Der Mann ist dünn wie ein Spargel. Und du weißt ja, ich mag Kerle mit Fleisch am Knochen. Und nein, er wird nicht dein neuer Großvater.«

Tessa lachte. »Also, ich muss jetzt Schluss machen und rufe dich …«

»Warte! Rod hat mir gerade etwas sehr Interessantes berichtet. Als ich ihm von deiner Mission auf der Isle of Wight erzählt habe, hat er sich nämlich an den Namen erinnert.«

»Welchen Namen?«

»Denjenigen von Margaret.«

Tessa horchte auf. »Tatsächlich? Und was weiß er über sie?«

»Du musst wissen, Rod hat für sein Alter noch ein phänomenales Gedächtnis. Alles, was er je gelesen hat, bleibt ihm in Erinnerung. Na ja, fast alles. Aber wirklich bewundernswert.«

»Granny, woran hat er sich erinnert?«

»Das ist es ja gerade. An nichts mehr, nur an ihren Namen.«

Tessas Hochgefühl verpuffte. »Na super!«

»Aber er kommt gerade aus dem Zeitungsarchiv von Southampton zurück. Die Sache, so hat er gesagt, ließ ihm keine Ruhe. Und rate, was er gefunden hat?«

»Was?«

»Einen Zeitungsartikel im Hampshire Advertiser von 1863!«

Tessa setzte sich so jäh auf, dass das Telefon vom Nachttisch fiel.

»Shit!« Sie hob es auf. »Bist du noch da?«

»Aber ja. Was ist das denn für ein Lärm?«

»Nichts. Also, was steht in dem Zeitungsartikel?«

»Dass Margaret auf der Silvesterparty des Schriftstellers Anthony Thorneycroft gewesen ist.«

Tessa stieß enttäuscht die Luft aus. »Das ist alles?«, maulte sie. »Und wie soll mir das weiterhelfen?«

»Nun, heutzutage würde so eine Meldung keinen hinterm Ofen hervorlocken, aber damals war das beinahe ein Skandal. Nur knapp ein Jahr vorher war nämlich Margarets Ehemann verstorben und Thorneycroft, das war hinlänglich bekannt, war einer der größten Casanovas seiner Zeit. Obwohl er verheiratet war, soll er angeblich hinter jedem Rock her gewesen sein. Eine Dame, die um ihren guten Ruf besorgt war, wäre nie zu einer seiner Silvesterpartys gegangen. Schon gar keine junge Witwe.«

»Was meinst du damit?«

»Ich will Margarets Integrität natürlich nicht infrage stellen, im Gegenteil. Ich vermute, dass sie und Thorneycroft gute Freunde gewesen sind, sonst hätte sie so eine Einladung aus besagten Gründen bestimmt nicht angenommen. Und wenn sie gute Freunde waren, könnte sie ihm oder seiner Frau doch ein paar Fotos geschenkt haben. Wie es Freunde halt so tun, nicht wahr? Also finde heraus, wo Thorneycroft damals gewohnt oder wer sein Erbe angetreten hat. Vielleicht hast du Glück.«

»Das klingt alles sehr logisch.« Tessa fühlte, wie ihr detektivisches Gespür erneut erwachte. »Ein super Tipp! Womöglich hast du recht, Granny. Vielen Dank! Und bitte richte diesem Rod ebenfalls meinen Dank aus. Und keine Dummheiten, liebstes Großmütterchen.«

Bevor Sally darauf etwas erwidern konnte, legte Tessa mit einem breiten Lächeln den Hörer auf.

Der Verkäufer im Handyladen war so nett, bei Tessas Mobilfunkanbieter anzurufen, um eine neue SIM-Karte für sie anzufordern. Wenn sie Glück hatte, bekam sie die Speicherkarte in zwei Tagen ins Seagull geliefert.

Der späte Nachmittag verzauberte Newport mit goldenem Licht. Tessa schlenderte durch die Gassen, genoss die warme Brise und überlegte, wie sie herausfinden könnte, wo dieser Thorneycroft gelebt hatte. So wie Sally von ihm gesprochen hatte, musste er damals recht berühmt gewesen sein. Vielleicht fand sie im Internet heraus, wo er gewohnt hatte. Doch Sallys Hoffnung, dass bei ihm oder seinen Nachkommen weitere Fotos von Margaret zu finden waren, erschien ihr fraglich. Sie fand es eigentlich viel wahrscheinlicher, dass Margaret als junge Witwe wirklich einfach auf ein bisschen Spaß aus gewesen war. Tessa konnte sich nur schwer vorstellen, unter welchen gesellschaftlichen Konventionen die Frauen zu der Zeit gelitten hatten. Und dass Margaret eine unkonventionelle Frau gewesen war, zeigten ja schon ihre Bilder. Vielleicht war an dem Zeitungsartikel also doch etwas dran. Sie hätte ihn gern selbst gelesen.

Tessa blieb abrupt stehen. Es hinderte sie ja nichts daran. Bestimmt gab es in Newport ein Zeitungsarchiv. Dort würde sie vermutlich auch gleich herausfinden, wo Thorneycroft gewohnt hatte.

Gut gelaunt schlug sie den Weg zurück ins Seagull ein. Heute war es zu spät, um noch eine Auskunft zu erhalten, aber morgen wollte sie sich gleich als Erstes darum kümmern.

Als sie in die Eingangshalle trat, stand Raiden bei Bridget an der Rezeption und lachte über etwas, das sie gesagt hatte.

Als Tessa eintrat, drehte er sich um und strahlte sie an. Ihr Herz begann schneller zu schlagen. Jedes Mal, wenn sie ihn sah, gefiel er ihr besser. Gefährliches Terrain!

»Tessa!« Er kam auf sie zu. »Na, wieder trocken?«

»Alles bestens.« Sie hielt die Einkaufstüte in die Höhe. »Und ein neues Handy habe ich auch schon. Nur leider funktioniert es noch nicht.«

»Darum bin ich hergekommen«, erwiderte er. »Es ist nämlich so, mein Großvater würde die kleine Meerjungfrau gern zum Abendessen einladen. Und rate, was es gibt: selbst gefangenen Fisch.« Das sagte er in einem so trockenen Tonfall, dass sie kichern musste.

»Wie nett. Doch wie komme ich zu der Ehre?«

»Ich habe das Gefühl, dass du ihm gefällst. Was an sich schon ein Wunder ist, denn normalerweise gilt seine Aufmerksamkeit nur den Ladys.«

Sie sah ihn verwirrt an. »Wem?«

»Ich spreche von seinen Bienen. Er ist Imker und nennt die Insekten seine Ladys.«

»Wie süß. Kann man seinen Honig auch kaufen? Das wäre ein nettes Mitbringsel für meine Lieben daheim.«

»Wenn du ihm Honig abkaufst, wird er dich womöglich heiraten wollen.«

Sie grinste. »Ich stehe auf ältere Männer. Also schön, danke für die Einladung, ich komme gern. Wann?«

»Jetzt.«

»Bitte? Es ist noch nicht mal achtzehn Uhr.«

»Tja, Senioren und ihre Essenszeiten.«

* * *

Raiden staunte über sich selbst. Die Scheu, die ihn am Anfang im Beisein von Tessa immer überfallen hatte, war wie weggeblasen. Während der Fahrt zu Nathan unterhielten sie sich angeregt und von der Missstimmung zwischen ihnen wegen Margarets Fotos war nichts mehr zu spüren. Er hatte gut daran getan, sich bei Tessa zu entschuldigen, auch wenn er im Grunde nichts Falsches gesagt hatte. Aber manchmal war es eben besser, nicht auf seinem Standpunkt zu beharren; ihm fiel deshalb kein Zacken aus der Krone. Auch sein ungehöriges Benehmen vor Olivers Haus schien sie ihm zum Glück verziehen zu haben.

»Was wirst du wegen Oliver unternehmen?«, fragte er, als ihnen für einen Moment der Gesprächsstoff ausging.

»Was soll ich denn unternehmen? Ich bin schließlich selbst gesprungen, deswegen kann ich ihn wohl kaum anzeigen.«

»Das schon, aber er hat dich dort einfach zurückgelassen. Eine Touristin, die den Solent und seine Gefahren nicht kennt. Das könnte man als unterlassene Hilfeleistung werten. Zudem hat er dich … ohne dein Einverständnis angefasst.«

Sie sah zum Wagenfenster hinaus. »Ich will den Vorfall einfach nur vergessen. Können wir bitte das Thema wechseln?«

»Klar.«

Obwohl Raiden Tessas Reaktion verstand, ärgerte es ihn, dass Olivers Handeln erneut ohne Konsequenzen blieb. Er würde immer so weitermachen, weil er mit allem durchkam und sich alle davor scheuten, ein Mitglied der prominenten Taylor-Familie anzuschwärzen. Was musste denn noch alles passieren, bevor ihm jemand Einhalt gebot? Es war so frustrierend. Doch er wollte Tessa nicht weiter quälen. Wenn sie dieses unangenehme Ereignis vergessen wollte, würde er nicht weiter in der offenen Wunde bohren.

Sie passierten Calbourne. Der Himmel hatte sich mit hohen Schleierwolken überzogen, ein Zeichen dafür, dass es bald regnen würde. Raiden hoffte jedoch, dass sie das Abendessen noch im Freien genießen konnten. Nathans verwilderter Garten war gerade in der Dämmerung wirklich reizvoll.

»Hast du die Suche nach weiteren Fotos von Margaret jetzt eigentlich aufgegeben?«, fragte er.

Tessa seufzte. »Im Grunde war meine Mission doch von Anfang an reichlich utopisch. Wer bewahrt schon so lange irgendwelche alten Fotos auf? Gerade auf einer Insel mit ihrer salzhaltigen Luft. Ich habe zwar heute von meiner Großmutter einen weiteren Tipp bekommen, bin mir aber nicht sicher, ob der überhaupt etwas taugt.«

»Was für einen Tipp? Vielleicht kann ich dir dabei behilflich sein.«

Sie schwieg. Er warf ihr einen schnellen Blick zu. Ihre Mundwinkel zuckten.

»Was?«

»Woher kommt jetzt plötzlich diese Kehrtwendung? Ich erinnere mich noch gut an deine Worte, dass die Aufnahmen Mist wären.«

»Das habe ich so nicht gesagt!«

»Nein, nicht direkt, aber deine Wortwahl war mehr als deutlich.«

Treffer. Margarets Fotos hatten ihm nicht gefallen. Aber es gab einiges im Museum, das er persönlich nicht mochte und beim Publikum trotzdem gut ankam. Über Geschmack ließ sich bekanntlich nicht streiten.

»Sie liegen dir augenscheinlich sehr am Herzen«, sagte er. »Das ist Grund genug für mich, dir behilflich zu sein.«

»Oho, überaus diplomatisch gerettet!«

Er grinste. »Eine meiner hervorstechendsten Eigenschaften.«

»Gut zu wissen. Ich bin ja mal gespannt, welches die anderen sind.« In ihren Augen blitzte der Schalk auf.

Wenn er es nicht besser gewusst hätte, wäre er fast auf den Gedanken gekommen, dass sie mit ihm flirtete.

Er räusperte sich. »Also, welchen Tipp hat dir deine Großmutter verraten?«

»Ach, lassen wir das. Momentan habe ich keine Lust auf die Miss-Marple-Rolle. Vielleicht erzähle ich es dir später. Jetzt freue ich mich erst mal auf eine große Portion fangfrischen Fisch. Ich bin am Verhungern!«

Er lachte. »Na gut, aber mein Angebot bleibt bestehen.«

28

»Was für ein toller Garten!«

Tessa betrachtete entzückt das Gewirr aus Blumen, Büschen und Bäumen hinter Nathan Palmers Haus. Sie saßen unter einer kleinen Pergola und genossen zum Abschluss des Essens einen starken Kaffee. Sie mochte naturbelassene Gärten viel lieber als akkurat getrimmte Bilderbuchanlagen, die aussahen, als müssten sie mit einem königlichen Park wetteifern.

Nathan lächelte geschmeichelt. »Nun ja, man muss dafür eigentlich nicht viel tun. Die Natur weiß schon, wie's geht. Zudem mögen meine Ladys unsere Wildblumen und einheimischen Büsche am liebsten.«

Sie tauschte einen kurzen Blick mit Raiden, der in gespielter Verzweiflung die Augen verdrehte.

Sie unterdrückte ein Kichern. »Apropos. Ihr Enkel sagte mir, dass Sie Ihren Honig auch verkaufen. Könnte ich drei Gläschen bestellen? Eines für meine Großmutter, eines für meine Eltern und natürlich eines für mich.«

Nathans Augen blitzten. »Sie mögen Honig?«

»Sehr!«

Er sah seinen Enkel triumphierend an. »Siehst du!«, meinte er und warf sich in die Brust. »Mein Ruf ist offensichtlich bis nach London vorgedrungen.«

»Er hat mal eine Medaille für den besten Inselhonig gewonnen«, erklärte Raiden. »Seit damals ist es mit ihm kaum noch auszuhalten.«

Sie lachten.

Tessa fühlte sich in der Gesellschaft der Palmers mehr als wohl. Der Fisch war köstlich gewesen. Dazu hatte Nathan Kartoffeln und Gemüse aus dem eigenen Garten serviert, zum Trinken gab es Cider, und Tessa beschloss angesichts dieser natürlichen Köstlichkeiten wieder einmal, sich in Zukunft gesünder zu ernähren und ihren Fast-Food-Konsum einzuschränken.

Obwohl es diesig geworden war und Raiden öfter mal einen sorgenvollen Blick zum Himmel warf, hatte keiner von ihnen Lust, den stimmungsvollen Abend ins Hausinnere zu verlegen. Es war so friedlich mit den zirpenden Grillen, dem fernen Möwengeschrei von der Küste her und dem Rascheln der Blätter im aufkommenden Wind.

Hier ließ es sich leben. Die Hektik Londons, seine verstopften Straßen und Menschenmassen erschienen Tessa plötzlich sehr weit weg. Sie atmete tief durch.

»Noch Kaffee, meine Liebe?« Nathan sah sie fragend an.

»Nein danke, sonst kann ich später nicht einschlafen.«

»Verstehe. Ein Schnäpschen? Ich habe auch einen köstlichen ›Mermaid Gin‹, der auf der Insel hergestellt wird. Würde doch zu Ihnen passen.«

Sie lachte. »Nein, auch nicht, danke.«

»Aber ich gönne mir was. Raiden, du auch?«

Der schüttelte den Kopf. »Ich muss Tessa später ja noch nach Newport zurückbringen.«

»Stimmt, daran habe ich nicht mehr gedacht.« Nathan zögerte einen Moment. »Sie können natürlich auch hier übernachten. Das ist gar kein Problem.«

Raiden warf seinem Großvater einen verblüfften Blick zu. Offenbar sprach Nathan solche Einladungen nicht oft aus.

Tessa freute sich, wollte aber die Gastfreundschaft ihres Retters nicht überstrapazieren.

»Sehr freundlich, danke, doch ich möchte nicht zu viele Umstände machen. Außerdem habe ich morgen früh etwas vor. Ich will herausfinden, wo auf der Insel ein bekannter Schriftsteller gelebt hat.«

»Ist das der Tipp deiner Großmutter?«, fragte Raiden.

Sie nickte. Sie hatte eigentlich nicht über Margaret reden wollen, aber der Cider hatte es in sich und löste ihre Zunge.

Nathan schaute fragend von einem zum anderen, und Tessa beeilte sich zu erklären: »Eine meiner Vorfahrinnen lebte im neunzehnten Jahrhundert auf der Isle of Wight. Sie hat fotografiert. Zu jener Zeit etwas Besonderes, nicht nur, weil sie eine Frau gewesen ist. Ich versuche jetzt herauszufinden, ob irgendwo vielleicht noch weitere Fotos von ihr existieren. Wir haben leider nur eine Handvoll, meine Großmutter und ich.«

»Interessant«, erwiderte Nathan und holte wie von Zauberhand eine halb volle Flasche mit einer klaren Flüssigkeit unter dem Tisch hervor. »Und wer ist dieser ominöse Schreiberling?«

Tessa holte ihr neues Handy aus der Gesäßtasche. »Das Ding hat zwar noch keinen Empfang, aber ich konnte mir schon mal den Namen speichern.« Sie rief die Notizen auf. »Ich habe in der Pension kurz im Online-Archiv der County Press gestöbert«, erklärte sie. »Leider geht das nur hundertdreißig Jahre zurück. Alles, was davor stattfand, muss man vor Ort recherchieren. Ich will daher der Zeitung morgen früh einen Besuch abstatten.« Sie strich sich eine Haarsträhne hinters Ohr. »Anthony Thorneycroft«, las sie ihre Notiz vor. »Gestorben 1892. Seinerzeit offenbar eine kleine Berühmtheit. Ich habe aber noch nie etwas von ihm gehört.« Sie hob den Blick. Nathan und Raiden starrten sie verdutzt an.

»Ihr kennt ihn?«, fragte sie unsicher.

Raiden schüttelte den Kopf. »Nicht wirklich, nein, aber ich denke, dass du morgen etwas länger schlafen kannst.«

»Wie das?«

»Nun«, er grinste. »Du sitzt nämlich gerade im Garten von Thorneycrofts Haus.«

Ihr klappte der Mund auf. »Echt?«

»So ist es«, stimmte Nathan seinem Enkel zu. »Dieses ganze Grundstück hat einst ihm gehört.«

Zuerst hatte es nur ein wenig getröpfelt, und dann war ein veritabler Wolkenbruch niedergegangen. Schnell hatten sie den Tisch abgeräumt und waren ins Innere des Hauses geflüchtet. Jetzt saßen sie an dem rustikalen Eichentisch in der Küche, und Tessa konnte es kaum fassen, was ihr die Palmers erzählten.

»Erinnerst du dich an sein Buch, das du mir geschenkt hast, als ich ein Teenager war? Es war *so* langweilig!«

Nathan kicherte. »Ich dachte mir eben, sein Talent würde vielleicht während der Schulferien auf dich abfärben.«

»Talent?« Raiden schnaubte. »Eine dermaßen verschwurbelte Geschichte! Nach vier Kapiteln habe ich die Segel gestrichen.«

»Königin Victoria hat den Mann in den Adelsstand erhoben«, gab Nathan zu bedenken. »Also so schlecht können seine Ergüsse nicht gewesen sein.«

»Lauter holde Maiden, die von Dämonen in ein finsteres Verlies entführt werden und jammernd nach dem Geliebten schmachten, der sie aus ihrem Ungemach befreien soll.« Raiden schüttelte sich.

Nathan lachte. »Das war im viktorianischen Zeitalter eben in Mode.«

»Moment mal«, unterbrach Tessa ihr Geplänkel. »Es ist also tatsächlich so, dass diesem Schriftsteller dieses Haus gehört hat?«

Die Palmers nickten unisono.

»Und Sie haben beim Einzug keine Fotos gefunden?«

Nathan schüttelte den Kopf. »Leider nein. Es war komplett leer geräumt, als ich es gekauft habe.«

Sie stieß enttäuscht die Luft aus. »Dann ist diese Spur also ebenfalls eine Sackgasse.«

»Tut mir leid, Tessa. Ich hätte Ihnen wirklich gern Hoffnungen gemacht.«

»Gibt es hier vielleicht versteckte Türen, Geheimgänge oder Sonstiges in der Art?«

»Nichts«, gab Raiden zur Antwort. »Wenn ja, hätte ich die als Kind entdeckt. Es gab mal eine Zeit, da wollte ich unbedingt einen Schmugglerschatz finden und habe hier jede Holzplanke und jeden Stein umgedreht.«

Sie konnte ihre Enttäuschung nicht verbergen. Da hatte ihr schon mal der Zufall in die Hand gespielt, doch auch der führte sie nicht auf die heiße Spur. »Ja, zu schade«, gab sie seufzend zu. »Sally, meine Großmutter, meinte nämlich, Thorneycroft sei ein veritabler Schürzenjäger gewesen, und Margaret hätte seine Silvestereinladung nur angenommen, wenn er ein guter Freund ihrer Familie gewesen sei. In diesem Fall wäre es denkbar, dass sie ihn und seine Frau porträtiert oder ihnen Fotos geschenkt hat.«

Raiden nickte. »Eine logische Folgerung. Zu bedauerlich, dass wir es nicht mehr herausfinden können.«

»Ich würde diese Fotos gerne mal sehen«, sagte Nathan. »Wenn Sie vor Ihrer Abreise nochmals nach Freshwater kommen sollten, wäre es mir eine Freude, sie zu begutachten.«

»Natürlich. Das Fotoalbum liegt in der Pension. Es sind ja noch drei Tage bis Sonntag. Ich kann es bestimmt einrichten.« Sie unterdrückte ein Gähnen.

»Der Regen hat aufgehört«, sagte Raiden. Er hatte offenbar bemerkt, dass ihr beinahe die Augen zufielen. »Wenn du möchtest, können wir fahren.«

»Sicher.« Sie stand auf und streckte Nathan die Hand hin. »Vielen Dank fürs Rausfischen und das köstliche Dinner. Ich werde beides nie vergessen.«

Nathan erhob sich ebenfalls, ignorierte ihre ausgestreckte Hand und umarmte sie fest. Er roch leicht nach Schnaps und einem Rasierwasser, das sie an ihren Opa erinnerte.

»Alles Gute, Ms Cooper. Ich hoffe, der Aufenthalt auf unserer Insel hat Ihnen trotz der misslichen Vorkommnisse gefallen. Und wenn Sie noch Zeit finden, mir die Fotos zu zeigen, würde ich mich sehr darüber freuen.«

Tessa rührten seine Worte. Auf einmal hatte sie einen dicken Kloß im Hals. Sie nahm sich vor, Nathan Palmer vor ihrer Abreise unbedingt nochmals zu besuchen, um ihm Margarets Fotos zu zeigen.

»Na, na«, sagte der ältere Mann, als er ihre feuchten Augen bemerkte. »Wir haben ein Sprichwort auf der Insel: Ausruhen und Erfolg sind Kameraden. Halten Sie sich dran, einverstanden?«

Sie wusste zwar nicht genau, was er damit meinte, nickte aber tapfer.

Raiden räusperte sich und Nathan ließ sie los.

»Fahr vorsichtig, Junge.«

»Sicher, Grandpa. Bis morgen.«

29

Als sie ins Freie traten, wirbelte eine Windböe Tessas Haar durcheinander. Raiden betrachtete sie fasziniert. In dem wenigen Licht sah sie wie eine Gestalt aus einer mittelalterlichen Sage aus. Nach dem Wolkenbruch roch die Luft frisch nach Salz und Tang. Am Himmel jagten Wolkenfetzen dahin, dazwischen blitzten der Mond und die Sterne auf.

»Es ist wunderschön hier«, sagte Tessa. Sie blieb vor seinem Auto stehen und schaute über die Freshwater-Bucht. Dann wies sie mit dem Kinn in Richtung Nuwara Lodge, die von hier aus jedoch nicht zu sehen war. »Trotz dieses Idioten!«

Raiden lachte. »Entgegen der landläufigen Meinung suchen sich Häuser eben nicht ihre Besitzer aus, sondern umgekehrt.«

»Wie meinst du das?«

»Ach, das ist nur eine Redewendung von der Insel. Die Leute sagen, Häuser hätten eine Seele, die sich ihren rechtmäßigen Besitzer aussucht.«

Tessa drehte sich um und musterte Nathans Haus. »Da könnte was dran sein«, sagte sie, und an ihrem Tonfall merkte Raiden, dass sie lächelte.

Sein Herz schlug auf einmal schneller, und er hätte sie jetzt gern berührt. Wie würde es sich wohl anfühlen, seine Hände über ihr Haar gleiten zu lassen?

Er scharrte verlegen mit dem Fuß. Um etwas zu sagen, fragte er: »Ist dir nicht kalt?«

»Nein, gar nicht.«

Sie drehte sich um. Es war zu dunkel, um ihren Gesichtsausdruck zu deuten, doch sie hatte den Kopf etwas schief gelegt. Ihre Körperhaltung war … einladend. Konnte das sein? Oder würde er sich zum Affen machen, wenn er sie jetzt küsste?

Es gab nur einen Weg, es herauszufinden.

Er umrundete das Auto und trat dicht an sie heran. Als sie den Kopf hob, spiegelte sich das Licht von Nathans Wohnzimmerlampe in ihren Augen. Raiden erkannte eindeutig Verlangen. Galt das wirklich ihm? Oder hatte sie einfach zu viel Cider getrunken? Er zögerte.

»Ich würde dich jetzt gern küssen«, sagte sie in dem Moment. Sie stellte sich auf die Fußspitzen und hauchte ihm einen Kuss auf die Lippen.

Obwohl er sich das gewünscht hatte, war er verblüfft, dass sie die Initiative ergriff. Doch er mochte selbstbewusste Frauen.

Er legte seine Arme um Tessas Taille und zog sie an sich. Sie schmiegte sich vertrauensvoll an ihn und Verlangen loderte in ihm auf.

Vielleicht war es keine gute Idee, sich auf ein Abenteuer mit ihr einzulassen. Schon bald würde sie nach London zurückkehren, und dann blieb er womöglich mit einem gebrochenen Herzen zurück. Doch er schob die Bedenken beiseite. Sie waren beide ungebunden, es knisterte zwischen ihnen, und schließlich lebte man nur einmal. Zum Teufel mit der Vernunft!

Er umfasste ihr Gesicht mit beiden Händen, senkte seine Lippen auf die ihren und versank in einem leidenschaftlichen Kuss.

* * *

Schweigend fuhren sie zu Raidens Cottage. Nur ab und zu trafen sich ihre Blicke, dann lächelten sie einander an.

Tessa hatte schon den ganzen Abend die erotische Spannung zwischen ihnen gespürt, war sich jedoch nicht sicher gewesen, ob sie ihr nachgeben sollte. Es würde ein einmaliges Abenteuer sein. War das so schlimm?

Sie hielt sich mit ihren siebenundzwanzig Jahren zwar nicht für weise, doch sie wusste, dass man den Augenblick schätzen und genießen musste. Oftmals gab einem das Leben keine zweite Chance und dann trauerte man verpassten Gelegenheiten nach.

Sie dachte an den Inhalt ihrer Handtasche. Kondome hatte sie keine dabei. Sie war nicht davon ausgegangen, dass sie die auf der Isle of Wight brauchte. Hoffentlich hatte Raiden welche in seiner Nachttischschublade. Und obwohl sie das hoffte, verursachte dieser Gedanke ihr einen kleinen Stich. Falls ja, bedeutete das schließlich, dass sie nicht die Einzige war, mit der …

Sie schüttelte den Kopf. Sie mochte jetzt nicht daran denken, mit wem und wie oft er in seinem Cottage wohl Sex hatte. Sie hatte kein Recht dazu. Er konnte tun und lassen, was er wollte, und würde ihr hoffentlich nicht erzählen, was er normalerweise so trieb. Sie erinnerte sich mit Schaudern an Roger und wie er damit geprahlt hatte, mit wie vielen Frauen er bereits intim gewesen war. Als ob die Anzahl irgendwas über die Fähigkeiten als Liebhaber aussagen würde. Natürlich hatte Tessa gewusst, dass Roger früher kein Mönch gewesen war, wie sie selbst auch nicht als Nonne gelebt hatte. Aber keine Frau wollte wohl die Zahl der Betthäschen ihres Freundes kennen. Es gab Dinge, die blieben besser ungesagt.

Raidens Cottage lag im Dunkeln, wirkte aber trotzdem einladend. Vielleicht war es auch eher die Vorfreude auf das Kommende, die ihr einladend erschien. Obwohl die erste intime Begegnung oft nicht sehr erfüllend war, weil man den anderen und seine Vorlieben noch nicht kannte, fieberte sie darauf hin, Raiden ganz nahe zu sein. Zu viel Cider? Nein, dieser Mann hatte ihr schon von Anfang an gefallen, auch wenn sie sich erst mal in die Haare geraten waren. Doch je länger sie Raiden Palmer kannte, desto mehr entpuppte er sich als wahrer Gentleman. Fast schon ein bisschen *oldschool*. Sie hatte natürlich bemerkt, wie er für einen Moment konsterniert gewesen war, als sie ihn geküsst hatte. Vermutlich glaubte er noch daran, dass der Mann den ersten Schritt machen musste. Tja, da kannte er die Londonerinnen schlecht!

»Du lächelst?«, fragte er.

»Reine Vorfreude.«

Er grinste. »Ich mag deine Direktheit.«

»Und ich deine Manieren.«

»Na, dann wollen wir doch mal sehen, ob wir das eine mit dem anderen zu aller Zufriedenheit verbinden können.«

Von dem Chaos, das Earl Grey in der Küche verursacht hatte, war nichts mehr zu sehen.

»Möchtest du etwas trinken?«, fragte Raiden beim Eintreten.

Sie schüttelte den Kopf. »Ich habe schon viel zu viel getrunken.«

Er runzelte die Stirn, und sie beeilte sich hinzuzufügen: »Aber nicht so viel, um nicht mehr zu wissen, was ich tue.«

Er nickte erleichtert. Plötzlich herrschte Verlegenheit zwischen ihnen. Dann streckte er die Hand aus und Tessa ergriff sie. Sie verschränkten die Finger ineinander und er zog sie in seine Arme. Sie küssten sich erneut. Er schmeckte nach dem Apfelwein, von dem er sich viel weniger einverleibt hatte als sie.

Sie mochte seinen Duft. Ein herbes Rasierwasser, das sie von nun an vermutlich stets mit der Zeit auf der Isle of Wight verbinden würde. Und mit der Suche nach Margarets Fotos. Sie würde sicher noch lange an diese Tage denken. Und an diesen Mann, der sie jetzt langsam durchs Wohnzimmer zog.

Das Schlafzimmer überraschte sie. Sie hatte Fotos von Amber erwartet, aber es hingen moderne Gemälde an den weiß getünchten Mauern. Sehr farbig, sehr abstrakt und überhaupt nicht ihr Fall.

Aber sie passten zu der sonst eher kargen Einrichtung und verliehen ihr etwas Farbe. Es gab in diesem Zimmer nur ein Kingsize-Bett mit einer gestreiften Tagesdecke, einen rustikalen Holzschrank und einen bequem aussehenden Chesterfield-Sessel mit abgewetztem Lederbezug. Darauf lagen ein paar Kleider. Ansonsten war das Zimmer penibel aufgeräumt. Auf dem Nachttisch stapelten sich Bücher neben einer Leselampe. Tessa war froh, dass sich das Kommende nicht in ihrem Schlafzimmer in London abspielen würde. Sie war nicht wirklich ein Ordnungsfreak. Zudem befanden sich in ihrer Wohnung eine Unmenge alter Plüschtiere und staubiger Nippes, und ihren Kleiderschrank konnte sie vor überquellenden Klamotten kaum mehr schließen. Sie konnte einfach nie etwas wegwerfen.

»Nett hast du's hier«, sagte sie, um die Stille zu durchbrechen. »Vielleicht etwas nüchtern im Gegensatz zu meiner Wohnung.«

»Wie sieht es denn bei dir aus?«, fragte er und strich ihr eine Haarsträhne aus dem Gesicht.

»Nun ja, etwas voller«, gestand sie und lachte.

»Ich mag es, wenn ich Raum um mich spüre«, entgegnete er. »Das Museum ist so vollgestopft, da genieße ich es, hier Platz zu haben.«

Er zog sein Handy aus der Gesäßtasche und betätigte ein paar Knöpfe. »Eigentlich müssten wir jetzt die Beatles hören, immerhin haben sie der Insel zwei Titel gewidmet, aber ich bevorzuge die Champs. Kennst du sie?«

Sie schüttelte den Kopf.

»Michael und David Champion, zwei Brüder, die hier leben und Musik machen.«

Tessa lauschte dem Song aus dem Handy. Sphärisch und ohne Pomp. Vor ihrem inneren Auge formte sich das Bild einer windumtosten Küste, über die der Wind fegte. Die Musik passte zu Raiden und der Insel.

Er legte das Handy auf den Nachttisch und Tessa schaltete das Licht aus.

Es gab keine Kerzen in seinem Schlafzimmer, nur Mondlicht erhellte den Raum; viel romantischer als die helle Deckenlampe.

Und während die Champs von Flüssen sangen, die einer Frau die Ozeane an die Hand banden, küssten sie sich erneut und Tessa zog Raiden langsam das T-Shirt über den Kopf. Ihre Finger strichen seine warme Haut entlang, fühlten die Muskeln. Sie unterdrückte ein Seufzen.

»O Mann, Tessa, deine Hände sind eiskalt!«

»Tut mir leid.«

Er griff nach ihren Handgelenken und hauchte warmen Atem auf ihre Finger. »Besser?«

»Ich bin wohl ein bisschen nervös«, gestand sie. »Es ist eine Weile her, dass …« Sie brach ab.

Gerade hatte sie noch gehofft, dass er nicht von seinen Verflossenen sprach, und jetzt schnitt sie das Thema selbst an.

»Dann sind wir schon zwei«, erwiderte er und knöpfte langsam ihre Bluse auf.

Als seine Finger ihre Haut streiften, rieselte ein wohliger Schauer durch ihren Körper. Ein angenehmes Ziehen breitete sich zwischen ihren Schenkeln aus. Sie griff nach seinem Gürtel und nestelte an der Schnalle herum.

»Warte«, sagte er und führte sie zum Bett. »Ich möchte es genießen. Jeden einzelnen Moment.«

War das vielleicht eine Rüge? Sie biss sich auf die Lippen und der Rausch verflog ein wenig. Was tat sie hier eigentlich? Wollte sie sich wirklich auf eine schnelle Nummer einlassen?

Offenbar spürte er ihr Zögern, denn er setzte sich aufs Bett und sah ernst zu ihr hoch. »Machen wir einen Fehler?«

Ja, vermutlich war das hier ein Fehler, doch sie sehnte sich nach Zärtlichkeit und jemandem, der sie in den Arm nahm und sie spüren ließ, dass er sie begehrte. Wieso nur kam ihr immer der Verstand in die Quere? Konnte sie nicht einfach mal genießen, was die Gelegenheit ihr bot? Sie atmete tief durch.

»Vielleicht«, gab sie zu. »Aber ich habe schon viel schlimmere Fehler begangen … und die fühlten sich weit weniger angenehm an.«

Tessa berührte Raidens Wange und sah im Mondlicht, wie er lächelte. Sie setzte sich auf seinen Schoß, zog seinen Kopf zu sich und küsste ihn leidenschaftlich.

* * *

Einen Moment hatte es so ausgesehen, als ob Tessa einen Rückzieher machen wollte. Und vielleicht hätte Raiden es dabei belassen sollen. Doch als sie sich auf seinen Schoß setzte und ihn küsste, bis sie beide außer Atem gerieten, versanken seine Bedenken in einer Woge des Begehrens.

Er zog ihr die Bluse aus, öffnete den Büstenhalter und ließ ihn zu Boden fallen. Mit beiden Händen umfasste er ihre Brüste, strich mit den Daumen über ihre Brustwarzen, bis sie sich aufrichteten und ihr ein heiseres Stöhnen entfuhr.

Sie drückte ihn aufs Bett, rieb ihre Mitte an seiner und seine Jeans wurden eng. Jetzt wäre er froh gewesen, sie hätte ihm die Hose bereits ausgezogen, doch der süße Schmerz des ungestillten Verlangens hatte auch seinen Reiz. Nur wie lange würde er sich noch zurückhalten können?

Er fasste Tessa um die Taille und drehte sich mit ihr auf dem Bett. Ihr entfuhr ein spitzer Schrei. Jetzt lag sie unter ihm.

Er beugte sich hinab zu ihren Brüsten, umschmeichelte sie mit seiner Zunge, bis Tessa sich unter ihm wand.

Sie griff in seine Haare, beinahe schmerzhaft, und keuchte: »Ich will dich spüren!«

Das ließ er sich nicht zweimal sagen. Er öffnete ihre Jeans und streifte sie mitsamt dem Slip über ihre Hüften, dann zog er sich schnell seine restlichen Kleider aus und legte sich wieder zu ihr.

Im Mondlicht schimmerte ihre Haut wie Silber. Er betrachtete sie einen Moment. Sie war wunderschön.

»Komm«, lockte sie ihn, und als sie ergriff, was sich ihr so verlangend entgegenstreckte, meinte er zu vergehen.

Geschickt steigerte sie seine Erregung. Sie wusste, wie man einem Mann Lust verschaffte, und kurz zuckte die Frage durch seinen Kopf, wie vielen Liebhabern sie ihre Gunst schon geschenkt hatte. Doch spielte das eine Rolle?

Er stöhnte. Lange würde er das nicht aushalten können, also zog er sich zurück, erkundete nun seinerseits ihren Körper und fand ihre intimste Stelle. Sie keuchte auf.

»Hast du …«, sie räusperte sich und ihre Stimme klang dunkel vor Verlangen. »Hast du etwas da?«

Verflucht! Die Frage kam wie eine kalte Dusche. Natürlich, er hätte vorher daran denken sollen!

»Raiden?«

»Ja, ich …« Im Badezimmer! »Bin gleich zurück.«

Er stand auf, lief ins Bad und kramte hektisch in den Schubladen herum. Die Dinger mussten doch irgendwo sein! Endlich hatte er sie gefunden und spurtete zurück ins Schlafzimmer.

Tessa hatte mittlerweile die Tagesdecke zur Seite geschlagen und hielt einladend die Bettdecke hoch.

»Für alles gewappnet, Herr Kurator?«, fragte sie spöttisch.

Was sollte das jetzt bedeuten? Hielt sie ihn etwa für einen Gigolo? »Ich … tja …«, stotterte er.

Sie lachte heiser. »Das war ein Scherz!«

Er atmete auf. Schon lange hatte er sich nicht mehr so unsicher gefühlt. In ihrer Nähe spielten seine Gefühle offenbar verrückt.

Als er unter die Decke schlüpfte und sie erneut in die Arme nahm, verflogen alle Gedanken und Zweifel jedoch im Nu. Es fühlte sich gut und richtig an. Was morgen geschah, würde sich zeigen. Jetzt zählte nur der Moment mit dieser wunderbaren Frau, die ihm das Schicksal so unverhofft geschickt hatte.

Und während sie eins wurden und die Emotionen die Kontrolle übernahmen, wusste Raiden instinktiv, dass dieses Kapitel mit einem Höhepunkt enden würde, die Geschichte aber gerade erst begann.

30

Mitten in der Nacht wachte Tessa auf. Sie war durstig. Raiden schlief an ihrer Seite. Seine gleichmäßigen Atemzüge waren das Einzige, was zu hören war.

Sie betrachtete ihn eine Weile im Dämmerlicht und musste dabei an Sallys Worte denken. Wäre Raiden Palmer ein geeigneter Kandidat für eine gemeinsame Zukunft?

Sie rief sich kopfschüttelnd zur Ordnung. Offenbar vernebelten Sallys Vorstellungen und Wünsche ihren Verstand.

Tessa stand vorsichtig auf, um Raiden nicht zu wecken, und umrundete das Bett. Am Boden lag ihre Bluse, die sie sich schnell überstreifte. Zwar gab es offensichtlich keine unmittelbaren Nachbarn, aber das Cottage hatte auch keine Vorhänge, und in der Küche musste sie das Licht einschalten, um ein Glas zu finden.

Die Fliesen fühlten sich kalt unter ihren Füßen an. Sie machte Licht in der Küche und öffnete einen Schrank auf der Suche nach einem Wasserglas. Als sie ein klapperndes Geräusch hörte, drehte sie sich um. Earl Grey war durch die Katzenklappe hereingekommen. Der Kater setzte sich neben den Küchentisch und musterte sie reglos.

»Möchtest du mir etwas sagen?«

Der Kater blinzelte nicht einmal. Sah er ärgerlich aus? Vielleicht mochte er keinen Besuch. Oder keinen weiblichen Besuch?

»Ich nehme ihn dir schon nicht weg«, sagte sie und öffnete den Küchenschrank über der Spüle. Bingo! »Am Sonntag bist du mich wieder los.«

Sie goss sich ein Glas Wasser ein und trank durstig. Wieso fühlte sie sich auf einmal so melancholisch? Hatte sie sich etwa in Raiden verliebt?

»Das wäre ja wohl das Dümmste!«, murmelte sie seufzend.

»Was wäre das Dümmste?«

Raiden stand in der Tür, nur in Boxershorts, und blinzelte sie verschlafen an. Die Bartstoppeln ließen ihn verwegen aussehen, vom Rest ganz zu schweigen. Er war wirklich ein sehr attraktiver Kerl.

Er trat hinter sie, schlang seine Arme um ihre Taille und legte sein Kinn auf ihre Schulter. Sie mochte seinen dezenten Geruch nach schlafwarmem Mann. Ihr Herzschlag beschleunigte sich. Am liebsten hätte sie sich gleich hier in der Küche ein weiteres Mal auf ihn gestürzt. Woher kamen nur diese Anwandlungen? War sie dermaßen ausgehungert nach körperlicher Zuwendung?

»Du hast meine Frage nicht beantwortet«, raunte er an ihrem Ohr und küsste ihren Hals. Sie bekam eine Gänsehaut.

»Ich sprach mit dem Kater«, erklärte sie und überlegte verzweifelt, was sie Raiden antworten sollte. Die Wahrheit auf alle Fälle nicht!

»Aha. Ich wusste gar nicht, dass du mit Tieren sprechen kannst.« Er nahm ihr das Wasserglas aus der Hand und trank den Rest.

»In mir schlummern eben viele versteckte Talente. Ich habe zum Beispiel ein phänomenales Zahlengedächtnis und kann mir jede Telefonnummer sofort merken. Und zu meinen anderen außergewöhnlichen Begabungen gehört eben auch das Sprechen mit Tieren. Das Dümmste wäre also, wenn ich das nicht nutzen würde.«

Die Ausrede klang selbst in ihren Ohren lahm.

Raiden sah sie nur von der Seite an. Er hatte bestimmt gemerkt, dass sie ihn anflunkerte, bohrte jedoch zum Glück nicht weiter.

»Kommst du wieder ins Bett?«, fragte er und küsste erneut ihren Hals. »Bis ich zur Arbeit muss, ist noch etwas Zeit. Entweder wir gönnen uns noch eine Mütze Schlaf oder …« Er ließ den Satz unvollendet.

Nimm, was du kriegen kannst, Tessa!, schoss es ihr durch den Kopf. Wer weiß, wann sich dir die nächste Gelegenheit bietet.

»Ich bin fürs Oder«, erwiderte sie schmunzelnd.

»Ich werde bis Mittag mit dem morgigen Turnier beschäftigt sein«, sagte Raiden und griff nach einer abgewetzten Ledertasche, in der er seinen Laptop verstaute. »Heute fangen sie mit dem Aufbau der Zelte an, da muss ich vor Ort sein.«

Tessa nippte am Cappuccino, den er ihr zubereitet hatte. Mangels Grüntee war ein Milchkaffee die beste Alternative.

»Wir könnten uns zum Lunch treffen, wenn du magst.« Er sah sie fragend an.

»Das wäre nett.«

Sie hatten sich nach ihrem »Gespräch« mit Earl Grey nochmals geliebt und sich dabei viel Zeit gelassen, den Körper und die Vorlieben des anderen kennenzulernen. Und obwohl sie in dieser Nacht kaum geschlafen hatte, fühlte Tessa sich wunderbar ausgeruht. An dieses Gefühl könnte sie sich gewöhnen.

»Fein.«

Er strahlte sie an und sofort flatterten in ihrem Bauch die Schmetterlinge wild durcheinander. Sie musste wirklich aufpassen, dass er ihr nicht zu sehr ans Herz wuchs.

Auf der Fahrt nach Newport erklärte ihr Raiden, was es mit dem Ritterturnier auf sich hatte.

»Möchtest du vielleicht morgen einen Platz auf der Tribüne?«, fragte er. »Es hat auch seine Vorteile, wenn man der Kurator ist. Ich kann dir ein VIP-Ticket zuschanzen, dann sitzt du mitten unter der lokalen Prominenz.«

»Ja, das wäre klasse«, sagte sie erfreut. »Kommt auch jemand aus dem Königshaus?«

»Dieses Jahr nicht. Aber sonst ist alles da, was Rang und Namen hat.«

»Oje, und ich habe meinen Hut mit den Straußenfedern zu Hause gelassen!«

Er lachte. »Das ist ein Ritterturnier und nicht das Pferderennen in Ascot. Wenn du deine Rüstung anlegst, bist du adäquat gekleidet.«

Es gefiel ihr, wie sie miteinander scherzen konnten. Sie mochte es, wenn man sie zum Lachen brachte. Und der Mann an ihrer Seite besaß neben diesem Talent noch ganz andere. Sie dachte an ihre gemeinsame Nacht zurück und hoffte, sie würde sich wiederholen.

Ob sie das Thema anschneiden sollte? Oder war das keine gute Idee? Sie fühlte sich plötzlich unsicher. Normalerweise hatte sie keine Probleme damit, etwas direkt anzusprechen, doch in Raidens Gegenwart packte sie eine plötzliche Scheu. Vielleicht war es auch bloß die Angst, sich lächerlich zu machen, wenn sie eine mögliche Zukunft ansprach. Sie konnte ihn noch zu wenig einschätzen, und die Möglichkeit, dass sie sich eine Abfuhr einhandelte, behagte ihr nicht. Ihr blieben ja noch zwei Tage. Vielleicht ergab sich später die passende Gelegenheit.

Raiden stoppte vor dem Seagull.

»Funktioniert dein neues Handy bereits?«, fragte er.

Sie holte es aus ihrer Tasche und schaltete es ein. »Noch nicht.«

»Okay, dann vereinbaren wir gleich eine Uhrzeit. Ich hole dich hier gegen halb eins zum Lunch ab, einverstanden?«

»Perfekt!«

Sollte sie ihn zum Abschied küssen? Oder wäre es ihm in der Öffentlichkeit unangenehm? Himmel noch mal, wo war ihr Selbstvertrauen geblieben?!

»Dann bis später«, sagte er, nahm ihr die Entscheidung ab und küsste sie zärtlich. »Ich freue mich.«

»Dito!«

Sie strich ihm über die Wange und stieg aus. Hinter dem Fenster zur Rezeption bemerkte sie Bridget. Na toll!

Raiden startete den Wagen, winkte Tessa kurz zu und fuhr davon. Sie sah ihm nach und atmete tief durch.

»Worauf lässt du dich da bloß ein?«, murmelte sie und öffnete die Tür zur Pension. Vielleicht würde eine heiße Dusche sie wieder zur Besinnung bringen.

* * *

Auf der Wiese vor dem Schloss herrschte das reinste Chaos. Raiden parkte im Schatten der großen Ulme vor dem Eingang und stieg aus. Ein Teil der Zelte stand zwar schon, aber ein Anhänger mit den restlichen Zelten hatte sich auf dem durchweichten Terrain festgefahren und blockierte alle anderen Fahrzeuge, die das weitere Equipment brachten. Der Wolkenbruch von letzter Nacht hatte offenbar die Wiese mehr in Mitleidenschaft gezogen, als er gedacht hatte.

Er überquerte den Platz.

»Wir müssen Bretter unter die Räder legen«, hörte er Tom brüllen, der für den Zeltaufbau verantwortlich war.

»Quatsch, das bringt überhaupt nichts!«, schrie sein Bruder Ronald zurück. »Holt Kies und Sand!«

Raiden gesellte sich zu den aufgebrachten Brüdern und betrachtete die Bescherung. Ein Reifen des Anhängers hatte sich gut dreißig Zentimeter tief in das feuchte Gelände eingegraben. Die Ladung hing schon ganz schief und drohte zu kippen.

»Wir holen die Esel«, befahl er. »Mit denen ziehen wir das Ding aus dem Dreck. Zurrt die Spanngurte fester. Und du«, er wies auf Ronald, »läufst zu den Stallungen und erklärst Sam, was Sache ist.«

Sam war der Stallmeister und würde unverzüglich handeln. Die Eselvorstellung musste eben ausnahmsweise einmal ausfallen.

»Alles klar, Boss!«

Ronald spurtete los und Raiden stieß seufzend die Luft aus.

Der Tag hatte so gut begonnen und jetzt das! Als er an Tessa und ihre gemeinsame Nacht zurückdachte, lächelte er jedoch. Tom musterte ihn mit hochgezogenen Augenbrauen und Raiden räusperte sich.

»Lass uns jetzt die Ladung sichern!«, ordnete er an und griff nach den Spanngurten.

31

»Wo fahren wir denn hin?«

Tessa warf Raiden einen fragenden Blick zu. Sie hatte geglaubt, sie würden irgendwo in Newport essen, aber sie fuhren in östlicher Richtung aus der Stadt hinaus.

»Das ist eine Überraschung«, erwiderte er mit einem spitzbübischen Grinsen. »Ist aber nicht weit. Nur etwa zehn Minuten.«

Er legte seine Hand auf ihren Schenkel, was ihr ein Kribbeln im Bauch bescherte. Die Geste wirkte so vertraut, als würden sie sich schon ewig kennen. Ein seltsames Gefühl. Hatte das etwas zu bedeuten?

Spinn hier nicht rum, wies sie sich selbst zurecht. Sie atmete tief durch und konzentrierte sich auf die Landschaft.

Sie hatten die Stadt hinter sich gelassen und fuhren jetzt durch hügeliges Land mit Wiesen voll grasender Kühe. Dahinter erhob sich wunderschöner alter Baumbestand und links und rechts der Straße erstreckten sich kilometerlange Buschhecken. Als sie einen Kreisverkehr erreichten, erspähte sie ein braunes Schild mit dem rechteckigen Emblem von »English Heritage«, einer Wohltätigkeitsorganisation, die Denkmäler und archäologische Stätten Englands verwaltete. Neben dem Logo las sie den Namen »Osborne«.

»Wir fahren zum Osborne House?«

Raiden lachte. »Ertappt! Es ist ein bisschen schwierig, eine Überraschung auf einer Insel geheim zu halten. Vor allem, wenn sie so gut ausgeschildert ist.«

Tessa strahlte. Sie hatte sich fest vorgenommen, Osborne House zu besichtigen. Doch die Ereignisse der letzten Tage hatten es sie vergessen lassen. Der Sommersitz Königin Victorias und ihres deutschen Ehemanns Albert von Sachsen-Coburg und Gotha war ein Muss für jeden Touristen! Das nach Prinz Alberts Plänen umgebaute Anwesen im italienischen Stil war seit Mitte der Fünfzigerjahre für die Öffentlichkeit zugänglich und zählte zu den größten Sehenswürdigkeiten der Insel. Königin Victoria hatte nach Alberts frühem Tod einen Großteil des Jahres in Osborne House gelebt und war 1901 auch dort gestorben.

»Es gibt ein Restaurant auf dem Gelände. Ich habe mir erlaubt, einen Tisch zu reservieren. Nach dem Essen muss ich leider wieder zurück, aber wenn du magst, kannst du dir das Anwesen ansehen und an einer Führung teilnehmen. Ich bin so gegen fünf Uhr fertig, wenn nicht noch eine weitere Katastrophe passiert, dann könnte ich dich abholen. Aber wenn du etwas anderes vorhast, kann ich dich selbstverständlich auch wieder mit nach Newport zurücknehmen. Was sagst du dazu?«

»Super Idee! Natürlich will ich mir alles ansehen. Und es wäre schön, wenn du mich danach abholst, vielen Dank.«

»Alles klar. Und jetzt auf zum Mittagessen. Ich sterbe vor Hunger!«

»Über die frühe Geschichte von Osborne House ist nur wenig bekannt. Im Jahr 1705 gehörten die Ländereien der

Blachford-Familie. Von 1774 bis 1781 ließ der damalige Besitzer Robert Pope Blachford sein Haus vergrößern.

Königin Victoria besaß drei Schlösser, in denen sie nach ihrer Hochzeit regelmäßig wohnte: Windsor, Buckingham Palace und den Royal Pavilion in Brighton. Aber keines war dazu geeignet, der immer größer werdenden Kinderschar als ruhiger Landsitz fern der offiziellen Pflichten zu dienen. Die Königin kannte und schätzte die Isle of Wight. Seit ihrem zwölften Lebensjahr, als sie in Cowes einen wunderbaren Urlaub verbracht hatte, liebte sie die Insel und ...«

Tessa bestaunte die pompöse Einrichtung des kleinen Salons mit den vergoldeten Bilderrahmen und dem edlen Mobiliar. Es war bewegend, daran zu denken, dass Queen Victoria hier gelebt hatte. Die Frau galt wegen ihrer zahlreichen Kinder als Großmutter Europas, denn ihre Nachkommen waren zu der Zeit in allen Ländern als gekrönte Häupter an der Macht.

»Kommen Sie bitte weiter.« Der Führer der Touristengruppe, ein älterer Herr in Anzug und Fliege, scheuchte die Besucher in den nächsten Raum, der noch prachtvoller zu sein schien.

»Das hier ist der sogenannte Durbar-Flügel«, erklärte er. »Mit seinem indischen Stil könnte er auch im Palast eines Maharadschas stehen. Wie Sie vielleicht wissen, hatte Königin Victoria eine große Affinität zu Indien, das während ihrer Regierungszeit noch zum Commonwealth gehörte.«

Tessa konnte sich an dem ganzen Prunk nicht sattsehen. Leider durfte man im Innern keine Fotos machen, aber sie wollte sich nach der Führung unbedingt ein paar Postkarten kaufen.

»Ms Cooper?«

Verblüfft wandte sie sich um, als sie ihren Namen hörte.

»Mr Palmer, was tun Sie denn hier? Fischen Sie den Schlossteich leer?«

Nathan lachte dröhnend. »So weit kommt's noch! Nein, ich besuche Will. Er hilft ab und zu seinem Sohn, der hier als Gärtner arbeitet und ...«

»Entschuldigen Sie, aber würden Sie bitte Ihre Konversation etwas leiser abhalten.« Der Führer sah sie missbilligend an.

»Nun mach mal halblang, Stuart!« Nathan rollte mit den Augen. »Ich wollte nur die Abkürzung durch den Flügel nehmen und bin auch schon weg.« Er sah Tessa auffordernd an. »Kommen Sie mit? Die Führung ist nach diesem Saal sowieso zu Ende, und Will kann Ihnen den Garten zeigen. Er hat nämlich ein Golfkart, dann müssen Sie nicht laufen.« Er grinste verschmitzt, was sie stark an Raiden erinnerte. Oder eher umgekehrt. Wie bereits bei ihrer Rettung erkannte sie Raidens Züge in denen seines Großvaters.

»Ist das für Sie in Ordnung?«, wandte sie sich an den Schlossführer.

Der zuckte mit den Schultern. »Sie sind hier der Gast, werte Dame, und können tun und lassen, was Sie möchten. Den Hausregeln entsprechend natürlich.«

»Ich komme gern mit«, wandte sie sich an Nathan.

»Fein, also los!«

Es war wirklich angenehm, mit dem elektrischen Golfwägelchen auf dem Gelände herumzukurven. Will, der bärtige ihrer Retter, erzählte ihr währenddessen allerhand Wissenswertes über die Gartenanlagen.

»Das ist das Schweizer Chalet.« Er wies auf ein Haus aus dunkel gebeiztem Holz. »Das Königspaar hat es als Spielzimmer für ihre große Kinderschar bauen lassen. Jedes von ihnen besaß auch ein eigenes Gartenstück zum Bepflanzen, um zu sehen, wie und wann etwas wächst. Sie sollten dadurch die Arbeit der Bauern mehr schätzen lernen.«

Tessa nickte beeindruckt. »Das sind ja ganz schön moderne Erziehungsmethoden.«

»In der Tat, Victorias Ehemann Albert war ein richtiger Vorreiter. Er hat so manches im Königreich verbessert.«

Sie knipste mit ihrem Handy ein paar Bilder und bemerkte dabei entzückt, dass sie endlich wieder Verbindung hatte. Schnell schrieb sie ihren Eltern und Sally eine Nachricht. Raiden schickte sie ein Foto vom Schweizer Chalet. Sollte sie ein Küsschen hinzufügen? Nein, das war kindisch.

»Will, das habe ich dir ja noch gar nicht erzählt«, sagte Nathan, als sie einer Gruppe Touristen auswichen, die den ganzen Weg okkupierten. »Stell dir vor, eine von Tessas Vorfahrinnen lebte auf der Insel. In der Nuwara Lodge. Ist das nicht witzig? Margaret Clarke, nicht wahr?«

»So ist es. Sie war eine der ersten Fotografinnen des Landes«, erklärte Tessa. »Leider hat man sich oft über sie lustig gemacht und nannte sie abfällig ›die Verrückte mit dem Kasten‹.«

»Und sie war mit Anthony Thorneycroft bekannt«, fügte Nathan hinzu.

»Dem Schriftsteller, dem dein Haus gehörte?«

»Genau der.«

»Sachen gibt's!« Will schüttelte den Kopf. »Kann man die Fotos dieser Margaret irgendwo besichtigen?«

Tessa seufzte. »Ich habe ein paar, aber es sind nur wenige. Eigentlich bin ich auf die Insel gekommen, um herauszufinden, ob noch weitere existieren. Leider ohne Erfolg. Thorneycrofts ehemaliges Haus war meine letzte Spur. Aber auch dort gibt es keine Bilder von Margaret. Tja …«

»Schade«, meinte Will. »In der Nuwara Lodge waren Sie schon?«

Sie schluckte verhalten. Sie hatte keine Lust, über ihre Episode mit Oliver zu sprechen, also sagte sie: »Ja, kurz, ebenfalls ohne Ergebnis. Meine Großmutter meinte darauf, dass Margaret vielleicht Thorneycroft ein paar Fotografien geschenkt haben könnte. Doch wie gesagt, auch in Nathans Haus sind wir nicht fündig geworden.«

»Und was ist mit dem Glashaus?«

Tessa sah Will fragend an. »Glashaus?«

Nathan sog scharf die Luft ein. »Himmel noch mal, Will! Ich glaube, meine Gehirnzellen sind am Schrumpfen. Natürlich, das Glashaus! An das habe ich gar nicht mehr gedacht.«

»Würden Sie mich bitte aufklären?« Sie blickte von einem zum anderen.

»Auf dem überwucherten Teil meines Grundstücks befindet sich ein ehemaliges Gewächshaus. Es ist baufällig und man sollte es eigentlich abreißen. Ich habe Raiden immer verboten, dort zu spielen, aber natürlich hat sich der Bengel nicht daran gehalten, also habe ich es mit Brettern vernagelt.«

»Ein Gewächshaus?«

Nathan nickte eifrig. »Früher waren solche Glashäuser oder Orangerien sehr in Mode. Man zog darin allerlei tropische Pflanzen. Ich habe mir das Teil bei meinem Einzug nur kurz angesehen, glaube aber, mich daran zu erinnern, dass dort ein paar seltsame Apparate herumstanden.«

Tessas Gedanken wirbelten durcheinander. Konnte es sein, dass Margaret das Glashaus ihres Bekannten als Fotoatelier genutzt hatte? Die Lodge besaß kein Zimmer, in dem man gut fotografieren konnte. Sie war zwar hübsch, aber die Fenster waren eher klein und das Innere daher dunkel.

»Kann ich es mir ansehen?«, fragte sie aufgeregt. Sie hatte plötzlich keine Muße mehr, die wunderschönen Gartenanlagen zu betrachten.

»Aber sicher«, meinte Nathan. »Sie brauchen dafür nur eine Machete. Es liegt tatsächlich im schlimmsten Teil meines Gartens.«

»Vielleicht finden Sie dort sogar das schlafende Dornröschen.« Will lachte schallend. »Wundern würde es mich nicht.«

32

»Dass wir nicht mehr daran gedacht haben, Grandpa!« Raiden schüttelte den Kopf. »Wir werden wohl langsam alt.« Er warf seinem Großvater einen amüsierten Blick im Rückspiegel zu.

Tessa kicherte.

»Bei mir ist es ja verständlich, Junge, aber du?«, brummte Nathan.

Raiden grinste. Er hatte nicht schlecht gestaunt, als er gegen halb sechs vor dem Osborne House vorgefahren war und dort nicht nur Tessa, sondern auch seinen Großvater vorfand.

Raidens Auto war kaum zum Stehen gekommen, da hatte Tessa auch schon die Tür aufgerissen und irgendwas von einem Glashaus gequasselt. Als er endlich schlau aus ihren Worten wurde, musste er sich an den Kopf fassen.

Natürlich, das baufällige Ding auf Nathans Grundstück!

Er hatte seit Jahren nicht mehr daran gedacht. Als Junge hatte es ihn magisch angezogen, und er hatte mehrmals versucht, hineinzukommen. Trotz Nathans Verbot. Vermutlich hatte gerade dieses Verbot seine Neugier noch angestachelt.

Als Raiden sich einmal fürchterlich an einer Scherbe geschnitten hatte, war Nathan jedoch der Kragen geplatzt und er hatte das Glashaus mit Brettern verrammelt. Außerdem hatte er das Gelände zusätzlich mit einem Stacheldrahtzaun gesichert. Raidens Entdeckerlust war danach abgeflaut. Es war der Sommer, in dem er Amber kennengelernt und anderes im Kopf gehabt hatte.

Unterwegs überlegte Raiden, ob es tatsächlich möglich gewesen sein könnte, dass Margaret in Thorneycrofts Orangerie ein Fotoatelier unterhalten hatte, wie Tessa vermutete. Natürlich bestand die Möglichkeit, doch irgendwie konnte er ihre Euphorie nicht teilen. Er erinnerte sich zwar an die seltsamen Apparate hinter den Scheiben, aber ob es sich dabei wirklich um Utensilien zum Fotografieren handelte, war doch mehr als fraglich. Vielleicht hatte Thorneycroft irgendwelche Buchdruckmaschinen in dem Gebäude gelagert. Das würde eher Sinn ergeben, immerhin war er Schriftsteller gewesen.

Tessa hatte ihn darum gebeten, gleich vor Ort nachzuschauen, was er ihr nicht abschlagen wollte. Er hätte zwar gern allein etwas mit ihr unternommen, aber sie war so voller Zuversicht, dass er es nicht übers Herz brachte, sie zu enttäuschen. Und sein Großvater schien es ebenfalls kaum abwarten zu können, dem Glaskasten einen Besuch abzustatten. Hätte es Raiden nicht besser gewusst, er hätte vermutet, dass Nathan Palmer ein wenig in die Londonerin verschossen war und sie beeindrucken wollte.

»Ich kann es ihm nicht verdenken«, murmelte er vor sich hin. Ihm ging es leider ähnlich. Leider, weil ihr Zusammensein schon in zwei Tagen endete. Sollte er sie fragen, ob sie ihren Urlaub verlängern konnte? Oder gleich mit ihr nach London fahren? Er konnte ja kurzfristig ein paar Tage freinehmen. Das würde ihm Zeit geben, um … Ja, was eigentlich? Sich noch mehr in sie zu verlieben?

»Was hast du gesagt?«, fragte sie.

»Nichts«, erwiderte er schnell. Mit seinem Großvater im Auto würde er wohl kaum über seine Gefühle für sie sprechen. Erst recht nicht ohne zu wissen, ob diese bloß einseitig waren.

Vielleicht war er für sie nur ein kleiner Urlaubsflirt und ein Helfer auf der Suche nach Fotos von Margaret Sophie Clarke.

Der Gedanke verstimmte ihn. Er ließ sich nicht gern benutzen. Doch bevor sich seine Laune verschlechterte, rief er sich zur Ordnung. Tessa hatte ihm nie das Gefühl gegeben, dass er bloß Mittel zum Zweck war. Er sollte sich zusammenreißen und sich nicht verrückt machen.

»Junge, meinst du, die Motorsäge funktioniert noch?«

Er sah in den Rückspiegel. »Keine Ahnung, Grandpa. Wir werden es herausfinden.«

Nathan nickte. »Zudem müssen wir uns um den Stacheldraht kümmern. Wir wollen uns ja keine blutigen Kratzer holen.«

»Ich bin so aufgeregt!«, rief Tessa und ihre Augen leuchteten. »Wir finden bestimmt etwas, das habe ich im Gefühl.«

Raiden erwiderte nichts darauf. Vielleicht existierte tatsächlich so etwas wie weibliche Intuition, doch meist handelte es sich dabei wohl eher um Wunschdenken. Aber hey, nachsehen kostete ja nichts!

Vor Nathans Haus stoppte er und sie stiegen aus. Sein Großvater marschierte direkt in den Schuppen, holte die Motorsäge, eine Drahtseilschere, Handschuhe und verschiedenes anderes Werkzeug.

»Gibt es auch ein Paar Handschuhe in meiner Größe?« Tessa schaute Nathan fragend an.

»Nehmen Sie die hier. Sie haben meiner Frau gehört. Sie hat sie für die Gartenarbeit verwendet. Passen Sie aber auf, sie haben schon ein paar Jährchen auf dem Buckel und sind auch nicht sehr gut gepolstert.«

Raiden betrachtete die beiden amüsiert. Man konnte fast annehmen, dass sie sich für eine Schatzsuche ausrüsteten. Er stieß seufzend die Luft aus. Wenn er geahnt hätte, was ihn heute noch erwartete, hätte er nicht seine besten Klamotten angezogen.

Als könnte Nathan Gedanken lesen, fragte er: »Soll ich dir ein altes Hemd von mir leihen?«

»Gute Idee, danke.«

Sein Großvater verschwand im Haus.

»Wo ist denn nun dieses Glashaus?« Tessa tänzelte wie ein Rennpferd vor dem Start herum und drehte sich mal nach links, dann wieder nach rechts.

»Hinter dem Haus. Komm!«

Sie umrundeten das Gebäude.

Raiden wies mit dem Arm auf die linke Seite. »Dort, hinter all dem Gestrüpp und den Büschen.« Als sie bereits lospreschen wollte, hielt er sie am Ellbogen zurück. »Warten wir besser auf Grandpa.«

Sie nickte widerwillig.

Er lachte. »Du kannst es wohl kaum noch erwarten, was?«

Sie fiel in sein Lachen ein. »Stimmt. Geduld war noch nie meine Stärke.«

Er zog sie an sich und küsste sie. »Darauf habe ich mich schon den ganzen Nachmittag gefreut«, raunte er an ihrem Ohr. »Und jetzt kommt mir so ein baufälliges Ding in die Quere.«

»Aufgeschoben ist nicht aufgehoben«, erwiderte sie mit einem Augenzwinkern und löste sich von ihm.

Nathan trat mit einem alten Hemd in den Garten und warf es seinem Enkel zu. »Sollte passen«, meinte er. »Aber nicht kaputt machen!«

Raiden zog sein weißes Hemd aus, legte es über einen Gartenstuhl und schlüpfte in Nathans Hemd. »Na, dann mal los, ihr Schatzgräber!«, sagte er.

* * *

Als Raiden sein Hemd auszog und Tessa seinen nackten Oberkörper musterte, musste sie ein Seufzen unterdrücken. Sie bedauerte plötzlich, dass sie nicht gleich in sein Cottage gefahren waren. Doch dieses Glashaus war jetzt wichtiger. Sie würden später bestimmt noch ihre Zweisamkeit genießen können.

Raiden hatte nicht übertrieben. Sobald man den vorderen Teil von Nathans Garten verließ, erwartete einen ein regelrechter Dschungel aus dornigen Ginsterbüschen, scharfkantigen Gräsern und einem Gewirr aus Büschen, verkrüppelten Bäumen und Disteln. Vielleicht hatte die gesamte Insel, bevor sie von Menschen besiedelt wurde, so ausgesehen.

Nathan versucht mehrmals, die Motorsäge zu starten. Es war ein altmodisches Modell, das man mit einer Kordel in Gang bringen musste. Nach einer Weile gab er schnaufend auf.

»Benzin ist drin«, sagte er und kratzte sich am Kopf. »Muss ein Standschaden sein.«

»Soll ich mal?« Raiden streckte die Hand aus.

Nathan reichte ihm die Maschine, und nach nur wenigen Versuchen dröhnte die Säge auf. Ein paar Vögel flogen schimpfend aus dem Dickicht.

»Die mögen uns jetzt bestimmt nicht mehr«, scherzte Raiden. »Soll ich?«

»Nur zu!«

Er hob die Motorsäge und begann, einen Durchgang durch das Gestrüpp zu fräsen. Kleinere Äste und Holzsplitter flogen durch die Luft und Tessa zog den Kopf ein. Nach ein paar Minuten konnten sie sich durch das Gewirr zwängen und stießen bald darauf auf einen Stacheldrahtzaun. Er war durch die Jahre rostig geworden, versperrte aber nach wie vor das Weiterkommen.

Nathan machte sich mit der Drahtseilschere ans Werk und bog den Zaun schließlich zur Seite, sodass sie hindurchschlüpfen konnten.

Tessa kniff die Augen zusammen. Nicht weit entfernt konnte sie bereits die Umrisse eines Gebäudes ausmachen.

Sie kämpften sich aufs Neue durch das Dickicht und standen kurz darauf vor dem ominösen Glashaus. Es war ringsum mit Holzplatten verbarrikadiert, nur das Glasdach ragte daraus hervor. Von diesem war allerdings nur noch das Metallgerippe intakt.

»*Here it is!*«, meinte Raiden und wischte sich den Schweiß von der Stirn. Sein Gesicht war mit Sägemehl bestäubt. Er sah wie ein paniertes Schnitzel aus. Tessa unterdrückte ein Lachen.

Sie konnte zwar nicht in das Glashaus hineinsehen, spürte aber ein erwartungsvolles Kribbeln in der Magengegend. Das zerbrochene Dach machte ihr jedoch Sorgen. Da hatte es jahrelang reingeregnet.

»Dann wollen wir uns mal an die Arbeit machen«, sagte Nathan und reichte Tessa ein gebogenes Werkzeug mit einem Spalt in der Mitte.

»Ein Kuhfuß«, erklärte er. »Damit können Sie die Nägel aus dem Holz ziehen. Seien Sie aber vorsichtig. Rostige Nägel sind gefährlich. Blutvergiftung und so.«

»Alles klar«, erwiderte sie.

Sie war handwerklich nicht sehr begabt und hatte nicht vor, sich zu verletzen, wollte aber auch nicht, dass die Männer die ganze Arbeit allein erledigten. Nathan war Feuer und Flamme, doch Raiden schien nicht sehr glücklich über diese Exkursion zu sein. Vielleicht machte er sich Sorgen, dass ihr eine weitere Enttäuschung bevorstand.

»Und für dich eine gute alte Brechstange, mein Junge.«

Raiden griff nach dem Metallteil und machte sich gleich ans Werk. Er schob es zwischen zwei Holzplatten und stemmte sich mit seinem ganzen Gewicht dagegen. Das Knirschen, das dabei entstand, hörte sich wie das Winseln eines Tieres an. Tessa schauderte.

»O Mann, Grandpa!«, keuchte Raiden. »Da hast du dir aber mächtig Mühe gegeben. Was sind das denn für Nägel?«

»Vermutlich Zimmermannsnägel«, murmelte Nathan. »Es ist zu lange her, ich kann mich nicht mehr erinnern.« Als er Raidens gerunzelte Stirn bemerkte, fügte er trotzig hinzu: »Du hast ja damals nicht hören wollen!«

Tessa verstand kein Wort. Was war ein Zimmermannsnagel?

»Tut mir leid, Tessa, aber mit dem Kuhfuß können Sie bei dieser Art Nägel nichts ausrichten«, erklärte Nathan. »Die sind wie Schrauben und sitzen extrem fest. Am besten, Sie setzen sich dort drüben auf den Baumstumpf und lassen uns die Arbeit tun.«

»Aber ...«

»Grandpa hat recht«, fiel ihr Raiden ins Wort. »Wir schauen mal, wie weit wir kommen.«

»Ist das jetzt so ein Männerdings?«, brauste sie auf. »Und das Frauchen kann nicht mithalten, oder was?«

Die Männer sahen sie verblüfft an.

»Aber nein«, sagte Nathan schnell. »Wir möchten nur nicht, dass Sie sich verletzen. Das ist alles.«

Raidens Mundwinkel zuckten, und sie warf ihm einen giftigen Blick zu, marschierte dann aber gehorsam zum Baumstumpf und setzte sich. »Männer!«, zischte sie und verschränkte die Arme vor der Brust.

Nach einer Weile war sie jedoch froh, dass sie nicht mithelfen musste. Nathan und Raiden hatten erhebliche Mühe, die Bretter zu entfernen. Sie lösten sich nicht in einem Stück, deshalb kamen sie nur langsam voran. Dabei keuchten sie wie zwei alte Dampfloks. Endlich hatten sie eine Lücke herausgeschlagen, durch die sich eine Person zwängen konnte.

Tessa sprang auf und lief zu ihnen hinüber. Sie spähte durch das Loch. Im Innern war es heller, als sie vermutet hatte. Das zerbrochene Glasdach ließ eine Menge Tageslicht hinein.

Mitten im Raum stand ein rechteckiger Kasten auf einem hölzernen Stativ. Eine Plane war darüber gespannt, ähnlich einem Zelt. Daneben lag ein metallener Gegenstand, der wie eine Waage aussah. An der rechten Wand erhob sich ein Gestell aus Holz, das an eine Sprossenwand erinnerte, davor lagen diverse zerbrochene Bilderrahmen. Und in einer Ecke standen mehrere verrostete Scheinwerfer, vor ihnen ein Stuhl mit einer Art Kopfstütze. Darum herum zerschlissene Kissen, vergilbte Stoffbahnen, eine Chaiselongue und etliche kleine Hocker.

»Ich denke«, sagte Raiden an ihrer Seite, »wir haben Margarets Fotoatelier gefunden.«

33

Nuwara Lodge, 25. August 1861

»Du kannst die Speisen jetzt abtragen, Gwen. Sie sind sowieso kalt und mein Gemahl wird heute wohl nicht mehr zurückkommen.«

Das Hausmädchen knickste und begann, die Schüsseln in die Küche zu tragen.

Margaret warf einen Blick zur Pendeluhr in der Ecke. Jonathan hätte vor Stunden wieder hier sein sollen.

Sie seufzte und stand auf. Es sah ihm gar nicht ähnlich, sie nicht über eine Planänderung zu informieren. Normalerweise schickte er, wenn er sich verspätete oder etwas dazwischenkam, eine Depesche. Es gab in Haywards Heath, wo sein Freund David Wescott wohnte, doch bestimmt ein Postamt. Oder nicht? Sie kannte den Ort nicht. Vielleicht war er so klein, dass …

Es schellte an der Vordertür und Margaret schmunzelte. Das würde wohl die erwartete Depesche sein.

»Ich gehe schon, Gwen!«, rief sie und eilte zur Haustür.

Bevor sie aufschloss, richtete sie ihre Röcke und die Frisur. Der Bote sollte keinen schlechten Eindruck von ihr erhalten.

Doch vor der Haustür stand kein uniformierter Kurier, sondern ein älterer Herr, den sie nicht kannte. Sie trat einen

Schritt zur Seite, damit das Licht der Gaslampe im Flur auf sein Gesicht fiel. Nein, auch im Lichtschein erkannte sie den Mann nicht.

Er trug einen hellen Leinenanzug, der jedoch reichlich zerknittert war. In der Hand hielt er einen Filzhut, den er nervös knetete. Seine Augen waren gerötet, als hätte er geweint.

Margaret hatte noch nie einen weinenden Mann gesehen. Sogar als Mutter starb, hatte ihr Vater keine Träne vergossen, obwohl sie wusste, wie sehr ihre Eltern einander zugetan gewesen waren. Mit versteinerter Miene hatte er am Grab gestanden und versucht, Margaret, die vollkommen aufgelöst gewesen war, zu trösten.

In ihrer Kehle bildete sich ein Knoten und eine unbestimmte Furcht bemächtigte sich ihrer. Wer so aussah, brachte keine guten Nachrichten.

Sie räusperte sich. »Sie wünschen?«

Kurz schoss ihr der Gedanke durch den Kopf, dass es sich bei dem Fremden womöglich um einen Landstreicher handelte, der um eine milde Gabe bitten wollte. Doch dafür war seine Kleidung, auch wenn sie ramponiert aussah, von zu guter Qualität.

»Ms Jonathan Clarke?«

Sie nickte.

»Verzeihen Sie bitte die späte Störung. Mein Name ist David Wescott. Ich bin …«, er stockte, »ein alter Schulfreund Ihres Gatten.« Er brach ab und wischte sich mit dem Handrücken über die Augen.

»Mr Wescott?« Sie war irritiert, fasste sich jedoch schnell wieder. »Wie schön, Sie endlich kennenzulernen. Jonathan spricht oft von Ihnen. Er wollte Sie doch heute in Haywards Heath aufsuchen. Haben Sie sich etwa verpasst?«

Der Mann schwieg, als müsste er nach Worten suchen.

Die Höflichkeit verlangte es, dass sie den Gast hereinbat, ihm etwas zu trinken anbot und vielleicht auch einen kleinen Imbiss, doch sie brachte kein weiteres Wort über die Lippen. Sie starrte ihn nur an. In der Küche hörte sie Geschirr klappern und das Kichern von Gwen. Die Köchin und sie verstanden sich gut und hatten immer etwas zu schwatzen. Sie sollte ihnen Beine machen, denn immerhin waren sie Angestellte und …

»Ms Clarke, ich muss Ihnen leider eine traurige Nachricht überbringen. Es geht um Jonathan, er …«

»Er wird bestimmt gleich auftauchen«, unterbrach sie ihn. »Sie können hier auf ihn warten. Vermutlich hat er die letzte Fähre genommen und ist schon auf dem Weg nach Freshwater.«

Mr Wescott schüttelte den Kopf. »Nein, Ms Clarke. *Ich* kam mit der letzten Fähre, weil ich es Jonathan schuldig bin, dass Sie es von mir erfahren.«

Seit zwei Stunden saß Margaret in der Bibliothek und starrte auf den kleinen farbigen Läufer, den sie aus Ceylon mitgebracht hatten. Die meisten Möbel und Einrichtungsgegenstände hatten sie bei ihrer Rückkehr nach England auf der Plantage zurückgelassen, aber dieser Seidenteppich aus Kaschmir war ein Geschenk von Jonathan. Er hatte ihn auf einer Indienreise erworben und ihr als Geburtstagspräsent mitgebracht. Sie mochte die Farben und hatte ihn nicht zurücklassen wollen. Und er war zusammengerollt ja auch recht klein und hatte bei der Schiffspassage nicht viel Platz benötigt.

Gwen hatte schon zweimal frischen Tee gebracht, der jedoch unberührt auf dem Tischchen neben dem Sessel stand. Margaret schaffte es einfach nicht, nach der Tasse zu greifen. Als wären ihre Glieder aus Blei. Dabei fühlte sie sich so zerbrechlich wie Glas. Als könnte jede kleinste Bewegung sie zersplittern lassen. Also saß sie wie versteinert in Jonathans Lieblingssessel und starrte auf das Blumenmuster des Seidenteppichs.

Mr Wescott hatte nicht bleiben wollen, obwohl sie ihm das Gästezimmer angeboten hatte. Er habe Verwandte in Freshwater, hatte er gesagt.

Als es an der Zimmertür leise klopfte, hatte sie weder die Kraft, den Kopf zu drehen noch darauf zu antworten. Nach einer Weile trat Gwen ohne Aufforderung in die Bibliothek. Sie schniefte leise. Das Geräusch ging Margaret auf die Nerven.

»Mrs Clarke, es ist schon spät. Möchten Sie zu Bett gehen? Soll ich Ihnen mit dem Kleid helfen?«

Schlafen? Ja, warum nicht? Schlaf war dem Tod so ähnlich. Der kleine Bruder der ewigen Ruhe. Vielleicht sollte sie einschlafen und nie mehr aufwachen.

»Es ist im Clayton-Tunnel passiert«, hatte Mr Wescott berichtet, nachdem sie endlich die Kraft gefunden hatte, ihn hineinzubitten. »Man weiß noch nicht, wieso die beiden Züge zusammenstießen. Offenbar ist einer im Tunnel einfach zurückgefahren.«

Er trank das Glas Sherry, das Gwen ihm serviert hatte, mit einem Zug aus. Margaret sah, wie seine Hand dabei zitterte.

»Ich fuhr mit der Kutsche heute Morgen zum Bahnhof und war etwas spät dran. Meine Frau hat …« Er griff wieder nach dem Sherryglas, merkte, dass es leer war, und stellte es zurück. »Ich vermutete, dass Jonathan bereits angekommen sei, und erwartete natürlich eine gehörige Standpauke. Ich muss Ihnen ja nicht erklären, dass ihm Pünktlichkeit über alles geht. Als ich am Bahnhof ankam, wusste ich sofort, dass etwas passiert sein musste. Die Leute liefen umher, einige weinten, andere saßen nur regungslos auf dem Bahnsteig herum. Ein Zusammenstoß im Clayton-Tunnel, erklärte mir jemand. Ich konnte nicht glauben, was ich hörte. Wie ist denn so ein Zusammenstoß in der heutigen Zeit noch möglich?, dachte ich. Ein Bahnbeamter suchte nach Freiwilligen. Es hätte Tote und viele Verletzte gegeben. Ich habe mich natürlich sofort gemeldet. Auch in der

Hoffnung, dass Jonathan unter Umständen nicht in einem der beiden Züge gewesen sein könnte. Vielleicht hat er durch einen glücklichen Zufall in Brighton den Zug verpasst und dankt jetzt Gott für dieses Missgeschick, dachte ich mir.«

Wescott senkte den Blick. »Ich erspare Ihnen die Details lieber, Ms Clarke. Ich habe 1839 im ersten Anglo-Afghanischen Krieg gedient und damals viele schreckliche Dinge gesehen, aber …« Er atmete tief durch und schluckte. »Wir haben ihn gefunden. Er hat vermutlich nicht gelitten. Es tut mir so unendlich leid.«

34

Raiden fühlte sich im Glashaus unvermittelt in seine Kindheit zurückversetzt. Er sah sich in Gedanken wieder vor dem Haus stehen, zehn Jahre alt und vom Wunsch beseelt, es zu betreten. Jetzt stand er tatsächlich in diesem Raum. Eine surreale Situation.

»Träumst du?« Nathan gab ihm einen leichten Schubs.

»Warst du noch nie hier drin?«, fragte er im Gegenzug.

Nathan schüttelte den Kopf. »Deine Großmutter wollte daraus mal ein Gewächshaus machen, hat die Idee jedoch wieder aufgegeben. Zu viel Gerümpel, hat sie mir erzählt. Danach hat es nie wieder jemand beachtet. Außer dir, als du ein Junge warst und Entdecker gespielt hast.«

»Das hier sind alles Gerätschaften zum Fotografieren, nicht?«, fragte Tessa.

»Ich denke schon«, meinte Raiden und wies auf den rechteckigen Kasten. »Das ist vermutlich einer dieser sperrigen Fotoapparate, wegen denen man Margaret als ›die Verrückte mit dem Kasten‹ bezeichnet hat.« Er wandte sich an Nathan. »Ein Antiquitätenhändler würde dir wahrscheinlich ein Vermögen dafür bieten.«

»Für diesen Plunder?« Sein Großvater lachte.

»Sicher. Oder du spendest das Zeug einem Museum. Dafür würdest du bestimmt eine Gönnerauszeichnung erhalten.«

Nathan brummte etwas Unverständliches, sah sich jetzt aber interessierter um. Raiden unterdrückte ein Grinsen.

»Ich unterbreche euch ja nur ungern«, meldete sich Tessa ungeduldig zu Wort. »Aber es wird langsam dunkel, und wir wollten doch nach weiteren Fotos von Margaret suchen.« Sie beugte sich vor und sah Großvater und Enkel auffordernd an.

»Tessa hat recht«, sagte Raiden und drehte sich einmal um die eigene Achse. »Fotos. Wo lagert man Fotos?«

»In einer Schachtel?«, schlug Nathan vor. »Mary hat alle Aufnahmen, die sie nicht in ein Album geklebt hat, in einer Schuhschachtel verstaut.«

Raiden ließ seinen Blick durch das Glashaus schweifen. Nirgends standen Schachteln herum.

»In einer Kiste vielleicht?« Tessa sah ihn fragend an.

»Ebenfalls Fehlanzeige. Oder siehst du eine?«

Sie schüttelte den Kopf.

Zwar hatten sie offenbar Margarets Atelier gefunden, wo sie diese seltsam gestellten Porträts fabriziert hatte, doch, wie er vermutet hatte, keine weiteren Fotos.

Als er sah, wie Tessa schwer schluckte, trat er zu ihr und strich ihr zärtlich über die Wange. »Tut mir leid.«

Sie nickte stumm.

Raiden begegnete Nathans erstauntem Blick. Er hatte seinem Großvater nicht erzählt, dass Tessa und er sich nähergekommen waren. Also zog er entschuldigend die Achseln hoch, lieferte aber keine weitere Erklärung. Nathan war so taktvoll, nicht nachzufragen.

»Tja«, sagte Raidens Großvater zu Tessa. »Immerhin wissen Sie jetzt aber, dass Ihre Vorfahrin hier gearbeitet hat, und müssen nicht weitersuchen. Ist doch auch etwas.«

»Natürlich, da haben Sie recht.« Tessas Stimme war jedoch anzuhören, dass sie maßlos enttäuscht war.

»Sie können übrigens mitnehmen, was Sie möchten. Immerhin gehörte das Zeugs ja Ihrer Vorfahrin.«

»Auch wenn es wertvoll ist?«

Jetzt blitzte schon wieder der Schalk in Tessas Augen auf. Raiden atmete erleichtert auf. Er war froh, dass keine Tränen flossen.

»Natürlich!«, sagte Nathan bestimmt und warf sich in die Brust. »Ich habe meine Ladys, die sind mir wichtiger. Reichtum ist meiner Meinung nach nicht erstrebenswert. Und Sie haben zu dem Zeugs eine emotionale Bindung. Also nehmen Sie sich etwas zur Erinnerung mit. Sie können natürlich auch alles abtransportieren lassen. Es ist Ihre Entscheidung.«

»Das ist sehr großzügig von Ihnen, Mr Palmer. Vielen Dank! Aber Raiden hat recht, wir sollten diese Utensilien einem Museum spenden. Es gibt sicher eines, das sich auf Fotografie spezialisiert hat. Entweder hier oder auf der Hauptinsel. Ich werde danach googeln.«

»Na, dann ist ja alles klar.« Nathan klatschte in die Hände. »Und jetzt ein schönes kühles Glas Cider und etwas zwischen die Beißerchen. Möchten Sie zum Abendessen bleiben, Tessa?«

Sie warf Raiden einen kurzen Blick zu. Er hob die Achseln. Zwar lechzte er nach trauter Zweisamkeit, aber sein Kühlschrank war leer, also sollte sie entscheiden. Danach blieb ihnen bestimmt noch genügend Zeit, sich einander zu widmen. Bei dem Gedanken breitete sich ein warmes Gefühl der Vorfreude in seiner Brust aus.

»Ja, gerne, danke für die Einladung.« Sie sah sich in dem Raum um. »Und außerdem würde ich gern ein Souvenir mitnehmen, damit ich es meiner Großmutter zeigen kann. Etwas Kleines; ich bin ja mit dem Zug hier.« Sie musterte den großen, eckigen Fotoapparat. »Der fällt also schon mal weg. Sonst bezeichnet man mich auch noch als ›die Verrückte mit dem Kasten‹!«

Sie lachten und streiften dann gemeinsam durch den Raum auf der Suche nach einem handlichen Gegenstand für Tessa.

»Wie wäre es mit diesem Glasfläschchen?« Nathan bückte sich ächzend und hob ein verstaubtes leeres Fläschchen auf, das mit einem Korken verschlossen war. Er fuhr mit dem Daumen über das vermutlich ehemals grüne Etikett. »Leider kann man nicht mehr lesen, was da drin gewesen ist«, sagte er. »Aber auf der Flasche ist der Name ›Dubroni‹ eingraviert. Vielleicht finden Sie heraus, wozu es diente.«

»Ja, hübsch.« Tessa nahm das Fläschchen entgegen. »Ich kann es als Vase verwenden. Möglicherweise finden wir noch ein zweites, das ich Granny mitbringen kann. Es würde ihr sicher gefallen, etwas von Margaret zu besitzen.«

»Alles klar«, sagte Raiden. »Dann suchen wir jetzt nach Pfandflaschen. Wir sollten uns aber beeilen, das Licht wird schwächer.«

Sosehr sie auch suchten, sie fanden keine weiteren Glasflaschen, und als Tessa über einen zerschlissenen Orientläufer mit floralem Muster stolperte und fast in die verrosteten Scheinwerfer fiel, hielt es Raiden für klüger, die Exkursion abzubrechen.

»Lasst uns …«

Weiter kam er nicht, denn Tessa ging in die Hocke, schlug den Teppich zurück und stieß einen überraschten Laut aus.

»Seht mal, worüber ich gestolpert bin.«

Raiden und Nathan traten näher. Unter dem Läufer befand sich eine Falltür mit einem altmodischen runden Griff.

»Ein Keller?« Nathan kratzte sich am Kopf. »Ich wusste gar nicht, dass das Glashaus unterkellert ist.«

Tessa zog bereits an dem Griff, doch der Holzboden war offensichtlich durch den eindringenden Regen verzogen. Nach ein paar Sekunden gab sie stöhnend auf.

»Würde mir bitte mal jemand helfen?« Sie schaute anklagend zu ihnen hoch.

Nathan wollte sich bücken, doch Raiden hielt seinen Großvater zurück. »Lass mal, Grandpa. Denk an deinen Rücken.«

Raiden griff nach dem Ring und zog mit aller Kraft daran. Doch die Tür bewegte sich kaum und gab nur ein unwilliges Knirschen von sich. »Jemand eine Idee, wie wir das Ding aufkriegen?«

»Motorsäge?«, schlug Tessa vor.

Raiden schüttelte den Kopf. »Ohne brachiale Gewalt. Vorerst ...«

»Hebelwirkung!«, sagten Nathan und er gleichzeitig.

Raiden lief zum Eingang, wo sie die Brechstange und den Kuhfuß abgelegt hatten. »Guter alter Archimedes«, murmelte er, während er die Werkzeuge aufhob und wieder zurücklief.

»Grandpa, du nimmst den Kuhfuß und ich die Brechstange.«

Nathan nickte.

Sie zwängten die Werkzeuge in den schmalen Spalt an der Kopfseite zwischen Fußboden und Falltür. Als sie es endlich geschafft hatten, wischte Raiden sich den Schweiß von der Stirn. »Hoffentlich liegt ein Goldschatz dort unten, damit sich die ganze Plackerei auch lohnt«, knurrte er, nur halb im Spaß. Doch insgeheim war er selbst gespannt, was sie dort unten finden würden. »Tessa, du stellst dich jetzt am besten in die Mitte, damit wir uns an dir festhalten können«, sagte er.

»Festhalten?« Sie runzelte die Stirn.

»Nun, die Palmers klettern jetzt auf diese Hebel und hoffen, dass ihr Gewicht ausreicht, um die Falltür aufzukriegen.«

»Ah, okay, alles klar!«

Tessa stellte sich in Position. Nathan und Raiden legten je eine Hand auf ihre Schultern.

»Bereit?«, fragte Raiden.

Nathan nickte.

»Also dann. Mal schauen, ob sich der Physikunterricht ausgezahlt hat.«

Sie stellten jeder einen Fuß auf die Brechstange und den Kuhfuß.

»Auf drei: eins, zwei, drei!«, sagte Raiden.

Es war gar nicht so leicht, das Gleichgewicht auf dem Werkzeug zu halten, und ein heimlicher Zuschauer hätte womöglich vermutet, dass sie eine seltsame Zirkusnummer übten. Tessa schwankte zwar, hielt sich aber tapfer.

Zuerst geschah absolut nichts. Erst als sie beide ein bisschen wippten, ächzte das Holz, und Raiden hatte das Gefühl, eine kleine Erschütterung zu spüren.

»Achtung, Grandpa, ich glaube, bald gibt sie nach!«

Noch etwas mehr Auf und Ab, und dann sprang die Tür mit einem hässlichen Knirschen auf. Die Werkzeuge polterten zu Boden, und Nathan wäre beinahe gestürzt. Raiden konnte ihn gerade noch am Arm packen.

Tessa hob die Holztür ächzend am Zugring an und öffnete sie komplett. Mit großen Augen starrte sie in den dunklen Zwischenraum.

»Ich kann absolut nichts erkennen«, erklärte sie. »Ihr habt nicht zufällig eine Taschenlampe dabei?«

»Natürlich, gleich neben dem zwölfteiligen Teeservice, das wir eingepackt haben«, spöttelte Raiden. Sie schnaubte ärgerlich und er lachte. »Nimm dein Handy und schalte die Taschenlampenfunktion ein.«

»Ich muss mich einen Moment setzen«, sagte Nathan schnaufend, steuerte auf die Chaiselongue zu und zog sie näher zur Falltür. Als er sich auf das Möbelstück niederließ, entwich diesem eine große Staubwolke. Er nieste mehrmals.

Raiden beobachtete Tessa, die mit ihrem Handy in den Spalt leuchtete.

»Eine Treppe!«, rief sie aufgeregt.

»Zum Glück keine Leiter.«

»Gehen wir runter?«

»Auf jeden Fall!«

»Kommen Sie nicht mit?«, fragte Tessa Nathan.

Er schüttelte den Kopf. »Ich kann mich beherrschen. Geht nur, ich warte so lange und alarmiere die Feuerwehr, falls euch dort unten ein Schlangennest erwartet.«

Sie sah ihn entsetzt an, doch Raiden winkte lachend ab. »Das war bloß ein Witz.«

Aber ihre Entdeckerlust hatte vermutlich einen Dämpfer erhalten, denn sie zögerte, in den dunklen Spalt zu steigen.

»Soll ich vorgehen?«, fragte Raiden.

»Ja, gern«, erwiderte sie erleichtert und fügte dann leise hinzu: »Ich fürchte mich nämlich unheimlich vor Schlangen.«

Raiden schaltete ebenfalls seine Taschenlampe ein und zwängte sich durch die Öffnung. Die Treppe, die er mit dem Fuß ertastete, erwies sich glücklicherweise als stabil. Sie führte steil in die Tiefe.

»Was siehst du?« Tessa klang aufgeregt.

»Noch nicht sehr viel. Moment.«

Er stieg weiter hinab und trat kurz darauf auf einen festen Holzboden. Dieser war besser in Schuss als der oben, jedoch voller Staub, beinahe knöchelhoch. Es roch nach Moder und jahrhundertealtem Vergessen. Er leuchtete mit seinem Handy herum. Der Raum hatte vermutlich dieselben Ausmaße wie das Glashaus. Auf einer Seite konnte er so etwas wie eine Werkbank erkennen.

»Raiden, was siehst du?!«

»Weder Schlangen noch sonstiges Getier. Es riecht aber ein bisschen streng. Du kannst runterkommen.«

Er drehte sich um und empfing Tessa am Fuß der Treppe.

»Himmel, ist das aufregend!« Sie sah sich neugierig um. »Vielleicht finden wir ja tatsächlich einen Schatz. Gab's auf der Insel früher nicht Piraten?«

»Ja, natürlich, wie es sich für eine Insel gehört. Aber wenn hier etwas gewesen wäre, hätte es sich Thorneycroft bestimmt unter den Nagel gerissen.«

»Stimmt, der hat das Glashaus ja bauen lassen.« Sie lachte. »Also, suchen wir nach Kisten und Schachteln oder Sonstigem, worin man Fotos verstauen kann.«

Neben der Treppe standen verschiedene Petroleumlampen. Raiden griff nach einer. Leer. Mit den Jahren hatte sich das Öl verflüchtigt. Also schritten sie den Raum weiter mit ihren eingeschalteten Handys ab. Auf der Werkbank, die er schon vorher entdeckt hatte, befanden sich mehrere Blechwannen und andere Utensilien, die er nicht kannte.

»Hat sie hier vielleicht die Fotos entwickelt?«, fragte Tessa.

»Möglich, ich kenne mich mit Fotografie nicht gut aus. Schon gar nicht mit den Techniken aus dem neunzehnten Jahrhundert. Soweit ich mich aus dem Studium erinnere, muss es damals aber eine ziemlich mühselige Arbeit gewesen sein. Ich glaube, es war recht heikel, die belichteten Platten zu bearbeiten.«

»Kann ich mir vorstellen. Nicht wie heute, wo man alles digital erledigt.«

Sie sahen sich weiter um, entdeckten jedoch auf die Schnelle keine Kisten oder Ähnliches, in denen Margaret ihre Fotos hätte lagern können.

»Es sieht hier viel zu aufgeräumt aus«, stieß Tessa schließlich hervor. »Ich glaube nicht, dass wir etwas finden.« Sie wirkte plötzlich mutlos. Ihre Euphorie schien sich ebenso wie das Tageslicht zu verflüchtigen.

»Komm schon, Tessa, jetzt nicht schlappmachen! Solange der Akku hält, suchen wir weiter, okay? Vielleicht gibt's ja noch eine Falltür.«

Es hätte scherzhaft klingen sollen, doch Raiden merkte selbst, dass er damit weder einen Lacher erntete noch Motivation erzeugte. Thorneycroft oder Margaret hatten hier unten offenbar gründlich aufgeräumt, bevor das Fotoatelier in seinen Dornröschenschlaf gefallen war. Außer Staub und Spinnweben würden sie nichts entdecken.

* * *

Tessa fühlte sich langsam wie auf einer emotionalen Achterbahn. Jedes Mal, wenn sie dachte, Margarets Spur sei endgültig versiegt, tauchte eine neue auf, die ihre Hoffnung schürte. Und jedes Mal entpuppte sich diese dann wieder als Sackgasse. Sie hatte langsam genug davon. Der Keller war leer, sie würden nichts finden.

Sie schritt nochmals die Wände ab, um zu sehen, ob sich vielleicht irgendwo ein eingelassener Schrank befand, sah aber nur grob verputzte Mauern. Raiden stand bereits wieder an der Treppe und wartete auf sie.

Okay. Das war's also. Als sie zurück zur Treppe ging, warf sie deren Unterseite einen flüchtigen Blick zu. Da war etwas … Seltsames. Obwohl auch dieser Teil des Kellers gemauert war, bestand er nicht durchgehend aus Ziegelsteinen. Sie kniff die Augen zusammen. Es sah so aus, als hätte die Mauer Karies, denn zwischen den Bausteinen befanden sich etwa handtellergroße Lücken.

»Kommst du?« Raiden sah sie auffordernd an. »Mein Magen knurrt.«

»Moment.« Sie trat näher an die seltsame Ziegelmauer und leuchtete sie an. »Kannst du mir sagen, was das ist?«

Er kam zu ihr und beugte sich nach vorn. »Sieht wie ein Wildbienenhaus aus.«

»Was soll bitte ein Wildbienenhaus sein?«

»Grandpa bastelt die manchmal aus kleinen und großen Bambusröhrchen, die er in einen Holzkasten steckt. Darin nisten dann Bienen oder andere Insekten.«

»Scheint mir etwas weit hergeholt«, meinte sie. »Oder besser gesagt: Hier fliegen wohl kaum Bienen herum.«

Raiden streckte die Hand aus und zog eines der Röhrchen aus der Mauer. »Tatsächlich. Bambus. Das ist ja seltsam.«

Er hielt es ihr vor die Nase.

»Da ist was drin«, sagte Tessa und nahm es in die Hand. »Echt?«

»Ja.« Sie fummelte mit dem Fingernagel daran herum. »Du hast nicht zufällig einen Kugelschreiber dabei?«

»Leider nein.«

»Warte, ich glaube, es bewegt sich. Hoffentlich ist es keine Made.« Sie schüttelte sich.

»Die wäre wohl schon vor Jahrhunderten dahingeschieden.«

Langsam löste sich, was in dem Bambusröhrchen steckte.

»*Holy Crap*, das ist ein Foto!«, rief Tessa aufgeregt. »Wie ist das möglich?«

Als sie das Röllchen endlich aus seiner Hülle befreit hatte und es aufrollen wollte, zerbröselte es unter ihren Fingern.

Sie starrte Raiden entsetzt an. »Ich hab's zerstört. Verdammter Mist!«

Schnell leuchteten sie den Rest der Mauer ab. In beinahe jedem dieser Bambusröhrchen befand sich ein zusammengerolltes Foto.

Tessa griff nach Raidens Hand. »Endlich haben wir sie gefunden! Das müssen Margarets Fotos sein!«

Es war nach einundzwanzig Uhr, als Tessa und Raiden frisch gestärkt und besser ausgerüstet das Glashaus erneut aufsuchten. Nathan hatte ihnen zwei batteriebetriebene Lampen mitgegeben. Dazu trug Raiden eine Kühlbox, in der sie die Bambusröhren verwahren wollten. Er hatte beim Abendessen mit einem Freund in Großbritannien telefoniert. Der besaß ein Fotostudio, und Raiden hatte ihn gefragt, was es mit diesen Bambusröhrchen auf sich hatte. Damit sie alle mithören konnten, hatte er sein Handy auf Lautsprecher gestellt.

Offenbar war es im neunzehnten Jahrhundert üblich gewesen, Fotografien in solchen Röhrchen zu lagern oder zu transportieren. Damals hatte man hauptsächlich Albumin-Fotopapier verwendet, dessen Schicht aus Hühner- oder Gänseeiweiß hergestellt wurde. Dadurch neigte es extrem dazu, sich aufzurollen. Wenn man ein Foto daher nicht sofort auf Karton klebte, rollte es sich nach einigen Stunden derart zusammen, dass es wie eine Zigarette aussah.

Auf Raidens Frage, ob man diese Fotos denn auch wieder auseinanderrollen konnte, ohne sie zu zerstören, hatte sein Freund ihm geraten, sie bei hoher Luftfeuchtigkeit behutsam zu entrollen und in festen Sichthüllen zu verstauen. Am besten sollte das natürlich ein Fachmann machen. Aber auch einem Laien sei dies möglich, er hätte es selbst schon ein paarmal getan.

»Was schätzt du …«, fragte Tessa, als sie das Glashaus betraten und Raiden die Lampen einschaltete. »Wie viele Fotos sind dort unten?«

»Keine Ahnung. Ich nehme an, über hundert.«

»Also genügend, um eine Ausstellung zu organisieren?«

Er nickte lächelnd. »Mehr als genügend.«

Ihre Augen schwammen plötzlich in Tränen. Er stellte die Lampen neben die Kühlbox und zog sie an sich.

»Bist du glücklich?«

»Mehr als das. Es fühlt sich so an, als hätte ich ein gegebenes Versprechen endlich eingelöst.«

Er küsste ihre Stirn. »Du bist eben ganz schön hartnäckig. Das hat sich ausgezahlt.«

Sie schmiegte sich in seine Arme. »Wenn ich genügend Fotos habe, kann ich in London vielleicht eine Ausstellung organisieren. Ein befreundeter Schauspieler hat Verbindungen zu Galeristen, und Margaret erhält endlich eine große Bühne. Ist das nicht toll?«

»Und was ist mit uns? Dem Museum und den ›Hidden Heroes‹? Sollten Margarets Fotos nicht auf der Insel ausgestellt werden? Hier, wo sie entstanden sind?«

Tessa sah ihn perplex an. »Aber sie gefallen dir doch gar nicht. Und was ist mit deinen Vorgesetzten, die einen Aufnahmestopp angeordnet haben?«

Raiden lachte. »Nun ja, kann ich meine Meinung denn nicht ändern? Komischerweise gehen mir die Fotos einfach nicht aus dem Kopf. Das muss doch etwas bedeuten. Ich habe sie sicher zu vorschnell beurteilt.«

»Du würdest ihnen also doch einen Platz in der Sammlung geben?«

»Wenn's nach mir geht, ja. Aber warten wir ab, was meine Chefs dazu sagen. Wenn ich sie überzeugen kann, dann suche ich für Margaret den schönsten Platz im Museum aus, okay?«

»Fantastisch, danke!«

Tessa strahlte ihn an, stellte sich auf die Zehenspitzen und nach einem langen Kuss lösten sie sich schwer atmend voneinander.

»So!«, sagte sie dann. »Zuerst die Arbeit …«

»Wie Sie wünschen, Mylady.« Er deutete eine Verbeugung an und schnappte sich die Kühlbox. »Du nimmst die Lampen … und dann packen wir Margarets Vermächtnis ein.«

35

Raiden hatte Tessa eines seiner T-Shirts ins Badezimmer gelegt. Nach dem Duschen schlüpfte sie hinein. Es roch frisch gewaschen, aber trotzdem noch nach ihm. Sie atmete tief seinen Duft ein.

Es war spät geworden, also hatten sie beschlossen, nicht nach Newport zurückzufahren und in Raidens Cottage zu übernachten. Sie hatten alle Bambusröhrchen geborgen und sie in der Kühlbox verstaut, die jetzt auf dem Küchentisch stand.

Tessa versuchte mit einem Kleenex ihre Wimperntusche zu entfernen, doch sie verschmierte sie nur noch mehr, also gab sie schließlich entnervt auf. Sie sah zwar jetzt ein wenig wie ein Waschbär aus, aber sie hatte ja nicht gewusst, dass dieser Tag so enden würde und sie ihren Kulturbeutel hätte mitnehmen sollen.

Als sie ins Schlafzimmer trat, lag Raiden bereits im Bett. Er hatte die Hände hinter dem Kopf verschränkt und wirkte, als wäre er in Gedanken. Er trug nur Boxershorts, sein Oberkörper war nackt – bei dem Anblick schlug Tessas Herz schneller. Ihr ganzer Körper war noch voller Adrenalin. Aber dass sie heute noch die Energie für ein paar Liebesstunden aufbringen würde, bezweifelte sie. Hoffentlich sah er das ebenso; ein wenig kuscheln und dann schlafen.

Als er sie schließlich bemerkte, lächelte er und hob einladend die Bettdecke.

»Bist du auch so kaputt?«, fragte er, als sie es sich an seiner Seite bequem machte und ihre Wange an seine Brust schmiegte. Er legte den Arm um ihre Schulter und strich mit dem Daumen über ihre Haut.

»Als hätte ich den Mount Everest bestiegen.«

Er lachte leise. »Was für ein Tag!«

»Stimmt. Ich bin noch ganz aufgedreht, dabei aber gleichzeitig völlig erschöpft.«

Sie spürte, wie er zustimmend nickte.

»Wie kriegen wir eine hohe Luftfeuchtigkeit hin, um diese Fotos aus den Bambusröhrchen zu holen?«, fragte sie und strich dabei über seine Brust.

»Habe ich mich auch schon gefragt. Vielleicht eine Sauna?«

»Oder wir lassen einfach die Dusche so lange laufen, bis der ganze Raum voller Dampf ist.«

»Wäre auch eine Möglichkeit. Blöd nur, dass morgen das Turnier stattfindet. Da muss ich dabei sein.«

»Ah ja, das Turnier. Bist du mir böse, wenn ich nicht komme? Ich würde mich lieber um Margarets Fotos kümmern.«

»Was? Du willst dir die einmalige Gelegenheit entgehen lassen, neben unserer Lokalprominenz in der VIP-Loge zu sitzen? Du bist vielleicht ein Snob!«

Sie lachte und küsste seine Brust. Es fühlte sich wunderbar an, neben ihm zu liegen. Er war ihr schon so vertraut, als würden sie sich bereits ein Leben lang kennen. Der Gedanke, am Sonntag wieder nach London zurückfahren zu müssen, lag ihr wie ein Stein im Magen.

Immerhin hatten sie aber Margarets Fotos gefunden. Sie würde also vielleicht schon bald wieder auf die Insel zurückkehren. Falls Raiden es schaffte, seine Chefs zu überzeugen,

Margaret einen Platz im Museum einzurichten. Doch wann würde das sein?

»Ich habe eine Idee«, sagte Raiden. »Wenn du es morgen schaffst, ein paar Fotos zu entrollen, könnte ich nach dem Turnier direkt nach London fahren und Mr Bradshaw aufsuchen. Er wird zwar wenig begeistert sein, wenn ich ihn am Wochenende störe, aber so hätten wir umgehend eine Antwort. Noch bevor ...« Er brach ab.

... ich abreise, vervollständigte Tessa seinen Satz im Kopf. Sie räusperte sich. »Mit meinem Album und einer Anzahl ›neuer‹ Fotografien könnten wir eine anständige Auswahl zusammenstellen.«

»Genau. Was hältst du von der Idee?«

Sie hob den Kopf. Er sah sie gespannt an. Hatte sie eigentlich je registriert, was für eine schöne Augenfarbe dieser Mann hatte? Im Gegensatz zu ihren schokoladenbraunen Augen waren seine blau wie das Meer mit einem dunklen Rand um die Iris.

Plötzlich hatte sie einen dicken Kloß im Hals. Wie dumm von ihr, sich in Raiden Palmer zu verlieben.

Aber war es wirklich so dumm? Was bedeuteten heutzutage schon ein paar Kilometer? Die Aussicht, in Zukunft zwischen London und Freshwater zu pendeln, erschien ihr plötzlich gar nicht mehr so abwegig. Eine Wochenendbeziehung hatte schließlich auch ihre Vorteile: Der öde Alltag kam der Romantik erst gar nicht in die Quere. Sollte sie das Thema anschneiden?

»Also, was meinst du?«, fragte Raiden.

Tessa nickte. »Lass es uns probieren!«

Er lächelte und drückte ihr einen Kuss auf den Scheitel. »Fein. Und ich habe mir gedacht, wenn du eh die ganze Zeit hier rumhängst und meinen Kühlschrank leer isst, könntest du doch gleich hier einziehen und bis Sonntag bleiben.«

Sie schnaubte. »Man kann nichts leer essen, was bereits leer ist!« Aber sie freute sich natürlich über sein Angebot, auch wenn es nur noch zwei Tage waren bis Sonntag.

»Also abgemacht!«, sagte Raiden. »Ich werde morgen in einer Turnierpause schnell im Seagull vorbeifahren, deine Sachen abholen, und du versuchst bis dahin ein paar weitere Fotos aus diesen Röhrchen zu pulen. Dann mache ich mich gleich auf nach London und klingle bei Bradshaw Sturm.« Er strich ihr übers Haar. »Das kriegen wir hin, Tessa. Ich kann nämlich ganz schön überzeugend sein.«

»Das habe ich mittlerweile gemerkt«, erwiderte sie lächelnd. »Ich kann es kaum erwarten, morgen meine Großmutter anzurufen, um ihr alles zu erzählen.«

Er unterdrückte ein Gähnen. »Ich würde sie gern kennenlernen«, murmelte er, vermutlich schon auf halbem Weg in Morpheus' Arme.

»Sie wird dich mögen«, entgegnete Tessa glücklich, doch er antwortete nicht mehr. Als sie zu ihm aufschaute, war er schon eingeschlafen.

»Es macht dir wirklich nichts aus, ganz allein hierzubleiben?« Raiden nippte am Kaffee und sah dabei verstohlen auf die Uhr.

Der Samstagmorgen glänzte mit Bilderbuchwetter. Ein strahlender Tag, der dem Ritterturnier bestimmt eine Menge Schaulustige einbringen würde.

»Earl Grey wird mir Gesellschaft leisten. Nicht wahr, Eure Hoheit?«

Der Kater, der gerade durch die Katzenklappe geschlüpft war, blinzelte zustimmend.

»Irgendwie finde ich das nicht fair, dass er dich mehr mag als mich.«

»Tja, mir kann eben kein Mann widerstehen«, scherzte sie.

»Offensichtlich!«, knurrte Raiden. Einen Moment sah es so aus, als wollte er noch etwas hinzufügen, doch dann stand er auf und schnappte sich seine Reisetasche. »Ich muss jetzt leider wirklich los.«

Tessa unterdrückte ein Seufzen. Sie wusste immer noch nicht recht, wie es um seine Gefühle für sie stand. Manchmal glaubte sie zu spüren, dass er das Gleiche fühlte wie sie. Aber dann zog er sich wieder zurück, als wäre er sich nicht sicher. Wenn sie doch bloß mehr Zeit hätten! Vielleicht sollte sie in London anrufen und noch ein paar Tage Urlaub herausschinden. Zwar würde ihre Chefin sie dafür hassen, aber wenn das Glück auf dem Spiel stand, musste man eben Risiken eingehen.

»Du kannst mich jederzeit auf dem Handy erreichen, okay? Und Nathan wohnt gleich jenseits des Hügels, wenn …«

»Nun geh endlich!«, erwiderte sie mit einem Augenrollen. »Ich bin erwachsen und werde schon eine Nacht überstehen.«

Sie hatten sich dazu entschlossen, dass Raiden direkt nach dem Turnier Richtung London aufbrechen würde und vorher nicht noch einmal nach Freshwater zurückkehrte. Nathan hatte angeboten, am Nachmittag Tessas Sachen im Seagull abzuholen und die Fotos, die sie bis dahin hoffentlich befreien konnte, samt Sallys Album zu Raiden aufs Schloss zu bringen. Raiden wollte dann am Sonntagmorgen gleich mit der ersten Fähre – und im besten Fall mit Bradshaws Zustimmung – wieder auf die Insel zurückkehren. Anschließend blieb ihnen noch knapp ein Tag Zeit, um sich über ihre Zukunft klarzuwerden. Wenig Spielraum für einen einschneidenden Entschluss. Doch sie musste wissen, woran sie mit ihm war.

Er richtete seine Krawatte. »Sehe ich gut aus?«

»Jung, dynamisch und erfolglos.«

Ihm klappte der Mund auf und sie lachte.

»Scherz, du siehst überaus kompetent aus und wirst sicher alle begeistern.«

Er zog sie vom Tisch hoch und schloss sie in die Arme. »Das wollte ich hören.«

Sie küssten sich voller Leidenschaft, bis sie ihn sanft wegschob. »Geh jetzt, sonst kann ich für nichts garantieren.«

»Bis morgen also. Ich habe ein gutes Gefühl.«

Sie nickte. Hoffentlich bezog sich dieses gute Gefühl auch auf ihre Beziehung.

Tessas Haare hatten sich zu einer wilden Mähne gekräuselt. Mit hochrotem Kopf stand sie im Bad. Dampf waberte durch den kleinen Raum und am Fenster lief bereits das Kondenswasser hinab. Irgendwann hatte die Dusche kein warmes Wasser mehr geliefert, also hatte sie den Wasserkocher eingeschaltet und den Inhalt in die Badewanne gegossen. Da es jedoch sehr schnell abkühlte, lief sie ständig zwischen Küche und Bad hin und her. Earl Grey hatte ihren hektischen Bemühungen eine Weile zugesehen und sich dann verdrückt. Vermutlich fragte sich sein Katzengehirn gerade, was um Himmels willen in diese seltsame Person gefahren war.

Tessa griff nach einem der Bambusröhrchen. Ob die Feuchtigkeit schon ausreichte? Mit einer Pinzette zog sie das zusammengerollte Foto vorsichtig heraus. Tatsächlich ging es viel leichter als gestern im Keller. Sie legte es auf den Waschtisch.

»Die Stunde der Wahrheit«, murmelte sie und atmete tief durch.

Raiden hatte ihr eine Anzahl Klarsichthüllen und Kartonstücke bereitgelegt. Jetzt musste sie es nur noch schaffen, das Foto aufzurollen und es in der Hülle zu verstauen. Sie hatte sich zusätzlich ein paar dicke Kunstkataloge aus dem Regal geschnappt, die sie als Presse verwenden wollte.

Sie griff nach einem Bleistift, schob ihn vorsichtig in das Papierröllchen, hielt das Foto mit zwei Fingern am Rand fest und zog es langsam mit dem Stift auseinander.

Im ersten Moment geschah nichts.

Musste sie das Foto eventuell noch länger dem Dampf aussetzen? Sie wollte nicht zu viel Kraft anwenden, um es nicht zu zerstören, war aber auch ungeduldig und lechzte danach zu sehen, was Margaret fotografiert hatte.

Endlich bewegte sich das Papier. Tessa wagte kaum zu atmen. Sie hielt das eine Ende behutsam fest. Die Fotografie entrollte sich langsam … und blieb ganz!

Auf dem sepiafarbenen Bild sah sie ein junges Mädchen, das mit verschränkten Armen ernst in die Kamera blickte. Auf ihrem Rücken thronten ein Paar Flügel aus hellen Federn. Ein kleiner Engel!

Tessas Augen wurden feucht.

»So bezaubernd, Margaret«, flüsterte sie. »Wie haben sie dir nur so unrecht tun können?«

Auch dieses Foto sah aus, als hätte man es mit einem Weichzeichner bearbeitet. Nur das Gesicht des kleinen Mädchens war scharf; die Flügel und die Umgebung flossen ineinander über. Dadurch wurde der Blick des Betrachters direkt auf das ernste Gesichtchen gelenkt. Tessa fand es zum Niederknien.

Sie sah sich nach den Klarsichthüllen um. Mist, die lagen auf dem Hocker neben der Badewanne! Mit einer Hand hielt sie das Bild fest und streckte die andere nach den Hüllen aus. Sie schaffte es jedoch nicht, sie zu erreichen.

»Sorry, kleiner Engel«, sagte sie und musste das Foto loslassen.

In Windeseile rollte es sich wieder auf die Größe einer Zigarette zusammen. Hoffentlich überstand es die Prozedur unbeschadet.

Sie zog den Hocker neben den Waschtisch, legte ein paar Hüllen und Kartons bereit und entrollte die Fotografie erneut.

Zum Glück klappte es auch dieses Mal. Lediglich am Rand entstand ein kleiner Riss.

»Das passiert mir kein zweites Mal!«, knurrte sie.

Sie legte den Engel vorsichtig auf ein Kartonstück und steckte beides in die Hülle, um sofort ein dickes Buch daraufzulegen, damit es sich nicht wieder einrollte. Erst dann stieß sie erleichtert die Luft aus und wischte sich den Schweiß und die Feuchtigkeit von der Stirn.

»Auf zum nächsten!«

Ihr stand noch eine Menge Arbeit bevor.

36

Raiden sah erneut auf die Uhr. Er war spät dran. »Kannst du ihr vielleicht auch ein paar Lebensmittel vorbeibringen? Ich habe leider nichts mehr im Haus.« In knapp einer halben Stunde starteten die Festlichkeiten und er musste die Willkommensrede halten. Er gab Gas.

»Klar, mein Junge«, kam es aus der Freisprechanlage. »Wir wollen ja nicht, dass die kleine Meerjungfrau verhungert.«

»Danke, Grandpa. Ich bin dir was schuldig. Also dann …«

»Warte mal, Raiden!«

»Ja?«

»Ist das was Ernstes zwischen euch?«

Normalerweise sprachen Nathan und er nicht über solche Dinge und es erstaunte ihn, dass er so etwas fragte.

Ja, wie ernst war das inzwischen geworden? Eine gute Frage. Raiden hatte sich natürlich Gedanken darüber gemacht, doch irgendwie lief ihnen die Zeit davon. Er hielt nichts von übereilten Entscheidungen. Man musste schließlich zuerst abwägen, was für alle Beteiligten das Beste war. Und selbst dann konnte man sich nicht sicher sein, den richtigen Weg eingeschlagen zu haben.

»Nun?«

»Weshalb interessiert dich das?«

»Ich mag Tessa«, erklärte Nathan. »Und ich möchte nicht, dass du ihr wehtust.«

»Das habe ich auch nicht vor!«, entgegnete Raiden schärfer, als er wollte.

»Man kann jemanden auch mit Desinteresse verletzen.«

Raiden vermeinte, sich verhört zu haben. Seit wann sah sich Nathan denn in der Pflicht, ihm solche Ratschläge zu erteilen?

»Was willst du eigentlich?«, fragte er unwirsch. »Soll ich sie bitten, auf der Insel zu bleiben? Oder etwa gleich einen Verlobungsring besorgen?«

»Du hattest schon dümmere Ideen, Junge«, erwiderte Nathan amüsiert. »Liebst du sie denn?«

Das ging nun eindeutig zu weit! Er würde seinem Großvater kaum sein Gefühlsleben offenbaren.

Als er nicht antwortete, seufzte Nathan tief. »Ich will dir nichts vorschreiben«, fuhr er fort. »Aber so eine Frau trifft man nicht alle Tage. Also sei nicht dumm, Junge. Seit Amber gestorben ist, hast du nämlich …«

»Tut mir leid, Grandpa«, unterbrach Raiden ihn brüsk. »Ich muss mich jetzt auf das Turnier konzentrieren. Wir sprechen uns später.«

Mit diesen Worten legte er auf, fuhr rasant auf den Parkplatz vor dem Schloss und hastete zum Personaleingang.

* * *

Als es an der Haustür klingelte, erwachte Tessa wie aus einem Rausch. Sie hatte die letzten Stunden konzentriert gearbeitet und beinahe alle Hüllen mit Fotos bestückt. Trotzdem blieben noch eine Menge gefüllter Bambusröhrchen übrig. Die Ausbeute ihres Funds würde für eine Ausstellung mehr als ausreichen.

»Ich komme!«, rief sie, trocknete sich mit einem Handtuch ihr feuchtes Gesicht ab und lief zur Haustür.

»Na, mal wieder ein kleines Bad genommen?«, begrüßte Nathan sie und musterte erheitert ihre feuchten gekräuselten Haare.

Sie lachte. »Etwas Ähnliches. Kommen Sie doch rein.«

Er hielt einen Einkaufsbeutel in der Hand, setzte sich damit an den Küchentisch, und sie merkte erst jetzt, wie hungrig sie war. Zum Frühstück hatte es nur Cornflakes mit ein bisschen Milch gegeben, weil Raidens Kühlschrank mit gähnender Leere glänzte.

»Wollen wir das mit dem Sie nicht endlich lassen? Wir Insulaner duzen uns ... und immerhin gehörst du schon beinahe zur Familie.«

Tessa lächelte gerührt. Ob das Raiden ebenso sah?

»Gern.« Sie streckte die Hand aus. »Tessa, auch bekannt als die kleine Meerjungfrau.«

»Nathan, landläufig der Bienenflüsterer genannt.«

Sie schüttelten sich grinsend die Hand.

»Kann ich dir einen Tee anbieten? Leider hat Raiden keinen Grüntee, aber Darjeeling ist noch vorrätig. Oder lieber Kaffee?«

»Darjeeling passt wunderbar. Ich packe derweil die Scones, die Konfitüre und die Clotted Cream aus.«

Nathan holte die Einkäufe aus dem Beutel, öffnete die Schublade vom Küchentisch und zog zwei Messer hervor. »Und, wie geht's mit den Fotoröllchen voran?«

Sie füllte den Wasserkocher. »Wunderbar. Ich habe bis jetzt etwa dreißig Fotos aus ihrem Gefängnis befreit. Eine richtige Plackerei, aber sie lohnt sich. Warte, ich hole die Bilder mal.«

Sie lief ins Bad und wuchtete die beiden dicken Bücher, zwischen denen sie die Fotos lagerte, auf die Arme.

»Sobald man die Fotos loslässt, rollen sie sich wieder zusammen«, erklärte sie und legte die Bücher neben die

Einkaufstasche. »Man muss sie später wohl auf Karton kleben. Und vielleicht auch restaurieren lassen. Aber es ist unverwechselbar Margarets Handschrift.«

Sie zog ein paar Hüllen zwischen den Büchern hervor und legte sie daneben. Sofort begannen sich die Ränder auch in den Klarsichthüllen wieder hochzuziehen.

Tessa hatte in den vergangenen Stunden eine Vielzahl von Sujets gefunden. Meistens Kinder in unterschiedlichen Posen und Verkleidungen, ein paar streng blickende Männer mit Bart und weißen Haaren und immer wieder Porträts derselben Frau. Vielleicht eine Freundin von Margaret?

»Hübsch«, meinte Nathan. »Ich kenne mich mit so was leider gar nicht aus. Von daher sieh es mir nach, wenn ich kein professionelles Urteil abgeben kann.«

»Kein Problem.« Tessa holte zwei Tassen, Teebeutel und Zucker aus dem Schrank. »Die Scones riechen himmlisch«, seufzte sie und griff sich einen.

»Vom besten Bäcker in Freshwater. Was nicht schwierig ist, denn er ist auch der einzige.«

Sie schmunzelte. Nathan und Raiden hatten denselben Humor, das gefiel ihr. Sie wäre gern ein Teil dieser Familie.

Sie rief sich zur Ordnung. Solche Überlegungen waren reichlich kindisch, schließlich war sie kein Teenager mehr, der schon nach dem ersten Date die Unterschrift mit dem Namen des Angebeteten übte.

»Wie viele Fotos soll ich Raiden denn bringen?«

»Ich würde sagen, alle«, erwiderte Tessa. »Je mehr, desto besser.« Sie musterte die Bücher. »Vielleicht gleich mit den Büchern zusammen? Dann glätten sich die Fotos noch ein wenig.«

»Gute Idee.« Nathan betrachtete die Auswahl auf dem Küchentisch. »Der Mann hier kommt mir bekannt vor«, sagte er und wies auf eine Fotografie. »Könnte das Charles Darwin sein?«

Sie beäugte das Foto, auf dem ein älterer Herr mit einem Rauschebart zu sehen war.

»Könnte tatsächlich sein«, sagte sie. »Also, wenn das kein Argument für eine Ausstellung ist, weiß ich auch nicht. Raidens Vorgesetzter wäre schön dumm, wenn er ein neu entdecktes Porträt des großen Charles Darwin der Öffentlichkeit nicht zeigen will. Das ist ja quasi eine Sensation, nicht?«

Nathan nickte. »Raiden wird ihn schon überzeugen«, meinte er. »Wenn ihm etwas wichtig ist, kann er recht beharrlich sein.«

Tessa nickte. Ob sie ihm auch wichtig war?

Herrgott noch mal, musste sie denn jedes Wort, das Nathan äußerte, hinterfragen? Das wurde ja langsam zu einer richtigen Besessenheit.

Sie griff nach dem Wasserkocher und füllte die Tassen.

»Du magst meinen Enkel, nicht wahr?«

Die Frage erwischte sie kalt.

»Ich ...«, stammelte sie. »Nun, also ja, sehr sogar.« Sie errötete doch tatsächlich und senkte den Blick.

»Das ist gut«, meinte Nathan daraufhin lächelnd und schaufelte drei Löffel Zucker in seine Tasse. »Er ist schon viel zu lange allein.«

»Hatte er denn nie eine Freundin?«, fragte sie gespannt.

»Nichts Festes, nein. Ambers Tod hat den Jungen aus der Bahn geworfen. Ich würde fast meinen, er hat seitdem einen regelrechten Knacks.« Nathan tippte sich zur Verdeutlichung an die Stirn. »Vielleicht gibt er sich sogar die Schuld dafür.« Er zuckte mit den Schultern. »Du siehst ihr übrigens auf den ersten Blick ein bisschen ähnlich«, fügte er hinzu. »Aber du bist viel stärker als sie. Auch wenn man über Tote nicht schlecht sprechen soll, Amber war ein verwöhntes, reiches Mädchen, das immer alles bekam, was es wollte. Sie hat nie für etwas arbeiten, geschweige denn verzichten müssen. Ich weiß nicht, ob die beiden wirklich glücklich miteinander geworden wären. Ich denke, du passt viel besser zu ihm.«

Tessa lächelte erfreut. Das war doch mal ein schönes, wenn auch reichlich unorthodoxes Kompliment.

»Normalerweise sprechen Raiden und ich nicht über Amber«, fuhr Nathan fort. »Er verklärt sie nach wie vor, was ich für mehr als ungesund halte. Er soll ihr nicht sein ganzes Leben lang nachtrauern und allein bleiben. Dazu ist er nicht gemacht. Und ich hätte irgendwann auch gern ein paar Urenkel, solange ich mich noch auf den Füßen halten kann.«

Tessa errötete abermals. Das war ja nicht zum Aushalten! Beherzt griff sie nach einem Scone, häufte Konfitüre und Clotted Cream darauf und biss hinein. Er schmeckte himmlisch.

»Du sagst ja gar nichts dazu«, meinte Nathan nach einer Weile.

Es war ihr unangenehm, mit ihm über dieses Thema zu sprechen. Es fühlte sich an, als würde sie Raiden dadurch hintergehen. Sie schluckte den Bissen hinunter.

»Ich mag Raiden wirklich sehr. Sogar mehr als das. Aber wie soll das gehen? Ich arbeite in London, er hier. Wochenendbeziehung? Oder soll einer von uns sein angestammtes Leben für den anderen einfach aufgeben? Und wer soll das sein, damit es nicht unfair ist?«

»Liebe überwindet alle Hindernisse«, warf Nathan ein.

Tessa lächelte. »Ja, wenn man den Liebesromanen glauben will. Doch wer sagt, dass derjenige, der für den anderen alles aufgibt, ihm das nicht irgendwann vorhält?«

»Nun ja, Garantien gibt es leider keine. Aber das ist im Leben nun mal so. Man muss schon ein kleines Risiko eingehen.« Er nippte an seinem Tee. »Und könntest du deinen Job nicht auch auf der Insel ausüben?«

Darüber hatte Tessa selbst schon nachgedacht, fühlte sich jetzt aber durch Nathans Frage in die Defensive gedrängt.

»Und weshalb soll gerade ich mein Zuhause aufgeben?«, fragte sie. »Ist das nicht ein bisschen chauvimäßig? Die Frau lässt alles sausen und folgt ihrem Herrn und Meister!«

Nathan hob beide Hände, als hätte sie mit einer Pistole auf ihn angelegt. »Tut mir leid, ich wollte dich nicht beleidigen. Ich dachte nur …« Er brach ab und schürzte die Lippen.

Wieso reagierte sie eigentlich so heftig auf Nathans Fragen? War es vielleicht deshalb, weil ihr das alles selbst schon durch den Kopf gegangen war und sie bis jetzt keine Antworten darauf bekommen hatte? Sie musste sich bei ihm entschuldigen. Er meinte es sicher nur gut.

»Nein, mir tut's leid«, sagte Tessa beschämt. »Meine Reaktion war unangemessen. Aber vielleicht wäre es besser, wenn ich dieses Gespräch mit deinem Enkel führe und nicht mit dir? Immerhin hat er ja auch ein Wörtchen mitzureden.«

Nathan legte ihr die Hand auf den Arm. »Natürlich, meine Liebe. Ich alter Zausel sollte mich da raushalten. Mary hat mir auch immer gepredigt, dass ich mich nicht überall einmischen soll.« Er klopfte sich auf den Schenkel. »Also, dann werde ich mich mal auf die Socken machen. Gibst du mir noch deinen Zimmerschlüssel vom Seagull?«

37

Es war kurz nach drei Uhr nachmittags. Das Ritterfest lief wie am Schnürchen. Das schöne Wetter hatte Massen von Touristen und Einheimischen angelockt und Carisbrooke Castle platzte aus allen Nähten. Eben war das Reitturnier beendet, der Sieger mit einem Pokal und sein Streitross mit einem Kranz geehrt worden, und bevor das Theater anfing, wollte Raiden eigentlich kurz mit Tessa telefonieren. Genau in dem Moment tauchte jedoch Nathan auf.

»Gab's Probleme im Seagull?«, fragte Raiden, als Nathan ihm Tessas Fotoalbum in die Hand drückte.

Der winkte ab. »Bridget hat nur gegrinst, als ich mein Anliegen vorbrachte. Offensichtlich hat sie einen guten Riecher für Zwischenmenschliches.« Er wuchtete zwei dicke Bücher auf Raidens Schreibtisch. »Tessas Ausbeute von heute Morgen«, erklärte er. »Die Kleine ist ganz schön geschickt.«

Raiden erkannte die Wälzer. Sie stammten aus seinem Bücherregal. Vorsichtig zog er eine Klarsichthülle dazwischen heraus.

»Tatsächlich, das sind Fotos von Margaret. Ihr Stil ist unverkennbar.«

»Und schau hier.« Nathan wies auf ein Porträt. »Wenn mich nicht alles täuscht, ist das Charles Darwin.«

Raiden starrte den älteren Herrn auf dem Foto sprachlos an. Das war tatsächlich Charles Darwin, der berühmte britische Naturforscher, der im neunzehnten Jahrhundert die Wissenschaft mit seiner Evolutionstheorie auf den Kopf gestellt hatte.

Jackpot! Bradshaw konnte sich jetzt unmöglich weigern, Margarets Fotos auszustellen. Sein Chef würde sich die Chance nicht entgehen lassen, dem Museum eine solche Publicity zu verschaffen. Und wer wusste, was die anderen Bambusröhrchen noch für Schätze enthielten.

»Das ist einfach grandios!«, entfuhr es ihm. Er schüttelte ungläubig den Kopf. »Und all das schlummerte auf deinem Grundstück, Grandpa.«

»Zum Glück habe ich das Glashaus nicht abreißen lassen, was?«

»Es lebe deine Vergesslichkeit!«

Nathan knurrte. »Dann bringe ich Tessa mal ihren Koffer.«

»Danke für deine Hilfe, Grandpa.«

»Es ist mir eine Freude, der kleinen Meerjungfrau einen Dienst zu erweisen. Verbock es nicht, mein Junge.«

Raiden runzelte die Stirn, doch bevor er etwas erwidern konnte, drehte Nathan sich um und öffnete die Tür. Ehe er jedoch verschwand, räusperte er sich.

»Ja?«, fragte Raiden.

»Noch was.« Nathan kratzte sich am Kopf. »Ich habe Bridget erzählt, was ihr im Glashaus gefunden habt und dass Tessa die letzten zwei Tage in deinem Cottage verbringt. Und da habe ich Oliver bemerkt. Er saß an einem Tisch im Hof und hat Zeitung gelesen. Möglicherweise hat er unser Gespräch belauscht. Tut mir leid, Junge. Hoffentlich gibt das keine Probleme.«

Raiden schluckte. Sollte Oliver tatsächlich mitbekommen haben, dass Tessa bei ihm wohnte, würde ihn das bestimmt wütend machen. Zudem musste er damit rechnen, dass Tessa ihn bei der Polizei anzeigte. Wie Nathan gesagt hatte: Hoffentlich gab das keine Probleme. Er wollte seinen Großvater jedoch nicht beunruhigen und winkte ab.

»Der wird sich hüten, sich jetzt noch einmal in die Schusslinie zu bringen. So dumm wird er nicht sein.«

Nathan wirkte jedoch nicht recht überzeugt, und Raiden konnte seine Skepsis nachvollziehen. Bei Oliver Taylor musste man mit allem rechnen.

»Und, wie läuft's?«, fragte Raiden. Er klemmte sich das Handy zwischen Ohr und Schulter und wusch sich die Hände.

Es gab bestimmt romantischere Orte, um mit seiner Geliebten zu telefonieren, als die Toilette, aber hier störte ihn wenigstens niemand. Sobald er sich wieder auf den Festlichkeiten zeigte, bestürmten ihn entweder die Schausteller, Nancy oder ein Gast, der unbedingt etwas loswerden wollte.

»Ganz wunderbar!« Tessas Stimme klang begeistert. »Du wirst zwar diesen Monat eine horrende Strom- und Wasserrechnung haben, aber ich komme gut voran. Bis zum Abend werde ich bestimmt alle Bilder bergen können. Nur die Klarsichthüllen gehen mir langsam aus. Ich habe jetzt angefangen, zwei Fotos zusammen in eine zu stecken … natürlich Rücken an Rücken mit einem Karton dazwischen, damit sie nicht zusammenkleben.«

»Super!« Raiden wechselte das Handy ans andere Ohr und griff nach den Papiertüchern. »Ich bin zuversichtlich, dass Bradshaw die Bedeutung unseres Funds postwendend an die große Glocke hängen wird. Mit Darwin als Zugpferd *kann* er gar nicht Nein sagen.«

»Meinst du?«

»Aber sicher.«

Raiden lächelte, als Tessa einen Freudenschrei ausstieß. Und bevor er nachdenken konnte, fügte er hinzu: »Ich vermisse dich.«

Eine Sekunde blieb es am anderen Ende still. Er biss sich auf die Lippen. Ärgerlich, er hatte sie nicht unter Druck setzen wollen.

»Ich vermisse dich auch und kann es kaum erwarten, bis du wieder zurück bist«, sagte sie zärtlich.

Er atmete erleichtert auf. Wenn er morgen zu ihr zurückkehrte, würde er sie bitten, entweder ihren Urlaub zu verlängern, oder sie fragen, ob er sie in London besuchen durfte. Sie brauchten einfach mehr Zeit zusammen. Dann würde sich alles finden. Er hatte ein gutes Gefühl. Sie waren beide hartnäckig, wenn sie erst einmal ein Ziel ins Auge gefasst hatten.

»Ich muss leider wieder weiter«, sagte er.

»Ist schon gut. Ich habe ja noch zu tun und verhungern werde ich jetzt auch nicht mehr. Earl Grey ist sicher glücklich, dass ich mich nicht an seinem Dosenfutter vergreifen muss.«

Raiden lachte. »Ich rufe dich später von unterwegs wieder an.«

»Alles klar. Tschüss … und toi, toi, toi!«

* * *

Am frühen Abend brachte Nathan Tessa ihren Koffer vorbei.

Endlich frische Kleider und mein eigenes Duschgel, dachte sie. Raidens Männerprodukte waren Gift für ihre empfindliche Haut.

»Wie wär's, wenn ich dich zum Abendessen einlade? Quasi als Dank für deine Kurierdienste«, fragte sie Nathan.

Er verzog den Mund. »Das würde mir ausnehmend gut gefallen, aber leider habe ich schon eine Verabredung. Megan, die Dame, die so tollen Cider produziert, hat mich eingeladen.«

253

Als er Tessas enttäuschtes Gesicht bemerkte, fügte er hinzu: »Das Essen ist schon lange geplant. Ich wusste ja nicht, dass du heute allein in Raidens Cottage sein würdest. Soll ich Megan absagen?«

»Auf keinen Fall! Ich habe ja jetzt mein Notebook wieder und werde einfach meine Mailbox checken.« Und meine Chefin anrufen, damit sie mir noch eine Woche zusätzlichen Urlaub gibt, fügte sie in Gedanken hinzu. »Zudem wird mir Earl Grey Gesellschaft leisten.«

»Fein, aber dann frühstücken wir morgen zusammen, einverstanden? Sagen wir um neun Uhr?«

»Perfekt! Also bis morgen.«

Nathan verschwand durch die Tür, kurz darauf hupte es zweimal. Sie mochte Raidens Großvater sehr. Er würde sich bestimmt blendend mit Sally verstehen. Vielleicht sollte sie die zwei miteinander bekannt machen. Womöglich entwickelte sich zwischen ihnen mehr als Freundschaft. Bei dem Gedanken musste sie kichern. Das wäre eine Sensation, wenn sich ihre Großmutter in Raidens Großvater verlieben würde. Sie könnten eine Doppelhochzeit feiern.

»Spinn hier nicht rum!«, rügte sie sich selbst und zog ihren Kulturbeutel aus dem Koffer. »Geh lieber kalt duschen, du Romantikerin!«

Die Dusche war tatsächlich eiskalt gewesen. Tessa stand bibbernd im Schlafzimmer, cremte sich ein und versuchte danach, ihre nassen Haare durchzukämmen. Sie verzog den Mund, als eine Strähne schmerzhaft ziepte.

Ihr Handy klingelte. Es lag in der Küche, und nackt wie sie war, stürmte sie durchs Cottage. Als sie Raidens Name auf dem Display erkannte, lächelte sie.

»Na du? Alles in Ordnung?«

»Bestens. Ich konnte mich davonschleichen und bin jetzt schon auf der Fähre«, erklärte er. »Der Zug trifft um 20.19 Uhr in London ein, und anschließend treffe ich mich gleich mit Bradshaw. Er war zwar etwas mürrisch, dass ich ihn am Samstagmittag angerufen habe, hat dann aber eifrig zugestimmt, sich die Fotos anzusehen, als ich den Namen Darwin fallen ließ.« Raiden lachte.

»Fantastisch!« Tessa konnte es kaum fassen, dass sich plötzlich alles so wunderbar fügte.

»Leider fährt der früheste Zug morgen erst gegen halb acht. Ich werde also kaum vor Mittag wieder in Freshwater sein.«

»Nicht so schlimm«, erwiderte Tessa. »Ich vergnüge mich währenddessen einfach mit einem anderen Kerl. Besser gesagt mit zweien.«

»Wie bitte?«

Sie kicherte. »Dein Großvater wird morgen mit mir frühstücken, und dann ist ja noch Earl Grey da.«

»Treib keine solchen Scherze mit mir!«

»Eifersüchtig?«

Raiden murmelte etwas, was sie nicht verstand. Sie wertete es jedoch als Zustimmung, was ihr Herz einen Hüpfer machen ließ. Sie war ihm also nicht egal.

»Apropos Scherz ...« Sie hielt inne. Sollte sie das am Telefon mit Raiden besprechen? Oder besser warten, bis sie ihn am Sonntag wiedersah und an seinem Gesicht ablesen konnte, wie er die Nachricht aufnahm?

»Ja?«

Tessa hörte ein lautes Tuten und zuckte erschrocken zusammen.

»Sorry, ich stehe gleich neben dem Schiffshorn«, brüllte Raiden. »Warte, ich gehe mal unter Deck.«

Sie hörte Schritte, dann ein Knirschen und Gemurmel und plötzlich klang er, als stünde er direkt neben ihr.

»So, das ist jetzt hoffentlich angenehmer. Ich brauche meine Stimme für Bradshaw. Was wolltest du mir noch sagen?«

Plötzlich scheute sie sich davor, ihm mitzuteilen, dass sie noch drei Tage länger auf der Insel bleiben konnte. Ihre Chefin war zwar nicht begeistert gewesen, hatte ihr aber schließlich drei Tage Verlängerung zugestanden.

Tessa war vor Freude durchs Cottage getanzt, was Earl Grey dazu veranlasst hatte, sich schleunigst unter dem Sofa in Sicherheit zu bringen. Seitdem hatte sich das Tier nicht mehr hervorgetraut. Und jetzt war sie auf einmal unsicher, ob Raiden nicht gleich wie der ältliche Kater reagieren würde. Was, wenn er sich nicht über die zusätzliche Zeit mit ihr freute?

»Tessa? Bist du noch da?«

»Ja. Ich …« Sie atmete tief durch. »Es ist so … Wäre es dir unangenehm, wenn ich bis Mittwoch bliebe? Meine Chefin kann mich noch drei Tage entbehren und …« Weiter kam sie nicht, denn Raiden stieß einen Laut aus, der doch sehr nach Begeisterung klang.

»Super, das ist ja cool!«

»Und ich bin dir auch keine Last?«

»Na ja, irgendwie ist es doch recht unbequem, zu zweit im Bett zu liegen, aber ich gewöhne mich langsam daran.«

Ihr rutschte das Herz in die Hose. »Ach«, erwiderte sie kleinlaut.

»Quatsch, das war ein Scherz! Hey, ich freue mich riesig! Ich wollte dich nach meiner Rückkehr nämlich fragen, ob du nicht noch mehr Urlaub herausschinden kannst.«

Sie atmete erleichtert auf. »Warte nur, das bekommst du zurück. Ich denke mir bis morgen was aus und sage dann auch April, April.«

»Überlege dir lieber, wie du mich gebührend empfangen kannst.« In seiner Stimme schwang eindeutig eine erotische

Komponente mit. Sie spürte ein warmes Kribbeln im Bauch, als sie daran dachte, wie sich ihr Wiedersehen abspielen würde.

»Du wirst dich nicht beklagen können«, gurrte sie zweideutig.

»Wenn du jetzt nicht mit diesen Anspielungen aufhörst, springe ich über Bord und schwimme auf die Insel zurück«, drohte er.

»Dir traue ich alles zu.«

Wieder erklang das Schiffshorn, jetzt aber gedämpfter.

»Wir legen gleich in Southampton an«, erklärte Raiden. »Es bleibt nur wenig Zeit zum Umsteigen. Ich rufe dich noch mal an, wenn ich mit Bradshaw gesprochen habe.«

»Ja, unbedingt! Bis dann also.« Bevor sie auflegte, hauchte sie noch: »Ich mag dich sehr, du Vordrängler.« Und ohne seine Antwort abzuwarten, beendete sie den Anruf.

38

Nach dem Telefonat mit Raiden eilte Tessa fröstelnd zurück ins Schlafzimmer, zog schnell ihren Pyjama an und wickelte sich in Raidens Bademantel. Sein Geruch war tröstlich. Zum Abendessen hatte sie sich lediglich ein Sandwich gemacht, zum Kochen war sie zu müde. Die Vorräte, die Nathan gebracht hatte, konnten sie in den nächsten Tagen aufbrauchen.

Sie lächelte, als sie sich die kommende Woche ausmalte. Zwar arbeitete Raiden, aber möglicherweise konnte er sich, da das Turnier jetzt vorbei war, einen freien Tag gönnen. Sie könnten im Naturpark wandern gehen und mit dem Sessellift auf die Needles fahren, die idyllischen Inselgärten besichtigen oder einfach nur faul an einem der wunderschönen Strände liegen und ein Picknick machen. Es gab noch so viel auf der Insel, was sie nicht kannte.

Earl Grey hatte sich nicht mehr unter dem Sofa hervorgewagt, sosehr sie ihn auch lockte. Vermutlich war er jetzt sowieso eingeschlafen, also machte sie sich fürs Bett fertig.

Entgegen ihrer Annahme, dass sie heute alle Fotos aus den Bambusröhrchen würde befreien können, hatte sie nur etwa zwei Drittel geschafft. Als ihr die Sichthüllen ausgingen, hielt sie es für besser, den Rest erst mal in den Röhrchen zu lassen. Immerhin schlummerten Margarets Fotos schon andert-halb Jahrhunderte in ihren Quartieren, da kam es auf ein paar Tage mehr oder weniger auch nicht an. Sobald am Montag die Geschäfte öffneten, würde sie sich in Newport sowieso ein pro-fessionelles Fotoalbum mit Sichthüllen kaufen, in dem sie die Fotos angemessen lagern und transportieren konnte.

Sie ging nochmals in die Küche und betrachtete das Tohuwabohu, das sie auf dem Tisch hinterlassen hatte. Vielleicht wäre es besser, wenn sie alles wieder in der Kühlbox verstaute. Dann wäre alles schön beisammen. Gesagt, getan. Sie wischte den Küchentisch ab und schaute sich um. Perfekt.

Anschließend ging sie zurück ins Schlafzimmer, machte es sich im Bett bequem und griff nach einem Bildband der Insel, den sie in Raidens Bücherregal gefunden hatte. Schon nach wenigen Seiten fielen ihr die Augen zu. Also löschte sie das Licht und lauschte dem Wind, der ums Cottage pfiff.

Ihr Handy lag in der Küche zum Aufladen. Sollte sie es holen, damit sie Raidens Anruf nicht verpasste? Aber der Akku stand praktisch auf null. Sie hatte das Klingeln nach dem Duschen gehört, sie würde es auch ein zweites Mal hören. Und noch ehe sie einen weiteren Gedanken fassen konnte, war sie eingeschlafen.

In ihrem Traum schwamm Tessa in einem dunklen Gewässer. Das Ufer war nah, doch sosehr sie sich auch abmühte, sie kam nicht vom Fleck. Im Gegenteil, die Strömung trieb sie immer weiter aufs offene Meer hinaus. Auf einer Boje saß eine Möwe. Um ihren Hals trug sie eine Kette mit einem Anhänger von Arielle, der kleinen Meerjungfrau. Der Vogel beäugte ihre ver-zweifelten Bemühungen, bevor er ein klägliches Maunzen aus-stieß. Sie runzelte die Stirn. Das war ja seltsam. Ein Vogel mit Fremdsprachenkenntnissen?

Als das jämmerliche Miauen wieder erklang, wachte sie auf. Sie war komplett nass geschwitzt. Erneut hörte sie dieses schreckliche Maunzen. Earl Grey?

Dann bemerkte sie den Rauch.

* * *

»Das ist wirklich außergewöhnlich.« Bradshaw besah sich Margarets Foto von Charles Darwin eingehend. »Und Sie sagen, es gibt noch mehr davon?«

Raiden nickte. »Meine … Freundin ist gerade damit beschäftigt, die restlichen Bilder zu sichten. Ich kann nicht versprechen, dass noch weitere Fotos von Darwin dabei sind, aber die Möglichkeit besteht durchaus.«

Terence Bradshaw lehnte sich in dem dunkelbraunen Ohrensessel zurück und zog an der Zigarre, die einen angenehmen Duft verbreitete.

Raiden hatte gedacht, dass er seinen Chef gleich nach seiner Ankunft in London würde sprechen können. Doch Bradshaw hatte ihm mitgeteilt, dass sie ihr Treffen auf den späteren Abend verschieben mussten. Damit war Raidens Hoffnung dahin, vielleicht sogar heute noch wieder zurückfahren zu können und Tessa zu überraschen. Es war bereits halb zehn Uhr abends und sie saßen in Bradshaws Club im Raucherzimmer.

Raiden nippte an dem Sherry, den Bradshaw ihm aufgenötigt hatte. Er mochte keinen Sherry, hielt es aber für kontraproduktiv, ihn abzulehnen.

»Das ändert natürlich alles«, sagte Bradshaw schließlich. »Ich sehe schon die Schlagzeile in der Presse.« Er schnalzte mit der Zunge. »Gut gemacht, Mr Palmer!«

Raiden atmete erleichtert auf. »Dann kann ich eine spezielle Ausstellung organisieren und Margaret Sophie Clarke in die ›Hidden Heroes‹ aufnehmen?«

»Ich bitte darum!«, entgegnete Bradshaw. »Ich muss natürlich noch den Vorstand darüber informieren, aber das ist nur eine Formalität.« Er zog wieder an seiner Zigarre und musterte Raiden durch den Rauch hindurch. »Möglicherweise interessiert sich sogar das Victoria and Albert Museum dafür.«

Raiden stockte der Atem. Das glich quasi einem Ritterschlag. Das »V & A« nahm nur herausragende Künstler auf. Es beherbergte die größte Sammlung von Kunstgewerbe und Design der Welt. Tessa würde ausflippen. Raiden schaute heimlich auf die Uhr. Sie war bestimmt noch auf, er würde sie nach dem Treffen gleich anrufen und ihr die freudige Botschaft mitteilen.

»Wie gefällt es Ihnen eigentlich auf Carisbrooke Castle, Mr Palmer?«

Was sollte die Frage jetzt? »Gut, sehr gut sogar. Weshalb fragen Sie?«

Bradshaw zuckte mit den Schultern. »Für einen ambitionierten Mann wie Sie wäre London eventuell eine Option. Schon mal darüber nachgedacht, die Insel zu verlassen?«

Raiden sah seinen Vorgesetzten verblüfft an. Die Insel verlassen und in London leben? Tessa wohnte hier. Vielleicht …

»Ich denke darüber nach, Mr Bradshaw. Besten Dank für das Angebot.«

Er wusste gerade nichts anderes zu sagen. Und noch weniger, was er fühlen sollte. Hoffnung auf ein gemeinsames Leben mit Tessa in der Hauptstadt? Doch er liebte die Isle of Wight und seine Arbeit dort. Die meiste Zeit konnte er im Museum schalten und walten, wie es ihm beliebte, und keiner redete ihm drein. In London wäre das vermutlich anders.

»Tun Sie das, Mr Palmer. Noch einen Sherry?«

* * *

261

Tessa sprang aus dem Bett und lief ins Wohnzimmer. Aus der Küche drang beißender Rauch. Sie hustete und hielt sich den Arm vor den Mund. Der Küchenboden stand in Flammen, ein richtiges Flammenmeer! Das Feuer züngelte am Küchentisch empor. Sie sah mit Schrecken, wie die Plastikkühlbox zu schmelzen begann.

Margarets Fotos!

Panisch prüfte sie den Raum nach einem Feuerlöscher. Es war keiner da – und auch sonst nichts, womit sie den Brand bekämpfen konnte. Sollte sie es trotzdem versuchen? Oder sich besser in Sicherheit bringen?

Earl Grey nahm ihr die Entscheidung ab. Von irgendwoher sprang er mit einem Satz in ihre Arme und krallte sich schmerzhaft fest, dabei stieß er wieder dieses markerschütternde Miauen aus. Es war eher ein Schreien, das schon fast menschlich klang. Der Kater hatte ihr damit vermutlich das Leben gerettet.

Sie starrte verzweifelt auf die Kühlbox. In dem Moment traten die ersten Flammen aus dem schmelzenden Plastik. Sie hatte Feuer gefangen! Tessa würde Margarets Fotos nicht retten können. Das Plastik warf schon Blasen. Alles verloren!

Tessa drehte sich um, lief mit Earl Grey zurück ins Schlafzimmer und riss das Fenster auf. Sie bugsierte den sich windenden Kater hinaus, griff nach ihrem Rollkoffer und der Handtasche und warf sie hinterher. Was noch? Ihr Handy! Verdammt! Es lag ja in der Küche neben der Kaffeemaschine zum Aufladen und war ebenfalls zerstört. Schon wieder ein neues? Die Versicherung wird meine Prämie erhöhen, schoss es ihr durch den Kopf.

Etwas barst mit einem lauten Knall und Tessa zuckte zusammen. Hastig kletterte sie aus dem Schlafzimmerfenster, griff nach ihrem Gepäck und brachte es in sichere Entfernung. Von Earl Grey war nichts zu sehen. Er hatte sich bestimmt irgendwo verkrochen.

Das Feuer hatte jetzt das Wohnzimmer erreicht. Die Fensterscheiben explodierten klirrend. Glasscherben flogen durch die Luft. Tessa flüchtete hastig noch ein paar Meter, da die Hitze immer stärker wurde. Funken stiegen in den Nachthimmel. Zum Glück lag das Cottage so abgelegen, dass das Feuer keine anderen Häuser bedrohte.

Raidens schönes Cottage! Und Margarets Fotos!

Tessa liefen die Tränen über das Gesicht. Ohne Handy konnte sie nicht einmal die Feuerwehr benachrichtigen und musste hilflos mit ansehen, wie alles in Rauch aufging. Hoffentlich bemerkten Raidens Nachbarn das Unglück und riefen Hilfe.

Sie trug immer noch ihren Pyjama, und die Nacht war empfindlich kalt. Tessa bückte sich und holte wärmere Kleidung aus ihrem Koffer.

War der Brand ihre Schuld? Hatte sie etwas brennen lassen? Eine Kerze? Oder den Herd vielleicht? Nein, sie hatte weder das eine noch das andere benutzt. Ein technischer Defekt? Doch Raiden hatte das Cottage erst kürzlich modernisiert und bestimmt auch alle elektrischen Leitungen überprüfen lassen. Während sie in Jeans, Pullover und Socken schlüpfte und im Koffer nach ihrem zweiten Paar Turnschuhe wühlte, dachte sie an den Feuersee in der Küche.

Ein Küchenboden würde doch nicht einfach so im Ganzen brennen?! Das hatte wirklich merkwürdig ausgesehen. Ein schrecklicher Verdacht stieg in ihr auf: Vielleicht hatte jemand Benzin durch die Katzenklappe geleert und dann ein brennendes Streichholz hinterhergeworfen! Hatte Raiden etwa Feinde auf der Insel? Oder sie?

»Oliver!«, stieß sie erschrocken hervor.

Er war der Einzige, den sie hier kannte und der möglicherweise ein Motiv hatte. Hatte er erfahren, dass sie mit Raiden zusammen war? Normalerweise wäre Tessa gar nicht auf die

Idee gekommen, Oliver zu verdächtigen. Aber Raiden hatte vermutet, dass er an Ambers Tod Schuld trug. Und im Grunde war dies jetzt eine ähnliche Konstellation wie damals mit Amber: Tessa hatte Oliver abgewiesen und war jetzt mit seinem ehemals besten Freund liiert. Hatte er deshalb vielleicht rotgesehen? Wollte er sie und Raiden töten?

Tessa fühlte sich plötzlich beobachtet und blickte sich furchtsam um. Sie war in ihrem ganzen Leben noch nie mit kriminellen Absichten konfrontiert worden. Einmal hatte ihr jemand im Hyde Park die Handtasche entrissen, aber das war auch schon alles.

Musste sie die Polizei über ihren Verdacht informieren? Aber was, wenn sie falschlag? Oliver Taylor war eine angesehene Person auf der Insel und sie riskierte vielleicht eine Verleumdungsklage. Wie er auf der Jacht gesagt hatte – man würde ihr möglicherweise gar nicht glauben. Sie musste morgen Raiden fragen. Oh Gott, der wusste ja noch nichts von dem Brand! Er hatte bei seiner Abreise so hoffnungsvoll geklungen und sie müsste ihm so eine Hiobsbotschaft überbringen. Vielleicht war es besser, zuerst mit Nathan zu sprechen.

»Brennt ja wie Zunder«, sagte eine Stimme neben ihr.

Sie stieß einen spitzen Schrei aus und fuhr herum. »Du?!«, stammelte sie. »Warst du das?«

Oliver grinste sie an, ohne zu antworten.

Sein unverschämtes Grinsen ließ sie vor Wut fast explodieren. Natürlich war er es gewesen, wieso sollte er auch sonst hier sein?

»Du irrer Psychopath!«, schrie sie ihn an. »Ich hätte sterben können!« Sie stieß ihn mit beiden Händen vor die Brust.

Oliver taumelte einen Schritt zurück und sein Grinsen verschwand. »Wage es ja nicht, mich anzufassen, Amber. Nicht mit diesen Händen, die Raiden berührt haben. Du Schlampe!«

Sie starrte ihn sprachlos an. Amber? Verwechselte er sie etwa mit seiner toten Jugendliebe?

»Ich bin Tessa, du Vollpfosten, nicht Amber!«

Einen Moment zuckte es in seinem Gesicht, als würde er begreifen, was sie gesagt hatte. Doch dann versteinerte seine Miene wieder.

»Ich hätte dir die Welt zu Füßen gelegt. Aber du hast meine Liebe weggeworfen. Wofür? Für diesen dahergelaufenen Hampelmann. Ich hasse dich!« Er trat drohend einen Schritt auf sie zu.

Tessa zuckte zurück. Der Kerl hatte definitiv nicht mehr alle Tassen im Schrank. Plötzlich schlug ihre Wut in Angst um. Sie war noch immer in Lebensgefahr. Nichts wie weg hier! Sie trat einen weiteren Schritt zurück und ließ Oliver nicht aus den Augen.

Er packte sie am Arm. »Du willst weg?«, spie er aus. »Etwa zu ihm?«

Adrenalin schoss durch Tessas Adern, jeder Muskel in ihrem Körper war angespannt, bereit, zu rennen oder zu kämpfen. Doch sie war unfähig, einen Ton von sich zu geben oder sich zu bewegen. Durch das Prasseln der lodernden Flammen drang ein Heulen an ihre Ohren. Sirenen! Hilfe nahte, Gott sei Dank!

Oliver lauschte und kurz hoffte Tessa, er werde sie loslassen. Doch dann packte er nur umso fester zu und zerrte sie übers Gelände zur Straße hin.

»Lass mich los!«, kreischte sie und stemmte sich mit den Füßen in den Boden. Aber da sie immer noch barfuß war, schlitterte sie einfach weiter über die Wiese. Sie ließ sich wie einen Sack Kartoffeln fallen. Oliver geriet aus dem Gleichgewicht.

»Miststück!«, schrie er, riss sie wieder hoch und versetzte Tessa eine Ohrfeige.

Ihr Kopf wurde zur Seite geschleudert, Sterne tanzten vor ihren Augen. Sie hielt sich die brennende Wange und starrte

Oliver entsetzt an. Noch nie in ihrem Leben hatte sie jemand geschlagen.

»Lass mich gehen, Oliver«, flehte sie. »Ich verspreche dir, dass ich niemandem etwas sagen werde.«

»Das wirst du auch nicht, Amber«, erwiderte er ruhig.

Im orangefarbenen Schein des brennenden Cottage entdeckte Tessa seinen Wagen. Er hatte ihn hinter einer Hecke geparkt.

»Steig ein!«, befahl er und öffnete die Beifahrertür.

»Ich …«

»Einsteigen, habe ich gesagt! Hörst du schlecht? »

Tessa gehorchte und Oliver fixierte ihre Hände mit Kabelbinder am Haltegriff der Tür.

Dann stieg er ein und fuhr los. Durch das Rückfenster sah Tessa gerade noch das erste Löschfahrzeug auf Raidens brennendes Cottage zurasen.

39

Raiden versuchte seit einer Stunde, Tessa zu erreichen. Ohne Erfolg. Er hatte ihr mehrmals auf die Mailbox gesprochen, aber auch auf seine Bitte hin, ihn zurückzurufen, reagierte sie nicht. Seltsam, sie wollte doch bestimmt wissen, wie sein Gespräch mit Bradshaw verlaufen war. Schlief sie etwa schon? Oder war sie mit Nathan unterwegs?

Nathan hob nach dem ersten Klingeln ab. »Und?«, fragte er ohne Einleitung.

»Besser, als ich zu träumen wagte«, verkündete Raiden. »Bradshaw sprach sogar vom Victoria and Albert Museum.«

Nathan stieß einen leisen Pfiff aus. »Da wird dir die kleine Meerjungfrau aber mehr als dankbar sein.«

Raiden lachte. »Das hoffe ich doch. Apropos, ich kann sie nicht erreichen. Ist sie bei dir?«

»Nope. Ich komme gerade vom Essen mit Megan zurück. Musste eine geschlagene halbe Stunde an der Küstenstraße warten, weil es irgendwo brennt und die Feuerwehr mit ihren Löschfahrzeugen Vortritt hatte.«

»Verstehe. Na ja, dann schläft sie vermutlich schon. Wir sehen uns also morgen gegen Mittag.«

»Sofern die Fähren auslaufen«, wandte Nathan ein. »Ein Sturm zieht auf.«

»Verflucht!« Raiden knurrte. »Hoffen wir mal, dass er in der Nacht vorüberzieht. Kannst du mal zum Cottage fahren und nachsehen, ob Tessa die Läden geschlossen hat? Ich weiß nicht, ob sie von selbst draufkommt. Ich möchte morgen keine zerbrochenen Fensterscheiben vorfinden.«

»Ich habe mich schon ausgezogen.«

»Das wird sie sicher nicht stören.«

Sein Großvater kicherte. »Na gut, fahre ich halt kurz rüber. Wenn die Läden offen stehen, muss ich sie aber wecken. Kann ich ihr dann die gute Nachricht überbringen?«

Eigentlich hatte Raiden das selbst tun wollen, doch wenn sein Großvater ihm einen Gefallen tat, konnte er nicht so kleinlich reagieren.

»Klar«, erwiderte er. »Die Details erzähle ich euch dann morgen, okay? Übrigens soll sie mich doch noch kurz anrufen. Sagst du ihr das?«

»Natürlich. Also bis morgen, mein Junge. Das hast du gut hingekriegt. Ich bin stolz auf dich.«

Mit einem Lächeln im Gesicht beendete Raiden das Gespräch.

* * *

Olivers Wagen rumpelte über einen unbefestigten Feldweg und Tessa wurde heftig hin und her geschleudert. Da sie sich mit ihren gefesselten Händen nicht festhalten konnte, prallte sie bei jedem Schlagloch schmerzhaft gegen die Wagentür.

Offenbar mied Oliver die asphaltierten Straßen. Sie wusste nicht, wo sie sich befanden, vermutete aber, dass sie nach Norden fuhren. Also nicht zur Nuwara Lodge.

Ein paarmal schon hatte Tessa versucht, ein Gespräch mit ihm anzufangen, damit er vielleicht wieder zur Besinnung kam, doch er reagierte nicht auf ihre Worte. Es schien fast, als befände er sich in einer anderen Welt. Eventuell in der Vergangenheit an jenem Zeitpunkt, als ihm Amber gestanden hatte, dass sie lieber mit Raiden zusammen sein wollte.

Litt Oliver Taylor womöglich an einer Persönlichkeitsstörung? Die zwei Gesichter, die sie schon früher bei ihm bemerkt hatte, fielen ihr ein. Sie war in den Händen eines gefährlichen Irren gelandet!

»Hast du gewusst, dass Anthony Thorneycroft und ich verwandt sind?« Olivers Stimme klang wieder vollkommen normal, trotzdem zuckte sie zusammen, als er so plötzlich zu sprechen anfing.

»Nein, wusste ich nicht«, antwortete sie zaghaft. Das Gespräch in Gang halten, flüsterte ihr Überlebensinstinkt. Ihm keine Angriffsfläche bieten und einen auf beste Freundin machen.

»Er wurde von Queen Victoria sogar in den Adelsstand erhoben.«

»Tatsächlich? Wie schön.«

»Ja, nicht wahr? Für seine schriftstellerische Leistung und seinen tadellosen Lebenswandel.«

»Verstehe.«

Oliver wandte den Kopf. Sie versuchte zu lächeln.

»Tust du nicht!«, zischte er.

»Bitte? Was tue ich nicht?«

»Es verstehen.«

Wieder fuhren sie über ein Schlagloch, und sie schlug sich schmerzhaft den Kopf an.

»Aber sicher doch, Oliver. Er war ein begnadeter Schriftsteller und führte ein moralisch einwandfreies Leben.«

Er lachte schrill. »Blödsinn! Er war ein komplettes Arschloch, hinterging seine Ehefrau, hatte zahlreiche Affären und uneheliche Kinder. Zudem war er Alkoholiker.«

Was sollte sie darauf erwidern? Ihm zustimmen? Oder lieber widersprechen? Doch offensichtlich erwartete er keine Antwort, denn er fuhr einfach fort.

»Aber das weiß heute niemand mehr, und auch damals hat er es stets gut versteckt. Trotzdem will meine Familie natürlich nicht, dass es nach so vielen Jahren herauskommt. Man würde ihm vielleicht posthum den Adelstitel aberkennen. Wäre nicht sehr schön und außerordentlich peinlich für uns und die Thorneycroft-Stiftung. Meine Eltern leiten die übrigens.«

»Verständlich«, sagte Tessa. Sie verschwieg tunlichst, dass ihre Großmutter etwas Ähnliches über den Schriftsteller gesagt hatte.

»Und deshalb mussten die Fotos vernichtet werden.«

Tessa horchte auf. »Du meinst Margarets Fotos?«

Er nickte. »Eine seiner Mätressen.«

Ihr blieb der Mund offen stehen. Margaret war also tatsächlich Thorneycrofts Geliebte gewesen? Nein, Tessa glaubte das nicht, obwohl ihr selbst schon derselbe Gedanke gekommen war. Aber das passte einfach nicht zu dem Bild, das sie sich von Margaret gemacht hatte. Oder doch? Das würde immerhin erklären, weshalb der Dichter ihr sein Glashaus zur Verfügung gestellt hatte. Aber Sally hatte erzählt, dass die Clarkes und die Thorneycrofts miteinander befreundet gewesen waren. Oder war das vielleicht nur Fassade gewesen?

»Schon seltsam, nicht?«

Tessa räusperte sich. »Was denn?«

»Dass du es jetzt auch weißt. Ich habe es nämlich vor dir nur einer Person erzählt.« Er warf ihr einen schnellen Blick zu.

»Amber?«

Er nickte. »Ich dachte, meine zukünftige Frau darf es ruhig wissen. Liebende sollten schließlich keine Geheimnisse voreinander haben, findest du nicht auch?«

»Stimmt, das sollten sie nicht«, pflichtete sie ihm bei. Er wusste zum Glück jetzt wieder, dass sie Tessa und nicht Amber war. Vielleicht wurde ja doch noch alles gut.

»Tja, und da du wohl Raiden liebst, wirst du es ihm früher oder später auch erzählen. Das kann ich nicht zulassen. Und auch nicht, dass kompromittierende Fotos von Anthony und Margaret auftauchen. Das verstehst du sicher, nicht wahr?«

»Ich werde überhaupt nichts verraten, Oliver. Versprochen! Mein Urlaub ist sowieso vorbei und ich reise zurück nach London. Niemand wird dieses Geheimnis lüften. Und Raiden sehe ich dann auch nicht mehr.«

Oliver antwortete mit einem amüsierten Schnauben. Eine Windböe traf den Wagen und er steuerte dagegen. Kurz darauf prasselte Regen auf die Windschutzscheibe, und die Scheibenwischer gaben ein quietschendes Geräusch von sich, schafften es aber kaum, der Sintflut Herr zu werden.

»Hui, das wird lustig!«, sagte Oliver kichernd.

»Wo fahren wir eigentlich hin?«

Zuerst schwieg er, doch dann sagte er grinsend: »In den Jachthafen.«

»Du willst auf dein Boot? Bei dem Wetter?«

»Du vergisst, dass ich ein begnadeter Segler bin, meine Liebe. Mir wird nichts geschehen … aber dir möglicherweise schon.« Sein böses Grinsen vertiefte sich.

Tessas Magen krampfte sich vor Angst zusammen. Wenn er sie mit gefesselten Händen über Bord warf, würde sie ertrinken. Sie hätte keine Chance, sich selbst zu retten. Und mitten in der Nacht und bei Sturm wären auch keine anderen Boote auf dem Wasser.

Sie versuchte verzweifelt, den Türöffner zu erreichen. Wenn sie sich mit voller Wucht aus dem fahrenden Auto warf, zerriss der Kabelbinder vielleicht. Und wenn sie sich dabei verletzte, war das immer noch besser, als zu ertrinken.

»Kindersicherung«, sagte Oliver trocken.

Unvermittelt liefen Tessa Tränen über die Wangen. Vor Wut, Angst und Bedauern über ihre eigene Dummheit, in seinen Wagen gestiegen zu sein.

»Ich denke, dass meine Jacht einen neuen Namen braucht«, sagte er nachdenklich. »Wie gefällt dir *Tessa P.*«

* * *

Raiden betrachtete irritiert die fremde Nummer auf dem Display seines Handys. Eigentlich erwartete er Tessas Rückruf. Ein Werbeanruf? Aber um diese Zeit?

»Palmer«, meldete er sich.

»Dein Cottage brennt!«

Das war Nathans Stimme. Seit wann hatte sein Großvater denn ein Handy? Und was meinte er damit, dass das Cottage brannte?

»Junge? Hörst du mich?«

Im Hintergrund hörte Raiden Sirenen, ein lautes Prasseln und Knirschen und das Rufen von Befehlen.

»Mein Cottage brennt? Habe ich das richtig verstanden?«

»Ja, verdammt noch mal!«

»Aber …« Raiden fühlte sich mit einem Mal, als hätte ihm jemand mit voller Wucht in den Solarplexus getreten. »Tessa?«, krächzte er.

»Das Schlafzimmerfenster steht offen. Ihr Rollkoffer und ihre Handtasche liegen ein paar Meter weiter auf der Wiese. Sie ist vermutlich noch rausgekommen, aber unauffindbar. Zum Glück fängt es jetzt an zu regnen …«

Was Nathan weiter ins Telefon schrie, verstand Raiden nicht mehr. Seine Knie knickten ein, er setzte sich schwer aufs Hotelbett, das Handy rutschte aus seiner zitternden Hand.

Hastig bückte er sich danach und ihm wurde beinahe schwarz vor Augen.

»Raiden? Hallo? Hörst du mich?«

»Ich komme sofort zurück! Im schlimmsten Fall chartere ich ein Privatboot für die Überfahrt.«

»Lass das besser. Der Sturm hat uns voll erwischt. Der Fährbetrieb ist eingestellt. Es wird dich niemand herbringen können.«

»Aber ich kann unmöglich hier sitzen, während Tessa vermisst wird! Es ist alles meine Schuld. Ich habe sie gebeten, ins Cottage zu ziehen!«

»Mach dich nicht verrückt, Junge. Sie hat vielleicht einen Schock und ist davongelaufen. Sie taucht schon wieder auf. Hauptsache, sie ist noch rausgekommen.«

»Ich fahre trotzdem nach Southampton zurück. Vielleicht hat sich der Sturm bis dahin gelegt.«

»Ich muss das Telefon jetzt wieder an Greg zurückgeben. Er hat es mir kurz geliehen.«

Raiden hörte, wie sich Nathan mit Greg, dem Feuerwehrkommandant, unterhielt.

»Raiden? Hier ist Greg. Du kannst mich jederzeit anrufen, damit du auf dem Laufenden bist, okay? Sobald wir Ms Cooper gefunden haben, gebe ich dir Bescheid. Bis dahin bewahre bitte Ruhe. Du kannst hier nichts tun.«

Ruhe bewahren? Raiden hätte beinahe gelacht. »Danke, Greg. Ist es sehr schlimm?«

»Den Preis für das hübscheste Cottage wirst du dieses Jahr wohl nicht gewinnen. Aber Hauptsache ist, dass kein Mensch zu Schaden kommt … oder kam, nicht?«

»Natürlich. Sag meinem Grandpa, dass ich ihn aus Southampton anrufe.«

Während Raiden sprach, stand er auf und warf alles, was er bereits ausgepackt hatte, wieder in seine Reisetasche. Das

Zimmer war bezahlt, den Schlüssel konnte er beim Nachtportier abgeben. Hoffentlich fuhr noch ein Zug. Wenn nicht, würde er einen Wagen mieten. Und er würde schon jemanden auftreiben, der ihn selbst bei Sturm auf die Insel brachte. Sonst würde er eben schwimmen.

40

»Möchten Sie noch einen Tee, Ms Clarke? Oder soll ich das Grammofon ankurbeln?«

Lucy, das neue Dienstmädchen mit der piepsigen Stimme, schaute Margaret fragend an.

Sie war ein nettes Ding, wenn auch etwas anstrengend, da sie sich nichts merken konnte. Doch was beklagte sie sich? Sie vergaß in der letzten Zeit selbst so viel. Sie konnte sich zwar deutlich an Begebenheiten aus ihrer Kindheit erinnern, aber nicht mehr, was sie am Tag zuvor gegessen hatte. Vielleicht war das im Alter einfach so.

»Nein danke, Lucy.«

Das Dienstmädchen knickste und verließ die Bibliothek.

Margaret stand stöhnend auf und trat ans Fenster. Der Sommer, so schön er auch war, erinnerte sie immer schmerzlich an den Tag, an dem Jonathan gestorben war. Das war jetzt über vierzig Jahre her.

Margaret hatte in ihrem langen Leben nie wieder geheiratet, obwohl ihr alle dazu geraten hatten, nachdem das Trauerjahr verstrichen war. Besonders Mabel Ashby, mit der sie seit Jonathans Tod eine innige Freundschaft verband. Doch wieso sollte sie einen anderen Mann an sich binden, dem sie keine Kinder schenken konnte? Nein, das wäre nicht richtig gewesen. Und wenn sie ehrlich war, hatte sie damals ihr Witwendasein auch genossen, konnte sie doch tun und lassen, was immer sie wollte. Nur in den einsamen Stunden der Nacht hatte sie sich manchmal nach einem wärmenden Körper an ihrer Seite gesehnt. Und auch jetzt, im Alter, wäre es nett gewesen, Gesellschaft zu haben. Seit sie nicht mehr fotografierte, erschienen ihr die Tage lang und öde.

Seit Kurzem verspürte sie eine Enge in der Brust, die ihr das Atmen erschwerte. Doch sie wollte deswegen nicht den Doktor bemühen. Er würde ihr nur bittere Tropfen verschreiben. Und vielleicht war es jetzt einfach an der Zeit, die Dinge zu regeln, die es zu regeln galt.

Über der Bucht lag noch der Morgennebel. Ein Fischkutter tauchte daraus auf wie ein Gespenst. Was für ein Motiv! Es juckte Margaret in den gichtgeplagten Fingern. Wie gern hätte sie noch einmal ein Foto gemacht! Doch es war ihr nicht mehr möglich, eine Kamera zu bedienen. Selbst diese neumodischen kleinen Dinger nicht.

Die Fotografie hatte in den letzten Jahren eine enorme Entwicklung durchgemacht, und sie bedauerte es, nicht heute jung zu sein und alle neuen Apparate ausprobieren zu können. In dieser Zeit hätte man sie bestimmt nicht mehr als »die Verrückte mit dem Kasten« beschimpft.

Margaret hatte in ihrem Leben Tausende von Fotos gemacht. Sie war ihrem von allen belächelten Stil treu geblieben. Die besten Bilder lagerten in Anthonys Glashaus. Und dort würden sie auch bleiben. Sie hatte es schon vor langer Zeit aufgegeben, das breite Publikum für ihre Arbeit zu interessieren. Der Ruhm, nach welchem sie in ihrer Jugend so gelechzt hatte, war nie gekommen, und je älter sie wurde, desto unwichtiger war er geworden.

Anthonys Glashaus! Sie schüttelte den Kopf. Das waren noch Zeiten gewesen, als sie dort die halbe Inselbevölkerung porträtiert hatte. Sie konnte sich gar nicht mehr an alle Personen erinnern. Die fantasievollen Kostüme waren ihr besser im Gedächtnis geblieben. Sie lächelte bei dem Gedanken daran, wie sie ihre wertvollen Brokatvorhänge dafür zerschnitten hatte.

Alles vorbei, dachte sie.

Die meisten Personen, die sie vor die Linse gezerrt hatte, waren in der Zwischenzeit gestorben. Gwen, ihr erstes Dienstmädchen und Lieblingsmotiv, kaum zwei Jahre nach Jonathan. Die Tuberkulose hatte sie dahingerafft. Arme Gwen. Sie hatte immer so gern gelacht. Thomas Carlyle war 1881 verschieden, der brummige Charles Darwin 1882. Und vor zehn Jahren war dann auch Anthony gestorben.

Die Königin hatte den Hallodri sogar geadelt, was Margaret noch heute wunderte und zugleich erheiterte. Als sie ihn damals in die Schranken wies und ihm klarmachte, dass sie nie mehr als Freunde sein würden, hatte er das anstandslos akzeptiert und war einer ihrer engsten Vertrauten geworden. Ganz zum Missfallen seiner verknöcherten Gattin, die Margaret zeit ihres Lebens als Konkurrenz angesehen hatte.

Margaret schüttelte schmunzelnd den Kopf, als sie daran dachte, wozu Anthony sie einmal überredet hatte. Er hatte sie gebeten, »naturnahe« Fotos von sich und seinen wechselnden Liebschaften anzufertigen. Zuerst war sie ein wenig schockiert gewesen, aber dann hatte sie der Ehrgeiz gepackt. Wieso sollte man den menschlichen Körper nicht hüllenlos ablichten? Er war schließlich ein Geschenk Gottes. Also hatte sie sich daran versucht. Mehr schlecht als recht, aber Anthony hatten die Bilder gefallen. Doch wären diese Fotos je an die Öffentlichkeit gelangt, Königin Victoria hätte ihm seinen Adelstitel bestimmt unverzüglich aberkannt. Und sie, Margaret, wäre für alle Zeiten geächtet worden. Zum Glück lagerten alle diese Ausrutscher, sicher in einer hölzernen Schatulle versteckt, in der Chaiselongue im Glashaus, wo Anthony sie ab und zu hervorkramte, um sie sich anzusehen.

Als Anthony dann starb, hatte seine Witwe Margaret sofort verboten, das Glashaus weiter zu benutzen. Aus Trotz hatte sie dort alles so belassen, wie es war. Sollte die Witwe doch selbst die Apparaturen wegschaffen lassen; sie waren damals schon veraltet gewesen. Diese hässliche Gicht hatte ihr zu der Zeit sowieso schon jede Freude daran genommen, neue Aufnahmen zu machen. Hatte Anthonys Witwe das Glashaus nach seinem Tod leer geräumt? Und wenn ja, die kompromittierenden Fotos vielleicht gefunden? Margaret lachte bei dieser Vorstellung. Das geschähe der überheblichen Dame recht.

Margaret war nie wieder im Glashaus gewesen, obwohl in dessen Keller ihre besten Fotos lagerten. Manchmal bereute sie zwar, sie nicht mitgenommen zu haben. Aber sie waren dort entstanden und sollten dort bleiben. Möglicherweise fand ja jemand irgendwann ihre Schätze. Und wenn ja, was würde sich derjenige denken? Tand oder Kunst?

»Egal«, murmelte Margaret gelassen und zog das Schultertuch enger.

Es klopfte. Lucy trat ein, auf den Armen einen Stapel Feuerholz. Selbst im Sommer fror Margaret mittlerweile, und sie sehnte sich nach Ceylon zurück. Aber für eine letzte Schiffsreise war sie zu alt. Oder doch nicht? Sollte sie es noch einmal wagen? Die Spiegelinsel verlassen und ihre letzten Jahre in der Wärme auf einer Plantage verbringen?

»Hast du gewusst«, wandte sie sich an Lucy, »dass das Wort fotografieren aus dem Altgriechischen stammt und ›zeichnen mit Licht‹ bedeutet?«

Lucy starrte sie einen Moment verwirrt an. »Wusste ich nicht, Ma'am«, stammelte sie. »Ich bin aber auch nur vier Jahre zur Schule gegangen. Tut mir leid.«

Margaret winkte ab. »Da gibt es nichts zu entschuldigen. Mir tut es leid, dich damit zu langweilen.«

Lucy nickte erleichtert und stapelte das Holz neben dem Kamin.

»Vielleicht nehme ich jetzt doch einen Tee«, sagte Margaret. »Frag die Köchin, ob noch Schwarztee mit Orangengeschmack vorrätig ist. Ich fühle mich bei diesem Aroma stets, als wäre ich wieder auf einer anderen Insel und zu Hause.«

41

Der Hafen von Cowes lag verlassen im strömenden Regen. Im Licht der orangefarbenen Straßenbeleuchtung knatterten die Fahnen entlang der Uferpromenade im Sturmwind.

Oliver stoppte vor der Kaimauer, sah sich kurz um und stieg aus. Mit einem Ruck öffnete er die Beifahrertür und Tessa wäre beinahe hinausgestürzt. Die Fallen der Segelboote klapperten an ihren Masten und veranstalteten einen Heidenlärm. Eine heftige Böe riss Tessas Hoffnung, beim Aussteigen um Hilfe rufen zu können, davon.

»Keine Mätzchen!«, befahl Oliver.

Bevor er den Kabelbinder mit einer Zange durchtrennte, befestigte er einen zweiten um ihre Handgelenke. Zwar hing sie jetzt nicht mehr an dem Türgriff, war jedoch weiterhin gefesselt. Sie musste unbedingt verhindern, dass er sie auf das Boot zerrte.

Die *Amber II* lag am Ende eines Holzstegs mit einem hüfthohen Geländer. Im Wellengang warf sich die Jacht wie ein wildes Tier dagegen, und die Kunststofffender, die die Bordwand schützen sollten, knirschten und quietschten.

Tessa rutschte mit ihren bloßen Füßen mehrmals auf den glitschigen Holzplanken aus. Innerhalb von Sekunden war sie bis auf die Haut durchnässt. Oliver schien der Regen nicht zu stören.

»Oliver, mir ist kalt, bitte lass mich gehen.«

Er schüttelte lächelnd den Kopf und zerrte sie weiter.

Wie tief mochte das Hafenbecken sein? Sollte sie versuchen, hineinzuspringen, um zu entkommen? Aber mit gefesselten Händen konnte sie nicht schwimmen. Oder doch? Nein, der hohe Wellengang würde ihr einen Strich durch die Rechnung machen. Und wo sollte sie auch hin? Oliver könnte einfach am Ufer auf sie warten, wenn sie es trotz allem an Land schaffen würde.

So leicht wollte sie es ihm aber trotzdem nicht machen! Erneut stemmte sie sich gegen ihn, doch ohne Schuhe bekam sie einfach keinen festen Stand. Also ließ sie sich wieder fallen. Sollte er sie doch tragen, das würde die Entführung um einiges schwieriger gestalten.

»Ach Tessa.« Er musste fast brüllen, um den Sturm zu übertönen. »Willst du wirklich, dass ich dich an den Haaren zur Jacht schleife?«

Sie schluckte. Das war nicht bloß eine Drohung, er würde das tatsächlich tun. Also rappelte sie sich wieder hoch.

»Geht doch«, meinte er zufrieden und gab ihr einen Schubs in den Rücken. »Wenn du brav bist, mache ich dir gleich eine schöne Tasse heißen Tee.«

Sie schöpfte Hoffnung. Vielleicht war das alles nur ein dummer Scherz? Er wollte ihr bestimmt lediglich Angst machen und würde sie später wieder an Land absetzen. Doch eigentlich wusste sie, dass sie sich etwas vormachte. Oliver Taylor war verrückt, und dies war die letzte Reise, die Tessa Cooper je antreten würde. Tränen liefen über ihre Wangen, vermischten sich mit dem Regen, doch sie unterdrückte das Schluchzen. Sie wollte nicht, dass er jetzt schon über sie triumphierte.

Hatte er Amber dasselbe angetan? Hatte Raidens Jugendfreundin ebenfalls gewusst, dass sie sterben würde? Denk nach, Tessa!, befahl sie sich. Dein Leben hängt davon ab.

Sie erreichten die *Amber II*, ohne dass ihnen jemand begegnet wäre. In den Booten ringsum konnte sie kein Licht entdecken.

»Wir steigen gemeinsam rüber«, befahl Oliver. »Warte, bis sich das Boot mit einer Welle hebt, dann mach einen großen Schritt.«

Sie nickte. Er packte sie am Ellbogen und beobachtete das Auf und Ab der Wogen. Mit dem Handrücken rieb sie sich das Wasser aus den Augen. Erst jetzt bemerkte sie, dass der Kabelbinder nicht stramm auf ihrer Haut saß. Vorsichtig bewegte sie ihre Handgelenke. Sie spürte eine kleine Lücke.

»Jetzt!«

Zusammen traten sie vom Steg auf die Jacht. Tessa taumelte, doch Oliver hielt sie eisern fest.

»Willkommen zurück an Bord, Schätzchen.« Seine Stimme troff vor Sarkasmus. »Ich muss dich jetzt leider eine Weile ins Bad sperren, bis wir auf See sind. Das macht dir doch nichts aus, oder?«

Sie schüttelte den Kopf. Ihre nassen Haare klatschten ihr unangenehm ins Gesicht.

Rüde bugsierte er sie in Richtung der Sitzbank, auf der sie noch vor ein paar Tagen Wein getrunken hatten. Zwischen dem Cockpit und der halbkreisförmigen Sitzbank befand sich eine kleine zweiflügelige Holztür, die in den Bauch der Jacht führte. Oliver zog einen Schlüssel aus der Hosentasche und öffnete sie. Ein schwarzes Loch tat sich vor Tessa auf. Oliver betätigte einen Lichtschalter und sie erkannte ein paar Stufen, die hinabführten.

Er bedeutete ihr, voranzugehen, sie zog den Kopf ein und stieg hinab, stieß sich schmerzhaft das Knie an und sog zischend die Luft ein.

Sie gelangten in einen Raum mit einer Eckbank, einem Tisch und einer Einbauküche. Dahinter lag ein weiteres Zimmer mit einem Bett. Rechts gab es ein winziges Bad mit Waschbecken, Dusche und Toilette. Der Raum war kaum größer als eine Flugzeugtoilette.

»Da rein!« Er wies mit dem Kinn auf die Nasszelle.

»Und der Tee?«

Er lachte meckernd, gab ihr einen Stoß in den Rücken und sie stolperte ins Bad. Sofort zog er die Tür zu und drehte den Schlüssel.

Tessa strich sich die nassen Haare aus der Stirn, soweit das mit gefesselten Händen möglich war. Sie fror entsetzlich und ihre Zähne schlugen klappernd aufeinander. Wenigstens war es auf der Jacht trocken. Nur das Auf und Ab tat ihrem Magen nicht gut. Sie würgte und erbrach sich in das winzige Waschbecken aus Chrom. Der Geruch ihres Erbrochenen ließ sie abermals würgen.

»Reiß dich verdammt noch mal zusammen!«, sagte sie zu ihrem Spiegelbild, das ihr eine verängstigte Person mit wachsbleichem Gesicht zeigte. Wie war es nur so weit gekommen?

Sie drückte auf den Wasserhahn. Gurgelnd verschwand ihr Mageninhalt im Abfluss. Sie hielt den Kopf unter den Wasserstrahl, spülte sich den Mund aus und trank ein paar Schlucke.

Dann erst sah sie sich um. Auf den ersten Blick entdeckte sie nichts, was ihr in ihrer misslichen Lage hilfreich sein konnte. Sie öffnete den Spiegelschrank über dem Waschbecken: eine Zahnbürste in einem Becher, Zahnpasta, Rasierwasser und Sonnencreme. Keine Schere, kein Nagelknipser und natürlich auch kein Messer.

»Verdammt!«

Sie bückte sich und öffnete das Schränkchen unter dem Waschtisch: Handtücher, etwas, das wie eine Schwimmweste aussah, diverse Reinigungsmittel, Kerzen und Streichhölzer. Auch nicht besser. Sie konnte zwar probieren, in die Schwimmweste zu schlüpfen, aber Oliver würde sie ihr ganz sicher nicht überlassen, wenn er vorhatte, sie über Bord zu schmeißen.

In dem Moment verspürte sie ein Vibrieren. Oliver hatte offenbar die Leinen gelöst und den Motor gestartet. Ihr blieben jetzt nur noch wenige Minuten, bis er sie holen kam.

Würde er sie im Solent über Bord werfen oder versuchen, das offene Meer zu erreichen? Er kannte die Strömungsverhältnisse und wusste sicher, wo ihr Körper an Land gespült würde. Er hatte sich bestimmt die beste Stelle ausgesucht. Möglicherweise eine, die ihre Leiche auf Nimmerwiedersehen ins offene Meer trieb. Vielleicht machte ihm aber auch der Sturm einen Strich durch die Rechnung. Vor- oder Nachteil für sie?

Entschlossen griff sie nach der Sonnencreme, öffnete mit den Zähnen den Verschluss und drückte den Inhalt ins Waschbecken. Sie drehte ihre gefesselten Hände darin, bis sie glitschig waren, und versuchte dann, den Kabelbinder abzustreifen. Das Plastik scheuerte ihr zwar die Haut auf, bewegte sich aber auch ein bisschen.

Sie biss die Zähne zusammen, ignorierte den Schmerz und verdoppelte ihre Bemühungen. Doch sosehr sie auch zerrte, sie konnte die Fessel nicht abstreifen.

Frustriert setzte sie sich auf den Klodeckel und ließ ihren Tränen freien Lauf. So sah also ihr Ende aus. Sollte sie beten und ihren Frieden mit der Welt machen?

Ihr Blick fiel auf das geöffnete Schränkchen unter dem Waschbecken. Kerzen und Streichhölzer. Kabelbinder aus Plastik. Sie dachte an die schmelzende Kühlbox auf Raidens Küchentisch.

Hastig sprang sie auf, zerrte eine Kerze und die Streichhölzer hervor und deponierte alles neben dem Waschbecken. Sie stellte die Kerze auf, doch die fiel gleich wieder um. Der Wellengang war einfach zu stark. Also setzte sie sich aufs Klo und klemmte sie zwischen die Knie. Das erste Streichholz rutschte ihr aus den glitschigen Fingern. Das zweite ebenfalls.

»*Holy Crap!*«, schimpfte sie angsterfüllt.

Sie atmete tief durch und versuchte, sich zu beruhigen. Endlich gelang es ihr, ein Streichholz aus der Schachtel zu fummeln. Sie strich damit über die Reibefläche, drückte zu fest und das Hölzchen zerbrach.

»Nein, nein, nein!«, jammerte sie panisch.

Also von vorn! Zündholz herauspfriemeln, vorsichtig über die Reibefläche ziehen.

Das Streichholz flammte auf.

Mit zitternden Fingern hielt sie es an die Kerze zwischen ihren Beinen. Es dauerte ein paar Sekunden, und beinahe hätte sie sich die Fingerkuppen verbrannt, doch endlich fing der Docht Feuer.

»Und jetzt auf die harte Tour!«, murmelte sie.

Sie zog ihre Handgelenke so weit wie möglich auseinander und hielt den Kabelbinder über die Flamme. Ihre Handflächen wurden erst wärmer, dann heiß, und Tessa presste stöhnend die Lippen aufeinander. Der Geruch nach verbranntem Plastik stieg auf, und kurz bevor der Schmerz sie zwang, die Hände wegzuziehen, zerriss ihre Fessel.

Einen Augenblick lang starrte sie verblüfft auf ihre freien Hände. Dann sprang sie auf und rüttelte an der Tür.

»Komm schon, MacGyver!«, murmelte sie. »Was würdest du tun?«

Doch sosehr sie auch nachdachte, die zündende Idee blieb aus. Die Realität war eben keine Fernsehserie.

Sie könnte höchstens die Handtücher in Brand setzen, damit die Jacht abfackeln und versuchen, ans Ufer zu schwimmen. Blödsinn, dachte sie dann. Ich würde hier drinnen am Rauch ersticken.

Dann fiel ihr das Rasierwasser ein.

Sie müsste schnell sein, sehr schnell sogar. Aber vermutlich war das ihre einzige Chance.

42

Mit einem Mietwagen war Raiden wie ein Verrückter über die Autobahn geprescht. Jetzt stand er am Hafen von Southampton. Doch seine Hoffnung, dass sich der Sturm bis zu seiner Ankunft abgeschwächt hatte, war vergebens. Der Fährbetrieb war eingestellt, und die Bretterbuden, in denen private Bootsbetreiber ihre Dienste anboten, waren fest verrammelt. Er strich sich die nassen Haare aus der Stirn, stellte sich unter ein Vordach und rief Greg an.

»Etwas Neues?«, schrie er ins Handy, um das Heulen des Windes zu übertönen.

»Leider nein. Das Feuer haben wir, dem Regen sei Dank, jetzt unter Kontrolle, aber von Tessa Cooper fehlt jede Spur.«

»Verdammt!« Raiden riss sich zusammen. »Danke, Greg.«

»Ist unser Job. Die Polizei ist verständigt. Sie werden sie finden.«

Er nickte, obwohl Greg ihn natürlich nicht sehen konnte. Hatte Tessa sich wirklich in Panik davongemacht? Oder steckte mehr dahinter?

»Raiden, noch was. Das sieht hier sehr nach Brandstiftung aus. Fällt dir jemand ein, der das getan haben könnte?«

Raiden musste nicht lange nachdenken. Oliver. Er hatte Nathan bei seinem Gespräch mit Bridget belauscht.

»Nein, im Moment nicht«, erwiderte er dennoch.

Er würde sich hüten, einen Verdacht zu äußern, den er nicht beweisen konnte. Die Taylors gehörten zur Prominenz, waren angesehene Leute auf der Insel und stinkreich. Sie konnten sich die besten Anwälte leisten und würden einen kleinen Museumskurator in der Luft zerreißen und wegen Verleumdung anklagen. Damit wäre seine berufliche Laufbahn Geschichte. Nein, er konnte seinen Verdacht jetzt noch nicht öffentlich äußern. Zuerst musste er sicher sein.

»Nun ja, die Experten werden sich das am Montag mal genauer anschauen. Ich halte dich auf dem Laufenden. Wird schon.«

Raiden beendete den Anruf und rief Nathan an.

»Grandpa, ich bin jetzt in Southampton, aber es gibt keine Möglichkeit, überzusetzen. Greg meint, dass es sich um Brandstiftung handelt.«

Nathan keuchte. »Verflucht, dieser Dreckskerl!«, sagte er sofort. Sie wussten beide, wer zu so etwas fähig war. »Ich fahre gleich zur Lodge und stelle ihn zur Rede.«

»Lass das lieber, Grandpa. Er ist unberechenbar. Wenn Tessa bei ihm ist, würdest du sie nur in Gefahr bringen ... und dich auch.«

Nathan brummte widerwillig. »Ich rufe Will und Ted an, die können mich begleiten.«

Raiden wägte die Risiken für die drei alten Männer ab. Gegen diese Übermacht würde Oliver vermutlich nichts ausrichten können. Doch wer wusste schon, was in seinem kranken Hirn vorging.

»Na gut«, sagte er trotzdem. Immerhin war das eine Chance. »Aber seid vorsichtig.«

»Natürlich, mein Junge. Mach dir keine Sorgen.«

Nathan legte auf.

Raiden sah auf die Uhr. Bis morgen früh war er zur Untätigkeit verdammt. Er hasste das, doch er konnte es nicht ändern. In sechs Stunden ging die Sonne auf. Bis dahin musste er warten, beten und hoffen.

* * *

Tessa hatte jedes Zeitgefühl verloren. Wie lange waren sie schon unterwegs? Zehn Minuten? Eine halbe Stunde?

Sie stand neben der Badezimmertür und erwartete Oliver jeden Augenblick. Vor Anspannung verkrampften ihre Nackenmuskeln und sie atmete viel zu hektisch. Einem Patienten hätte sie deswegen einen längeren Vortrag gehalten. Aber es war etwas anderes, ob man in einem hübsch eingerichteten Praxisraum mit dezenter Hintergrundmusik übers richtige Atmen redete oder ob man sich in Todesgefahr befand. Trotzdem versuchte sie, ihre Atmung zu regulieren. Es brachte nichts, wenn sie hyperventilierte und ihr schwindelig wurde. Oder wenn sie überstürzt handelte. Schnell musste sie sein, aber auch besonnen.

Die Jacht schlingerte und beinahe wäre ihr das Zahnputzglas runtergefallen. Ihr Herz schlug einen Trommelwirbel. Sie musste besser aufpassen! Sie hielt sich mit einer Hand am Handtuchhalter fest und stellte sich breitbeinig neben die Tür, was in diesem kleinen Raum gar nicht so einfach war. Zudem behinderte die Schwimmweste sie. Doch wenn ihr Plan funktionierte, wäre die ihre Lebensversicherung.

Hatte die Jacht gestoppt? Tessa berührte die Wand. Das leichte Vibrieren war verschwunden. Also war es jetzt so weit.

Ihre Hände wurden feucht. Nicht gut, aber sie traute sich jetzt nicht mehr, das Glas abzustellen und sie abzutrocknen. Jeden Augenblick konnte Oliver auftauchen.

Waren das Schritte? Der Schlüssel wurde gedreht.

»Tessa, Schätzchen, jetzt …«

Als sein Kopf im Türspalt auftauchte, schüttete Tessa Oliver das Rasierwasser aus dem Zahnputzglas in die Augen.

Er heulte auf und schlug sich die Hände vors Gesicht. Als er taumelte, gab sie der Tür einen heftigen Stoß, sodass er in die Kabine zurückstolperte.

Tessa stürzte aus dem Bad, lief die Stufen hinauf, zog den Kopf ein und stand im nächsten Moment auf Deck. Regen prasselte auf sie nieder. Das Meer war ein einziges wogendes Chaos. Wo war das Ufer? Links oder rechts?

Sie hatte keine Zeit, sich Gedanken darüber zu machen. Laut fluchend polterte Oliver die Stufen herauf. Wenn er sie in die Finger bekam, würde er keine Minute zögern.

Tessa kletterte auf die Sitzbank, stellte einen Fuß auf die Reling, holte tief Luft und sprang.

Die Kälte raubte ihr den Atem. Sie ging unter und verlor die Orientierung, doch die Schwimmweste tat ihre Pflicht und brachte sie wie einen Korken wieder an die Oberfläche. Gierig schnappte sie nach Luft und schluckte Salzwasser, als eine Welle sie überrollte. Sie spuckte und keuchte.

Ängstlich warf sie einen Blick über ihre Schulter und sah Oliver. Er versuchte, die Jacht zu wenden. In ihrer gelben Schwimmweste war sie vermutlich ziemlich gut zu sehen. Aber sie konnte sie unmöglich abstreifen, dann hätte sie keine Überlebenschance. Also fing sie an zu schwimmen. Doch sie hatte das Gefühl, gar nicht vom Fleck zu kommen. Vielleicht steuerte sie auch gerade weiter auf die offene See zu. Im Moment ist das aber völlig egal, rief sie ihr panisches Gehirn zur Ordnung. Sie musste einfach nur weg von der Jacht.

Nach kurzer Zeit erlahmten ihre Kräfte. Sie musste besser mit ihnen haushalten. Sie blickte über die Schulter zurück und bemerkte erleichtert, dass die Jacht sich ein wenig entfernt hatte. Vielleicht hatte Oliver aufgegeben, sie zu verfolgen. Oder war das nur eine Finte? Vielleicht kam auch der Motor gegen den Wellengang nicht an. Schließlich war es nur ein Hilfsmotor für eine Segeljacht. Und bei diesem Wind konnte er unmöglich die Segel setzen. Oder dachte er, der Sturm würde ihr sowieso den Rest geben? Er hatte sich auch schon bei Amber die Hände nicht schmutzig gemacht. Am Ende konnte er so mit Fug und Recht behaupten, Tessa nichts angetan zu haben. Zudem wusste niemand, dass er sie von Raidens Cottage entführt hatte. Wenn keiner einen Zusammenhang zwischen ihrem Verschwinden und ihm herstellen konnte, kam er möglicherweise erneut ungeschoren davon.

Hoffentlich schwamm sie in die richtige Richtung! Nirgends war ein Licht zu erkennen, außer von der Jacht hinter ihr. Gab's auf dieser verdammten Insel denn keine Leuchttürme?!

Unvermittelt traf Tessa etwas Hartes am Kopf. Vor ihren Augen tanzten Sterne. Bevor sie das Bewusstsein verlor, schoss ihr ein letzter Gedanke durch den Kopf: Ich werde Raiden nie sagen können, dass ich ihn liebe.

43

Raiden schreckte hoch und rieb sich die Augen. Für die paar Stunden hatte er sich kein Zimmer nehmen wollen und daher im Mietwagen übernachtet. Das rächte sich jetzt; ihm tat jeder Knochen weh und er fror jämmerlich. Er hatte zwar wach bleiben wollen, aber irgendwann hatte ihn die Müdigkeit doch übermannt.

Ein fahler Lichtschein tauchte über dem Solent auf. Das Meer war noch unruhig, aber schiffbar. Die Uhr an der Konsole zeigte kurz vor fünf an. Verdammt, die erste Fähre verließ Southampton um drei Uhr in der Früh und dann immer zur vollen Stunde. Er hatte vielleicht schon zwei verpasst!

Hastig startete er den Wagen und fuhr zum Check-in. Dabei linste er auf sein Handy. Weder Greg noch Nathan hatten sich gemeldet. Gutes oder schlechtes Zeichen? Sollte er einen der beiden anrufen? Aber die schliefen bestimmt noch. Greg war von seinem Einsatz gestern vermutlich erschöpft, und Nathan bekam vielleicht einen Herzinfarkt, wenn er ihn so früh weckte. Also wählte er die Nummer der Inselpolizei. Dort hatte jemand Nachtdienst und konnte ihn über die Suche nach Tessa informieren. Möglicherweise hatte man sie in der Zwischenzeit auch schon gefunden. Er hoffte es so sehr!

* * *

Das Erste, was Tessa bewusst registrierte, war Kälte. Weshalb fror sie eigentlich ständig auf dieser blöden Insel? Immerhin war doch Sommer!

Dann tröpfelte langsam wieder die Erinnerung in ihren Kopf und sie schlug die Augen auf. Sie lag an einem Sandstrand, immer noch mit ihrer Schwimmweste bekleidet. Die Dämmerung besiegte gerade die Nacht und kündete den Morgen an. Nach der stürmischen Nacht tanzten weiße Schaumkronen auf den Wellen.

Irgendetwas hatte sie gestern Nacht am Kopf getroffen und sie hatte das Bewusstsein verloren. Vielleicht ein Holzstück. Sie betastete ihre Schläfe.

»Au!«, stieß sie hervor. Eine mächtige Beule hatte sich gebildet.

Sie hatte unheimlichen Durst. Bestimmt eine Folge des salzigen Meerwassers, das sie geschluckt hatte.

Sie zog die Schwimmweste aus und rappelte sich hoch. Der Küstenstreifen, an dem sie gestrandet war, lag verlassen unter einem bleiernen Himmel. Die Hauptinsel oder die Isle of Wight? Wo hatte die Strömung sie hingetrieben? Sie fühlte sich wie Robinson Crusoe. Offenbar wurde das Springen von Jachten langsam zu ihrem Hobby. Bei dem Gedanken fiel ihr auch Oliver wieder ein.

Sie schaute hektisch nach links und rechts, dann aufs Wasser hinaus. Keine Spur von der Jacht. Gott sei Dank.

Taumelnd machte sie sich auf den Weg den Strand entlang. Irgendwo würde sie schon auf eine Menschenseele treffen. Und dann konnte sich Oliver Taylor aber auf etwas gefasst machen!

* * *

»Nun iss erst mal was, Junge. Du siehst aus, als hätte man dich durch den Fleischwolf gedreht.«

Nathan schob Raiden ein Sandwich auf einem Teller vor die Nase.

»Ich kann jetzt nichts essen, Grandpa. Zuerst muss ich wissen, wo Tessa ist und ob es ihr gut geht.«

»Natürlich«, brummte sein Großvater. »Aber wenn du nicht bei Kräften bleibst, hilft das keinem.«

Nachdem Raiden die Insel erreicht hatte und wie ein Verrückter nach Freshwater gerast war, saß er jetzt mit Nathan in dessen Küche.

Er hatte Raiden gerade berichtet, dass sie gestern niemanden in der Nuwara Lodge angetroffen hatten. Auch Olivers Wagen hatte nicht vor dem Haus gestanden. Da die Fähren nicht gefahren waren, musste er sich also noch auf der Insel befinden. Außer natürlich, er wäre heute früh an Bord eines Fährschiffs gewesen.

Es gab mehrere Routen, um die Isle of Wight zu verlassen; die Fähre nach Southampton war nur eine davon. Von Yarmouth aus gab es eine Strecke über Lymington, von der Ostküste ging eine Richtung Portsmouth, und von dort aus fuhren die großen Fährboote nach Frankreich und zu den Kanalinseln. Natürlich konnte er auch mit dem Flugzeug abgehauen sein. Doch die flogen am Sonntag nicht so früh, und die Inselpolizei hatte Raiden versprochen, die Passagierlisten nach Tessa abzuchecken. Es bestand immer noch die Möglichkeit, dass sie unter Schock stand und einfach nur nach Hause wollte. Doch das war wohl mehr Wunsch als Realität. Für Raiden stand fest, dass Oliver sie entführt hatte.

»Meinst du, er ist mit der Jacht rausgefahren?«, fragte er Nathan.

»Bei dem Sturm gestern Nacht? Selbst Oliver ist nicht so verrückt.«

Raiden wiegte den Kopf hin und her. Er war sich da nicht so sicher.

»Aber ich kann Ted ja deswegen mal anrufen«, schlug Nathan vor. »Er wohnt gleich neben dem Jachthafen in Cowes und kann mal nachsehen, ob die *Amber II* weg ist.«

»Gute Idee, danke, Grandpa.«

Raidens Handy klingelte. Voller Hoffnung holte er es aus der Hosentasche. Doch es war nicht Tessa, Greg oder die Polizei, sondern Bradshaw.

»Verzeihen Sie die frühe Störung am Sonntagmorgen, Mr Palmer, aber ich wollte Ihnen die gute Botschaft gleich mitteilen. Ich habe gestern noch mit dem Stiftungsrat gesprochen und ihn davon überzeugen können, eine Sonderausstellung zu organisieren. Wenn Sie also die restlichen Fotos von Ms Clarke bergen können, steht dieser kleinen Sensation nichts mehr im Wege.«

Raiden schloss müde die Augen. Tessas Wunsch wurde also tatsächlich Wirklichkeit.

»Mr Palmer?«

»Eine wunderbare Neuigkeit, Mr Bradshaw. Ich bin sicher, es wird ein glänzender Erfolg.«

Es war ihm unmöglich, seinem Chef jetzt mitzuteilen, dass Margarets restliche Fotos ein Raub der Flammen geworden waren. Greg hatte ihm vorhin mitgeteilt, dass sie heute Morgen durchs Cottage gegangen waren, um den Schaden zu sichten. Unter all dem verbrannten Zeug hatten sie in der Küche eine geschmolzene Kühlbox gefunden.

»Das will ich hoffen. Machen Sie sich morgen gleich an die Arbeit. Alles andere kann warten. Und geben Sie mir Bescheid, wenn die Planung steht, dann informiere ich die Presse. Das ziehen wir ganz groß auf!«

Raiden sah seinen Chef sich bereits die Hände reiben. Er war voll in seinem Element … und würde eine böse Überraschung erleben. Die paar Fotos aus Sallys Album und diejenigen, die Tessa aus den Bambusröhrchen befreit und Nathan mitgegeben hatte, würden nur für eine kleine Vernissage reichen. Aber das alles spielte sowieso keine Rolle mehr.

* * *

Nach etwa einer halben Meile stieß Tessa auf einen Stacheldrahtzaun, der den Strand von einer grünen Wiese trennte. Das Land dahinter sah wie eine Kuhweide aus. Wo es Kühe gab, gab es auch Menschen.

Dann hörte sie ein Bellen und ein schwarz-weiß gefleckter Terrier raste auf sie zu. Er sprang an ihr hoch und wedelte wild mit dem Schwanz. Ein paar Meter vor ihr trat ein älterer Mann hinter einem Gebüsch hervor. Er stutzte, als er sie bemerkte, und schloss hastig den Reißverschluss seiner Hose.

»Sie sind ja früh unterwegs«, sagte er und räusperte sich verlegen, als sie erreichte. »Dusty, lass die Frau zufrieden!«, befahl er seinem Hund. Mit zusammengezogenen Augenbrauen musterte er ihr ramponiertes Aussehen.

»Haben Sie eventuell ein Handy dabei?«, fragte Tessa und versuchte, ihr Zittern zu unterdrücken. Trotzdem kippte ihre Stimme vor Erschöpfung.

»Na klar. Sieht so aus, als bräuchten Sie dringend Hilfe, was?«

* * *

»Trink wenigstens deinen Tee, Junge, wenn du schon nichts essen willst«, sagte Nathan. »Es wird schon alles gut werden.«

Raiden beherrschte sich, um seinen Großvater nicht anzufahren. Er meinte es ja nur gut, doch die Hoffnung, Tessa lebend und unverletzt wiederzusehen, schwand mit jeder Minute.

Wie hatte er nur so dumm sein können, die Insel zu verlassen? Als Nathan ihm mitgeteilt hatte, dass Oliver das Gespräch zwischen ihm und Bridget belauscht hatte, hätten alle Alarmglocken bei ihm schrillen sollen. Er wusste doch, wie Oliver war. Sein ehemaliger Freund konnte Zurückweisung nicht ertragen. Raiden hätte voraussehen müssen, dass er sich nicht einfach so geschlagen geben würde und irgendwo seine Wunden leckte. Schon wieder war ein geliebter Mensch seinetwegen gestorben. Wie sollte Raiden mit dieser Schuld weiterleben?

Tränen traten ihm in die Augen. »Tessa, es tut mir so unendlich leid«, murmelte er und stützte den Kopf in beide Hände. »So leid.«

Er spürte eine Hand auf seiner Schulter.

»Wir müssen auf Gott vertrauen«, sagte Nathan leise.

Raiden nickte stumm. Er wischte sich über die Augen und atmete tief durch. »Natürlich, Grandpa.«

Sein Handy klingelte. Unbekannte Nummer.

»Palmer?«

»Raiden? Oh Gott, Raiden!«

»Tessa!« Er starrte Nathan mit offenem Mund an. »Liebes, wo bist du? Geht es dir gut? Was ist passiert?«

»Ich … Oliver … der Sturm.«

Ihre Stimme brach. Er hörte sie schluchzen, dann eine fremde Stimme.

»Hallo? Hier Brisby am Apparat. Ich habe Ihre Freundin am Strand von Gurnard aufgelesen. Also eigentlich Dusty, das ist mein Terrier.« Der Mann kicherte. »Ich wollte zuerst die Polizei informieren, aber das wollte sie nicht. Es geht ihr nicht besonders. Sie trieb wohl eine ganze Weile im Wasser. Was passiert ist, wollte sie mir nicht sagen.«

»Aber sonst ist sie okay?« Raidens Stimme überschlug sich. Er konnte es nicht fassen. Tessa lebte! Ein zentnerschwerer

Felsbrocken fiel ihm von der Brust. Er musste zu ihr! Sie brauchte bestimmt einen Arzt.

»Ich bringe die Miss jetzt zu meinem Wohnmobil im Thorness Bay Holiday Park«, erklärte Mr Brisby. »Die Arme schlottert am ganzen Körper und ist ein bisschen durch den Wind. Eine Tasse heißer Tee kann nicht schaden. Können Sie kommen?«

»Ja, natürlich, ich mache mich gleich auf den Weg. In einer halben Stunde bin ich da.«

»Fein, ich erwarte Sie am Eingang.«

»Mr Brisby, ich kann Ihnen gar nicht sagen, wie dankbar ich Ihnen bin. Ich …« Raidens Stimme versagte.

»Das würde doch jeder tun«, wiegelte Mr Brisby ab. »Also bis später.«

Raiden sah zu Nathan auf. »Sie lebt«, sagte er mit erstickter Stimme.

Nathan nickte stumm. In seinen Augen glitzerte es verdächtig.

Raiden betrachtete die schlafende Tessa auf dem Nebensitz. Er hatte sie in warme Decken gehüllt und ihr noch mehr heißen Tee samt zwei Tabletten Aspirin eingeflößt. Nachdem sie ihm stockend berichtet hatte, was gestern geschehen war, war sie beinahe auf der Stelle eingeschlafen.

Auf Tessas Schläfe prangte eine große Beule, die sich langsam verfärbte. Sie sah so mitgenommen aus, dass es Raiden die Tränen in die Augen trieb.

Oliver, dieses Schwein, das würde er büßen!

Sie hatte unglaubliches Glück gehabt, dass sie an Land gespült worden war. Sie hätte auch leicht von einem Strudel in die Tiefe gezogen werden können und …

Nein, daran wollte er erst gar nicht denken!

Er würde sie jetzt zuerst zu Nathan bringen, sie ins Bett verfrachten und schlafen lassen. Danach müssten sie beraten, wie sie weiter vorgehen wollten.

Auf alle Fälle würden sie Oliver anzeigen, egal, wie mächtig seine Familie war. Für Brandstiftung und Entführung mit versuchtem Mord drohte ihm eine lange Haftstrafe. Hoffentlich glaubten die Richter Tessas Geschichte. Und auch wenn Olivers Wort gegen ihres stünde und er schlimmstenfalls wieder davonkäme, sein Ruf wäre für immer zerstört. Die Organisatoren der Cowes Week würden sich so einen Geschäftsführer eher früher als später vom Hals schaffen. Gute Aussichten!

Eine Haarsträhne fiel Tessa in die Stirn und Raiden strich sie vorsichtig zur Seite. Sie seufzte im Schlaf, wachte aber nicht auf.

Sie war so tapfer gewesen und hatte sich nicht in das Unvermeidliche gefügt, sondern um ihr Leben gekämpft. Er bewunderte sie dafür. Nathan hatte recht, so eine Frau ließ man nicht einfach ziehen. Raiden würde Bradshaws Angebot, in London zu arbeiten, annehmen und die Insel verlassen. Zwar würde er sie schrecklich vermissen, und Nathan sähe er dann auch seltener, aber sein eigenes Glück war ihm wichtiger. Und das schlief gerade tief und fest neben ihm.

44

Nathan hatte fürs Abendessen im Garten gedeckt. Es gab Krabbenpastete, dazu Kartoffeln und Spinat. Zur Feier des Tages öffnete Raiden eine Flasche Rotwein.

Tessa fühlte sich immer noch etwas wackelig auf den Beinen. Vermutlich hatte sie eine leichte Gehirnerschütterung davongetragen. Aber in Nathans Gästezimmer hatte sie ein paar Stunden wunderbar geschlafen. Sie brach zwar zwischenzeitlich immer wieder in Tränen aus, aber Raiden konnte sie jedes Mal mit zärtlichen Worten und Gesten beruhigen. Er hatte wohl das Talent seines Großvaters, durch das dieser die Ladys bezirzte, geerbt.

Zum Glück hatte sie gestern die Geistesgegenwart besessen, ihre Sachen aus dem brennenden Cottage zu werfen, und setzte sich nun in einer bequemen Hose und ihrem Lieblingsshirt an den Gartentisch. Langsam kam wieder so etwas wie Normalität auf.

»Das riecht köstlich, Nathan.«

»Lass es dir schmecken, Kleine!«, erwiderte er und zwinkerte ihr zu. »Die Palmers sind hervorragende Köche, nicht wahr, Raiden?«

»Wenn der Kühlschrank etwas hergibt.«

Sie lachten, und Tessa entspannte sich weiter. Oliver konnte ihr hier nichts antun. Die beiden würden sie beschützen. Und die Krabbenpastete schmeckte hervorragend.

»Ich muss dir unbedingt dieses Rezept abschwatzen«, meinte Tessa zwischen zwei Bissen. »Wenn ich wieder zu Hause bin …« Sie hielt inne. Mit Schrecken wurde ihr bewusst, dass der endgültige Abschied bald bevorstand. Sofort schossen ihr wieder die Tränen in die Augen.

Die Palmers warfen sich einen schnellen Blick zu.

Raiden griff tröstend nach ihrer Hand. »Also, was deine Rückkehr nach London anbelangt. Ich …« Das Klingeln seines Handys unterbrach ihn.

»Geh ruhig ran«, sagte Tessa. Alles war besser, als jetzt über den Abschied sprechen zu müssen. Sie schniefte leise, griff nach dem Rotwein und nahm einen kräftigen Schluck.

»Greg? Nein, du störst nicht.« Raiden lauschte und zog die Stirn in Falten. »Und du bist dir sicher? Ja, verstehe. Alles klar. Danke, dass du mich informiert hast.«

»Schlechte Nachrichten?«, fragte Nathan und schenkte sich nochmals Wein ein.

»Wie man's nimmt.« Raiden lehnte sich zurück. »In Yarmouth sind heute Morgen Wrackteile einer Segeljacht angeschwemmt worden. Greg ist sich sicher, dass es sich dabei um die Überreste der *Amber II* handelt.«

Tessa starrte ihn entgeistert an. »Und Oliver?«

Raiden zuckte mit den Schultern. »Keine Spur von ihm. Greg vermutet, dass die Jacht bei dem Sturm gesunken und er eventuell ertrunken ist.«

Nathan stieß einen empörten Laut aus. »Das kann doch nicht sein! Alles, was recht ist, so leicht zieht der sich jetzt aus der Affäre?«

»Er ist vielleicht tot«, erwiderte Raiden. »Von leicht kann man wohl kaum sprechen.«

Nathan knurrte. »Trotzdem. Ich hätte ihn lieber hinter Gittern gesehen. Aber gut, vielleicht ist es für alle besser so.«

Tessa starrte vor sich hin. Oliver ertrunken? Konnte das sein? Sie wusste gerade nicht, was sie fühlen sollte. Erleichterung? Aber durfte man über den Tod eines Menschen erleichtert sein?

»Liebes? Alles in Ordnung?«

Sie hob den Kopf. Raiden sah sie mit gerunzelter Stirn an. In seinem Blick lag Besorgnis.

Sie versuchte zu lächeln, was ihr jedoch nicht recht gelang. »Ein bisschen viel auf einmal«, sagte sie und biss sich auf die Lippen, um nicht schon wieder in Tränen auszubrechen.

»Natürlich.« Raiden führte ihre Hand an seine Lippen. »Du solltest dich wieder hinlegen und ausruhen.«

»Und es ist deinem Großvater kein Dorn im Auge, dass wir zusammen ein Bett teilen?«

Raiden lachte. »Ihm nicht, aber mir. Mensch, Cooper, mach dich nicht so breit!«

Tessa durchschaute seinen Scherz. Er versuchte, sie abzulenken. Also ging sie darauf ein. »Das sagt gerade der Richtige! Ich falle jedes Mal fast raus, wenn du dich bewegst.«

Es klang ein bisschen zu forsch und nicht wirklich nach ihr, aber sie wollte nicht ständig weinen. Dumme Sprüche halfen vielleicht dagegen. Oder sollte sie doch professionelle Hilfe in Anspruch nehmen, wie Raiden es vorgeschlagen hatte? Das hatte sie zwar abgelehnt, aber womöglich hatte er recht und sie brauchte eine Fachperson, die ihr half, die traumatischen Erlebnisse zu verarbeiten. Sie würde darüber nachdenken, wenn diese ständigen Kopfschmerzen endlich aufhörten.

In Nathans Gästezimmer, in dem Raiden früher während der Schulferien geschlafen hatte, stand lediglich ein Einzelbett. Aber solange Raidens Cottage nicht bewohnbar war, wollte er hierbleiben. Und Tessa bis Mittwoch ebenfalls. Doch beinahe sehnte sie sich ins Seagull mit seinem ausladenden Bett zurück. Aber nur beinahe, weil es für sie im Moment nichts Beruhigenderes gab, als sicher in Raidens Armen zu liegen.

»Was macht Earl Grey denn, wenn du nicht zu Hause bist?«

Das Schicksal des Katers lag ihr am Herzen. Ohne sein jämmerliches Miauen wäre sie nicht mehr am Leben.

»Der schlägt sich auch ohne mich durch, keine Angst.« Raiden versuchte, seine langen Beine unter die Decke zu kriegen. »Doch ich fahre morgen mal rüber und halte Ausschau nach ihm. Das Cottage steht ja noch. Ich kann ihm irgendwo etwas zu fressen hinstellen, was sich dann aber womöglich die Füchse schnappen.«

»Kannst du ihn nicht hierher mitnehmen?«

»Der alte Draufgänger tut, was er will. Ich kann's versuchen, aber sei nicht enttäuscht, wenn er sich gleich wieder verkrümelt. Wobei …« Er schmunzelte. »Ihr seid ja die dicksten Freunde, und wenn er bleibt, dann nur wegen dir.«

Sie lächelte, was ihr dieses Mal besser gelang, und er drückte ihr einen Kuss auf den Scheitel.

»Ich muss dir übrigens noch was erzählen. Eigentlich eine tolle Nachricht … und auch wieder nicht.«

Tessa stützte sich auf den Ellenbogen. »Aber bitte keine neue Hiobsbotschaft. Das könnte ich im Moment nicht ertragen.«

»Nein, gar nicht. Bradshaw hat für eine Ausstellung mit Margarets Fotos grünes Licht gegeben.«

Sie riss die Augen auf. »Echt?«

»Er ging jedoch davon aus, dass du auch noch den Rest der Bilder in den Bambusröhrchen bergen würdest.«

»Oh nein! Und diejenigen, die noch existieren, reichen dafür nicht aus?«

»Er weiß noch nichts von dem Brand.« Raiden fuhr sich durch die Haare. »Es ging ja Schlag auf Schlag. Ich werde ihn aber nächste Woche deswegen anrufen müssen. Er hoffte auf weitere Fotos von Charles Darwin als Aufhänger für die Presse.«

»Die es eventuell sogar gegeben hätte.« Sie seufzte tief und kuschelte sich wieder an Raidens nackte Brust.

Er hatte sich standhaft geweigert, einen Pyjama von Nathan anzuziehen, und schlief daher nur in seinen Boxershorts. Tessa fand das sexy.

Raiden streichelte mit dem Daumen ihre Schulter, was ihr ein Kribbeln bescherte, doch für mehr als ein bisschen Kuscheln hatte sie keine Energie.

Eine Weile schwiegen sie einträchtig. Sie mussten nicht ständig quatschen, das war wirklich angenehm.

»Apropos London.« Er räusperte sich. »Bradshaw hat angedeutet, dass ich womöglich im Mutterhaus arbeiten könnte.«

Tessa hob den Kopf. »Du willst nach London ziehen?«

Er zuckte mit den Schultern. »Vielleicht. Wäre dir das unangenehm?«

»Unangenehm?« Wieder schossen ihr die Tränen in die Augen, doch dieses Mal vor Rührung. »Das wäre fantastisch! Wir hätten mehr Zeit füreinander, könnten uns besser kennenlernen und …« Sie brach ab, als sie sah, dass er sich nur verhalten freute. »Du müsstest dafür die Insel aufgeben.«

Er nickte.

»Und deinen Großvater«, fügte sie nachdenklich hinzu. »Möchtest du das denn?«

Er atmete tief durch. »Nathan kommt zurecht, keine Angst. Aber auf der Isle of Wight zu leben, war immer mein Traum. Schon als kleiner Junge. Und die Arbeit als Kurator gefällt mir ebenfalls; wir sind ein tolles Team dort auf dem alten Schloss. Ich war glücklich, bis du in mein Leben getreten bist.«

Sie starrte ihn an. Also bereute er es, dass sie sich kennengelernt hatten. Das war ein herber Schlag. Die Enttäuschung darüber legte sich wie ein eiserner Ring um ihr Herz. »Raiden, es …«

Er hob die Hand. »Lass mich bitte ausreden.«

»Okay.« Würde sie das noch ertragen, was jetzt kam?

»Erst als ich dich traf, merkte ich, was mir fehlt: ein Mensch, der mit mir durchs Leben geht. Und obwohl wir uns erst so kurz kennen, würde ich das Risiko auf mich nehmen, alles hinter mir zu lassen, um uns eine Chance zu geben.«

Tessa schwieg. Auf der einen Seite zu glücklich über das, was er gerade gesagt hatte, auf der anderen Seite voller Zweifel, ob sie das von ihm verlangen konnte.

»Was sagst du dazu?«

Seine Stimme klang unsicher, wofür sie ihn liebte. Obwohl er ein Mann war, der vermutlich jede Frau haben konnte, wenn er nur mit dem Finger schnippte, war er sich seiner Anziehungskraft nicht bewusst. Im Unterschied zur Überheblichkeit einiger Londoner war das eine mehr als wohltuende Abwechslung.

Sie zögerte, atmete dann tief durch und sagte: »Es schmeichelt mir und berührt mich tief, dass du für mich alles aufgeben würdest. Aber …«

»Aber?« Raiden schluckte sichtbar.

»Aber ich möchte nicht, dass du deinen Großvater, deinen Job und die Insel für mich aufgibst.«

»Verstehe«, sagte er leise.

Tessa musste jetzt doch schmunzeln. »Das bezweifle ich.«

Er sah sie verwirrt an, doch bevor er dazu etwas sagen konnte, fuhr sie fort. »Und jetzt will *ich* erst ausreden, okay? Ich möchte nicht, dass du nach London kommst und mir eventuell mal vorhältst, dass du wegen mir alles aufgegeben hast, was dir lieb und teuer ist.«

Erneut wollte Raiden widersprechen, doch Tessa gab ihm keinen Raum dafür.

»Deshalb habe ich beschlossen, eine Insulanerin zu werden. Es wird langsam Zeit, dass eine Atemtherapeutin den Leuten hier zeigt, wie man richtig atmet. Zudem liebe ich die Landschaft und das Meer ... wenn ich nicht gerade gezwungen werde, voll bekleidet hineinzuspringen. Aber was wohl den Ausschlag für meine Pläne gibt: Ich liebe dich.«

Raidens Miene hatte sich während ihres Vortrags immer weiter aufgehellt. Jetzt zog er sie stürmisch in seine Arme. »Du machst mich sehr glücklich«, sagte er, »doch ...«

»Sag jetzt nichts, was mit ›doch‹ oder ›aber‹ anfängt, küss mich einfach!«

45

»Im Fotoalbum meiner Großmutter sind dreißig Fotos, wobei ein paar sehr gelitten haben. Die müsste man zuerst restaurieren lassen. Also sagen wir fünfundzwanzig Bilder«, rechnete Tessa.

Raiden nickte und notierte sich die Zahl.

Sie saßen in seinem Büro auf dem Schloss und eben brachte ihnen Nancy ein Tablett mit Tee und Gebäck.

»Danke, Nancy«, sagte Raiden zerstreut.

Tessa schmunzelte, als die Angestellte die Augen verdrehte, und nickte ihr zu.

»Gibt mit denjenigen aus den Bambusröhrchen, die ich mit nach London genommen habe, knapp fünfzig Stück.« Er lehnte sich im Stuhl zurück und verschränkte die Hände hinter dem Kopf. »Nicht gerade viel.«

Tessa nippte an ihrem Tee. »Aber auch nicht gerade wenig, oder? Damit kann man doch etwas anfangen.«

Er wiegte den Kopf hin und her. »Wenn wir die ganze Sache mit weiteren Bildern aus jener Zeit und vielleicht mit den Apparaten aus dem Glashaus aufpeppen, kommt sicher etwas Ansprechendes zustande.«

Tessa strahlte und biss genüsslich in einen Schokoladenkeks. Seit sie sich entschieden hatte, auf die Insel zu ziehen, fühlte sie sich wie neugeboren. Zwar würde sie ihre Kolleginnen und

Freunde in London vermissen, und zu ihren Eltern müsste sie dann ein gutes Stück fahren, aber Sally lebte praktisch in Reichweite. Und auf die Zukunft mit Raiden freute Tessa sich fast noch mehr als auf Margarets Ausstellung. Sie hatte ein gutes Gefühl dabei. Und langsam verblassten auch die Bilder der unheimlichen Nacht mit Oliver auf seiner Jacht – auch wenn sie immer wieder von Albträumen heimgesucht wurde. Doch stets war Raiden an ihrer Seite, nahm sie in die Arme, wenn sie schweißgebadet erwachte, und flüsterte ihr tröstende Worte ins Ohr. Und manchmal liebten sie sich danach sogar, bis alle dunklen Erinnerungen im Rausch der Leidenschaft hinweggefegt wurden.

»Sagst du mir, woran du gerade denkst, dass du so süß errötest?«

»Was? Ich bin doch nicht errötet!« Sie tat unbeteiligt. »Der Tee ist heiß.«

»Na klar, der Tee.« Raiden grinste. »Dann hüllen Sie sich eben in höfliches Schweigen, werte Dame.« Er stand auf und streckte ihr die Hand hin. »Komm, ich zeige dir den Ort, den ich mir für Margarets Ausstellung vorstelle. Danach ist der Tee auch bestimmt nicht mehr so heiß.«

* * *

»Nicht Ihr Ernst, Mr Palmer. Sie erlauben sich einen schlechten Scherz mit mir!«

»Leider nein, Mr Bradshaw. Es existieren nur noch die Fotos, die ich Ihnen gezeigt habe. Alle anderen sind verbrannt.«

»So ein Schlamassel!« Bradshaw stöhnte. »Und ich habe heute Morgen bereits die gesamte Presse informiert, dass …«

Raiden hörte, wie sein Chef die Handfläche auf den Tisch krachen ließ.

»Himmel, Arsch und Zwirn, Palmer! Wieso haben Sie diese Fotos nicht im Museumssafe gelagert? Für irgendwas haben wir das verdammte Ding doch!«

Raiden hob die Augenbrauen. Er hatte Bradshaw noch nie fluchen gehört.

»Entschuldigen Sie bitte meine rüde Ausdrucksweise, aber diese Enttäuschung.« Bradshaw seufzte. »Natürlich konnten Sie nicht wissen, dass jemand bei Ihnen zu Hause Feuer legt. Hauptsache, Ihre Mitarbeiterin und Sie sind nicht zu Schaden gekommen.«

Mitarbeiterin? Tessa würde über diese Bezeichnung vermutlich nicht sehr entzückt sein.

»Weiß man denn schon, wer der Brandstifter ist?«

»Nein, leider nicht.«

Raiden hütete sich, Oliver gegenüber seinem Vorgesetzten zu erwähnen. Wie er Bradshaw kannte, war der vermutlich mit der Familie Taylor dick befreundet und verkehrte in denselben Kreisen.

»Dann fällt diese Ausstellung also ins Wasser?«

»Auf keinen Fall, Mr Bradshaw«, sagte Raiden leidenschaftlich. »Sie wird zwar klein, und von Darwin existiert bloß noch ein einziges Porträt. Aber wir haben auch Bilder von Thomas Carlyle, Sir John Herschel und Henry Longfellow entdeckt. Ich hielt sie zuerst für unbedeutend. Alte Männer von der Insel eben, habe ich mir gedacht. Aber bei genauerem Hinsehen … Ich muss sie zwar noch offiziell bestätigen lassen, doch eine Sensation sind sie auf alle Fälle.«

»Mir sind sie tatsächlich auch nicht aufgefallen«, murmelte sein Chef überrascht. Raiden konnte durchs Telefon direkt spüren, wie Bradshaws Puls gerade auf Touren kam.

»Ich bin mir sicher, die Ausstellung wird ein großer Erfolg«, sagte Raiden.

»Also gut. Ich verlasse mich da ganz auf Ihre Erfahrung. Geben Sie mir Bescheid, wenn alles so weit gediehen ist, dann komme ich mit dem Vorstand vorbei. Und vielleicht auch mit ein paar ausgesuchten Presseleuten.«

»Natürlich, Mr Bradshaw. Ich setze mich gleich an die Organisation.« Raiden lächelte. Das war ja besser gelaufen als gedacht.

»Und dann besprechen wir auch Ihre Arbeit in London«, fügte Bradshaw hinzu.

»Natürlich«, erwiderte Raiden.

Er hatte jetzt wenig Lust, seinem Vorgesetzten sofort eine Abfuhr zu erteilen. Nicht, dass er ihnen aus gekränkter Eitelkeit am Ende noch einen Knüppel zwischen die Beine warf.

»Blauer oder roter Samt?« Tessa stand mit Nancy in der Bürotür und hielt abwechselnd ein blaues und ein rotes Stoffstück in die Höhe.

Die beiden Frauen hatten sich sofort verstanden, was Raiden ungemein freute. Sie steckten die Köpfe zusammen und kicherten wie die allerbesten Freundinnen.

Er hob einen Finger an die Lippen und deutete auf den Telefonhörer.

»Ich rufe Sie so bald wie möglich wieder an. Danke, Mr Bradshaw, bis dann.« Raiden legte auf.

»War das dein Chef?«, fragte Tessa.

Er nickte. »Als ich Carlyle, Herschel und Longfellow erwähnt habe, war die Sache geritzt. Wie vermutet.«

»Super!« Tessa hielt vor Begeisterung die Samtfetzen wie einen Siegerpokal in die Luft.

»Das wird cool«, stimmte Nancy ihr zu.

Tessa lächelte. »Das muss ich gleich meinen Eltern und Granny erzählen.«

* * *

Tessa hakte sich bei Raiden ein. »Wir richten es wieder her. Ich bringe ja auch noch ein paar Möbel mit.«

Raidens Cottage war zwar nicht komplett abgebrannt, sah aber reichlich ramponiert aus. Die Küche, wo das Feuer ausgebrochen war, glich nur noch einem schwarzen Loch. Besser sah es zwar im Wohnzimmer und Schlafzimmer aus, aber überall stank es penetrant nach verkohltem Holz, geschmolzenem Plastik und irgendetwas, das Tessa gar nicht wissen wollte. Zudem hatte das Löschwasser die Zimmer und Möbel, die kein Raub der Flammen geworden waren, ruiniert. Raiden starrte bedrückt auf die Überreste seines Cottage.

»Vielleicht bauen wir gleich ein drittes Zimmer an, was meinst du?«, fragte Tessa.

Man wusste ja nie, ob sich nicht bald Nachwuchs einstellte … Nun bleib mal auf dem Teppich!, schimpfte sie dann aber in Gedanken mit sich selbst. Du kennst den Mann gerade mal eine Woche, hast ihn noch nicht mal deinen Eltern vorgestellt, geschweige denn seine kennengelernt, und machst bereits einen auf Familienplanung. Hast du sie nicht mehr alle?

»Für ein Gästezimmer, meine ich«, fügte sie hastig hinzu. »Meine Eltern kommen uns sicher besuchen, Granny auch und deine Eltern ebenfalls, oder?«

Raiden sah sie lächelnd von der Seite an. Hoffentlich errötete sie nicht schon wieder.

»Gute Idee«, erwiderte er amüsiert. Dann wurde er ernst. »Die Versicherung wird erst zahlen, wenn eine Brandstiftung einwandfrei nachgewiesen ist und ausgeschlossen werden kann, dass ich dabei meine Hände im Spiel hatte. Oder du, da du an dem Abend allein hier warst.«

»Was meinst du damit?«

»Du hättest ja eine Kerze brennen lassen können. Das würde dann als Eigenverschulden angesehen. Oder ich hätte die

Hütte, in der Absicht, die Versicherungssumme einzukassieren, selbst abfackeln können.«

»So ein Quatsch! Du hast das Cottage ja gerade erst renovieren lassen.«

Raiden zog die Schultern hoch. »So sind eben die Versicherungsbestimmungen.«

»Und wie willst du eine Brandstiftung beweisen? Jetzt, wo Oliver …« Sie brach ab.

»Dafür gibt es Experten. Die finden das schon raus.« Raiden stieß mit der Fußspitze ein verkohltes Brett an. »Lass uns nachsehen, ob wir noch etwas retten können. Und danach halten wir nach Earl Grey Ausschau. Irgendwie vermisse ich den Kerl.«

46

Zwei Wochen nach dem Brand stand Margarets Ausstellung endlich. Tessa hatte bei der Planung und Organisation kräftig mithelfen dürfen und konnte es jetzt kaum erwarten, die Fotos der Öffentlichkeit zu präsentieren. Ihre Chefin hatte mit Zähneknirschen auf ihre Kündigung reagiert, ihre Beweggründe jedoch nachvollziehen können. Am Ende hatte sie sogar etwas wie »wo die Liebe hinfällt« gemurmelt und Tessa die vertragliche Kündigungszeit erlassen. Also war sie gleich auf der Insel geblieben und hatte ihre Eltern und Gwilym dazu verdonnert, ihre Wohnung aufzulösen, damit sie sich voll auf die Ausstellung konzentrieren konnte. Raiden und sie wohnten weiterhin bei Nathan, aßen wie die Könige und teilten sich das schmale Bett. Doch so nett es bei Raidens Großvater auch war, sie fieberte darauf hin, dass das Cottage wieder bewohnbar war und sie ihre Zweisamkeit genießen konnten.

Von Oliver fehlte nach wie vor jede Spur. Die Wrackteile hatte man eindeutig als diejenigen der *Amber II* identifizieren können, doch er selbst blieb verschwunden und man musste davon ausgehen, dass er während des Sturms ertrunken und sein Körper in die offene See gespült worden war. Die berühmte Cowes Week fand dieses Jahr ohne ihren Geschäftsführer statt, was für erheblichen Presserummel gesorgt hatte.

Tessa schauderte, wenn sie an Oliver dachte. Nun hatte ihn genau das Schicksal ereilt, das er für sie vorgesehen hatte.

»Hey, Cooper, nicht träumen!«

Tessa zuckte zusammen und drehte sich um. Raiden lehnte mit verschränkten Armen in der behelfsmäßigen Tür, die Margarets Fotoausstellung von der Ausstellung in der Großen Halle des Museums abtrennte.

»Das nennt man scharf nachdenken, mein Lieber. Eine Tätigkeit, zu der nur wenige fähig sind.«

»Hat dir schon mal jemand gesagt, dass du ein freches Mundwerk hast?«

Sie lachte. »Nie!«

Raiden grinste, kam zu ihr und schloss sie in die Arme. »Es hat durchaus seine Vorteile, mit jemandem zusammenzuarbeiten, an den man sein Herz verloren hat.«

Sie küssten sich, bis Tessas Puls sich beschleunigte.

Raiden löste sich von ihr. »Der Nachteil ist jedoch, dass man so abgelenkt wird.« Er stieß hörbar die Luft aus. »Vergiss bis heute Abend bitte nicht, wo wir gerade aufgehört haben.« Er betrachtete Margarets gerahmte Fotos. »Der dunkelblaue Samt sieht klasse aus. Gute Wahl.«

Sie strahlte. »Danke, finde ich auch. Wann kommen deine Chefs?«

Er sah auf die Uhr. »In zwei Stunden hole ich sie an der Fähre ab. Danach sehen sie sich mit den Pressefritzen die Ausstellung an und später gehen wir noch essen. Und morgen ist endlich der große Tag. Bist du aufgeregt?«

»Und wie! Nicht nur, weil ich nicht weiß, was das Publikum von Margarets Kunst hält, sondern auch, weil meine und deine Eltern kommen. Was, wenn sie mich nicht mögen?« Sie zog die Augenbrauen in die Höhe.

Er schloss sie erneut in die Arme. »Jeder mag dich, mach dir keinen Kopf. Und meine Eltern werden nicht aufhören,

Loblieder über dich zu singen. So wie Grandpa.« Raiden schnaubte. »Zeit, dass wir endlich bei ihm ausziehen, sonst schnappt er dich mir noch weg.«

»Dann gib dir gefälligst etwas Mühe, andernfalls tausche ich dich wirklich gegen ihn ein.«

Er riss in gespieltem Entsetzen die Augen auf und kitzelte sie.

»Ich störe euer junges Liebesglück ja nur ungern«, unterbrach Nancy sie. »Aber es gibt noch eine Menge zu tun.« Sie stand mit amüsiertem Gesichtsausdruck hinter ihnen und hielt eine Unterschriftenmappe in die Höhe.

»Spielverderberin! Ich komme«, sagte Raiden. Er gab Tessa einen Kuss auf die Stirn und verschwand mit Nancy hinter der Absperrung.

Obwohl Nancy immer so tat, als hätte sie Haare auf den Zähnen, war sie Tessa sympathisch. Möglicherweise würden sie sogar Freundinnen werden. Es wäre schön, auf der Insel eine zu haben. Mit Bridget verstand sie sich auch immer besser. Vielleicht sollte sie mal einen richtigen Frauenabend organisieren, wenn die Ausstellung vorbei war.

»Also dann, die Pflicht ruft!«, motivierte sie sich, straffte die Schultern und rückte eines von Margarets Porträts gerade.

»Und du willst bestimmt nicht mitkommen?« Raiden richtete seine Krawatte.

»Nein danke. Geschäftsessen sind so gar nicht mein Ding.«

Raiden hatte Tessa vorhin erzählt, dass seine Vorgesetzten von Margarets Fotos ganz begeistert waren, wie auch die beiden Journalisten, die sie im Schlepptau hatten. Sie würden landesweit darüber berichten, was Carisbrooke Castle bestimmt eine Menge Besucher bescheren würde. Und nach der Sonderausstellung käme Margaret mit einem Teil ihrer Fotos in die »Hidden Heroes«, und damit war Tessas Mission mehr als nur erfolgreich abgeschlossen. Sie hatte über ihre Vorfahrin nicht nur etwas herausgefunden – sie hatte ihr sogar zu einem Platz in der Geschichte der Insel verholfen. Wenn die Aufregung erst einmal vorbei war, wollte Tessa sich auf der Insel nach einer Arbeit umsehen oder, wie Raiden vorgeschlagen hatte, eine eigene Praxis für Atemtherapie eröffnen.

»Zudem musst du Bradshaw noch deinen Entschluss mitteilen, seinem Ruf nach London nicht zu folgen«, fuhr sie fort. »Da bin ich doch lieber aus der Schusslinie, sonst gibt er mir noch die Schuld dafür.«

»Aber du bist doch auch schuld daran.«

Tessa klappte der Mund auf.

»Worüber ich jedoch sehr glücklich bin«, fügte Raiden mit einem breiten Lächeln hinzu. Er strich sich etwas Gel in die Haare und kontrollierte seine Frisur in dem kleinen Spiegel über der Kommode. In Anzug und Krawatte wirkte er sehr geschäftsmäßig, kompetent und wahnsinnig sexy.

Tessa unterdrückte einen Seufzer und freute sich auf den Moment, wenn er wieder zurückkam. Es war beinahe schon manisch, aber sie konnten einfach nicht die Finger voneinander lassen. Ob das immer so sein würde? Oder nur am Anfang?

»Wie geht's Earl Grey?«, fragte Raiden und wandte sich um. »Kann ich so gehen?«

Tessa hob beide Daumen. »Na ja, ich glaube tatsächlich, dass er uns ebenfalls vermisst. Aber das würde der stolze Kerl natürlich nie zugeben.«

Sie hatten vergeblich versucht, den Kater dazu zu bewegen, in Nathans Haus umzuziehen. Zwar hatte er sich von Tessa mitnehmen lassen, sich aber nach einer Inspektion der Räumlichkeiten gleich wieder verdrückt. Daher fütterten sie ihn bei Raidens Cottage, wo man bereits mit den Bauarbeiten begonnen und das verkohlte Holz sowie die kaputten Möbel entsorgt hatte. Die Sachen, die sie hatten retten können, lagerten jetzt in Nathans Schuppen, damit der Brandgeruch verflog. Aber das meiste von Raidens Habseligkeiten hatten sie leider wegwerfen müssen.

»Ich gehe später nochmals zum Cottage, um Katerchens Napf zu füllen«, sagte Tessa.

»Heute kein üppiges Abendessen mit meinem Großvater?«

Sie schüttelte den Kopf. »Er ist bei Megan eingeladen. Haben die zwei eigentlich was miteinander?«

»Will ich das wirklich wissen?« Raiden sah auf die Uhr. »Ich muss los! Ist es wirklich okay, wenn ich dich allein lasse?«

»Nun geh endlich! In den paar Stunden werde ich schon nicht vereinsamen.« Sie drückte ihm einen Kuss auf die Wange. »Habe ich dir eigentlich schon mal gesagt, dass ich dich unheimlich sexy finde?«

Er runzelte die Stirn, als müsste er scharf nachdenken. »Möglich, aber das kannst du gar nicht oft genug wiederholen. Die Wahrheit muss man schließlich in die Welt tragen.«

»Werde jetzt bloß nicht eingebildet, Palmer!«

Er lachte, küsste sie flüchtig und lief die Treppe hinunter.

Tessa genoss die abendlichen Spaziergänge zum Cottage. Normalerweise gingen Raiden und sie Hand in Hand, manchmal kam sogar Nathan mit. Heute war sie das erste Mal allein unterwegs.

Der Spätsommer glänzte mit angenehmen Temperaturen und sie erfreute sich an dem frischen Wind vom Meer her und staunte abermals, wie sich ihr Leben in den letzten Wochen verändert hatte. Von einer gestressten Londonerin war sie zu einer gechillten Insulanerin mutiert. Sie konnte immer besser verstehen, warum Raiden unbedingt hier hatte leben wollen. Er wäre in London vermutlich wie eine nicht gegossene Topfpflanze eingegangen. Sie hatte sich also richtig entschieden, obwohl sie für ihn und ihre Liebe alles aufgab. Na ja, nicht alles. Aber ihr bisheriges Leben und ihre Freunde. Doch sie würde hier bestimmt neue finden, und schließlich lag London nicht am anderen Ende der Welt.

Von ihrer Kollegin Sandy hatte Tessa sich telefonisch verabschiedet, und Sandy hatte sie damit aufgezogen, dass sie ein typisches weibliches Verhalten an den Tag legte und für den Mann alles aufgab. Warum nicht mal umgekehrt, hatte sie gefragt. Im Prinzip hatte Sandy ja recht. Dennoch hatte es Tessa nicht gejuckt. Raiden hätte dasselbe für sie getan; er hatte es ihr ja sogar vorgeschlagen. Und was andere über sie dachten, konnte ihr egal sein. Schließlich war es ihr Leben. Sollte sie also einen Fehler begehen, war das allein ihre Sache. Doch ihre Entscheidung fühlte sich richtig an … und Garantien gab es im Leben sowieso nicht.

Auf dem Hügelkamm zwischen den beiden Anwesen blieb sie einen Moment stehen und ließ ihren Blick über die Freshwater-Bucht gleiten. Eine Aussicht, an der sie sich nie würde sattsehen können. Es war gerade Ebbe und der Felsvorsprung auf der linken Seite zu erkennen. Der dazugehörige Strand galt als einer der malerischsten an der Westküste. Er hatte sogar eine eigene Melodie, wie ihr Raiden erklärt hatte. Sie hatte geglaubt, dass er Witze machte, doch als sie an dem Strand picknicken gewesen waren, hatte sie die Melodie tatsächlich gehört: ein zartes, gläsernes Klingen. Der Strand in der Freshwater-Bucht bestand aus einer Mischung aus grauem Feuerstein und Kreidekiesel, die einen einzigartigen Klang erzeugten, wenn die Wellen darüberliefen. Es hörte sich wahrhaftig wie eine Melodie an. So faszinierend wie außergewöhnlich.

Tessa wischte sich den Schweiß von der Stirn. Sollte sie später noch schwimmen gehen? Aber die Dämmerung schlich bereits übers Meer. Im Albion-Hotel drüben in der Bucht flammten schon die ersten Lichter auf. Es wäre vermutlich zu spät für eine Abkühlung, wenn sie zurückging.

Tessa wandte sich ab und fragte sich, warum Margaret eigentlich so wenige Landschaften fotografiert hatte. Vielleicht war es einfach zu mühsam gewesen, die schweren Apparaturen auf der Insel herumzutragen. Oder es hatte Landschaftsfotos gegeben, die jetzt jedoch nicht mehr existierten. Es quälte sie immer noch sehr, dass Oliver den Großteil von Margarets Arbeit zerstört hatte.

Tessa schüttelte den Kopf. Als ob sich heute noch jemand über ein Techtelmechtel aus dem neunzehnten Jahrhundert aufregen würde. Die Queen hätte Thorneycroft den Adelstitel bestimmt nicht aberkannt. Das Parlament hatte zwar tatsächlich schon verliehene Titel wieder entzogen, aber die betreffenden Personen lebten alle noch und hatten gravierenden Dreck am Stecken. Eine posthume Aberkennung, so was gab es doch bestimmt gar nicht. Oliver hatte sich da offensichtlich in etwas hineingesteigert. Und vielen Menschen dadurch Schmerz zugefügt. Vielleicht war er tatsächlich geistig nicht gesund gewesen. Aber das würde wohl für immer ein Geheimnis bleiben, denn sie konnte sich nicht vorstellen, dass seine Eltern dazu ein Statement abgeben würden.

Die Handwerker hatten schon Feierabend gemacht, als Tessa bei Raidens Cottage eintraf. Es roch nach frisch verarbeitetem Holz und Farbe. Da das Haus nicht übermäßig groß war, würden die Wiederherstellung und der Anbau nicht allzu lange dauern. Und dann begann endlich ihr gemeinsames Leben!

»Miez, Miez!«, rief sie und trat in die Küche. Im Moment bestand diese nur aus frisch verputzten Mauern, neuen Dachbalken und den Wasseranschlüssen. In einer Ecke hatte Raiden eine leere Apfelkiste als behelfsmäßige Fressstation eingerichtet und sie mit Dachpappe gegen den Regen geschützt.

Der Napf mit dem Futter war leer, der mit Wasser noch zur Hälfte gefüllt.

»Eure Durchlaucht, das Mahl ist angerichtet«, rief Tessa und stellte den frisch gefüllten Futternapf wieder in die Apfelkiste. »Ich würde nicht lange zögern, Earl Grey, sonst schnappt dir jemand dein Fressen weg und ...«

»Und für mich hast du nichts dabei?«

Tessa wirbelte herum. Das konnte nicht sein. Das durfte nicht sein!

Kaum zwei Meter hinter ihr stand Oliver Taylor. Er sah mitgenommen und mager aus, und seine sonst so gepflegte Kleidung wirkte schmuddelig.

Tessa wich instinktiv vor ihm zurück und sah sich nach einem Fluchtweg um. Im Durchgang zum Wohnzimmer stand ein Malergerüst. Es würde zu lange dauern, sich zwischen den Stangen hindurchzuzwängen. Das Küchenfenster war zum Schutz vor Wind und Wetter mit einer Spanplatte gesichert. Nur die Eingangstür führte nach draußen, und davor stand Oliver. Sie saß in der Falle.

Ruhe bewahren, befahl sie sich. Rede mit ihm und lass ihn deine Angst nicht spüren. Doch sie merkte bereits, wie ihr der Angstschweiß ausbrach und sie hektisch zu atmen begann.

»Du dachtest, ich sei tot, nicht? Dasselbe dachte ich von dir auch. Tja, wir hatten beide unrecht.«

Er kam einen Schritt auf sie zu. In seinen Augen lag eisige Kälte. Sie schauderte.

»Wo ...« Sie räusperte sich. »Wo warst du in der Zwischenzeit?«

Er strich sich über die ungepflegten Haare. »Bei der guten alten Ms Halfpenny. Sie ist ja nicht sehr gescheit, aber loyal. Was man von dir nicht gerade behaupten kann.« Er sah sich in der Küche um. »Ihr baut euch also ein neues Liebesnest, was?

Schade, kam die Feuerwehr zu schnell. Tja, wenigstens sind die Fotos weg.« Er lachte gehässig. »Also, Amber, was tun wir jetzt?«

»Tessa, Oliver, ich bin Tessa. Amber ist schon lange tot.«

In seinem Gesicht zuckte es kurz. »Und wenn schon. Amber, Tessa, spielt keine Rolle. Beides Miststücke! Aber die Taylors lassen sich nicht so behandeln, kapiert?«

Er kam noch einen Schritt näher. Tessa zog sich zurück, bis sie die Küchenwand am Rücken spürte. Sie musste handeln, bevor Oliver sie packen konnte. Es gab hier nichts, womit sie sich verteidigen konnte. Ihr Handy hatte sie mal wieder nicht mitgenommen. Ein dummer Fehler! Doch er hätte sie sowieso kaum telefonieren lassen.

»Wo ist denn dein Schätzchen heute?«, fragte Oliver und rieb sich über das stoppelige Kinn. »Nicht, dass ich ihn vermisse, aber ich musste wirklich lange warten, bis du endlich mal allein hier auftauchst.«

»Er wird gleich hier sein«, erwiderte Tessa. »Und Nathan auch. Sie … mussten vorher noch etwas erledigen.«

»Du bist eine miserable Lügnerin. Wir sind ganz allein. Ist das nicht nett?«

Sein Gesicht war jetzt nur noch wenige Zentimeter von ihrem entfernt. Sie konnte seinen schlechten Atem riechen.

Tu etwas, Tessa! Ihr Blick huschte in der Küche umher. Außer der Apfelkiste mit Earl Greys Fressen gab es hier jedoch nichts.

Oliver streckte die Hand aus. Doch bevor er sie berühren konnte, duckte sie sich, griff nach der Apfelkiste und rammte sie mit aller Kraft gegen seine Beine. Er schrie auf und taumelte.

Sie stürzte an ihm vorbei, floh durch die Eingangstür und hetzte davon.

* * *

»Und Sie haben sich das gut überlegt?«

Bradshaw sah Raiden mit hochgezogenen Augenbrauen an. Seinem Gesicht war anzusehen, dass er unzufrieden war.

»Ja, habe ich. Meine Zukunft liegt auf der Insel und im Carisbrooke Castle, nicht in London.«

Bradshaw zuckte mit den Schultern. »Nun denn, es ist Ihre Entscheidung. Zu seinem Glück kann man schließlich niemanden zwingen.«

Raiden unterdrückte den Impuls, ihm mitzuteilen, dass er das Glück bereits in den Händen hielt. In London hätte er zwar bessere Karrierechancen, aber was bedeuteten schon Geld und Einfluss, wenn man die Liebe seines Lebens gefunden hatte?

»Dann trinken wir jetzt auf Margaret Sophie Clarke.« Bradshaw hob sein Glas. »Auf dass die Lady endlich zu ihrem verdienten Ruhm kommt und wir zu landesweiter Publicity.«

Die Anwesenden hoben ihre Gläser und stießen an.

Raiden atmete erleichtert auf. Er hatte es sich unangenehmer vorgestellt, Bradshaw eine Abfuhr zu erteilen. Doch offenbar interessierten sich seine Vorgesetzten mehr für das Ansehen des Trusts, das sich durch den Fund von Margarets Fotos steigern würde, als für einen ihrer Kuratoren.

Er entschuldigte sich, suchte die Toilette auf und wählte Tessas Nummer. Er wollte ihr gleich mitteilen, dass alles glattgegangen war.

Doch er erwischte nur ihre Mailbox. Auch auf Nathans Festnetzanschluss meldete sich niemand. Sicher war sie noch beim Cottage und kümmerte sich um Earl Grey – und hatte natürlich wieder einmal ihr Handy vergessen.

Raiden schmunzelte. Der Kater holte sich täglich seine Streicheleinheiten bei Tessa ab. »Wie das Kätzchen, so das Herrchen«, murmelte Raiden. Er konnte es kaum abwarten, mit Tessa endlich ins Cottage zu ziehen.

47

Tessa knickte zweimal schmerzhaft ein, humpelte aber weiter. Für Spaziergänge war der Schotterweg über den Hügelkamm schön, doch ganz und gar ungeeignet, wenn man vor jemandem floh, der einen umbringen wollte.

Sie hätte den anderen Weg nehmen sollen, der zu Raidens Nachbarn führte. Doch jetzt war es zu spät. Oliver war bereits hinter ihr.

Links und rechts des Wegs erhoben sich dichte Hecken aus wilden Brombeeren und Haselsträuchern. Bis sie eine Lücke gefunden hätte, würde Oliver sie einholen. Sie hatte ihm vielleicht wehgetan, doch er humpelte nicht wie sie. Nein, sie musste ihren Vorsprung nutzen, zu Nathans Haus laufen und sich dort verbarrikadieren. Im Flur war der Festnetzanschluss. Rein ins Haus, alles verrammeln und die Polizei anrufen! Vielleicht war Nathan auch schon wieder zurück. Sie hoffte es so sehr!

Bei einer Wegbiegung warf Tessa einen Blick zurück. Oliver holte stetig auf. Tränen schossen ihr in die Augen. Er schrie irgendetwas, was sie jedoch nicht verstand.

Endlich erreichte sie den Hügelkamm. Zu ihrem schmerzenden Knöchel kam ein quälendes Seitenstechen hinzu.

Die Hecken hörten abrupt auf und wurden durch hüfthohe Steinmauern abgelöst. Dahinter erstreckten sich auf beiden Seiten Wiesen. Keine Möglichkeit, sich irgendwo zu verstecken.

Atme korrekt! Hilf deinem Körper und arbeite nicht gegen ihn. Doch was sie seit Jahren ihren Patienten predigte, wischte die Todesangst einfach weg. Sie keuchte, hielt sich die Seite und humpelte weiter. Wenigstens ging es jetzt bergab. Sie konnte das Dach von Nathans Haus bereits sehen, dahinter das Meer in der aufkommenden Dämmerung. Bald hatte sie es geschafft und wäre in Sicherheit.

»Ich kriege dich!«, brüllte Oliver hinter ihr.

Viel zu nahe!

Sie wagte nicht, zurückzuschauen, aus Angst, wieder zu stolpern.

Mit einer letzten Kraftanstrengung erreichte sie Nathans Haus. Ihre Hand lag schon auf der Klinke, da riss Oliver sie zurück.

»Erwischt!«, japste er.

»Nathan, Hilfe!«

Oliver lachte nur. »Glaubst du wirklich, dass dir jetzt ein alter Mann helfen kann?«

Er hielt sie mit beiden Armen von hinten umklammert. Sein heißer Atem strich über ihren Nacken. Vor Ekel drehte sich ihr der Magen um.

»Lass mich, Oliver, ich flehe dich an!«, schluchzte sie und wand sich in seinem Griff.

»Wir ergänzen uns prächtig, findest du nicht?« Er schien sie überhaupt nicht gehört zu haben. »Es ist ein Privileg, seinen Seelenverwandten zu finden.« Er küsste ihren Nacken und Tessa wurde übel. »Nun suchen wir uns ein hübsches Plätzchen, wo wir ungestört sind. Raiden wirst du bald vergessen haben, Amber. Ich verzeihe dir großzügig diese Verirrung.«

»Tessa! Verdammt noch mal, ich bin Tessa, du Idiot!«

Er lachte. »Natürlich bist du das.«

Er strich mit seiner Zunge ihren Hals hinauf. Tessa würgte. Vielleicht wollte Oliver sie wirklich nicht umbringen, sondern nur mit ihr allein sein, in seinem Wahn, dass sie seine tote Jugendfreundin sei. Aber darauf konnte sie sich nicht verlassen. Sie musste ihn abschütteln.

»Also gut«, sagte sie und gab ihre Gegenwehr auf. Sie versuchte, der Panik in ihrer Stimme Herr zu werden. »Gehen wir rein, öffnen eine Flasche Wein und genießen den schönen Abend. Wir können uns auch in den Garten setzen. Was hältst du davon?«

Er schien tatsächlich darüber nachzudenken. Dann aber runzelte er die Stirn. »Nein, nicht in diesem Haus. Wir würden nur gestört werden … und das wollen wir doch nicht, Herzchen. Ich muss außerdem duschen und mich umziehen. Wir gehen zu mir nach Hause. Dort habe ich alles, was ich brauche. Und du bist auch ganz verschwitzt, Amber. Zum Glück habe ich noch ein paar deiner Kleider aufgehoben.«

Auch wenn es Tessa vor Verzweiflung schüttelte, der Weg in die Nuwara Lodge gab ihr die Möglichkeit, jemanden auf sich aufmerksam zu machen oder ein weiteres Mal zu flüchten. Sie warf Nathans Haustür einen letzten sehnsüchtigen Blick zu und nickte.

»Okay, also in die Lodge. Gehen wir dahin zurück, wo alles begann.«

»Braves Mädchen«, raunte ihr Oliver ins Ohr. »Ich weiß doch, dass man dich manchmal zu deinem Glück zwingen muss, du Dummerchen.«

Er drehte sich mit Tessa in den Armen um und zusammen stolperten sie die Eingangsstufen hinunter. In dieser Haltung würden sie auffallen wie ein geflügeltes Pferd. Der Weg zwischen Nathans Haus und der Lodge war zwar nicht weit, aber sie mussten etwa eine halbe Meile an der Küstenstraße entlanggehen. Jeder einigermaßen gescheite Beobachter würde merken, dass sie nicht aus freien Stücken mit diesem Mann unterwegs war. Und es war noch nicht allzu spät, sie würden sicher auf Touristen oder Einheimische treffen. Vielleicht sogar auf Nathan oder Raiden, die von ihren Treffen zurückkamen.

Auf beiden Seiten der Einfahrt standen zwei Steinamphoren, die Nathan liebevoll mit blühenden Geranien bepflanzt hatte. Könnten die ihr nützlich sein? Vielleicht, um Oliver abzuschütteln? Oder sollte sie ihn besser eine Zeit lang in Sicherheit wiegen, bis er unaufmerksam wurde?

Ihr Instinkt übernahm die Entscheidung. Als sie an den Amphoren vorbeikamen, stieß sie sich nach hinten vom Boden ab. Oliver fiel rücklings auf eine Amphore und Tessa fiel auf Oliver. Mit einem Zischen entwich die Luft aus seinen Lungen. Automatisch lösten sich seine Arme von Tessas Körper. Sie rappelte sich hoch und humpelte so schnell sie konnte ums Haus herum zur Hintertür.

»Lieber Gott …«, flehte sie.

Aber ihr Stoßgebet wurde nicht erhört. Sie rüttelte an der Klinke. Die Tür war verriegelt.

Wohin jetzt? Zurück zum Cottage? Aber dort gab es kein Versteck. Zur Küstenstraße hinunter? Dann lief sie Oliver direkt in die Arme.

Das Glashaus!

Tessa humpelte durch den Garten und schlug den Weg zu Margarets Atelier ein.

* * *

»Ist Ihnen nicht gut, Mr Palmer? Das ist jetzt schon das dritte Mal, dass Sie sich entschuldigen.«

Die Anwesenden lachten verhalten, als Bradshaw Raiden aufzog. Er hatte auf der Toilette mehrmals versucht, Tessa zu erreichen. Doch sie ging weder ans Handy noch an Nathans Telefon. Wo war sie nur? Sie hätte schon längst vom Cottage zurück sein müssen. Irgendetwas stimmte nicht.

»Alles bestens, Mr Bradshaw«, sagte Raiden. »Ich muss mich jetzt aber leider verabschieden, weil …« Ihm fiel keine passende Ausrede ein, also stand er einfach auf, nickte allen Anwesenden zu und verließ das Lokal.

Vor dem Restaurant in Newport wählte er Megans Nummer.

»Hi, Megan, Raiden am Apparat. Ist Nathan noch bei dir? Gibst du ihn mir kurz?«

Es raschelte kurz und er hatte Nathan am Apparat.

»Raiden? Was ist los? Weshalb störst du mein Rendezvous?«

Im Hintergrund hörte er Megan kichern.

»Wollte nur wissen, ob du noch dort bist. Ich versuche nämlich seit einer Weile, Tessa zu erreichen – ohne Erfolg.«

»Die ist doch zum Cottage gegangen.«

»Ja, aber sie hätte schon längst wieder zurück sein müssen. Ich habe plötzlich ein ganz schlechtes Gefühl.«

»Junge, mach dich nicht verrückt. Vielleicht nimmt sie gerade ein Bad oder sitzt im Garten und hört Musik.«

»Ja, möglich. Trotzdem fahre ich jetzt lieber los. Ich bin aber erst in zwanzig Minuten da. Kannst du vielleicht in der Zwischenzeit kurz vorbeifahren? Es ist ja nicht weit.«

Nathan knurrte kurz, seufzte dann und wandte sich an Megan. »Ich muss den Nachtisch ausfallen lassen, meine Liebe. Tut mir leid.«

So wie er das Wort Nachtisch betonte, vermutete Raiden, dass es sich dabei nicht um eine Speise handelte. Er verzog den Mund.

»Ich fahre gleich los. Du bist mir jetzt aber schon wieder was schuldig, mein Junge.«

»Danke, Grandpa.« Raiden atmete erleichtert auf. »Und ja, klar, alles, was du willst.«

Nathan lachte. »Ist notiert. Also bis später.«

48

Tessa hastete über die Wiese hinter dem Haus, vorbei an Nathans Bienenhäuschen, und tauchte ins Dickicht ein. Der Himmel hatte sich mittlerweile mit Schleierwolken überzogen, die den abnehmenden Mond versteckten. In dem kleinen Urwald war es jetzt bereits dunkel und sie konnte nichts dagegen tun, dass ihr Äste und Zweige ins Gesicht schlugen. Sie verhedderte sich in einem Wust aus Brombeerranken und wäre beinahe gestürzt. War sie noch auf dem richtigen Weg?

»Amber, Schätzchen, wo willst du denn hin?« Olivers Stimme war viel zu nahe. »Das wird dir nichts nützen, Süße. Langsam werde ich wirklich ärgerlich.«

Tessa hielt einen Moment inne, um sich zu orientieren. Da, ein abgebrochener Zweig. Und der knorrige Baum mit der geteilten Krone kam ihr ebenfalls bekannt vor. Also weiter!

Wieso nur ließ sie immer ihr Handy irgendwo liegen? Raiden hatte recht, dass sie manchmal in den Wolken lebte.

Sie hätte ihn begleiten sollen. Ein Abend mit öden Geschäftsbesprechungen kam ihr jetzt ungemein verlockend vor.

Sie hörte hinter sich ein Knacken, dann einen Fluch.

Endlich erspähte Tessa die Stelle, an der Raiden sich mit der Motorsäge durch das Dickicht gefräst hatte. Überall lagen

Holzsplitter und Sägemehl. Sie zwängte sich aufatmend durch die Lücke.

Um ein Haar wäre sie in den Stacheldrahtzaun gelaufen. Wo war die Öffnung?

Sie lief nach rechts. Nichts! Also zurück, diesmal nach links. Endlich fand sie die Stelle, die Nathan mit der Drahtseilschere aufgeschnitten hatte. Ein Stachel ritzte ihr den Oberarm auf, als sie hindurchschlüpfte, und sie unterdrückte einen Aufschrei. Ein warmes Rinnsal lief über ihre Haut. Wenn sie Glück hatte, starb sie aber, bevor sie eine Blutvergiftung bekam. Sie schlug sich die Hand vor den Mund, als sie spürte, wie ein hysterisches Lachen in ihrer Kehle aufstieg. Sie versuchte, den Stacheldraht zurückzubiegen, damit Oliver nicht durchkam, doch sie musste erkennen, dass ihr die Kraft dazu fehlte.

Also weiter ins Glashaus, verstecken, Ruhe bewahren und auf Gott vertrauen. Oder auf Nathan oder Raiden. Als sie an die beiden dachte, flossen ihre Tränen.

Tessa stürzte sich durch die Bretterlücke ins Glashaus. Würden sie die morgige Ausstellung abblasen, wenn ihr etwas zustieß? Aber vielleicht wäre das Verschwinden von Margarets Nachkommin erst der richtige Aufhänger für die Presse. Nichts verkaufte sich doch besser als ein aufsehenerregendes Verbrechen.

Ihr Blick fiel auf die offene Kellerluke. Das war keine Option, dort unten gab es lediglich die Werkbank und sonst kein Versteck. Sie müsste sich also hier oben irgendwo verbergen. Hinter der Chaiselongue? Oder dem kastenförmigen Fotoapparat auf der linken Seite mit der Plane darüber? Sie humpelte hinüber. Als sie die Plane zur Seite schlug, zerbröselte sie zum Teil.

»Nein, nein«, murmelte sie panisch.

Sie setzte sich auf den Boden unter das Stativ, zog die Beine an und machte sich so klein wie möglich. Dann zog sie vorsichtig die Plane über ihren Körper.

Anschließend tastete sie sachte auf dem Boden herum. Vielleicht fand sie etwas, womit sie sich verteidigen konnte. Doch ihre Finger streiften nur vertrocknete Blätter und eine Menge Staub. Sie unterdrückte ein Niesen. Ihr Herzschlag raste, und sie hätte dringend auf die Toilette gemusst. Beruhige dich, nimm dazu deinen Atem zu Hilfe, befahl sie sich selbst. Wenn du so keuchst, wird er dich gleich entdecken.

Sie schloss die Augen. In Panik neigte man dazu, zu hektisch und zu tief zu atmen, das brachte den gesamten Stoffwechsel durcheinander. Der Betroffene übersättigte seinen Körper mit Sauerstoff und verlor vermehrt Kohlendioxid. In der Folge stieg der pH-Wert im Blut dermaßen an, dass einem schwindelig wurde, sich Herzrasen oder Muskelkrämpfe einstellten und die Angst einen vollständig beherrschte. All das konnte sie im Moment gar nicht gebrauchen.

Ausatmen, befahl sie sich. Durch die Nase ein, durch die leicht geschlossenen Lippen aus. Langsam und gleichmäßig. Um der Panik Herr zu werden, gab es einen Trick. Angst manifestierte sich im Kopf, daher musste man sich seines Körpers wieder bewusst werden. Sie öffnete beim Einatmen die Finger, beim Ausatmen schloss sie sie zur Faust und bohrte dabei ihre Fingernägel in die Handflächen. Der leichte Schmerz fokussierte sie wieder auf ihre physische Präsenz.

Sie fühlte, wie sich ihre Atmung langsam normalisierte und die Panik abflaute. Sie öffnete die Augen. Mittlerweile war es stockdunkel geworden. Gut für mich, dachte sie. Oliver hatte keine Taschenlampe dabei, vielleicht nicht mal ein Handy. Aber wenn er sie hier entdeckte, hätte sie kaum mehr eine Möglichkeit zu fliehen.

Tessa zwang sich, ruhig nachzudenken. Diese Ms Halfpenny hatte ihn also versteckt. Wieso tat sie so etwas? Bei Tessas Besuch in der Nuwara Lodge hatte er sie ja nicht gerade respektvoll behandelt. Und was war eigentlich mit seinen Eltern? Wussten die, dass ihr Sohn noch lebte? Oder hatte er sie auch glauben lassen, dass er ertrunken war?

Tessa hörte ein Geräusch und hielt unwillkürlich den Atem an.

»Eins, zwei, drei, vier Eckstein, alles muss versteckt sein.«

Olivers Stimme klang wie aus einem Horrorfilm: süßlich, einschmeichelnd und zugleich eiskalt. Tessa lauschte angespannt. War er links von ihr? Rechts?

Vermutlich hatte sein Wahnsinn, der schon Amber das Leben gekostet hatte, seit damals unter der Oberfläche gelauert. Und als Tessa dann vor seiner Tür gestanden und Amber so ähnlich gesehen hatte, war er wieder zum Vorschein gekommen. Der Mann gehörte eindeutig in die forensische Psychiatrie.

Tessa wappnete sich innerlich, als laut scheppernd etwas zu Boden fiel.

»Verfluchter Mist!«

Die alten Scheinwerfer. Er war schon so nah!

Tessa unterdrückte ein Wimmern. Sie könnte ihm das Stativ, unter dem sie hockte, entgegenschleudern. Doch sie würde kaum noch weglaufen können. Ihr Knöchel war heiß und geschwollen.

Tessa lauschte. Nichts rührte sich.

»Ich kriege dich«, sagte Oliver in die Stille. Tessa hätte vor Schreck beinahe aufgeschrien. »Du kannst mir nicht entkommen.«

Seine Stimme war noch näher gekommen. Tessa tastete nach den Beinen des Stativs und spannte ihre Muskeln an.

»Komm aus deinem Bau, mein Häschen. Lass uns spielen.«

Er kicherte.

Unter der Plane war es stockfinster. Staub kitzelte in Tessas Nase. Sie unterdrückte verzweifelt den Niesreflex, doch ihre Nase kribbelte und fing an zu laufen. Lange würde sie es nicht mehr aushalten können. Ein Schweißtropfen lief über ihr Rückgrat, ihre Hände wurden feucht und das Bedürfnis zu niesen wurde beinahe übermächtig.

Dann geschahen mehrere Dinge gleichzeitig. Tessa hörte ein überraschtes Keuchen, ein Poltern und einen Schrei. Danach herrschte Totenstille.

49

Während der Fahrt nach Freshwater brach Raiden alle Verkehrsregeln. Ein unbestimmtes Grauen hatte ihn erfasst. Tessa war in Gefahr, dessen war er sich sicher – er musste sich beeilen! Als er in einer Kurve bedrohlich schlingerte, nahm er den Fuß vom Gas. Einen Unfall konnte er sich nicht leisten.

Sein Handy klingelte auf dem Nebensitz. Raiden drückte die Lautsprecherfunktion.

»Grandpa?«

»Sie ist nicht hier, Raiden.« Nathan klang besorgt. »Ihr Handy liegt im Gästezimmer, ansonsten ist im Haus nichts Ungewöhnliches zu entdecken. Eine der Amphoren ist jedoch umgekippt.«

»Was?«

»Eines der Blumengefäße vor dem Haus.«

»Der Wind …?«

»Nein, unmöglich«, unterbrach ihn Nathan. »Die sind massiv und kippen nicht um. Es sieht eher so aus, als hätte sich jemand darin gewälzt. Oder es hat ein Kampf stattgefunden und eine ist dabei umgefallen.«

Raiden wurde es eiskalt. »Ich bin gleich da. Such bitte in der Zwischenzeit zwei starke Taschenlampen.«

Nathan brummte zustimmend und legte auf.

Raiden schluckte hart. Man hatte lediglich Wrackteile der *Amber II* gefunden. Keine Leiche.

Raiden drückte das Gaspedal durch.

Wenn Oliver tatsächlich lebte, hatte sich seine Obsession für Tessa bestimmt noch gesteigert.

Mit quietschenden Reifen bog Raiden von der Küstenstraße ab, raste den Hügel zu Nathans Haus hoch und sprang aus dem Wagen. Nathan stand bereits vor der Haustür, zu seinen Füßen lagen zwei Stabtaschenlampen und ein Schrotgewehr. Raiden schluckte. Offensichtlich befürchtete auch Grandpa das Schlimmste.

»Dann mal los!«, sagte Nathan ernst und wies mit dem Kinn Richtung Garten. »Wir wissen beide, wohin sie geflüchtet ist. Hoffentlich kommen wir nicht zu spät.«

* * *

Wie viel Zeit war seit Olivers Schrei verstrichen? Eine Minute? Zehn?

Tessa überlegte, sich aus ihrem Versteck zu wagen und nachzusehen, was passiert war. War er gestürzt? Vielleicht die Kellertreppe hinunter? Oder im morschen Holzboden eingebrochen? Aber vielleicht war sein Schweigen auch eine Falle, und er wartete nur darauf, dass sie ihren Unterschlupf verließ.

Das Kitzeln in ihrer Nase ließ sich nicht mehr unterdrücken. Sie nieste und versteinerte. Verdammt! Das Geräusch hatte lauter als eine Explosion geklungen. Jeden Moment würde Oliver die Plane über ihr wegreißen. Doch nichts geschah.

Sie wartete noch einen Augenblick und krabbelte dann zögernd aus ihrem Versteck. Sie lauschte. Außer den nächtlichen

Geräuschen, die durch die zerstörte Glasdecke ins Innere drangen, war nichts zu hören.

Sie zog leise die Nase hoch und musste darauf nochmals niesen. Wieder erstarrte sie wie ein Reh im Scheinwerferlicht. Doch weder sprang sie Oliver von hinten an noch hörte sie seine spöttische Stimme.

Da stimmte etwas nicht!

Die Erkenntnis traf sie mit Wucht. Oliver musste im Dunkeln über die Couch gestrauchelt und in den Keller gestürzt sein. Und wenn das stimmte, lag er bewusstlos am Fuß der Treppe und konnte jederzeit wieder aufwachen. Oder war er vielleicht so unglücklich gefallen, dass er sich das Genick gebrochen hatte?

Tessa versuchte, sich im Dunkeln zu orientieren. Dort war sie reingekommen, hier stand der Kasten mit dem Stativ, dann mussten da hinten die Scheinwerfer sein und rechts von ihnen die Chaiselongue, davor die Falltür zum Keller.

Schritt für Schritt tastete sie sich vorwärts, die Hände vor sich ausgestreckt. Nach einer gefühlten Ewigkeit streifte ihr Fuß etwas Festes. Sie beugte sich vor und ertastete die Liege.

Tessa starrte einen Moment in das Viereck. In seiner Schwärze wirkte es wie der Eingang zur Hölle. Sie musste unbedingt die Falltür schließen, damit Oliver nicht wieder nach oben kommen konnte. Doch sosehr sie auch daran zog und zerrte, sie bewegte sich keinen Millimeter.

Plötzlich fror sie ganz entsetzlich und zitterte unkontrolliert.

Als ein Lichtstrahl sie mitten ins Gesicht traf, schrie sie entsetzt auf.

* * *

Raiden blieb stehen, um sich zu orientieren, obwohl ihm die Angst um Tessa befahl, sich zu beeilen. Aber wenn sie sich verliefen, vergeudeten sie nur unnötig Zeit.

»Hat Oliver den Untergang seiner Jacht inszeniert?«, fragte Nathan hinter ihm.

Raiden leuchtete die Umgebung ab. »Hier entlang!« Sie hetzten weiter. »Kann gut sein«, rief er dann über die Schulter. »Er hätte ja mit einer Anzeige rechnen müssen.«

Nathan hinter ihm keuchte.

»Geht's dir gut, Grandpa?«

»Geht schon. Aber warte nicht auf mich. Ich muss mich einen Moment ausruhen.«

»Alles klar.«

»Nimm die Flinte mit.«

Raiden zögerte einen Moment. Hätte er den Mut, sie zu benutzen, wenn es nötig wäre? Dann ging ein Ruck durch seinen Körper. Er griff nach der Waffe und lief weiter, den Strahl der Taschenlampe auf den Boden gerichtet.

Obwohl der Pfad zum Glashaus mit den Jahren überwuchert war, sah man doch deutlich, dass hier kürzlich jemand entlanggekommen war. Die verwelkten Blätter am Boden waren aufgewühlt, ab und zu bemerkte er einen geknickten Zweig. Entweder stammte das alles von ihnen und dem Tag, als sie die Bambusröhrchen gefunden und später abtransportiert hatten, oder von Tessa und Oliver. Die Angst um sie beschleunigte seine Schritte.

Vor ihm tauchte der Stacheldrahtzaun auf und die Lücke, die Nathan hineingeschnitten hatte. Offenbar hatte jemand halbherzig versucht, den Draht zurückzubiegen.

Raiden hängte sich die Schrotflinte über die Schulter, schlüpfte durch den Zaun und lief aufs Glashaus zu. Vor der Öffnung blieb er stehen, schaltete die Taschenlampe aus und lauschte. Außer dem Rascheln der Blätter im Wind und einem Knacken irgendwo im Dickicht hörte er jedoch keinen Laut.

Er wagte nicht zu rufen, um Oliver nicht zu warnen. Niemand konnte voraussehen, wie er reagierte, wenn er in die Enge getrieben wurde.

Raiden hielt den Atem an und trat ins Glashaus.

* * *

»Dem Himmel sei gedankt, du lebst!«

Tessa blinzelte in das gleißende Licht. Raiden? Konnte das sein?

Der Lichtstrahl hüpfte auf und ab, als jemand auf sie zusprintete, sie in die Arme riss und stürmisch küsste.

Es war tatsächlich Raiden! Wie kam er hierher? Er war doch bei diesem Geschäftsessen in Newport und hatte gemeint, dass es vielleicht spät werden könnte.

Etwas Metallisches traf sie an der Schläfe, während sie sich an seine Brust schmiegte.

»Au!«, rief sie und rieb sich die Stelle, die immer noch schmerzempfindlich war. Dann erkannte sie den Gegenstand.

»Du hast ein Gewehr?«

»Wo ist Oliver?«, fragte Raiden und nahm die Waffe von der Schulter.

»Du kannst schießen?« Irgendwie brachte sie gerade nichts mehr auf die Reihe.

»Tessa, wo ist Oliver?« Raiden klemmte sich die Taschenlampe unter den Arm und packte sie an den Schultern. Er schüttelte sie leicht. »Wo?«

Sie wies mit dem Kinn auf die Falltür. »Er ist da runtergefallen.«

»Lebt er noch?«

Sie zuckte mit den Schultern, unfähig, etwas zu erwidern. Die vergangenen Stunden forderten ihren Tribut und sie begann unkontrolliert zu zittern. Tränen liefen über ihre Wangen. Sie konnte nichts dagegen tun.

»Komm, setz dich mal.« Raiden führte sie zur Chaiselongue, zog sein Sakko aus und legte es ihr um die Schultern. Erst jetzt bemerkte sie, dass er immer noch Anzug und Krawatte trug. Er musste direkt von seinem Geschäftsessen hergekommen sein.

Als sie vom Eingang her ein Geräusch hörte, fuhr sie zusammen, doch Raiden schien es nicht zu kümmern. Das Licht einer zweiten Taschenlampe tauchte auf.

»Tessa, Liebes, ist alles in Ordnung?«

Nathan! Sie hätte nicht erleichterter sein können.

»Sie hat vermutlich einen Schock, aber sonst geht es ihr einigermaßen«, wandte sich Raiden an seinen Großvater.

»Und Oliver?«

Raiden wies mit dem Kinn auf die Falltür. »Ich wollte gerade nachsehen. Bleib du bei Tessa und ruf bitte die Polizei. Mein Handy steckt in der Sakkotasche.« Er leuchtete in die Tiefe. »Ich kann nichts erkennen.«

»Warte besser, bis die Polizei eintrifft«, warnte Nathan.

Raiden schien zu überlegen. »Wenn er die Treppe hinuntergefallen ist, hat er sich möglicherweise verletzt.«

»Oder er greift dich an, wenn du runtergehst«, vermutete Nathan, setzte sich neben Tessa und fingerte Raidens Handy aus dem Sakko.

»Stimmt, aber ich habe eine Waffe. Ich gehe jetzt runter.«

Raiden leuchtete in die Dunkelheit und stieg vorsichtig die Kellertreppe hinab.

Tessa wollte aufstehen, doch ihre Beine schienen aus Blei zu sein. »Was siehst du?«, rief sie. Ihre Stimme überschlug sich.

»Raiden?« Nathan trat einen Schritt näher zur Luke. »Was ist?«

Tessa schluckte schwer. Einen Moment blieb es still.

»Junge?«

»Er ist tot«, klang es von unten herauf. »Vermutlich hat er sich beim Sturz das Genick gebrochen.«

50

Der Tag von Margarets Fotovernissage auf Carisbrooke Castle glänzte mit sommerlichen Temperaturen und einem strahlend blauen Himmel.

Tessa war seit sechs Uhr morgens wach. Obwohl sie gestern nach der Rückkehr aus dem Glashaus wie eine Tote ins Bett gefallen war, hatte sie nicht schlafen können. Unruhig hatte sie sich hin und her gewälzt. Als endlich die Dämmerung anbrach, war sie leise aufgestanden, um Raiden nicht zu wecken, und hatte einen Strandspaziergang unternommen. Jetzt saß sie auf einer Holzbank unweit der Küstenstraße und sah auf die Freshwater-Bucht hinab. Die anrollenden Wellen wirkten hypnotisch.

Nachdem Raiden Oliver gefunden hatte, verschwammen Tessas Erinnerungen. Irgendwann hatte ihr eine Frau mit einem freundlichen Lächeln und haselnussbraunen Augen eine Spritze verpasst und ein uniformierter Mann hatte ihr das Versprechen abgenommen, morgen, also heute, auf dem Polizeirevier eine Aussage abzugeben. Dann erinnerte sie sich noch, dass Raiden sie in die Badewanne gesteckt hatte.

Sie zog die Beine an und schlang die Arme darum. Drei Möwen stritten sich unweit von ihr um eine Plastiktüte.

»Es ist vorbei«, murmelte sie zum wiederholten Mal.

Doch Erleichterung wollte sich nicht einstellen.

»Ist hier noch frei?«

Sie zuckte zusammen. Neben der Bank stand Raiden und deutete auf den freien Platz an ihrer Seite.

»Ich konnte nicht mehr schlafen«, sagte sie. »War alles ein bisschen viel gestern.«

Er setzte sich und legte den Arm um sie. Sie lehnte den Kopf an seine Schultern.

»Wie geht's dir?«

»Wie es einem eben so geht, wenn man gerade einem Mordversuch entkommen ist und miterlebt hat, wie jemand stirbt. Irgendwie bin ich ja sogar schuld dran, oder? «

»Jetzt hör mir mal genau zu, Tessa. Du bist ganz bestimmt nicht schuld an Olivers Tod. Irgendetwas stimmte mit ihm nicht. Ich habe das schon damals bemerkt und Amber ebenso. Deshalb hat sie ja auch Schluss mit ihm gemacht. Rede dir jetzt also bitte nichts ein, okay? Früher oder später hätte es mit ihm ein schlechtes Ende genommen. Und ehrlich gesagt bin ich furchtbar dankbar dafür, dass er gestorben ist, bevor er dir etwas antun konnte. Das klingt hart, doch du bist mir wirklich wichtiger.«

»Danke, aber vermutlich wird mich dieses Erlebnis noch eine ganze Weile beschäftigen.«

»Das ist nur natürlich«, stimmte er Tessa zu und küsste ihre Stirn. »Vielleicht überlegst du dir meinen Vorschlag noch mal, mit einer Fachperson über diese traumatischen Wochen zu sprechen. Das steckt man nicht so leicht weg.«

»Ja, vielleicht.« Sie atmete tief durch. »Es ist so schön hier.«

»Bereust du deine Entscheidung, auf die Insel gezogen zu sein?« Seine Stimme klang unsicher.

»Nein, nicht im Geringsten.«

Er atmete sichtlich auf. Dann küssten sie sich, bis Tessas Herz schneller schlug. Immerhin funktionierte die sexuelle

Anziehungskraft zwischen ihnen noch einwandfrei. Für das andere gab es Psychologen … und die Zeit. Sie würde schon damit fertigwerden.

»Komm, lass uns frühstücken. Nathan hat extra ein Glas Honig geöffnet. Und zwar eines von denen, die er normalerweise verkauft. Das ist ein großes Privileg.«

Sie lächelte. »Wer könnte da schon widerstehen?«

»Genau. Danach fahren wir aufs Polizeirevier und später zum Schloss. Immerhin ist heute unser großer Tag.«

»Margarets.«

»Bitte?«

»Heute ist Margarets großer Tag.«

Er lachte. »Natürlich. Aber in gewisser Weise bist du ihre Erbin. Also schnapp dir ein Stück von ihrem Ruhm.«

Tessa setzte sich auf einen Besucherstuhl in der Großen Halle, zog stöhnend die Schuhe aus und massierte ihre schmerzenden Füße. Endlich waren auch der letzte Journalist, der letzte Lokalpolitiker und der letzte Besucher der Ausstellung gegangen. Ihre und Raidens Eltern hatten sich schon früh verabschiedet, um irgendwo etwas essen zu gehen. Sie schienen sich prächtig zu verstehen, was sie enorm freute. Sie würden sie später in Newport bei Bridget treffen, wo sie untergekommen waren, um sich näher zu beschnuppern. Tessas Befürchtung, Raidens Eltern könnten sie vielleicht nicht mögen, hatte sich in Luft aufgelöst, als Susann, Raidens Mutter, sie zur Begrüßung herzlich umarmte.

Margarets Fotos schlugen bei den Besuchern ein wie eine Bombe. Alle Aufnahmen waren gebührend bewundert worden. Tessa hatte sogar zwei Männer belauscht, die angeregt über Margarets Stil, Komposition und ihren Ausdruck diskutierten. Sie war richtig stolz auf sich, dass sie sich durch die diversen Rückschläge nicht hatte entmutigen lassen und diese Ausstellung, natürlich mit Raidens Hilfe, auf die Beine hatte stellen können.

»Party, Party!« Nancy stand im Türrahmen und hielt eine Flasche Champagner und vier Gläser hoch. »Jetzt wird gefeiert!«

»Wo ist Raiden?«

»Er bringt unsere Bosse noch zu ihren Autos. Die sind ganz aus dem Häuschen, dass so viele Journalisten da waren. Wenn also nächstens Prinz Charles hereinspaziert, würde mich das nicht wundern.«

Tessa lachte. »Ja, klar. Der Prinz of Wales hat ja sonst nichts zu tun, als sich ein paar alte Fotos anzuschauen.«

Sie schlüpfte wieder in die Pumps und verzog das Gesicht. Sie spürte bereits, wie sich an ihrer rechten Ferse eine Blase bildete. »Für wen ist denn das vierte Glas?«

Nancy mühte sich mit dem Korken ab. »Nick kommt gleich, um mich abzuholen. Ich dachte …« Sie brach ab und wirkte verlegen.

»Nick von der Post?«

»Genau der. Wir …«, sie zuckte mit den Schultern, »verstehen uns gut.«

Bevor Tessa darauf etwas erwidern konnte, stürmte Raiden in die Halle. Er strahlte übers ganze Gesicht.

»Sieg auf der ganzen Linie!« Er zog Tessa auf die Beine und hob sie in die Luft. Sie quiekte vor Schreck.

»Darauf trinken wir!«, rief Nancy und ließ den Champagnerkorken knallen.

Raiden griff nach den Gläsern und hielt sie seiner Assistentin hin.

»Einen Wermutstropfen gibt es leider«, sagte er, als sie auf den Erfolg anstießen.

»Sag jetzt nicht, dass man Margaret nicht in die ›Hidden Heroes‹ aufnimmt.« Tessa sah ihn mit zusammengezogenen Augenbrauen finster an.

Er winkte ab. »Nein, das ist es nicht. Natürlich kommt die liebe Maggy in unsere Heldensammlung. Doch für eine Ausstellung im Victoria and Albert Museum in London gibt es leider zu wenige Fotos.« Er seufzte. »Olivers letzter Triumph.« Als Raiden den Namen aussprach, verpuffte die lockere Stimmung augenblicklich. »Sorry.« Er biss sich auf die Lippen.

Die Nachricht von Olivers plötzlichem Wiederauftauchen und seinem endgültigen Tod hatte sich wie ein Lauffeuer auf der Insel verbreitet. Seine Eltern würden morgen anreisen, um die nötigen Formalitäten abzuwickeln. Auch wenn Tessa froh darüber war, dass er ihr nichts mehr antun konnte, bemitleidete sie seine Eltern. Niemand sollte sein Kind beerdigen müssen, egal, wie alt es war … oder wie verwirrt.

»Na, was ist das denn für eine Trauerrunde? Ich dachte, hier wird gefeiert.« Nick trat durch die Tür. »Alles okay bei euch? Ich habe übrigens noch jemanden mitgebracht. Sie stand neben dem Schlosseingang und flehte mich an, mit Tessa sprechen zu dürfen.«

Er trat einen Schritt zur Seite. Hinter ihm tauchte Ms Halfpenny auf. Ihre Augen und die Nasenspitze waren gerötet, als hätte sie geweint, ansonsten war sie kreidebleich. Sie trug einen altertümlichen Koffer mit sich.

»Entschuldigen Sie die Störung«, wisperte sie. »Aber ich muss dringend mit Ihnen sprechen.« Dabei sah sie Tessa eindringlich an. »Jetzt, wo Oliver …« Sie brach ab und wischte sich mit dem Handrücken über die feuchten Augen. »… spielt es keine Rolle mehr.«

Tessa warf Raiden einen fragenden Blick zu. Er hob die Schultern und wirkte genauso überrascht wie sie.

»Kommen Sie, Ms Halfpenny«, sagte Tessa. »Setzen Sie sich doch. Ein Glas Champagner?«

Ms Halfpenny sah sie entgeistert an, als hätte sie ihr gerade ein unsittliches Angebot gemacht, setzte sich aber folgsam auf einen Stuhl und stellte den Koffer ab.

Wollte sie verreisen? Vielleicht hatte Olivers Tod sie dermaßen aufgewühlt, dass sie die Insel verließ.

Eine Weile blieben alle stumm, sahen sich verstohlen an und nippten an ihren Gläsern.

Tessa räusperte sich. »Sie wollten mich also sprechen?«

Ms Halfpenny nickte, sagte aber kein Wort.

»Allein?«, fügte Tessa hinzu, weil ihr die Situation doch etwas bizarr erschien. Was wollte Olivers Haushaltshilfe ihr so dringend mitteilen?

»Nein, die anderen dürfen es gern hören«, ergriff Ms Halfpenny schließlich das Wort. »Genug der Geheimnisse!« Sie straffte die Schultern, als hätte sie soeben eine Entscheidung getroffen. »Was viele nicht wissen …«, fuhr sie fort. »Ich kannte Oliver schon, als er noch ein Baby gewesen ist. Die Familie Taylor stellte mich damals als seine Nanny ein. Ich war nie verheiratet, wissen Sie, hatte keine eigenen Kinder und liebte den Jungen abgöttisch.« Sie lächelte kurz, als würde sie sich an eine längst vergangene Zeit erinnern. »Oliver war ein schwieriges Kind. Laut, unbeherrscht, eigensinnig, aber das machte mir nichts aus. Ich hätte alles für ihn getan.« Sie hielt inne, zog ein Taschentuch hervor und schnäuzte sich die Nase. »Verzeihung.«

Sie griff nach dem Koffer und hievte ihn auf ihren Schoß.

Es war einer dieser altmodischen Lederkoffer mit Schnappverschlüssen. Ms Halfpenny legte ihre Hände darauf, strich leicht über das abgewetzte Leder und seufzte.

»Als Oliver älter wurde, benötigten die Taylors meine Dienste nicht mehr, also suchte ich mir eine kleine Wohnung und hielt mich mit Putzen über Wasser. Obwohl Oliver mir das nie gesagt hat, mochte er mich auf seine eigene Art und kam manchmal zum Tee vorbei. Er liebt … liebte meinen Apfelkuchen.« Wieder huschte ein wehmütiges Lächeln über ihre Lippen.

Tessa verspürte plötzlich Mitleid mit der älteren Frau. Sie hatte praktisch ihr ganzes Leben Olivers Wohl gewidmet. Sein Tod musste schrecklich für sie sein.

»Als dann Amber in sein Leben trat, wurden seine Besuche seltener.« Sie zuckte mit den Schultern, als müsse sie sich deswegen für ihn entschuldigen. »Erste Liebe und so … Sie wissen schon. Doch ganz vergessen hat er mich nie. Seine gute Perle hat er mich stets genannt.«

Ihre Augen leuchteten auf, und Tessa lächelte ihr aufmunternd zu. Sie kannte die Taylors nicht, doch aus dem, was Raiden über sie erzählt hatte, waren sie keine liebevollen Eltern gewesen. Vermutlich hatte Oliver diese Frau daher mehr bedeutet als seine eigene Mutter.

»Er kaufte dann die Nuwara Lodge«, fuhr Ms Halfpenny fort. »Er war regelrecht besessen von dem Anwesen. Der Makler hat das natürlich sofort gemerkt und einen überzogenen Preis verlangt. Oliver hat ohne zu verhandeln bezahlt, obwohl es viel schönere Häuser auf der Insel gibt.«

Sie ließ die Schlösser des Koffers aufschnappen, öffnete den Deckel jedoch nicht. »Er bot mir dann die Stelle als Haushaltshilfe an. Was mich sehr gefreut hat, obwohl es für mich etwas mühsam war, immer mit dem Bus nach Freshwater zu fahren. Mein Bein, Sie haben es sicher bemerkt. Aber natürlich war ich überglücklich, mich wieder um ihn kümmern zu dürfen. Das mit Amber ging ja schief und …« Sie stockte und biss sich auf die Lippen.

Womöglich hatte sie vermutet, dass Oliver an Ambers Tod nicht unschuldig war. Doch Loyalität trieb manchmal seltsame Blüten.

»Wie dem auch sei.« Sie öffnete den Kofferdeckel. »Als er in die Lodge zog, half ich ihm beim Einrichten. Die Mitchells, die früheren Besitzer, hatten eine richtiggehende Sauerei hinterlassen.« Sie seufzte tief. »Wir mussten ganz schön schuften, um all den Müll und die kaputten Möbel zu entsorgen. Ich war damals zwar noch jünger, hatte danach aber wochenlang Rückenschmerzen.« Sie warf Tessa einen kurzen Blick zu. »Wir haben auch den Dachboden ein bisschen aufgeräumt. Und dabei sind wir auf diesen Koffer gestoßen.«

Tessa schluckte. Sie begann zu ahnen, was sich darin befand. Konnte es wirklich sein?

»Ich bin so erschrocken, Tessa, als Sie in der Lodge aufgetaucht sind. Man hat Ihnen sicher gesagt, dass Sie Amber ähnlich sehen, nicht wahr?«

Tessa nickte stumm.

»Ich hatte plötzlich schreckliche Angst, dass sich das alles wiederholt. Doch was sollte ich tun? Ich habe Oliver angefleht, Sie in Ruhe zu lassen. Aber er hat wieder einmal nicht auf mich gehört. Wie schon bei Amber. Er war richtig besessen von Ihnen. Er hat Sie manchmal sogar Amber genannt. Ich dachte, das sei nur ein Versehen, wegen der Ähnlichkeit, aber ich fürchte, für ihn war es tatsächlich so.«

»Ms Halfpenny«, mischte sich Raiden ein. »Was ist in dem Koffer?«

Sie sah ihn verwirrt an, als ob sie die anderen Anwesenden ausgeblendet hätte. »Ah ja, der Koffer.« Sie öffnete den Deckel jetzt ganz, sodass alle hineinsehen konnten.

Tessa schlug sich die Hand vor den Mund, und Raiden stieß einen verblüfften Laut aus. Der Koffer war randvoll mit Fotos.

»Oliver hat fast der Schlag getroffen«, sagte Ms Halfpenny, »als wir diesen Koffer gefunden haben.« Sie runzelte die Stirn in Gedanken an die Erinnerung. »Er hat sich aufgeführt, als hielte er das leibhaftige Böse in den Händen. Es sind doch nur alte

Fotos, habe ich gedacht. Aber da war er vollkommen anderer Meinung.« Sie wühlte gedankenverloren darin herum.

Tessa wollte sich auf die ältere Frau stürzen und sie daran hindern, das waren schließlich alles Originale, unbezahlbar und wertvoll, doch Raiden hob die Hand.

»Was geschah dann?«, fragte er.

Ms Halfpenny hob den Kopf. »Zuerst wollte er sie sofort verbrennen, hat sich dann aber anders entschieden.« Sie zuckte mit den Schultern. »Man wusste nie genau, was in seinem Kopf vorging. Nun ja …«

Tessa war es kaum mehr möglich, ruhig zu bleiben. Jede Faser ihres Körpers lechzte danach, Margarets Fotos zu sichten. Wie viele mochten in dem Koffer sein? Tausend? Sie hätten genug, um das Victoria and Albert Museum zu beliefern. Margaret würde mit einer dortigen Ausstellung Weltruhm erlangen.

»Ich musste versprechen, die Fotos in meiner Wohnung aufzubewaren. Er sprach von der Sünde der Väter und solchen Sachen. Ich habe nicht verstanden, was er damit meinte, aber natürlich habe ich ihm den Gefallen getan. Dann tauchte er vor zwei Wochen plötzlich bei mir auf. Pitschnass und ziemlich neben der Spur. Ich wurde aus seinen Worten nicht schlau, er redete von einem Fluch, der ihn und seine Familie verfolgt, und dass er ihn unbedingt brechen muss. Na ja, manchmal war er halt so. Ich habe ihm kurzerhand ein heißes Bad eingelassen und ihn auf meiner Couch schlafen lassen. Am nächsten Tag hat er mich gefragt, ob er eine Weile bei mir in der Wohnung bleiben könnte, in der Nuwara Lodge sei der Kammerjäger am Werk. Ich fand das zwar seltsam, denn ich habe dort nie Ungeziefer bemerkt. Aber natürlich habe ich zugestimmt. Ich konnte ihm noch nie etwas abschlagen.«

Sie strich sich lächelnd über die grauen Haare. »Erst als ich in der Zeitung gelesen habe, dass die *Amber II* gesunken ist und die Leute dachten, dass Oliver ertrunken ist, wurde mir etwas mulmig. Aber er hat mir gesagt, dass sich die Jacht bei dem Sturm bestimmt losgerissen hat und auf ein Riff aufgelaufen ist. Seine Eltern wüssten natürlich, dass er noch am Leben war. Und die Presse wollte er auch informieren.«

Nancy stieß ein abfälliges Schnauben aus.

Ms Halfpenny schaute von einem zum anderen. »Ich war vermutlich etwas naiv, nicht?«

Bevor Nancy darauf eine Antwort geben konnte, brachte Tessa sie mit einem strengen Blick zum Schweigen. Wer konnte Olivers ehemaliger Nanny einen Vorwurf machen? Sie war ja selbst auf sein Theater hereingefallen.

»In den vergangenen Tagen ist Oliver jeden Morgen pünktlich aus dem Haus gegangen und erst am späten Nachmittag zurückgekommen. Ich dachte, er geht zur Arbeit. Obwohl er selten einen Anzug trug. Das fand ich schon irgendwie komisch. Ein Mann in seiner Position muss doch stets korrekt gekleidet sein, nicht wahr? Das hat er mir auch selbst immer wieder gesagt. Als ich ihn darauf angesprochen habe, meinte er nur, er hat ein paar Tage frei und unternimmt Wanderungen. Das fand ich ebenfalls seltsam, immerhin stand die Cowes Week vor der Tür. Auf meine Nachfrage hat er jedoch … ungehalten reagiert. Also habe ich geschwiegen. Ich war einfach nur froh, dass ich ihn wieder ganz für mich hatte. Verstehen Sie? Es war wie früher. Ich habe sein Lieblingsessen gekocht, und er hat sich darüber gefreut.«

»Und es hat Sie nicht gewundert, dass er kein Gepäck dabeihatte?«, warf Nick ein.

»Ein bisschen schon«, gab Ms Halfpenny leise zu. »Ich habe ihm vorgeschlagen, ein paar Sachen aus der Lodge zu holen, aber er hat gesagt, er will nichts, was nach Chemie riecht, und hat mich mit seiner Kreditkarte in die Stadt geschickt, um neue Sachen zu kaufen.«

Nancy rollte mit den Augen. Tessa konnte es ihr nicht verdenken, doch niemandem war gedient, wenn man die ältere Frau wegen ihrer Leichtgläubigkeit jetzt maßregelte.

»Bei meinem letzten Einkauf sah ich dann überall diese Plakate von der Ausstellung im Schloss.« Sie deutete auf die aufgehängten Fotos. »Und ich erinnerte mich an den Koffer. Ich fragte Oliver, ob die Bilder darin auch von dieser Fotografin sind und wenn ja, ob man sie Tessa, da sie ja mit ihr verwandt sei, nicht geben soll. Da ist er richtig wütend geworden. Ich habe mich sogar ein bisschen vor ihm gefürchtet.« Ms Halfpenny sah betreten zu Boden. »Lieber würde er sterben, hat er gesagt, als dass Sie die Fotos bekämen«, fügte sie leise hinzu.

Sie zog wieder ihr Taschentuch hervor und tupfte sich die Tränen aus den Augen. »Wenn ihm etwas zustößt, hat er gesagt, soll ich sie sofort verbrennen.« Ms Halfpenny starrte in den offenen Koffer. »Und nun ist er tot«, sagte sie mit erstickter Stimme. »Und ich hätte seinem letzten Wunsch eigentlich entsprechen sollen. Aber es sind doch bloß Fotos, nicht? Und Sie waren so freundlich zu mir.« Sie schaute Tessa lächelnd an. »Ich finde es richtiger, wenn Sie sie bekommen.«

Sie schloss den Koffer, nahm ihn in beide Hände, stand mühsam vom Stuhl auf und reichte ihn Tessa. »Denken Sie nicht zu schlecht von Oliver«, sagte sie so leise, dass nur sie es hören konnte. »Er war ein verwirrter Mann.«

51

Madras, 2. April 1902

Liebe Mabel!
*Du wirst es nicht glauben, aber ich altes Mädchen
genieße jede Minute in diesem feuchtwarmen
Klima. Seit wir die tropischen Gewässer erreicht
haben, habe ich keinen einzigen Gichtanfall
mehr gehabt! Und auch wenn ich ab und zu
etwas außer Atem komme, ist es mir seit Jahren
nie besser gegangen. Deine Ratschläge, man soll in
meinem Alter lieber neben dem Ofen sitzen und
Socken stricken, waren zwar gut gemeint, doch
diese Schiffsreise lässt mich regelrecht aufblühen.*

*Wie habe ich das alles vermisst! Diese
Gerüche, das Essen, die Farben! Ach, wenn Du
doch bei mir sein könntest! Aber vermutlich ist
Dir unser britisches nasskaltes Frühlingswetter
sowieso lieber, habe ich recht?*

*Obwohl ich eigentlich direkt nach Ceylon
reisen wollte, hat mich das Ehepaar John und
Anne Holland, das ich unterwegs kennen-
und schätzen gelernt habe, dazu überredet, es*

zu ihrem Anwesen in Rangun zu begleiten. Die beiden stammen aus Surrey, ganz nette Menschen, sie würden Dir gefallen. Ich habe also in meinem jugendlichen Leichtsinn die Schiffspassage kurzerhand umgebucht und fahre jetzt mit ihnen auf der Camorta, *einem Dampfer der India Steam Navigation Company, von Madras Richtung Burma. Ceylon kam über vierzig Jahre ohne mich aus, es wird sich also noch ein Weilchen gedulden müssen.*

Ich habe vor, mir in Burma all die Dinge anzusehen, von denen Jonathan mir immer so vorgeschwärmt hat. Ich war ja noch nie dort. Das wird herrlich! Möglicherweise schaffen meine alten Knochen nicht alles, aber ich bin guter Dinge, wenigstens einen Teil dieses wunderbaren Landes besichtigen zu können. Vielleicht schicke ich Dir im nächsten Brief sogar ein paar Fotos. Mr Holland besitzt eine kleine tragbare Kamera, wie sie heute modern ist, er wird für mich bestimmt ein paar Aufnahmen machen und sie entwickeln lassen.

Ich beeile mich mit dem Brief, weil ich ihn noch vor unserer Abreise heute Nachmittag einem britischen Versorgungsschiff der Marine mitgeben kann. So kommt er sicher früher an, als wenn ich ihn aus Rangun abschicke. Sobald wir angekommen sind, schreibe ich Dir wieder.

Sei herzlichst gegrüßt!
Alles Liebe
die Weltumseglerin Margaret

52

»Nathan sieht für sein Alter noch verdammt gut aus, findest du nicht?«

Tessa starrte ihre Großmutter verblüfft an. »Granny, seit wann fluchst du denn? Das sind ja ganz neue Sitten.«

Sally winkte ab. »Ach Kindchen, man lebt nur einmal. Ist er eigentlich ungebunden?«

Tessa unterdrückte ein Grinsen. Zwar hatte sie den Gedanken, Sally und Nathan könnten eventuell ein Paar werden, selbst gehabt, aber Megan wäre darüber wohl nicht sehr erfreut.

»Tut mir leid, Granny, er hat quasi eine Freundin.«

»Nur quasi?«

»Wer hat eine Quasifreundin?« Nathan kam, eine Bratwurst in der Grillzange, von der Feuerstelle zum Gartentisch. »Wer hat noch Hunger?«

Tessa und ihre Großmutter sahen sich schmunzelnd an.

»Nicht so wichtig, Nathan«, beeilte sich Tessa zu sagen. »Gib sie Raiden, der mag verkohltes Fleisch.«

Nathan und Raiden schnaubten gleichzeitig und alle lachten.

Es war ein warmer Herbsttag. Die Nachmittagssonne schickte goldene Strahlen über die Hügel und ließ die neuen Fensterscheiben von Raidens Cottage aufleuchten.

»Ein wunderbares Fleckchen Erde«, sagte Sally und lehnte sich genüsslich seufzend zurück. »Und Ihre Kochkünste, Mr Palmer! Wo haben Sie nur so gut kochen gelernt?«

»Ach, grillen kann doch jeder. Nicht der Rede wert«, brummte Nathan, freute sich aber offenbar über Sallys Kompliment.

Vor zwei Wochen waren Tessa und Raiden endlich ins renovierte Cottage gezogen und genossen nun ihre Zweisamkeit, die momentan allerdings von Sallys Besuch unterbrochen wurde. Was sie nicht störte, denn Raiden und Sally verstanden sich auf Anhieb, und Tessa war glücklich, dass sich alles so harmonisch zusammenfügte.

Wie sie es vorgeschlagen hatte, war ein drittes Zimmer angebaut worden, das vorerst als Gästezimmer diente. Vorerst!

Tessa arbeitete inzwischen in Newport in einer Praxis für alternative Heilmethoden, in der sie Atemtherapiestunden anbot. Es lief gut, auch wenn die Einheimischen noch etwas zurückhaltend reagierten. Aber so waren die Insulaner eben. Sie würden sich mit der Zeit schon an die Londonerin und ihre Methoden gewöhnen.

Nach dem Barbecue stellte Tessa die Donuts auf den Tisch, die sie nach Megans Rezept zubereitet hatte. Das Hefegebäck war eine Spezialität der Insel, da es nicht wie üblich mit Marmelade, sondern mit Pflaumen gefüllt war.

»Lasst es euch schmecken!«, sagte sie. »Jemand Kaffee?«

Als die Dämmerung hereinbrach, entzündete Raiden die Laternen, die Tessa auf einem Flohmarkt erstanden hatte. Sie brachte ihrer stets fröstelnden Großmutter eine Strickjacke und sie genossen den Herbstabend.

»Ach, beinahe hätte ich es vergessen!«, rief Sally plötzlich und kramte in ihrer Handtasche herum.

Genau wie Tessa hatte ihre Großmutter ein Faible für riesige Taschen, was Raiden zum Schmunzeln brachte. Er behauptete, dass die Cooper-Frauen mit ihren Riesendingern problemlos zwei Wochen in der Wildnis überleben könnten.

Sally legte einen Briefumschlag auf den Gartentisch.

»Tessa, erinnerst du dich noch an Rod, meinen Bridgepartner, der früher einen Buchladen hatte?«

»Das ist der, der den Zeitungsartikel über Margaret auf Thorneycrofts Silvesterparty gefunden hat, nicht?«

»Präzise. Rod hat ja ein Faible für Genealogie und stellt für Freunde und Bekannte Stammbäume ihrer Familien zusammen. Der findet jeden noch so kleinen Krümel Information im Internet. Und rate mal, was er entdeckt hat.«

»Etwas über Margaret?«

Sally nickte und zog ein Blatt aus dem Briefumschlag. Es handelte sich dabei offenbar um eine Kopie eines Zeitungsartikels.

»Wie aufregend«, rief Tessa, wischte sich die Finger an der Serviette ab und streckte die Hand aus. »Etwas über ihre späteren Jahre? Hat sie wieder geheiratet? Weiß man deshalb nicht, was aus ihr geworden ist, weil sie einen anderen Namen angenommen hat?«

In Sallys Miene spiegelte sich Betroffenheit. Tessas Neugierde bekam einen Dämpfer. Sie kannte diesen Gesichtsausdruck, er bedeutete nichts Gutes.

»Ich wollte es dir nicht am Telefon sagen«, begann Sally. »Doch lies selbst.«

Tessa scheute sich plötzlich davor, den Zeitungsartikel zu lesen. Bis jetzt hatte sie angenommen, dass Margaret irgendwann nach dem frühen Tod ihres Gatten wieder geheiratet und irgendwo glücklich bis an ihr Lebensende gelebt hatte. Wollte sie diese hübsche Vorstellung wirklich zerstören?

»Tessa?« Raiden an ihrer Seite schaute sie fragend an. »Willst du den Artikel nicht lesen?«

Sie hob die Achseln. »Ich bin mir nicht sicher.«

»Soll ich?«

Sie nickte.

Raiden griff nach dem Blatt Papier. »Ein Artikel vom 23. Mai 1902 aus ›The Straits Times‹. Eine Zeitung aus ... Singapur?«

Sally nickte. »Rod hat mir gesagt, dass es diese englischsprachige Zeitung schon seit dem Jahr 1845 gibt.«

»Erstaunlich«, meinte Raiden. Er räusperte sich. »Das Passagierschiff *Camorta* der Reederei British India Steam Navigation Company lief am 2. April 1902 in Madras Richtung Golf von Bengalen mit Ziel Rangun aus. An Bord befanden sich neunundachtzig Besatzungsmitglieder und sechshundertfünfzig Passagiere. Am 6. Mai erreichte die *Camorta* das Mündungsgebiet des Flusses Irrawaddy in der Andamanensee. Zu dem Zeitpunkt wütete ein Zyklon über dem Gebiet. Das Schiff geriet in Seenot und sank unweit der Baragua Flats. Keiner der Menschen an Bord überlebte die Katastrophe.«

Raiden schaute hoch. Am Tisch war es still geworden.

Tessa fröstelte plötzlich. Was sollte dieser Zeitungsartikel bedeuten? Margaret hätte wohl kaum im Jahr 1902, mit siebenundsechzig Jahren, noch eine solche Schiffsreise unternommen. Und wieso sollte sie nach Myanmar, dem ehemaligen Burma, reisen? Wenn schon, dann doch wohl eher nach Ceylon, wo sie früher gelebt hatte. Das ergab überhaupt keinen Sinn.

»Schrecklich«, sagte sie. »Aber was hat das mit Margaret zu tun?«

Sally wandte sich an Raiden. »Lies bitte auch noch den Rest vor.«

Er nickte. »An Bord der *Camorta* befanden sich Sir John Holland und seine Gattin Lady Anne Holland. In ihrer Begleitung reiste eine Bekannte, Margaret Sophie Clarke, die sie erst kürzlich auf ihrer Überfahrt nach Madras kennengelernt hatten. Wir erbieten den Hinterbliebenen unser tiefstes Beileid.«

Tessa starrte Raiden entsetzt an. »Sie ist bei einem Schiffsunglück ums Leben gekommen?«

»So sieht es aus, Liebes.« Sally legte ihr tröstend eine Hand auf den Arm. »Deshalb gibt es auch kein Grab. Es tut mir so leid.«

Tessa sprang auf. »Was heißt denn ›erst kürzlich kennengelernt‹? Soll das bedeuten, dass sich Margaret 1902 möglicherweise nach Ceylon aufgemacht hat und sich ihre Pläne wegen dieses Ehepaars geändert haben? Was sind das überhaupt für Leute?«

»Ein spontaner Entschluss vielleicht«, erwiderte Sally.

»Aber, aber … das ist so unfair!« Tessa ging auf der Terrasse ruhelos auf und ab und knetete dabei ihre Hände. »Wer fährt denn auch mit beinahe siebzig noch so weit? In der damaligen Zeit? Und dazu im Frühling? Jeder weiß doch, dass dann Stürme toben. Hätte sie nicht lieber hier auf der Insel bleiben sollen?«

Die Anwesenden sahen sich während Tessas Ausbruch verstohlen an. Nathan zuckte mit den Schultern, sagte aber nichts.

»Liebes, beruhige dich bitte«, ergriff Sally das Wort. »Niemand kann seinem Schicksal entgehen. Und Margaret war auf dieser Reise bestimmt glücklich, sonst hätte sie sie doch nicht unternommen.«

Tessa schnaubte. »Ist ja auch ein Glücksfall zu ertrinken, was? Ich weiß, wie das ist. Ich bin selbst beinahe ertrunken. Zwei Mal! Und ich kann euch versichern, es ist fürchterlich!«

»Hätte ich dir den Artikel lieber nicht zeigen sollen?« Sally wirkte auf einmal schuldbewusst.

Tessa atmete tief durch. »Nein, schon gut. Immerhin wissen wir jetzt, was mit ihr passiert ist.«

Raiden stand auf und nahm Tessa in die Arme. »Tut mir leid für Margaret. Und du hast recht, das ist unfair und sie hat es nicht verdient.«

Tessas Augen füllten sich mit Tränen. »In einem Sturm ertrunken.« Ein Schauer schüttelte sie. »Arme Margaret.«

Er strich ihr sanft über die Haare, dann hielt er sie auf Armeslänge von sich. »Ich wollte es dir zwar erst an deinem Geburtstag in zwei Wochen sagen, aber nun scheint mir der richtige Zeitpunkt schon vorher gekommen zu sein.«

Tessa schniefte leise. Er würde ihr doch jetzt wohl keinen Heiratsantrag machen? Wenn ja, hatte er einen echten Knall.

»Wollen wir uns wieder setzen?«

Ohne ihre Antwort abzuwarten, nahm er wieder am Tisch Platz und zog sie auf seinen Schoß.

»Die Taylors haben die Nuwara Lodge kürzlich an die Organisation ›English Heritage‹ verkauft«, erklärte er. »Im Zuge der Ausstellung im Victoria and Albert Museum, die weltweit auf so großes Interesse gestoßen ist, will die Organisation die Lodge in ein kleines Museum umbauen, um Margarets Arbeit und Wirken zu würdigen.«

Tessa sah ihn sprachlos an. Sie wischte sich mit dem Handrücken über die Augen. »Tatsache?«

Er nickte lächelnd.

»Darauf trinke ich!«, meldete sich Nathan und hob sein Glas. »Auf ›die Verrückte mit dem Kasten‹! Soll sie für alle Zeiten eine Heldin unserer Insel sein.«

ANMERKUNGEN DER AUTORIN

Die Personen und Handlungen dieser Geschichte sind frei erfunden; jedoch diente mir Julia Margaret Cameron (1815–1879), die auf der Isle of Wight lebte, als Inspirationsquelle für meine Pionierfotografin Margaret Sophie Clarke.

Ich habe versucht, ihre Lebensgeschichte und die Vorurteile, mit denen sie zu kämpfen hatte, abzubilden. Sie hat erst im Alter von achtundvierzig Jahren mit dem Fotografieren angefangen und ihre Bilder galten lange Zeit als Schund. Wenn Sie sich für sie und ihre Fotos interessieren, finden Sie eine Fülle von Informationen und Bildern dazu im Netz. Suchen Sie danach, es lohnt sich.

Und wenn Sie je Urlaub auf der Isle of Wight machen sollten, besuchen Sie das Dimbola Museum in Freshwater, das Julia Margaret Cameron gewidmet ist.

Das Zugunglück im Clayton-Tunnel, das Jonathan das Leben kostete, fand tatsächlich am 25. August 1861 statt. Da früher im Zeitabstand gefahren wurde – vorgeschrieben war ein Mindestabstand von fünf Minuten –, können Sie sich bestimmt vorstellen, welch verheerende Auswirkungen es hatte, wenn ein Zug plötzlich rückwärtsfuhr.

Auch das Schiffsunglück der *Camorta* hat sich tatsächlich ereignet. Das Passagierschiff sank, während ein Zyklon über der Andamanensee wütete. Es gab keine Überlebenden. Das Ehepaar Holland habe ich jedoch erfunden.

DANKSAGUNG

Einen Roman schreibt man zwar allein, aber für gewisse Informationen benötigt man Fachfrauen und Fachmänner. Den wichtigsten möchte ich hier meinen Dank aussprechen:

Meiner Schwester Irene, die mir die Kunst des richtigen Atmens vermittelt hat und anschaulich erklärte, wie man sich bei einer Panikattacke selbst helfen kann.

Nadine Reding von »fokore«, die meine Fragerei bezüglich alter Fotos so kompetent und fachkundig beantwortet hat und über sich ergehen ließ. Wenn Sie Fotografien konservieren oder restaurieren möchten, ist sie die richtige Ansprechperson. Vielen Dank für den Hinweis, dass man früher Fotos in Bambusröhrchen transportiert hat, das passte wunderbar in meine Geschichte. Besuchen Sie sie auf ihrer Website https://atelier-reding.ch/ mit dem wundervollen Motto: »Damit die Vergangenheit eine Zukunft hat.«

Hans Rudolf Gabathuler für seine Hilfe und das Bildmaterial bei meinen Fragen über das korrekte Wiederaufrollen von in Bambusröhrchen steckenden Fotos und für die Information, dass die Schicht von Albumin-Fotopapier aus Hühner- oder Gänse-Eiweiß bestand. Man lernt bekanntlich nie aus! Seine Website www.photobibliothek.ch ist eine wahre Fundgrube für alle, die sich für die Fotografie interessieren.

Sollten sich in meinen Beschreibungen trotzdem Fehler eingeschlichen haben, ist das natürlich allein meine Schuld.

Ein weiterer Dank geht wie immer an Karla Schmidt, meine Erstlektorin, die mit Fingerspitzengefühl und Humor die Punkte anspricht, die es zu verbessern gilt. Sie holt aus meinen Geschichten jeweils das Beste heraus.

Auch möchte ich dem gesamten Amazon-Publishing-Team für seine Unterstützung danken. Ganz speziell Katrin, dem Team für die Autorenbetreuung, dem Lektorat, dem Korrektorat und den Cover-Designern. Ihr macht einen super Job!

Und zuletzt geht mein Dank selbstverständlich an Sie, liebe Leserinnen und Leser. Ohne Publikum gäbe es meine Geschichten nicht.

Besuchen Sie mich doch auf meiner Website www.margotsbaumann.com, bei Facebook, Instagram oder schreiben Sie mir auf Amazon eine Rückmeldung. Ich freue mich über jede Nachricht.

Herzlichst
Margot S. Baumann

Zeitfracht Medien GmbH
Ferdinand-Jühlke-Straße 7
99095 Erfurt, Deutschland
produktsicherheit@kolibri360.de

Druck:
CPI Druckdienstleistungen GmbH
im Auftrag der
Zeitfracht Medien GmbH
Ein Unternehmen der Zeitfracht - Gruppe
Ferdinand-Jühlke-Str. 7
99095 Erfurt